Laços de Gelo

Nora Roberts

A Pousada do Fim do Rio

O Testamento

Traições Legítimas

Três Destinos

Lua de Sangue

Doce Vingança

Segredos

O Amuleto

Santuário

Resgatado pelo Amor

A Villa

Trilogia do Sonho

Um Sonho de Amor
Um Sonho de Vida
Um Sonho de Esperança

Trilogia do Coração

Diamantes do Sol
Lágrimas da Lua
Coração do Mar

Trilogia da Magia

Dançando no Ar
Entre o Céu e a Terra
Enfrentando o Fogo

Trilogia da Gratidão

Arrebatado pelo Mar
Movido pela Maré
Protegido pelo Porto

Trilogia da Fraternidade

Laços de Fogo
Laços de Gelo
Laços de Pecado

Nora Roberts

Laços de Gelo

Volume 2 da Trilogia da Fraternidade

Tradução
Vera Bandeira Medina

Copyright © 1995 *by* Nora Roberts

Título original: *Born in Ice*

Capa: Leonardo Carvalho

Editoração: DFL

2008
Impresso no Brasil
Printed in Brazil

CIP-Brasil. Catalogação na fonte
Sindicato Nacional dos Editores de Livros – RJ

R549L	Roberts, Nora, 1950-
	    Laços de gelo/Nora Roberts; tradução Vera Bandeira Medina. –
	Rio de Janeiro: Bertrand Brasil, 2008.
	    364p. : – (Trilogia da fraternidade; v. 2)
	
	    Tradução de: Born in ice
	    ISBN 978-85-286-1327-8
	
	    1. Romance americano. I. Medina, Vera Bandeira. II. Título.
	III. Série.

08-1413	CDD – 813 CDU – 821.111 (73)-3

Todos os direitos reservados pela:
EDITORA BERTRAND BRASIL LTDA.
Rua Argentina, 171 – 1º andar – São Cristóvão
20921-380 – Rio de Janeiro – RJ
Tel.: (0xx21) 2585-2070 – Fax: (0xx21) 2585-2087

Não é permitida a reprodução total ou parcial desta obra, por
quaisquer meios, sem a prévia autorização por escrito da Editora.

Atendemos pelo Reembolso Postal.

A todos os meus ancestrais que viajaram através da espuma.

Fui um andarilho selvagem por muitos anos.

— *THE WILD ROVER*

Queridos Leitores:

A Irlanda ocupa um lugar especial no meu coração. Os extasiantes campos verdes sob céus de chumbo, o cinza dos muros de pedras, o majestoso desmoronamento de um castelo em ruínas, muitos saqueados pelos malditos cromwellianos. Amo o modo como o sol pode brilhar através da chuva, fazendo-a parecer gotas de ouro, e as flores podem florescer selvagemente nos jardins e nos campos. É uma terra de penhascos íngremes e pubs obscuros e enfumaçados. De magias, lendas e corações partidos. Há beleza mesmo no ar.

E o Oeste da Irlanda é a paisagem mais deslumbrante de um país deslumbrante.

Lá os engarrafamentos são freqüentemente vacas sendo conduzidas ao campo pelo fazendeiro. Lá, uma estrada ventosa do interior, fechada por cercas vivas de fúcsias selvagens, pode levar a qualquer lugar. Lá o rio Shannon brilha como prata e o mar quebra nos penhascos como trovão.

Mas, além do interior, o que há de mais magnífico na Irlanda é o irlandês. Verdade. É terra de poetas, guerreiros e sonhadores, mas é ainda uma terra que abre os braços aos estrangeiros. A hospitalidade irlandesa é simples e delicada. É, ou deveria ser, a definição da palavra "boas-vindas".

Ao escrever *Laços de Gelo*, a história de Brianna Concannon, quis mostrar a incomparável generosidade de espírito, a simplicidade de uma porta aberta e a força do amor. Então, venha e sente-se um momento em frente ao fogo, coloque um pouco de uísque no seu chá. Ponha os pés para cima e deixe suas preocupações para lá. Gostaria de simplesmente lhes contar uma história.

Slainté,

Nora

Prólogo

O vento selvagem zunia praguejando sobre o Atlântico e golpeava, com os punhos, os campos dos condados do Oeste. Pesadas gotas de chuva ferroavam o solo e açoitavam a carne de um homem a ponto de lhe moer os ossos. Flores que haviam desabrochado brilhantemente entre a primavera e o outono escureciam sob a geada assassina.

No interior dos chalés e pubs, as pessoas se reuniam em torno do fogo e falavam sobre suas fazendas e telhados, sobre as pessoas queridas que tinham emigrado para a Alemanha ou para os Estados Unidos. Quase não importava que tivessem ido no dia anterior ou havia uma geração. A Irlanda estava perdendo seu povo, assim como parecia ter perdido sua língua.

Havia algum comentário ocasional sobre The Troubles, aquela interminável guerra no Norte. Mas Belfast estava longe da aldeia de Kilmilhil, em quilômetros e também em emoção. As pessoas se preocupavam mais com suas lavouras, seus animais, os casamentos e com as perdas que viriam com o inverno.

A poucos quilômetros da vila, numa cozinha aquecida pelo calor e pelo cheiro bom de um assado, Brianna Concannon olhava pela janela, enquanto a chuva gelada atacava seu jardim.

— Estou vendo que vou perder minhas columbinas. E também as dedaleiras.

Partia-lhe o coração pensar naquilo, mas ela desenterrara o que conseguira, guardando as plantas na pequena e atulhada cabana atrás da casa. A tempestade chegara bem depressa.

— Você plantará mais na primavera. — Maggie observava o perfil da irmã. Brie se preocupava com suas flores como uma mãe com seus bebês. Com um suspiro, Maggie massageou sua própria barriga protuberante. Ela ainda ficava atônita ao pensar que era ela quem estava casada e esperando um bebê, e não sua irmã, que amava a vida doméstica. — E você vai adorar fazer isso.

— Acho que sim. Mas preciso mesmo de uma estufa. Andei olhando algumas em revistas. Acho que dá para fazer uma. — E provavelmente poderia adquiri-la na primavera, se fosse cuidadosa. Sonhando acordada com as plantas que floresceriam em seu novo cercado de vidro, retirou uma fornada de *muffins* de amora. Maggie lhe trouxera as frutas do mercado de Dublin. — Você vai levar isto para casa.

— Vou sim. — Maggie riu e tirou um da cesta, jogando-o de uma mão para outra, a fim de esfriá-lo, antes de morder. — Depois de encher a barriga. Rogan toma conta de cada grão que ponho na boca.

— Ele quer ver você e o bebê saudáveis.

— Ah, sim. E acho que ele está querendo saber quanto de mim é bebê e quanto é gordura.

Brianna olhou a irmã. Maggie tinha ficado redonda e delicada, uma aura de contentamento envolvendo-a, à medida que chegava ao último trimestre da gravidez, o que contrastava intensamente com o excesso de energia e petulância a que Brianna estava habituada.

Ela está feliz, Brianna pensou, apaixonada. E sabe que seu amor é correspondido.

— Você não engordou quase nada, Margaret Mary. — Brianna falou e observou um humor malicioso, em vez de irritação, iluminar os olhos de Maggie.

— Fiz uma aposta com uma das vacas de Murphy, e estou ganhando dela. — Terminou de comer o *muffin*, procurando, descaradamente, por outro. — Em poucas semanas não vou conseguir ver além da minha barriga, para enxergar a ponta da pipeta para soprar vidro. Vou precisar mudar a técnica.

— Poderia tirar umas férias de seus vidros. — Brianna observou.
— Sei que Rogan lhe falou que você já produziu o bastante para todas as galerias dele.

— E o que faria, além de morrer de tédio? Tive uma idéia para uma peça especial para a galeria nova, aqui em Clare.

— Que não abrirá antes da primavera.

— Até lá Rogan terá cumprido sua ameaça de me amarrar na cama, se eu fizer qualquer movimento na direção da oficina. — Suspirou, mas Brie suspeitou que ela não estava se incomodando muito com a ameaça. Nem com a dominação sutil de Rogan. Temeu que ela estivesse abrandando.

— Quero trabalhar enquanto puder. E é bom estar em casa, mesmo neste inverno. Imagino que você não terá nenhum hóspede.

— Acontece que terei. Um ianque, na próxima semana. — Brianna voltou a completar a xícara de chá de Maggie, depois a sua, antes de se sentar. O cachorro, que esperara pacientemente ao lado da cadeira, deitou a enorme cabeça no seu colo.

— Um ianque? Só um? Um homem?

— Hummm. — Brianna acariciou a cabeça de Concobar. — Um escritor. Reservou um quarto. Quer refeições também, por um período indefinido. Pagou um mês adiantado.

— Um mês! Nesta época do ano? — Surpresa, Maggie olhava para fora, enquanto o vento sacudia as janelas da cozinha. Acolhedor é que o tempo não estava. — Bem que dizem que os artistas são excêntricos. O que ele escreve?

— Livros de mistério. Já li alguns e ele é bom. Ganhou prêmios e existem até filmes adaptados de suas histórias.

— Um escritor de sucesso, americano, passando o pior do inverno numa pousada, no Condado de Clare. Bem, terão muito o que comentar no pub.

Maggie lambeu as migalhas dos dedos e estudou a irmã com olhos de artista. Brianna era uma mulher adorável, toda rósea e ouro, pele sedosa e porte elegante. O clássico rosto oval, a boca delicada, sem pintura e, freqüentemente, séria demais. Olhos verde-claros, que tendiam a sonhar, membros longos e esguios, cabelos que lembravam fogo — uma cabeleira vasta e rebelde que quase sempre escapava dos grampos.

E dona de um bom coração, Maggie pensou. Inteiramente ingênua, apesar de seu contato com estranhos como dona da pousada, sobre o que se passava no mundo além do portão de seu jardim.

— Não sei o que pensar disso, Brie, você sozinha em casa, com um homem, por muitas semanas.

— Com freqüência fico sozinha com os hóspedes, Maggie. É como ganho a vida.

— Você raramente tem um único hóspede, e em pleno inverno. Não sei quando devemos voltar a Dublin e...

— Não vai estar aqui para cuidar de mim? — Brianna sorriu, mais divertida do que ofendida. — Maggie, sou uma mulher adulta. Uma empresária adulta, que pode cuidar de si mesma.

— Você está sempre muito ocupada cuidando dos outros.

— Não comece a falar da mamãe. — Os lábios de Brianna se crisparam. — Faço muito pouco agora que ela está na casa dela com Lottie.

— Sei exatamente o que você faz — Maggie falou num rompante. — Correndo cada vez que ela estala os dedos, ouvindo suas lamúrias, levando-a ao médico toda vez que ela se imagina com uma doença fatal. — Maggie levantou uma das mãos, furiosa consigo mesma por se ver dominada, outra vez, pela raiva e pela culpa. — Isso não é da minha conta, agora. Esse homem...

— Grayson Thane — Brianna completou, mais do que agradecida pelo fato de o assunto ter se desviado da mãe delas. — Um respeitável autor americano que deseja um quarto tranqüilo, num bem gerenciado estabelecimento no Oeste da Irlanda. Ele não tem interesse na proprietária. — Pegou o chá e bebeu. — E o dinheiro que vou receber vai pagar minha estufa.

Capítulo Um

Não era incomum para Brianna ter um hóspede ou dois em Blackthorn Cottage durante as piores tempestades do inverno. Mas janeiro era um mês fraco e, freqüentemente, sua casa ficava vazia. Ela não se incomodava com a solidão, nem com os gemidos assombradores do vento, nem mesmo com o céu de chumbo que vomitava chuva e gelo dia após dia. Tudo isso lhe dava tempo para planejar.

Ela apreciava ter viajantes, aguardados ou não. Do ponto de vista comercial, libras e centavos sempre contavam. Além disso, Brianna gostava de companhia e da oportunidade de servir e oferecer uma casa temporária para aqueles que passavam pelo seu caminho.

Nos anos que sucederam à morte do pai e à mudança da mãe, transformara a casa no lar que desejara quando criança, com fogo na lareira, cortinas de renda e aromas de assados vindos da cozinha. Embora tivesse sido Maggie, a arte de Maggie, que lhe permitira expandir-se, pouco a pouco. Era algo que Brianna nunca esqueceria.

Mas a casa era sua. Seu pai tinha entendido seu amor e sua necessidade daquilo. Ela cuidava de sua herança como de uma criança.

Talvez fosse o tempo que a fazia pensar no pai. Ele morrera num dia como aquele. De vez em quando, em certos momentos, quando estava sozinha, descobria que ainda carregava alguns resquícios de tristeza, com lembranças, boas e más, enterradas.

Trabalho era do que ela precisava, disse a si mesma, afastando-se da janela, antes que começasse a pensar muito.

Com a chuva caindo, decidiu adiar uma ida à vila e enfrentar uma tarefa que vinha evitando havia um bom tempo. Não esperava ninguém naquele dia e sua única reserva só viria no fim da semana. Com o cachorro grudado nela, Brianna carregou vassoura, balde, panos e uma caixa vazia para o sótão.

Limpava o lugar com certa regularidade. Nenhum pó era permitido na casa de Brianna por muito tempo. Mas havia caixas e caixotes que ignorava, na rotina do dia-a-dia. Não mais, disse a si mesma, e abriu a porta do sótão. Dessa vez, faria uma faxina completa. E não permitiria que sentimentos a impedissem de lidar com lembranças remanescentes.

Se o lugar fosse limpo de uma vez por todas, pensou, ela poderia comprar material e pagar a mão-de-obra necessária para reformá-lo. Daria um loft bem aconchegante, pensou, inclinada sobre a vassoura. Talvez com uma daquelas janelas no telhado. Amarelo-claro nas paredes para trazer o sol para dentro. Polimento com cera e um de seus tapetes no chão. Já podia vê-lo, a linda cama coberta com uma colcha colorida, uma cadeira bonita e uma pequena escrivaninha. E se ela tivesse...

Sacudiu a cabeça e riu sozinha. Estava indo rápido demais.

— Sempre sonhando, Con — murmurou, acariciando a cabeça do cão. — O que é preciso aqui é suor e nenhuma piedade.

As caixas primeiro, decidiu. Era hora de livrar-se de papéis velhos, de roupas velhas.

Trinta minutos depois, tinha pilhas organizadas. Uma delas daria para a igreja doar aos pobres, outra transformaria em esfregões. Guardaria a última.

— Ah, veja isto, Con. — Com reverência, apanhou uma roupinha de batismo, alisando gentilmente as dobras. Frágeis ramos de alfazema inundaram o ambiente. Botões minúsculos e barras de renda enfeitavam o linho. Obra de sua avó, Brianna concluiu sorrindo. — Ele a guardou — murmurou. Sua mãe jamais legaria tais pensamentos sentimentais às futuras gerações. — Veja só, Maggie e eu devemos ter usado isto. E papai a guardou para nossos filhos.

Sentiu uma angústia tão familiar que mal a percebeu. Não havia bebê dormindo num berço para ela, nenhum embrulhinho macio esperando para ser acalentado, mimado, amado. Mas Maggie, pensou, desejaria isto. Dobrou cuidadosamente a roupinha outra vez.

A caixa seguinte estava cheia de papéis que a fizeram suspirar. Teria de lê-los, pelo menos passar os olhos. O pai tinha guardado cada pedacinho de correspondência. Devia haver recortes de jornais também. Idéias, ele diria, para novas aventuras.

Sempre uma nova aventura. Separou vários artigos que ele recortara sobre invenções, paisagismo, carpintaria, comércio. Nenhum sobre fazendas, observou com um sorriso. Nunca havia sido um fazendeiro. Encontrou cartas de parentes, de companhias para as quais ele havia escrito na América, na Austrália, no Canadá. E ali estava o recibo de compra do velho caminhão que tiveram quando era criança. Um documento a fez parar e franzir as sobrancelhas, confusa. Parecia um tipo de certificado de ações. Minas Triquarter, em Gales. Pela data, parecia que as comprara apenas poucas semanas antes de morrer.

Minas Triquarter? Outra aventura. Papai gastando um dinheiro que quase não tínhamos. Bem, teria de escrever para esta companhia Triquarter e ver o que seria feito. Era improvável que as ações valessem mais do que os papéis onde estavam impressas. Assim sempre fora a sorte de Tom Concannon com negócios.

Aquela brilhante aliança de bronze que ele sempre buscava nunca enfeitara o dedo de sua mão.

Brianna remexeu mais a caixa, divertindo-se com cartas de primos, tios e tias. Eles o tinham amado. Todos o tinham amado. Quase todos, corrigiu-se, pensando na mãe.

Afastando aquele pensamento, apanhou três cartas amarradas com uma fita vermelha desbotada. O endereço do remetente era Nova York, mas isso não era surpresa. Os Concannon tinham muitos conhecidos e parentes nos Estados Unidos. O nome, entretanto, era um mistério para ela. Amanda Dougherty.

Desdobrou a carta, observando a letra caprichada e uniforme. Com a respiração presa na garganta, voltou a ler, palavra por palavra:

Meu querido Tommy,

Falei a você que não escreveria. Talvez eu não devesse enviar esta carta, mas precisava fingir, ao menos, que posso falar com você. Voltei a Nova York apenas por um dia. Você parece já estar tão longe, e os dias que tivemos juntos, mais preciosos. Estive no confessionário e recebi minha penitência. Embora, no meu coração, nada do que aconteceu entre nós seja pecado. Amor não pode ser pecado. E eu sempre amarei você. Um dia, se Deus for generoso, encontraremos um jeito de ficarmos juntos. Mas, se isto não acontecer, quero que você saiba que venerarei cada momento que nos foi dado. Sei que é meu dever dizer-lhe para honrar o sacramento do matrimônio, devotar-se aos dois bebês que ama tanto. E digo isto. Mas, talvez por egoísmo, também lhe peço que alguma vez, quando a primavera chegar a Clare, e o Shannon estiver iluminado com a luz do sol, pense em mim. E como você me amou durante aquelas poucas semanas. Amo você.

Sempre,
Amanda

Cartas de amor, pensou sombriamente. Para seu pai. Escritas, percebeu olhando a data, quando ela era criança.

Suas mãos gelaram. Como deveria uma mulher, uma mulher adulta, de vinte e oito anos, reagir ao descobrir que seu pai amara uma mulher, outra mulher que não sua mãe? Seu pai, com seu riso vivo, seus planos inúteis. Aquelas eram palavras escritas apenas para os seus olhos. No entanto, como poderia não lê-las?

Com o coração batendo pesadamente no peito, Brianna abriu a seguinte.

Meu querido Tommy,

Li e reli sua carta até decorar cada palavra. Meu coração se parte ao pensar em você tão infeliz. Eu também, muitas vezes, contemplo o mar e imagino você olhando para mim através da água. Tenho tanto para lhe falar, mas tenho medo de somente aumentar a dor no seu coração. Se não há amor em relação à sua esposa, deve haver o dever.

Não preciso dizer que suas filhas devem ser sua prioridade. Sei, soube todo o tempo, que elas são as primeiras em seu coração e em seus pensamentos. Deus o abençoe, Tommy, por pensar também em mim. E pelo presente que você me deu. Pensei que minha vida seria vazia, agora sei que será plena e rica. Amo você agora mais do que quando nos separamos. Não fique triste quando pensar em mim. Mas pense em mim.

Sempre,
Amanda

Amor, Brianna pensou, enquanto os olhos se enchiam de lágrimas. Havia tanto amor ali e tão pouco fora dito. Quem teria sido esta Amanda? Como teriam se encontrado? E quantas vezes seu pai havia pensado nessa mulher? Quantas vezes a tinha desejado?

Enxugando uma lágrima, Brianna abriu a última carta.

Meu querido,

Rezei e rezei antes de escrever esta carta. Pedi a Nossa Senhora ajuda para fazer o que é certo. Não tenho certeza do que seria mais correto em relação a você. Só espero que o que vou contar a você lhe proporcione alegria, e não tristeza.

Lembro-me das horas que passamos juntos no meu quartinho da pousada, admirando o Shannon. Como você foi gentil e delicado, como ambos estávamos cegos pelo amor que varreu nossas almas. Nunca senti e nunca sentirei novamente um amor assim tão profundo e inabalável. Então, eu me sinto grata, embora nunca possamos ficar juntos, por ter algo precioso para lembrar que fui amada. Estou grávida de um filho seu, Tommy. Por favor, fique feliz por mim. Não estou só e não tenho medo. Talvez eu devesse estar envergonhada. Solteira, grávida do marido de outra mulher. Talvez a vergonha apareça, mas agora estou apenas cheia de alegria.

Fiquei sabendo há algumas semanas, mas não tive coragem de contar a você. Encontrei-a agora, quando senti o primeiro despertar da vida que fizemos dentro de mim. Preciso dizer o quanto esta criança será amada? Já me imagino segurando nosso bebê nos braços. Por favor, meu querido, pelo amor do nosso filho, não deixe nem tristeza nem culpa entrarem em seu coração. E, por amor a nosso filho, estou indo embora. Apesar de pensar em você cada dia, cada noite, não escreverei novamente. Amarei você por toda a minha vida, e sempre que olhar para a vida que criamos naquelas horas mágicas, perto do Shannon, eu o amarei ainda mais.

Dê a suas filhas tudo aquilo que sente por mim. E seja feliz.

Sempre,
Amanda

Um filho. Com olhos marejados, Brianna cobriu a boca com a mão. Uma irmã. Um irmão. Santo Deus! Em algum lugar, havia um homem ou uma mulher ligada a ela pelo sangue. As idades deviam ser próximas. Talvez tivessem a mesma cor, as mesmas feições.

O que poderia fazer? O que seu pai poderia ter feito, tantos anos atrás? Teria procurado pela mulher e pelo filho dele? Teria tentado esquecer?

Não. Brianna acariciou as cartas delicadamente. Não tinha tentado esquecer. Havia guardado as cartas para sempre. Fechou os olhos, sentando-se no sótão levemente iluminado. E ele tinha amado sua Amanda. Para sempre.

Precisava pensar antes de contar a Maggie o que havia encontrado. Pensava melhor quando estava ocupada. Não podia mais olhar o sótão, mas havia outras coisas que poderiam ser feitas. Esfregou, poliu e cozinhou. A singela familiaridade dos afazeres domésticos e o prazer dos aromas que desprendiam iluminavam seu espírito. Colocou mais carvão no fogo, preparou um chá e começou a projetar sua estufa.

A solução acabaria vindo, disse para si mesma. Depois de vinte e cinco anos, uns poucos dias pensando não prejudicariam ninguém. Uma parte do adiamento era covardia, uma necessidade frágil de evitar o tormento das emoções da irmã, ela reconhecia isto.

Nunca dissera ser uma mulher valente.

Com seu espírito prático, escreveu uma carta quase comercial para a Minas Triquarter, em Gales, e deixou-a de lado para postar no dia seguinte.

Tinha uma lista de tarefas para a manhã, chovesse ou fizesse sol. Quando acabou de ajeitar o fogo para a noite, estava grata por Maggie ter estado ocupada demais para aparecer. Mais um dia, talvez dois, e ela mostraria as cartas à irmã.

Mas esta noite poderia relaxar, deixar sua mente vazia. Algum prazer era tudo do que precisava, concluiu. Na verdade, suas costas doíam um pouquinho por ter exagerado na faxina. Um banho demorado com alguns sais que Maggie lhe trouxera de Paris, uma xícara de chá, um livro. Usaria a banheira grande do andar de cima e trataria a si mesma como um hóspede. Em vez de sua cama estreita no quarto próximo à cozinha, dormiria esplendorosamente no que chamava de suíte nupcial.

— Somos reis esta noite, Con — falava com o cachorro, enquanto derramava uma quantidade generosa dos sais na água corrente. — Jantar na bandeja em sua cama, um livro escrito pelo nosso já quase hóspede. Um americano muito importante, lembre-se — acrescentou, enquanto Con golpeava o chão com a cauda.

Tirou a roupa e deixou-se deslizar na água quente e perfumada. Suspirou profundamente. Uma história de amor seria mais apropriada para o momento do que um suspense intitulado *The Bloodstone Legacy*. Mas acomodou-se na banheira e mergulhou na história de uma mulher assombrada pelo passado e ameaçada pelo presente.

A história a prendeu tanto que, quando a água esfriou, segurou o livro com uma das mãos, continuando a ler, enquanto secava o corpo com a outra. Tremendo, vestiu uma longa camisola de flanela e soltou os cabelos. Só o hábito arraigado fez com que deixasse o livro de lado tempo suficiente para arrumar o banheiro. Mas não se preocupou com o jantar na bandeja. Em vez disso, aconchegou-se na cama, puxando a coberta.

Mal podia ouvir o vento bater nas janelas, a chuva golpeá-las. Cortesia do livro de Grayson Thane, Brianna estava no verão opressivo do Sul dos Estados Unidos, caçada por um assassino.

Passava da meia-noite quando o cansaço a venceu. Caiu adormecida com o livro ainda nas mãos, o cachorro ressonando nos pés da cama e o vento uivando como uma mulher assustada.

Sonhou, naturalmente, com terror.

* * *

Grayson Thane era um homem de impulsos. Reconhecendo isto, geralmente aceitava os desastres causados por essa sua característica tão filosoficamente quanto os triunfos. No momento, era forçado a admitir que dirigir de Dublin a Clare, no meio do inverno, enfrentando uma das mais terríveis tempestades, fora um erro.

Mas, mesmo assim, era uma aventura. E vivia através delas.

Nos arredores de Limmerick, um pneu furou. Na verdade, o pneu rasgou inteiro, Gray se corrigiu. Aventureiro que se preza tem que passar por isso. Quando acabou de trocá-lo, estava como um rato afogado, apesar da capa que escolhera em Londres na semana anterior.

Por duas vezes se perdera, indo dar em ruas estreitas e cheias de vento, pouco maiores que um fosso. Suas pesquisas informaram que perder-se na Irlanda era parte do charme.

Ele se esforçava para se lembrar disso.

Estava faminto, encharcado até a alma e com medo de ficar sem gasolina, antes de encontrar qualquer coisa remotamente parecida com uma pousada ou uma vila.

Em sua mente, ele seguira o mapa. Visualizar era um talento que tinha nascido com ele e podia, com um pequeno esforço, reproduzir cada linha do mapa detalhado que sua anfitriã lhe enviara.

O problema era que estava escuro feito breu, a chuva inundava seu pára-brisa como a corrente de um rio, e o vento açoitava seu carro naquele lúgubre arremedo de estrada, como se o Mercedes fosse um carrinho de brinquedo.

Desejava ardentemente um café.

Quando a estrada bifurcou, Gray optou pela esquerda. Se não encontrasse a pousada ou qualquer coisa parecida, dormiria no carro e tentaria novamente na manhã seguinte.

Era uma pena não poder apreciar a zona rural. Tinha a sensação, na negra desolação da tempestade, que era exatamente o que estava procurando. Queria escrever seu livro aqui, entre os penhascos e os campos do Oeste da Irlanda, com a ameaça feroz do Atlântico e as vilas calmas aglomeradas contra ele. Seu herói, cansado do mundo, poderia chegar em meio a uma tempestade.

Apertou os olhos em meio à escuridão. Uma luz? Pediu a Deus que fosse. Percebeu o lampejo de um letreiro balançando forte com o vento. Manobrou o carro na direção da luz e sorriu.

O letreiro dizia Blackthorn Cottage. Apesar de tudo, seu senso de direção não falhara. Só esperava que sua anfitriã comprovasse a fama da hospitalidade irlandesa — afinal, estava chegando com dois dias de antecedência. E eram duas da madrugada.

Gray procurou uma entrada para carros, não vendo nada além de sebes encharcadas. Sacudindo os ombros, parou o carro na estrada, enfiando as chaves no bolso. Tinha tudo do que precisava para passar a noite, numa mochila a seu lado. Pegando a bolsa, deixou o carro onde estava e entrou na tormenta.

Ela o golpeava como uma mulher brava, com dentes e unhas. Cambaleando, abrindo caminho em meio aos canteiros de fúcsia. Levado mais pela sorte do que pelo raciocínio, correu até o portão do jardim. Abriu-o, e então lutou para fechá-lo outra vez. Gostaria de enxergar a casa mais nitidamente. Em meio à escuridão, só tinha uma vaga idéia de sua forma e tamanho com aquela única lâmpada brilhando na janela do andar de cima.

Usou a luz como um farol e começou a sonhar com café.

Ninguém respondeu às suas batidas. Com o vento gemendo, duvidava que alguém pudesse ouvir qualquer batida. Levou menos de dez segundos para decidir, ele mesmo, abrir a porta.

Outra vez, apenas uma vaga idéia. A tempestade às suas costas, o calor ali dentro. Sentia aromas — limão, cera, alfazema e alecrim. Imaginou se a velha senhora irlandesa que dirigia a pousada fazia seu próprio *pot-pourri*. Imaginou se ela levantaria para lhe preparar uma refeição.

Então, ouviu um grunhido profundo, feroz — e ficou tenso. A cabeça tumultuou, os olhos estreitaram. Por um momento atordoante, sua mente esvaziou.

Mais tarde, pensaria que era cena de um livro. Um dos seus, talvez. A linda mulher, o ondular da camisola branca, os cabelos derramando como ouro nos ombros. Seu rosto pálido à luz oscilante da vela que segurava na mão. Sua outra mão apertava a coleira de um cachorro que rosnava e grunhia como um lobo. Um cachorro cujos ombros alcançavam a cintura dela.

Ela o fitava do alto dos degraus como a visão que ele havia suplicado. Parecia esculpida em marfim ou gelo. Estava tão imóvel, tão absolutamente perfeita.

Então, o cão avançou. Com um movimento que agitou sua roupa, ela o conteve.

— Está deixando a chuva entrar — falou numa voz que só veio alimentar sua fantasia. Delicada, musical, no ritmo irlandês que ele começava a descobrir.

— Desculpe. — Voltou-se, desajeitadamente, para a porta atrás dele, fechando-a de modo que a tempestade se tornou apenas uma tela de fundo.

O coração dela ainda batia acelerado. O barulho e a reação de Con a tinham acordado de um sonho de perseguição e terror. Agora, olhava para um homem de preto, deselegante, com exceção do rosto que estava na sombra. Quando ele se aproximou, ela manteve a mão trêmula segurando firme na coleira de Con.

Um rosto comprido e estreito, ela via agora. O rosto de um poeta com seus olhos escuros e curiosos e a boca séria. Um rosto de pirata, endurecido pelos ossos proeminentes e pelos cabelos longos e crestados de sol, com seus cachos úmidos.

Tolice ter medo, repreendeu a si mesma. Afinal, era só um homem.

— Então, está perdido? — perguntou.

— Não. — Sorriu de modo lento, agradável. — Me encontrei. Esta é Blackthorn Cottage?

— Sim, é.

— Sou Grayson Thane. Estou alguns dias adiantado, mas a Sra. Concannon está me esperando.

— Ah! — Brianna murmurou alguma coisa ao cachorro que ele não entendeu, mas teve o efeito de relaxar a fera. — Eu o esperava na sexta, Sr. Thane. Mas seja bem-vindo. — Começou a descer os degraus, o cão a seu lado, o castiçal tremulando. — Sou Brianna Concannon — falou estendendo a mão.

Arregalou os olhos por um momento. Esperara uma gentil senhora com cabelos grisalhos, presos num coque.

— Acordei você — disse ele.

— Normalmente, aqui dormimos cedo. Entre, venha para perto do fogo. — Dirigiu-se para a sala, acendendo as luzes. Apagou o castiçal e voltou para apanhar o casaco molhado dele. — Noite terrível para viajar.

— Foi o que descobri.

Ele não era deselegante sob a capa. Embora não fosse tão alto quanto a imaginação inquieta de Brianna calculara, era esbelto e vigoroso. Como um boxeador, ela pensou, e então sorriu para si mesma. Poeta, pirata, boxeador. O homem era um escritor e um hóspede.

— Aqueça-se, Sr. Thane. Posso lhe servir um chá? Ou prefere que eu... — Já ia se oferecer para lhe mostrar o quarto, quando se lembrou de que ela mesma estava dormindo nele.

— Estive sonhando com um café nas últimas horas. Se não for muito incômodo.

— Não é problema. Nenhum problema mesmo. Fique à vontade.

Era um cenário bonito demais para ficar sozinho.

— Vou até a cozinha com você. Já incomodei bastante tirando-a da cama a esta hora. — Estendeu a mão para Con cheirar. — É um cachorro. Por um instante achei que fosse um lobo.

— É um cão de caça. — A mente dela já estava ocupada pensando nos detalhes. — Esteja à vontade para vir se sentar na cozinha. Está com fome, não está?

Afagando a cabeça de Con, sorriu para ela.

— Srta. Concannon, acho que amo você.

Ela enrubesceu com o cumprimento.

— Bem, você entrega seu coração fácil demais só por um prato de sopa.

— Não foi o que ouvi a respeito de sua comida.

— É mesmo? — Entrando na cozinha, ela pendurou o casaco encharcado num cabide atrás da porta.

— Um amigo de um primo do meu editor esteve aqui um ano atrás. O comentário era que a dona de Blackthorn cozinhava como um anjo. — Ele não ouvira que ela também parecia um.

— É um grande elogio. — Brianna colocou a chaleira no fogo, depois algumas conchas de sopa numa panela para esquentar. — Pena que só posso lhe oferecer o básico esta noite, Sr. Thane, mas não irá para a cama com fome. — Tirou um pão de uma cesta e fatiou-o generosamente. — Viajou muito, hoje?

— Saí tarde de Dublin. Ia ficar mais um dia, mas me deu vontade de vir logo para cá. — Sorriu, pegando o pão que ela colocara na mesa e mordeu-o antes que ela pudesse oferecer manteiga. — Era hora de pegar a estrada. Você cuida daqui sozinha?

— Cuido sim. Lamento que você terá pouca companhia nesta época do ano.

— Não vim pela companhia — disse, observando-a preparar o café. A cozinha começava a cheirar como o paraíso.

— Para trabalhar, você falou. Deve ser maravilhoso ser capaz de escrever histórias.

— Tem seus momentos.

— Gosto das suas. — Falou simplesmente, enquanto pegava uma tigela azul-escura no armário.

Grayson levantou a sobrancelha. As pessoas geralmente começavam a fazer dúzias de perguntas a essa altura. Como você escreve, onde encontra suas idéias — a pergunta mais detestável —, como publica? E perguntas eram seguidas pela terrível informação de que a pessoa tinha uma história para contar.

Mas ela só disse aquilo. Gray pegou-se sorrindo outra vez.

— Obrigado. Às vezes, eu também. — Inclinou-se, inspirando profundamente, quando ela colocou a tigela de sopa na frente dele. — Isso não me cheira ao básico.

— São legumes com pedacinhos de carne. Se quiser, posso preparar um sanduíche.

— Não, está ótimo. — Provou e suspirou. — Realmente ótimo. — Observou-a novamente. Sua pele sempre parecia tão delicada e lisa? Ou era o sono? — Estou tentando lamentar ter acordado você — ele disse e continuou a comer. — Mas com esta sopa fica difícil.

— Uma boa pousada está sempre aberta aos viajantes, Sr. Thane. — Colocando o café ao lado dele, fez sinal para o cachorro, que imediatamente se levantou, deixando seu posto ao lado da mesa da cozinha. — Se quiser, sirva-se de mais sopa. Vou preparar seu quarto.

Ela saiu, apressando os passos ao subir as escadas. Teria de trocar os lençóis da cama, as toalhas no banheiro. Não lhe ocorreu oferecer a ele um dos outros quartos. Como único hóspede, tinha direito ao melhor.

Trabalhou rapidamente e já estava colocando as fronhas rendadas nos travesseiros, quando ouviu barulho na porta.

Sua primeira reação foi angustiar-se por vê-lo parado na soleira da porta. A seguinte foi de resignação. Era a casa dela, afinal. Tinha direito de usar todos os cômodos.

— Andei me dando umas merecidas feriazinhas — disse ela, puxando o edredom.

Estranho, ele pensou, que uma mulher apenas arrumando os lençóis pudesse parecer tão afrontosamente sexy. Devia estar mais cansado do que imaginara.

— Parece que tirei você da cama, em todos os sentidos. Não precisava se mudar.

— É por este quarto que está pagando. É quente. Acendi o fogo, e você tem seu próprio banheiro. Se você...

Ela se interrompeu porque ele avançou atrás dela. O frio na espinha a fez enrijecer, mas ele apenas pegou o livro na mesa ao lado da cama. Brianna pigarreou e deu um passo atrás.

— Adormeci enquanto estava lendo — começou a dizer. Então arregalou os olhos, aflita. — Não quero dizer que ele me tenha feito dormir. Só que... — Ele estava sorrindo, ela observou. Não, ele estava rindo para ela. Torceu os cantos da boca em resposta. — Tive pesadelos.

— Obrigado.

Ela relaxou novamente, voltando-se para ajeitar a ponta do lençol e do edredom numa dobra de boas-vindas.

— E você aparecendo no meio da tempestade me fez imaginar o pior. Tive certeza de que o assassino havia saltado para fora do livro, com uma faca ensangüentada na mão.

— E quem é ele?

Ela ergueu uma sobrancelha.

— Não sei, mas tenho minhas suspeitas. Tem um modo inteligente de misturar emoções, Sr. Thane.

— Gray — ele disse, devolvendo-lhe o livro. — Afinal, de um modo meio confuso estamos dividindo uma cama. — Tomou a mão dela antes que ela pudesse pensar no que dizer. Então a deixou confusa, levando-a aos lábios. — Obrigado pela sopa.

— Seja bem-vindo. Durma bem.

Não tinha dúvida de que dormiria. Brianna mal havia saído e fechado a porta quando ele se despiu e desabou nu na cama. Havia um delicado aroma de lilás no ar, lilás e algum perfume dos campos no verão, que ele reconheceu ser dos cabelos dela.

Adormeceu com um sorriso no rosto.

Capítulo Dois

Chovia ainda. A primeira coisa que Gray notou quando abriu os olhos, pela manhã, foi o tempo fechado. Poderia permanecer assim desde a aurora até o crepúsculo. O relógio antigo sobre a lareira marcava nove e quinze. Estava otimista o suficiente para apostar que eram nove e quinze da manhã.

Não havia observado o quarto na noite anterior. O cansaço da viagem e a figura bonita de Brianna Concannon fazendo sua cama haviam embotado seu cérebro. Fazia isto agora, aquecido sob as cobertas. As paredes eram forradas de papel, de modo que as diminutas violetas e os botões de rosa subiam do piso ao forro. O fogo, apagado agora, fora montado numa lareira de pedra, e blocos de carvão estavam arrumados em uma caixa pintada, ao lado.

Havia uma escrivaninha que parecia antiga e forte. Sua superfície brilhava de tão polida. Uma lâmpada de bronze, um velho tinteiro e um pote de vidro com *pot-pourri* estavam sobre ela. Sobre a cômoda espelhada, um vaso com flores desidratadas. Duas cadeiras estofadas em cor-de-rosa claro ladeavam uma mesinha. Havia um tapete debruado sobre o piso, combinando com as cores suaves do quarto e os desenhos das flores silvestres na parede.

Gray recostou-se na cabeceira da cama, bocejou. Não necessitava de ambientes quando trabalhava, mas gostou. Considerando tudo, tinha escolhido bem.

Pensou em se virar e voltar a dormir. Ainda não tinha fechado a porta da jaula atrás dele — uma analogia que usava freqüentemente para escrever. Manhãs frias e chuvosas, em qualquer parte do mundo, eram para ser curtidas na cama. Mas lembrou-se de sua anfitriã, a linda Brianna, de faces rosadas. A curiosidade sobre ela o fez levantar-se cautelosamente, pisando no chão gelado.

Ao menos a água era quente, pensou, meio zonzo, sob o chuveiro. E o sabonete tinha um aroma suave, praticamente de uma floresta de pinheiros. Viajando como costumava viajar, já enfrentara muitos chuveiros gelados. O simples ar caseiro do banheiro, as toalhas brancas com um charmoso toque de renda lhe agradavam perfeitamente. Mas também os ambientes geralmente lhe agradavam, desde uma barraca no deserto do Arizona até hotéis luxuosos na Riviera. Gray gostava de pensar que mudava o cenário para satisfazer suas necessidades — até, é claro, suas necessidades mudarem.

Nos próximos meses, ele imaginou que o confortável chalé na Irlanda estaria bom. Particularmente com o acréscimo do benefício de sua linda anfitriã. Beleza era sempre algo mais.

Não viu razão para fazer a barba. Enfiou um jeans e uma camisa surrada. Como o vento tinha diminuído consideravelmente, poderia dar uma caminhada pelos campos, após o café, e até conhecer os arredores.

Mas foi o café que o fez descer.

Não estava surpreso de vê-la na cozinha. O lugar parecia ter sido projetado para ela — a lareira fumacenta, as paredes brilhantes, as bancadas arrumadíssimas.

Ela prendera os cabelos nesta manhã, observou. Imaginou que ela achava que era mais prático. E talvez fosse mesmo, pensou, mas o fato de alguns fios escaparem e flutuarem em torno do pescoço e do rosto tornava-os práticos, sedutores.

Era provavelmente uma péssima idéia sentir-se atraído pela anfitriã.

Ela estava assando alguma coisa e o aroma fez sua boca salivar. Certamente era o cheiro da comida e não a visão dela própria, no avental branco bem passado, que mexia com seus hormônios.

Voltou-se para ele, os braços ocupados com uma grande tigela, cujo conteúdo ela continuava a bater com uma colher de pau. Piscou, surpresa. Então sorriu num acolhimento prudente.

— Bom-dia. Já quer tomar seu café-da-manhã?

— Quero isso que está cheirando.

— Isso não. — Com uma habilidade que ele teve de admirar, colocou o conteúdo da tigela numa forma. — Não está pronto ainda e é um bolo para o chá.

— Maçã — ele disse cheirando o ar. — Canela...

— Seu olfato é bom. Quer um café-da-manhã irlandês ou prefere algo mais *light*?

— *Light* não é o que tenho na cabeça.

— Ótimo, então. A sala de jantar fica depois da porta. Levarei café e alguns pães para alimentá-lo.

— Posso comer aqui? — Lançou-lhe seu mais charmoso sorriso, apoiando-se na porta. — Ou você se incomoda de alguém ficar olhando enquanto cozinha? — Ou apenas olhando para ela, pensou, fazendo o que quer que fosse.

— De maneira alguma. — Alguns hóspedes preferiam isto, embora muitos gostassem de ser servidos. Estendeu-lhe o café que já tinha esquentado. — Gosta puro?

— Assim mesmo. — Bebeu em pé, olhando para ela. — Você cresceu nesta casa?

— Cresci. — Deixou algumas salsichas gordas escorregarem para a panela.

— Acho que mais parece uma casa do que uma pousada.

— Este era o objetivo. Tínhamos uma fazenda, sabe, mas vendemos a maior parte das terras. Conservamos a casa e o chalezinho no caminho, onde moram minha irmã e o marido, de tempos em tempos.

— De tempos em tempos?

— Ele tem uma casa em Dublin também. É dono de galerias de arte. Minha irmã é uma artesã, uma artista.

— Ah, o que ela faz?

Ela sorriu ligeiramente, enquanto continuava cozinhando. Muitas pessoas achavam que artista era sinônimo de pintor, o que sempre irritou Maggie. — Uma artista do vidro. Ela sopra vidro. — Brianna apontou para a tigela no centro da mesa da cozinha. Tons pastéis se combinavam, a borda fluida, como pétalas lavadas pela chuva. — É um trabalho dela.

— Impressionante. — Curioso, aproximou-se e passou a ponta do dedo em torno da borda ondulada. — Concannon — murmurou. Então riu para si mesmo. — Não creio, M. M. Concannon, a sensação irlandesa?

Os olhos de Brianna dançaram de prazer.

— É assim que a chamam mesmo? Ah, ela vai adorar. — O orgulho flamejava. — E você reconheceu o trabalho dela...

— Tinha que reconhecer, acabei de comprar uma... não sei exatamente o que é. Uma escultura, eu acho. Galerias Worldwide, Londres, duas semanas atrás.

— A Galeria de Rogan. Marido dela.

— Bem adequado. — Caminhou até o fogão para voltar a encher a xícara. As salsichas fritas cheiravam quase tão bem quanto a anfitriã. — É uma peça surpreendente. Gelo branco em vidro, com fogo pulsando no interior. Achei que parecia a Fortaleza da Solidão. — Diante de seu olhar inexpressivo, ele riu. — Pelo visto, você não anda por dentro das histórias em quadrinhos. O santuário do Super-Homem, no Ártico, eu acho.

— Ela vai gostar disto. Maggie é boa em santuários. — Num gesto inconsciente, prendeu os fios de cabelos soltos com os grampos. Os nervos estavam um pouquinho abalados. Ela supôs que era pela maneira como ele a olhava, aquela avaliação franca e indisfarçável, desconfortavelmente íntima. Era o lado escritor nele, disse a si mesma, e deixou as batatas caíram na gordura fervente.

— Estão construindo uma galeria aqui em Clare — ela prosseguiu.

— Estará aberta na primavera. Aqui está um mingau de aveia para começar, enquanto o resto está cozinhando.

Mingau de aveia. Era perfeito. Uma manhã chuvosa em uma pousada irlandesa e mingau de aveia numa tigela marrom. Rindo, sentou-se e começou a comer.

— Vai escrever um livro que se passe aqui, na Irlanda? — Olhou por sobre o ombro. — Não sei se posso lhe perguntar isso.

— Claro. Este é o plano. Lugar retirado, campos chuvosos, penhascos altos. — Sacudiu os ombros. — Pequenas vilas ordeiras. Cartões-postais. Mas que paixões e ambições se encontram por baixo delas?

Agora ela riu, virando o bacon.

— Não sei se você acha as paixões e ambições em nossa cidade à altura de suas intenções, Sr. Thane.

— Gray.

— Sim, Gray. — Apanhou um ovo, quebrando-o com uma das mãos na frigideira fumegante. — Agora mesmo, as minhas andaram bem altas, quando uma vaca de Murphy derrubou a cerca e pisoteou minhas rosas no último verão. E, pelo que me lembro, Tommy Duggin e Joe Ryan tiveram uma briga sangrenta do lado de fora do pub de O'Malley, não muito tempo atrás.

— Por causa de uma mulher?

— Não, por uma partida de futebol na televisão. Mas estavam um pouco bêbados na ocasião, foi o que me contaram, e fizeram as pazes tão logo as cabeças pararam de girar.

— Bem, de qualquer forma, ficção não é mais do que uma mentira.

— Não é não. — Os olhos dela, suavemente verdes e sérios, encontraram os dele quando colocou o prato na mesa. — É um tipo diferente de verdade. Seria a sua verdade na época em que escreveu, não seria?

A percepção dela surpreendeu o e quase o embaraçou.

— Sim. Seria mesmo.

Satisfeita, ela voltou ao fogão para arrumar salsichões, tiras de bacon, ovos e panquecas de batata numa travessa.

— Você será a sensação na vila. Você sabe que nós, irlandeses, somos loucos por escritores.

— Não sou Yeats.

Ela sorriu, satisfeita quando ele transferiu saudáveis porções de comida para o seu prato.

— Mas você não quer ser, quer?

Ele ergueu os olhos, mastigando a primeira fatia de bacon. Ela o havia apanhado assim, tão rápido? Logo a ele, que se orgulhava de sua própria aura de mistério — sem passado, sem futuro.

Antes que pudesse pensar numa resposta, a porta da cozinha escancarou e uma mulher entrou em meio à chuva de vento.

— Algum cabeça oca largou o carro no meio da rua, ao lado da casa, Brie. — Maggie parou, despindo uma capa encharcada, e olhou para Gray.

— Culpado — ele falou, levantando a mão. — Esqueci. Vou tirá-lo dali.

— Sem pressa agora. — Acenou para que voltasse a se sentar e tirou o casaco. — Termine seu café. Tenho tempo. Você deve ser o escritor ianque, não é?

— Duplamente culpado. E você deve ser M. M. Concannon.

— Isso mesmo.

— Minha irmã, Maggie — disse Brianna, enquanto servia um chá. — Grayson Thane.

Maggie sentou-se com um leve suspiro de alívio. Os chutes do bebê faziam uma tempestade por si sós. — Um pouco cedo, não?

— Mudança de planos. — Era uma versão mais impetuosa de Brianna, Gray pensou. Cabelos mais vermelhos, olhos mais verdes… mais aguçados. — Sua irmã foi delicada o bastante para não me deixar dormir no jardim.

— Ah, delicada é uma coisa que Brie realmente é. — Maggie serviu-se de um pedaço de bacon no prato. — Bolo de maçã? — perguntou, cheirando o ar.

— Para o chá. — Brianna tirou uma forma do forno, colocando outra no lugar. — Você e Rogan são bem-vindos.

— Talvez a gente apareça. — Pegou um pãozinho de uma cesta e começou a mordiscá-lo. — Planeja ficar por algum tempo, não é?

— Maggie, não amole meu hóspede. Tenho uns pãezinhos sobrando, se quiser levar para casa.

— Ainda não estou indo embora. Rogan está ao telefone e ficará até o dia do Juízo Final. Estava indo à cidade para comprar pão.

— Tenho sobrando para lhe dar.

Maggie sorriu e mordeu o pão outra vez.

— Achei que você teria. — Voltou os aguçados olhos verdes para Gray. — Ela cozinha o bastante para toda a vila.

— Talento artístico está no sangue — Gray disse naturalmente. Depois de espalhar geléia de morango numa fatia de pão, passou o pote amistosamente para Maggie. — Você com o vidro, Brianna com a comida. — Sem constrangimento, olhou para o bolo esfriando sobre o fogão. — Quanto tempo até a hora do chá?

Maggie riu para ele.

— Acho que vou gostar de você.

— Também acho que vou gostar de você. — Levantou-se. — Vou tirar o carro.

— Você poderia apenas colocá-lo na rua.

Ele lançou a Brianna um olhar confuso.

— Como assim na rua?

— Ao lado da casa, a entrada para carro, você diria. Precisa de ajuda com a bagagem?

— Não, dá para trazer sozinho. Prazer em conhecê-la, Maggie.

— O prazer é todo meu. — Lambeu os dedos, esperando até ouvir a porta fechar. — Ele é melhor do que na foto na capa dos livros.

— É.

— Não dá para imaginar um escritor com um corpo desse, todo forte e musculoso.

Sabendo que Maggie estava esperando por uma resposta, Brianna se manteve de costas.

— Admito que ele tem um belo físico. Só não podia esperar que uma mulher casada, no sexto mês de gravidez, fosse prestar tanta atenção assim ao corpo dele.

Maggie bufou.

— Aposto que qualquer mulher prestaria atenção nele. E, se você não prestou, é melhor ver o que há de errado com você, além dos olhos.

— Meus olhos vão muito bem, obrigada. E não era você que estava preocupada comigo, por eu ficar sozinha com ele?

— Isto foi antes de eu decidir gostar dele.

Com um suspiro, Brianna olhou de relance para a porta da cozinha. Duvidava que tivesse muito tempo. Umedeceu os lábios e manteve as mãos ocupadas, arrumando a louça do café.

— Maggie, gostaria que arranjasse um tempinho para voltar mais tarde. Preciso falar com você sobre um assunto.

— Fale agora.

— Não, não posso. — Olhou para a porta da cozinha. — Precisamos estar sozinhas. É importante.

— Você está chateada.

— Não sei se estou chateada ou não.

— Ele fez alguma coisa? O ianque? — Apesar da barriga, Maggie já se levantara e estava pronta para brigar.

— Não, não. Não tem nada a ver com ele. — Irritada, Brianna colocou as mãos na cintura. — Você acabou de dizer que gostou dele.

— Não, se ele estiver chateando você.

— Bem, ele não está. Não me pressione com isso agora. Você vem mais tarde, quando eu tiver certeza de que ele está bem acomodado?

— Claro que venho. — Preocupada, Maggie acariciou o ombro da irmã. — Quer que Rogan venha também?

— Se ele puder. Sim — decidiu, pensando no estado de Maggie. — Por favor, peça a ele para vir com você.

— Antes do chá, então. Duas, três horas?

— Está bom. Leve os pãezinhos, Maggie. Vou ajudar o Sr. Thane a se instalar.

Nada desagradava mais a Brianna do que confrontos, palavras ríspidas, emoções amargas. Crescera numa casa onde o ar estava sempre fervendo com elas. Ressentimentos cresciam até estourar. Desapontamentos explodiam em gritos. Para se defender, ela sempre tentara controlar os próprios sentimentos, dirigindo-os o quanto podia para o extremo oposto dos ataques de ira que haviam servido de proteção à irmã, ante o tormento de seus pais.

Tinha de admitir para si mesma que muitas vezes desejara acordar uma manhã e descobrir que seus pais haviam decidido ignorar a igreja e as tradições e buscar os próprios caminhos. Porém, com mais freqüência, com muito mais freqüência, tinha rezado por um milagre, milagre de ter os pais descobrindo um ao outro novamente e reacendendo a chama que os unira tantos anos antes.

Agora entendia, ao menos em parte, por que aquele milagre nunca podia ter acontecido. Amanda. O nome da mulher era Amanda.

Sua mãe teria sabido? Teria sabido que o marido que acabara por detestar amara outra mulher? Sabia que havia uma criança, adulta agora, resultado daquele amor imprudente, proibido?

Não podia perguntar. Nunca perguntaria, Brianna prometeu a si mesma. A cena terrível que causaria seria mais do que poderia suportar.

Já passara a maior parte do dia temendo dividir o que tinha descoberto com a irmã. Como conhecia Maggie muito bem, sabia que haveria sofrimento, raiva e uma profunda desilusão.

Tinha adiado isso por horas. Covardia, reconhecia envergonhada. Mas disse a si mesma que precisava de tempo para aquietar o próprio coração antes de poder enfrentar a fúria de Maggie.

Gray chegara na hora certa. Ajudá-lo a instalar-se no quarto, responder às suas perguntas sobre as vilas da vizinhança e do interior. E perguntas ele tinha às dúzias. Quando finalmente o viu seguir em direção a Ennis, estava exausta. A energia mental dele era surpreendente, lembrando um contorcionista que ela vira uma vez, numa feira, torcendo-se e transformando-se em formas mirabolantes, recompondo-se outra vez para repetir tudo de novo.

Para relaxar, ajoelhou-se, a fim de esfregar o chão da cozinha.

Eram quase duas horas quando ouviu os latidos de boas-vindas de Con. O chá estava em infusão, os bolos já tinham esfriado e os pequenos sanduíches que preparara estavam cortados em triângulos caprichados. Torceu as mãos uma vez, então abriu a porta da cozinha para a irmã e o cunhado.

— Vieram caminhando?

— Sweeney reclama que preciso de exercício. — O rosto de Maggie estava rosado, os olhos agitados. Inspirou longamente, cheirando o ar. — E vou precisar mesmo, depois do chá.

— Ela anda gulosa estes dias. — Rogan pendurou seu casaco e o de Maggie no cabide na porta. Podia ter vestido calças velhas e sapatos reforçados para caminhar, mas nada podia ocultar o que sua esposa chamava a marca de Dublin que havia nele. Alto, moreno, elegante, podia estar usando um smoking ou trapos. — Foi sorte você nos ter chamado para o chá, Brianna. Ela esvaziou nossa despensa.

— Bem, temos bastante aqui. Sentem perto do fogo que já vou servir.

— Não somos hóspedes — Maggie protestou. — Podemos ficar muito bem na cozinha.

— Passei o dia todo aqui. — Era uma desculpa tola. Para ela, não havia lugar mais convidativo na casa toda. Mas ela desejava, necessitava da formalidade da sala para o que precisava ser feito. — Acendi a lareira e está bem quentinho lá.

— Eu levo a bandeja — Rogan se ofereceu.

Mal se acomodaram na sala, Maggie pegou um pedaço de bolo.

— Coma um sanduíche — Rogan disse a ela.

— Ele me trata mais como uma criança do que como uma mulher carregando uma criança. — Mas pegou um sanduíche primeiro. — Estive contando a Rogan sobre seu atraente ianque. Longos cabelos dourados, músculos bem delineados e grandes olhos castanhos. Ele não vai nos acompanhar para o chá?

— Estamos adiantados para o chá — Rogan observou. — Li seus livros — disse a Brianna. — Tem uma maneira inteligente de colocar o leitor no redemoinho.

— Eu sei. — Ela sorriu ligeiramente. — Adormeci a noite passada com a luz acesa. Ele foi dar uma volta até Ennis e arredores. Ele é muito gentil, vai postar uma carta para mim. — O modo mais fácil, pensou, era, muitas vezes, pela porta dos fundos. — Achei alguns papéis quando estava lá em cima, no sótão, ontem.

— Já não cuidamos dessas coisas antes? — Maggie perguntou.

— Deixamos uma porção de caixas do papai sem mexer. Quando a mamãe estava aqui, parecia melhor não tocar nisso.

— Ela só ia reclamar e esbravejar. — Maggie fez uma careta diante da xícara de chá. — Você não devia ter ido mexer nos papéis dele, sozinha, Brie.

— Não me importo. Estive pensando que poderia transformar o sótão em um loft para hóspedes.

— Mais hóspedes. — Maggie revirou os olhos. — Você é invadida por eles agora, durante a primavera e o verão.

— Gosto de ter pessoas em casa. — Era um velho argumento que ambas nunca veriam com os mesmos olhos. — De qualquer modo, já era hora de ver essas coisas. Havia algumas roupas também, não mais do que trapos agora. Mas encontrei isto. — Levantou-se e foi até uma caixinha. Pegou a roupinha branca rendada. — É um trabalho da vovó, tenho certeza. Papai deve tê-la guardado para seus netos.

— Ah... — Tudo em Maggie se enterneceu. Seus olhos, sua boca, sua voz. Estendeu as mãos, pegando a roupinha. — Tão pequena — murmurou. Exatamente no momento em que ela acariciava o linho, o bebê se mexeu.

— Acho que sua família deve ter separado alguma também, Rogan, mas...

— Usaremos esta. Obrigado, Brie. — Um olhar para o rosto da esposa, e ele decidira. — Aqui, Margaret Mary.

Maggie pegou o lenço que ele oferecia e secou os olhos.

— Os livros dizem que são os hormônios. Pareço sempre estar transbordando.

— Deixe-me guardar para você. — Depois de recolocar a camisolinha na caixa, Brianna deu o próximo passo e mostrou o certificado das ações. — Achei isto também. Papai deve ter comprado ou investido, qualquer coisa que seja, pouco antes de morrer.

Uma olhada no papel fez Maggie suspirar.

— Outro de seus esquemas para fazer dinheiro. — Estava quase tão emocionada com as ações quanto ficara com a camisolinha de bebê. — Bem próprio dele. Então ele pensou que iria às minas, não é?

— Bem, ele tentou mais alguma coisa.

Rogan franziu o cenho para o certificado.

— Vocês querem que eu descubra algo sobre essa companhia?

— Escrevi para eles. O Sr. Thane está enviando a carta para mim. Não dará em nada, imagino. — Nenhum dos esquemas de Tom Concannon surtira algum resultado. — Mas você pode guardar os papéis para mim, até que eu tenha uma resposta.

— São dez mil ações — Rogan apontou.

Maggie e Brianna sorriram uma para a outra.

— E se valerem mais do que os papéis onde estão impressas, ele terá quebrado seu recorde. — Maggie sacudiu os ombros e serviu-se de bolo. — Ele estava sempre investindo em alguma coisa ou começando um novo negócio. Seus sonhos eram grandes, Rogan, e seu coração também.

O sorriso de Brianna se turvou.

— Encontrei mais alguma coisa. Algo que preciso mostrar a você. Cartas.

— Ele era famoso por escrevê-las.

— Não. — Brianna interrompeu, antes que Maggie pudesse iniciar uma de suas histórias. Diga logo, ordenou a si mesma, quando o coração abrandou. Ande. — Estas foram escritas para ele. São três, e acho que seria melhor que você mesma as lesse.

Maggie pôde ver que os olhos de Brianna estavam gelados e distantes. Uma defesa, sabia, contra algo entre um aborrecimento e o desespero.

— Muito bem, Brie.

Sem dizer nada, Brianna apanhou as cartas, colocando-as na mão da irmã.

Maggie teve apenas de olhar para o endereço do remetente no primeiro envelope para que seu coração ficasse pesado. Abriu a carta.

Brianna ouviu o súbito soar do sofrimento. Os dedos que estavam fechados se torceram. Viu Maggie levantar-se, apertar a mão de Rogan. Uma mudança, Brianna pensou com um leve suspiro. Um ano antes, Maggie teria recusado qualquer tipo de ajuda.

— Amanda. — Havia lágrimas na voz de Maggie. — Ele falou Amanda, antes de morrer. Parado lá no penhasco em Loop Head, naquele recanto que ele amava tanto. Íamos lá e ele brincava que atravessaríamos num barco, e nosso próximo porto seria um pub em Nova York. — Agora as lágrimas rolavam. — Em Nova York. Amanda estava em Nova York.

— Ele disse o nome dela. — Brianna levou os dedos à boca. Conteve-se com dificuldade, antes que voltasse ao seu hábito de infância de roer as unhas. — Lembro-me de você ter dito algo sobre isso no velório. Ele disse mais alguma coisa, alguma coisa sobre ela?

— Não disse nada, apenas o nome dela. — Maggie limpou as lágrimas com um gesto furioso. — Não disse nada então, nada mais. Ele a amava, mas não fez nada.

— O que ele poderia ter feito? — Brianna perguntou. — Maggie...

— Alguma coisa. — Rolaram mais lágrimas e houve mais fúria quando Maggie levantou a cabeça. — Qualquer coisa. Meu Deus, ele passou a vida num inferno. Por quê? Porque a Igreja diz que é pecado agir de outro modo. Bem, ele já tinha pecado, não tinha? Havia cometido adultério. Eu o culpo por isto? Acho que não posso, ao lembrar o que ele enfrentou nesta casa. Mas, por Deus, ele não poderia ter ido até o fim?

— Ele ficou por nós. — A voz de Brianna soou firme e fria. — Você sabe que ele ficou por nós.

— Devo me sentir agradecida?

— Vai culpá-lo por amar você? — Rogan perguntou calmamente. — Ou condená-lo por amar mais alguém?

Os olhos dela brilharam. Mas o rancor que lhe veio à garganta se transformou em tristeza.

— Não, nem uma coisa nem outra. Mas ele devia ter tido mais do que lembranças.

— Leia as outras, Maggie.

— Vou ler. Você tinha acabado de nascer quando estas foram escritas — falou enquanto abria a segunda carta.

— Eu sei — Brianna falou num sussurro.

— Acho que ela o amou muito. Dá para sentir o carinho. Não é pedir muito querer amor, carinho. — Maggie olhou para Brianna, buscando algum sinal. Não viu nada, a não ser a mesma fria neutralidade. Suspirando, abriu a última carta, enquanto Brianna sentava-se tensa. — Só queria que ele... — As palavras lhe faltaram. — Ah, meu Deus. Um bebê. — Instintivamente a mão dela desceu para cobrir o seu. — Ela estava grávida.

— Temos um irmão ou uma irmã em algum lugar. Não sei o que fazer.

Choque e fúria fizeram Maggie pular. Xícaras chacoalharam quando ela empurrou a cadeira para andar pela sala.

— O que fazer? Já foi feito, não foi? Vinte e oito anos atrás, para ser bem exata.

Aflita, Brianna já ia se levantar, mas Rogan a deteve.

— Deixe-a — murmurou. — Ela vai melhorar depois.

— Que direito ela tinha de dizer isso a ele e depois ir embora? Que direito ele tinha de deixá-la? — Maggie inquiriu. — E agora, vocês acham que isto sobra para nós? Para nós irmos atrás? Não estamos falando agora de uma criança abandonada, Brianna, mas de uma pessoa adulta. O que isso tem a ver conosco?

— Nosso pai, Maggie. Nossa família.

— Ah, sim, a família Concannon. Deus nos ajude. — Atordoada, ela se inclinou sobre a lareira, olhando cegamente para o fogo. — Então ele era tão fraco assim?

— Não sabemos o que ele fez ou podia ter feito. Talvez a gente nunca saiba. — Brianna inspirou lentamente. — Se a mamãe soubesse...

Maggie interrompeu-a com uma risada curta e amarga.

— Ela não sabia. Você acha que ela não teria usado uma arma dessa para derrubá-lo de vez? Deus sabe que ela usou tudo o mais.

— Então, não há motivo para contar agora, há?

Maggie voltou-se lentamente.

— Você não quer dizer nada?

— Para ela, não. De que adiantaria magoá-la?

Maggie apertou os lábios.

— Você acha que isso a magoaria?

— Tem tanta certeza assim de que não?

A agitação abandonou Maggie tão rapidamente quanto a dominara.

— Não sei. Como posso saber? Sinto como se eles fossem dois estranhos agora.

— Ele amava você, Maggie. — Rogan levantou-se e foi até ela. — Você sabe disso.

— Sei. — Ela deixou-se abraçar. — Mas não sei o que sinto.

— Acho que poderíamos tentar encontrar Amanda Dougherty — Brianna começou — e...

— Não estou conseguindo raciocinar. — Maggie fechou os olhos. Havia emoções demais duelando dentro dela para deixar que ela visse, como desejava, a direção certa a tomar. — Preciso pensar a respeito, Brie. Já levou tanto tempo assim... Pode esperar mais um pouco.

— Desculpe, Maggie.

— Não se sinta responsável por isso. — Um pouco de vivacidade voltou à voz de Maggie: — Você já tem muito com que se preocupar. Me dê só uns dias, Brie, e decidiremos juntas o que fazer.

— Tudo bem.

— Gostaria de ficar com as cartas por enquanto.

— Claro.

Maggie aproximou-se da irmã e acariciou seu rosto pálido.

— Ele também amava você, Brie.

— Do modo dele.

— De todos os modos. Você era seu anjo, seu botão de rosa. Não se preocupe. Vamos encontrar um jeito de fazer o melhor.

Gray não se importou quando o céu de chumbo começou a derramar chuva outra vez. Parou junto ao parapeito de um castelo em ruínas observando um rio indolente. O vento assobiava e gemia entre as rachaduras da pedra. Ele poderia ficar sozinho não somente neste lugar, mas neste país, no mundo.

Era, decidiu, o lugar perfeito para um assassinato.

A vítima poderia ser atraída para cá, poderia estar seguindo antigos e sinuosos caminhos de pedra, poderia desaparecer desamparadamente, até que qualquer migalha de esperança se dissolvesse. Não haveria escapatória.

Aqui, onde sangue antigo fora derramado, onde se infiltrara por entre pedras e terras ainda que não tão profundamente, morte fresca poderia acontecer. Não por Deus, não pelo país, mas por prazer.

Gray já sabia quem era seu vilão, podia imaginá-lo ali golpeando com a faca, cujo fio brilhava, à luz mortiça. Conhecia sua vítima, o terror e a dor. O herói e a mulher que ele amaria eram tão claros para Gray como o fluxo vagaroso do rio abaixo.

E sabia que teria de começar logo para criá-los com palavras. Não havia nada de que gostasse mais, quando escrevia, do que fazer seus personagens respirarem, dando-lhes carne e osso. Descobrindo suas experiências, seus medos secretos, cada desvio e cada ângulo de seu passado.

Talvez isso fosse por não ter seu próprio passado. Tinha construído a si mesmo, camada por camada, tão habilidosa e cuidadosamente como criava seus personagens. Grayson Thane era quem tinha decidido ser, e sua habilidade de contar histórias lhe dera condições de se tornar quem era e o que desejava ser, com algum estilo.

Nunca se consideraria um homem modesto, mas se considerava não mais do que um escritor competente, um fiandeiro de contos.

Escrevia para entreter primeiro a si mesmo e reconhecia sua sorte em atingir a sensibilidade do público.

Brianna estava certa. Não queria ser um Yeats. Ser um bom escritor significava sustentar-se e fazer o que escolhesse. Ser um grande escritor trazia responsabilidades e expectativas que ele não queria enfrentar. Àquilo que Gray escolhia não encarar ele simplesmente virava as costas.

Mas havia ocasiões, como esta, em que ele se perguntava como seria se tivesse raízes, antepassados, uma total devoção à família ou à pátria. As pessoas que haviam construído aquele castelo que ainda existia, aqueles que haviam lutado lá, morrido lá. O que tinham sentido? O que tinham desejado? E como podiam batalhas travadas havia tanto tempo ainda soar no ar, de forma tão clara como a música fatal de espada contra espada?

Havia escolhido a Irlanda por isso, pela história, pelas pessoas cujas lembranças eram remotas e cujas raízes eram profundas. Por pessoas, admitiu, como Brianna Concannon.

Era uma estranha e interessante recompensa que ela fosse tão parecida com a heroína que ele procurava.

Fisicamente, era perfeita. Aquela beleza delicada, luminosa, a graça simples, os modos calmos. Mas, sob a concha, em contraste com aquela generosa hospitalidade, havia um certo alheamento, uma certa tristeza.

Complexidades, pensou, deixando a chuva golpear-lhe o rosto. Ele adorava contrastes e complexidades — quebra-cabeças para resolver. O que havia legado aquele assombro aos seus olhos, aquela frieza defensiva aos seus modos?

Seria interessante descobrir.

Capítulo Três

Pensou que ela estivesse fora, quando voltou. Concentrando-se nos aromas como um cão de caça, Gray foi direto para a cozinha. Foi a voz dela que o fez parar — suave, calma e gelada. Sem sequer pensar em bisbilhotar, voltou-se e seguiu para a porta da sala.

Ele podia vê-la ao telefone. A mão em garra no aparelho, um gesto de raiva ou nervosismo. Não podia lhe ver o rosto, mas a tensão nas costas e ombros denunciava bem seu humor.

— Acabei de chegar, mamãe. Tive de buscar algumas coisas na vila. Estou com um hóspede.

Houve uma pausa, Gray observou enquanto Brianna levava a mão à testa, esfregando-a com força.

— Sim, eu sei. Sinto que isso a tenha aborrecido. Vou aí amanhã. Posso...

Deteve-se obviamente interrompida por algum comentário ácido do outro lado. Gray afastou a vontade de entrar na sala e acalmar os ombros tensos.

— Levarei você aonde quiser amanhã. Nunca disse que estava ocupada demais e sinto que não esteja se sentindo bem. Farei as compras, sim, sem problemas. Antes do almoço, prometo. Tenho que ir agora. Estou com uns bolos no forno. Levarei um para a senhora, tudo bem? Amanhã, mamãe, prometo. — Murmurou um até logo e voltou-se. O abatimento do rosto, pela angústia que sentia, se transformou em choque quando viu Gray e enrubesceu. — Você caminha em silêncio — disse com um leve tom de aborrecimento. — Não o ouvi chegar.

— Não quis interromper. — Não sentia constrangimento algum por ouvir sua conversa, nem por observar as reações perturbadas que se refletiam no rosto dela. — Sua mãe mora perto?

— Não, bem longe. — A voz era cortante agora, aguda, com a raiva que se revolvia dentro dela. Ele ouvira seu sofrimento pessoal e nem achara importante o suficiente para se desculpar. — Vou servir seu chá agora.

— Sem pressa. Há bolos no forno.

Ela o encarou.

— Menti. Devo lhe dizer que abri minha casa para você, mas não minha vida pessoal.

Ele aceitou com um aceno de cabeça.

— Devo lhe dizer que sempre me intrometo. Você está chateada, Brianna. Acho que deveria tomar um chá.

— Já tomei, obrigada. — Seus ombros continuavam tensos quando se moveu passando diante dele. Gray a deteve com o mais leve roçar de sua mão no braço dela. Havia curiosidade nos olhos dele, e ela se ressentiu por isso. Havia pena, e isso ela não queria.

— Muitos escritores têm ouvidos tão abertos quanto um bom atendente de bar.

Ela se mexeu. Apenas um levíssimo movimento, mas colocou distância entre eles, e atingiu seu propósito.

— Sempre cismo com pessoas que julgam necessário contar seus problemas pessoais ao homem que lhes serve cerveja. Trarei seu chá para a sala. Tenho muito que fazer na cozinha para ter companhia.

Gray passou a língua nos dentes, enquanto ela saía. Sabia que tinha sido posto exatamente no seu lugar.

* * *

Brianna não podia culpar o americano pela curiosidade. Também tinha a sua. Gostava de descobrir sobre as pessoas que passavam pela sua casa, ouvi-las falar sobre sua vida e sua família. Podia ser injusto, mas preferia não falar da sua. Era muito mais confortável o papel de espectador. E mais seguro também.

Mas não estava brava com ele. A experiência lhe ensinara que mau humor não resolvia nada. Paciência, boas maneiras e um tom calmo eram proteções mais efetivas e uma arma contra a maioria dos confrontos. Serviram a ela muito bem durante o jantar, e, ao final, parecia que ela e Gray tinham retomado suas posições adequadas de anfitriã e hóspede. O convite casual para que ela o acompanhasse ao pub da vila tinha sido recusado tão casualmente quanto fora feito. Brianna tinha passado uma hora agradável, terminando a leitura de seu livro.

Agora, com o café-da-manhã servido e a louça lavada, preparava-se para dirigir até a casa da mãe e dedicar o resto da manhã a Maeve. Maggie ficaria aborrecida ao saber, Brianna pensou. Mas a irmã não entendia que era mais fácil, certamente menos estressante, simplesmente satisfazer a necessidade que a mãe tinha de tempo e afeição. Inconveniências à parte, eram apenas poucas horas de sua vida.

Quase um ano atrás, antes do sucesso de Maggie tornar possível instalar Maeve com uma acompanhante em sua própria casa, Brianna ficava à disposição de seus chamados e acenos vinte e quatro horas por dia, cuidando de doenças imaginárias, ouvindo reclamações de suas próprias negligências.

E sendo lembrada, a toda hora, que Maeve tinha cumprido seu dever dando-lhe a vida.

O que Maggie não entendia, e pelo que Brianna continuava a se sentir culpada, era que estava disposta a pagar qualquer preço pela serenidade de ser a única dona de Blackthorn Cottage.

E hoje o sol estava brilhando. Havia vestígios da longínqua primavera na brisa leve. Não duraria, Brianna sabia. Aquilo tornava a luz luminosa e o ar suave mais preciosos. Para aproveitar mais, abriu as janelas de seu velho Fiat. Teria de fechá-las novamente e ligar o lento aquecedor, quando apanhasse a mãe.

Olhou de relance para o pequeno e lindo Mercedes que Gray alugara — sem inveja. Ou talvez só com uma pontinha de inveja. Era tão eficientemente vistoso. E combinava com o motorista, à perfeição. Imaginou como seria sentar-se atrás daquele volante só por uns minutos.

Quase se desculpando, afagou o volante de seu Fiat, antes de girar a chave. O motor se esforçou, grunhiu e tossiu.

— Ah, logo agora! Não acredito — murmurou, girando a chave novamente. — Vamos, querido, coragem. Ela odeia quando me atraso.

Mas o motor apenas gaguejou, então morreu com um gemido. Resignada, Brianna saiu e levantou o capô. Sabia que o Fiat, com freqüência, mostrava o humor de uma velha chata. Mas, comumente, ele podia ser persuadido com alguns golpes e pancadas dados com as ferramentas que levava na mala.

Estava pegando uma caixa de ferramentas meio amassada quando Gray apareceu na porta da frente.

— Problemas com o carro? — gritou.

— Ele é temperamental. — Brianna atirou para trás os cabelos e levantou as mangas do suéter. — Só precisa de um pouco de atenção.

Com os polegares enfiados nos bolsos da frente dos jeans, ele se aproximou e olhou embaixo do capô. Não era arrogância, mas quase.

— Quer que eu dê uma olhada?

Ela o encarou. Ainda não se barbeara. A barba por fazer deveria fazê-lo parecer desleixado e desarrumado. No entanto, a combinação disso com os cabelos dourados presos atrás num rabo-de-cavalo eriçado fez Brianna imaginar um astro de rock americano. Ela riu da idéia.

— Entende mesmo de carros ou está oferecendo ajuda porque acha que é sua obrigação por ser homem?

Ele ergueu uma sobrancelha, enquanto pegava a caixa de ferramentas da mão dela. Teve de admitir que ficara aliviado por ela não estar mais brava com ele.

— Chegue para trás, senhorita — ele falou num tom de voz arrastado do Sul. — E não esquente sua linda cabeça. Deixe um homem cuidar disso.

Impressionada, ela balançou a cabeça.

— Você falou exatamente como imaginei Buck falando em seu livro.

— Tem um bom ouvido. — Lançou-lhe um sorriso antes de se enfiar embaixo do capô. — É um peão arrogante, não é?

— Hummm. — Embora estivessem falando de um personagem de ficção, ela não tinha certeza se seria delicado concordar com ele. — Geralmente é o carburador. Murphy prometeu consertá-lo quando tiver tempo.

Ainda com a cabeça e os ombros embaixo do capô, Gray simplesmente girou a cabeça, lançando-lhe um olhar seco. — Bem, Murphy não está aqui, está?

Teve de admitir que não. Mordeu o lábio, enquanto observava Gray trabalhar. Ela apreciara o oferecimento, de verdade. Mas o homem era um escritor, não um mecânico. Não poderia arcar com o prejuízo, se ele estragasse alguma coisa.

— Geralmente, mexo aqui — para mostrar, inclinou-se ao lado de Gray e apontou —, depois ligo o carro.

Ele se voltou e ficaram olho no olho, boca com boca. Ela cheirava esplendidamente, como o ar puro e límpido da manhã. Enquanto ele a olhava, um rubor tingiu as faces dela, os olhos se abrindo um pouco mais. Sua reação rápida e obviamente espontânea poderia tê-lo feito sorrir, se seu sistema operacional não estivesse em pane.

— Não é o carburador, desta vez — falou, imaginando o que ela faria se ele grudasse os lábios justamente naquela pulsação em sua garganta.

— Não? — Ela não conseguiria se mexer, mesmo que corresse risco de vida. Os olhos dele resplandeciam, pensou bobamente, faíscas douradas em meio ao castanho, assim como nos cabelos. Esforçou-se para continuar respirando. — Geralmente é.

Ele se moveu, um teste para ambos, até que os ombros se tocaram. Os adoráveis olhos dela se turvaram de confusão, como um mar sob céus inconstantes. — Desta vez é o cabo da bateria. Está oxidando.

— Foi um inverno úmido.

Se ele se inclinasse apenas um pouquinho, sua boca encontraria a dela. Ao pensar nisso, ela sentiu um frio no estômago. Seria rude, ele seria rude, estava certa. Beijaria como o herói do livro que tinha acabado de ler na noite anterior? Os dentes a mordiscando, enfiando a língua? Todo ele numa busca ardente e feroz, enquanto as mãos...

Ah, Deus. Estava enganada, Brianna percebeu, ela conseguiria se mexer, se corresse risco de vida. Sentiu como se tivesse acontecido, embora ele não tivesse se movido, nem mesmo piscado. Atordoada com a própria imaginação, recuou abruptamente, deixando escapar um gemido angustiado, quando ele também se mexeu.

Ficaram parados, quase abraçados, sob a luz do sol.

O que ele faria?, pensou. O que *ela* faria?

Ele não sabia, ao certo, por que resistira. Talvez por causa das sutis ondas de medo vibrando nela. Talvez pelo choque, ao descobrir que tinha seu próprio medo, comprimindo-lhe a boca do estômago.

Foi ele quem deu um passo atrás, um passo essencial.

— Vou limpar o cabo para você — ele disse. — E tentaremos outra vez.

As mãos dela procuraram uma pela outra, até entrelaçar os dedos.

— Obrigada. Preciso ligar para a minha mãe, dizendo que vou me atrasar.

— Brianna. — Esperou que ela parasse de recuar, até que os olhos dela encontrassem os dele. — Você tem um rosto incrivelmente atraente.

Quando ouviu o elogio, não sabia ao certo como se portar. Concordou com a cabeça.

— Obrigada. Gosto do seu também.

Ele levantou a cabeça.

— Quão cautelosa você quer ser a respeito disso?

Ela levou um momento para entender, outro para encontrar a voz:

— Muito. Acho que muito.

Gray viu-a desaparecer na casa, antes de voltar ao trabalho.

— Tinha medo disso — murmurou.

Logo que ela se pôs a caminho — o Fiat realmente precisava de uma boa revisão —, Gray fez uma longa caminhada pelos campos. Disse a si mesmo que estava absorvendo a atmosfera, pesquisando, preparando-se para trabalhar. Era uma pena que se conhecesse o bastante para entender que estava se acalmando de sua reação a Brianna.

Uma reação normal, assegurou a si mesmo. Afinal, ela era uma mulher bonita. E já havia algum tempo que ele não saía com mulheres. Era de esperar que sua libido se reanimasse.

Houve uma mulher, uma assistente de sua editora na Inglaterra, por quem ele se apaixonara. Brevemente. Mas suspeitara de que ela estava mais interessada em como seu relacionamento contribuiria para sua carreira do que em curtir o momento. Fora aflitivamente fácil para ele evitar que o relacionamento se tornasse íntimo.

Estava ficando cansado, concluiu. O sucesso podia causar isso. Qualquer prazer e orgulho que trouxesse teria um preço. Uma ausência crescente de confiança, uma visão mais deturpada: isso raramente o incomodava. Como poderia, se confiança nunca fora mesmo seu ponto forte? Melhor, pensava, ver as coisas como eram do que como desejaria que fossem. Deixar os *eu quero* para a ficção.

Podia considerar sua reação a Brianna dessa maneira. Ela seria o protótipo para a sua heroína. Uma mulher adorável, serena e sossegada, carregava segredos nos olhos, gelo e brasa, conflitos se agitando sob a pele.

Que tipo de pessoa ela era? Com o que sonhava, de que tinha medo? Eram perguntas a que ele responderia enquanto construía a mulher com palavras e imaginação.

Tinha inveja do assombroso sucesso da irmã? Ressentia-se das exigências da mãe? Havia algum homem que ela desejava e que a desejava também?

Aquelas eram perguntas que demandavam respostas enquanto descobria Brianna Concannon.

Gray começou a pensar que teria de juntar todas elas, antes de poder contar sua história.

Sorriu para si mesmo, enquanto caminhava. Diria a si mesmo aquilo, pensou, porque queria saber. E não tinha qualquer escrúpulo em bisbilhotar pensamentos e experiências de alguém. E nenhuma culpa em juntar aos seus.

Parou, girando lentamente, enquanto olhava em torno de si. Era um lugar onde alguém podia se perder, pensou. Grandes extensões de reluzentes campos verdes, bifurcados com muros de pedra acinzentada, pontilhados com vacas gordas. A manhã estava tão clara, tão radiante, que era possível ver o brilho das vidraças nos chalés a distância, o agitar das roupas penduradas nos varais secando ao vento.

Acima, o céu era uma taça cheia de azul, um perfeito cartão-postal. No entanto, no lado oeste desta taça, nuvens se aglutinavam, bordas arroxeadas ameaçando tempestade.

Ali, que parecia ser o centro de um mundo cristalizado, ele podia sentir o cheiro de grama e gado, vestígios do mar levados pelo ar, e o tênue, muito tênue cheiro de fumaça da chaminé de uma casa. Havia o som do vento na grama, o estalar da cauda das vacas e o clarim forte de um pássaro que celebrava o dia.

Quase se sentia culpado por trazer assassinatos e distúrbios, ainda que ficcionais, para tal lugar. Quase.

Tinha seis meses, Gray pensou. Seis meses antes de o próximo livro chegar às prateleiras e de embarcar, tão animadamente quanto possível, no trem-fantasma de turnês e entrevistas. Seis meses para criar a história que já se formava em sua cabeça. Seis meses para desfrutar este pedacinho do mundo e as pessoas dali.

Então ele os abandonaria, como já abandonara dúzias de outros lugares, centenas de outras pessoas, e seguiria em frente. Era bom nisto: seguir em frente.

Gray pulou um muro baixo e passou para o próximo campo.

O círculo de pedras logo atraiu seus olhos e imaginação. Já vira monumentos bem maiores, estivera na sombra de Stonehenge e sentira o poder. Este só tem cerca de dois metros e meio, a pedra principal não é mais alta do que um homem. Mas, ao vê-lo ali, parado, silencioso, entre vacas que pastavam desinteressadas, parecia-lhe maravilhoso.

Quem teria construído aquilo e por quê? Fascinado, Gray rodeou a circunferência externa primeiro. Somente uma das vergas permanecia no lugar, as outras haviam caído em alguma noite distante. Ao menos, esperava que tivesse sido à noite, durante uma tempestade, e o som delas tombando na terra teria vibrado como o brado de um deus.

Passou uma das mãos sobre a pedra maior. Estava quente do sol, mas trazia algo assustadoramente gélido. Podia usar isso?, imaginou. De alguma maneira combinar esse lugar e os ecos de uma antiga magia em seu livro?

Teria acontecido algum assassinato ali? Caminhou para dentro do círculo, para o centro. Um local para sacrifícios, meditou. Um ritual em que sangue borrifaria a grama verde, manchando a base das pedras.

Ou talvez tivessem feito amor ali. Um desesperado e ávido emaranhado de membros, a grama fria e úmida embaixo, a lua cheia e branca flutuando acima. As pedras protegendo, em guarda, enquanto o homem e a mulher se perdiam no desejo.

Podia imaginar os dois com igual clareza. Mas a segunda o atraía mais, muito mais. Só conseguia ver Brianna deitada na grama, os cabelos soltos, os braços erguidos. A pele dela seria alva como leite, macia como veludo.

Os quadris delgados se arqueariam. E, quando ele a penetrasse, ela gritaria. Aquelas unhas cuidadas arranhariam as costas dele. O corpo dela se arremessaria como um cavalo selvagem sob o dele, mais rápido, mais profundo, mais forte, até...

— Bom-dia...

— Jesus! — Gray saltou para trás. Respiração ofegante, boca seca. Mais tarde, prometeu a si mesmo, mais tarde seria divertido, mas agora se esforçou para arrancar de sua cabeça aquela fantasia erótica e prestar atenção no homem que se aproximava do círculo de pedras.

Era moreno, notavelmente atraente, vestido em roupas de fazendeiro, rudes e grosseiras. Talvez sujas, Gray julgou, um dos estonteantes irlandeses morenos que ostentavam cabelos negros e olhos de cobalto. Os olhos pareciam bem amistosos, algo divertidos.

O cachorro de Brianna saltitava muito feliz em seus calcanhares. Ao reconhecer Gray, Con pulou no círculo para saudá-lo.

— Um lugar interessante — o homem disse no sotaque musical dos condados do Oeste.

— Não esperava encontrar isto aqui. — Afagando a cabeça de Con, Gray caminhou até uma fresta entre as pedras. — Não está registrado em nenhum dos mapas turísticos que tenho.

— Não está não. É o nosso totem, sabe, mas não nos importamos em compartilhá-lo ocasionalmente. Você deve ser o ianque de Brie. — Estendeu uma mão grande e áspera de trabalho. — Sou Murphy Muldoon.

— Das vacas que pisoteiam rosas?

Murphy estremeceu.

— Cristo, ela nunca esquecerá isso. E não repus até o último arbusto? Você deve estar achando que as vacas pisotearam seu primogênito. — Olhou para Con em busca de apoio. O cachorro sentou-se, inclinou a cabeça emitindo sua própria opinião. — Então está hospedado em Blackthorn?

— Sim. Estou tentando sentir o clima da região. — Olhou em volta, outra vez. — Acho que invadi suas terras.

— Não atiramos em invasores nos dias de hoje.

— Bom ouvir isso. — Gray examinou seu companheiro novamente. Havia rigidez ali, pensou, porém muito afável. — Eu estava no pub da vila, a noite passada, no O'Malley, e bebi uma cerveja com um homem chamado Rooney.

— Você quer dizer que pagou uma cerveja para ele. — Murphy riu.

— Duas. — Gray riu de volta. — Ele mereceu, pagou com as fofocas da vila.

— Algumas das quais provavelmente são verdadeiras. — Murphy pegou um cigarro, ofereceu-lhe outro.

Sacudindo a cabeça, Gray enfiou as mãos nos bolsos. Só fumava quando estava escrevendo.

— Acho que seu nome foi mencionado.

— Não duvido nada.

— O que o jovem Murphy está perdendo — Gray começou imitando Rooney, de uma forma que fez Murphy explodir numa risada — é uma boa esposa e filhos fortes para trabalhar a terra com ele. Ele procura perfeição, o Murphy, então passa as noites sozinho numa cama fria.

— E quem diz isso é Rooney, que passa a maior parte das noites no pub, reclamando que a esposa o leva a beber.

— Ele falou isso também. — Gray desviou o assunto para a pergunta que o interessava mais. — E que, desde que o janota roubou Maggie debaixo de seu nariz, você estaria cortejando a irmã mais nova.

— Brie? — Murphy sacudiu a cabeça enquanto soltava a fumaça. — Seria como acariciar minha irmã caçula. — Ele ainda sorria, mas seus olhos estavam cravados em Gray. — Isso era o que você queria saber, Sr. Thane?

— Gray. Sim, é o que eu queria saber.

— Então, vou deixar uma coisa bem clara. Vá com calma. Costumo proteger minhas irmãs. — Satisfeito por definir sua posição,

Murphy tragou calmamente. — Você é bem-vindo para entrar e tomar um chá.

— Obrigado pelo convite, mas fica para outro dia. Há coisas que preciso fazer hoje.

— Bem, então vou deixá-lo ir. Gosto de seus livros — disse isso tão espontaneamente que Gray se sentiu duplamente cumprimentado. — Há uma livraria em Galway que você vai gostar de visitar se for para aqueles lados.

— Pretendo.

— Vai encontrá-la, então. Recomendações a Brianna, sim? E pode dizer que não tenho nenhuma broinha em minha despensa. — O sorriso dele iluminou o lugar. — Ela vai ficar com pena de mim.

Depois de assoviar para o cachorro, que deitara a seu lado, caminhou com a elegância segura de quem atravessa as próprias terras.

Já estava no meio da tarde quando Brianna voltou para casa, extenuada, exaurida, tensa. Ficou agradecida por não encontrar nenhum vestígio de Gray, apenas um bilhete rabiscado às pressas, deixado sobre a mesa da cozinha:

Maggie ligou. Murphy está sem broinhas.

Uma estranha mensagem, pensou. Por que Maggie ligaria para falar que Murphy estava sem broinhas? Com um suspiro, deixou o bilhete de lado. Automaticamente colocou a chaleira no fogo para o chá, antes de separar os ingredientes de que precisava para o frango caipira que encontrara, como um prêmio, no mercado.

Então suspirou, rendendo-se. Sentou-se novamente, dobrou os braços sobre a mesa, deitou a cabeça sobre eles. Não chorou. Lágrimas não ajudariam, não mudariam nada. Fora um dos maus dias de Maeve, cheio de artimanhas, queixas e acusações. Talvez os dias ruins fossem piores agora, porque, no último ano, tinha havido mais dias bons do que ruins.

Quer admitisse ou não, Maeve amava sua casinha. Gostava muito de Lottie Sullivan, a enfermeira aposentada que Brianna e Maggie haviam contratado para acompanhante. Entretanto, nem o demônio seria capaz de arrancar esta simples verdade de sua boca. Estava muito mais contente do que Brianna pensara que fosse capaz.

Mas Maeve nunca esquecia, nunca, que Maggie era responsável por quase cada pedaço de pão que sua mãe desfrutava. E parecia nunca parar de se ressentir disso.

Este dia tinha sido um daqueles em que Maeve descontara na filha mais nova, reclamando de tudo. Com o desgaste adicional das cartas que Brianna encontrara, estava simplesmente exausta.

Fechou os olhos e concedeu-se alguns instantes para seus desejos. Desejava que sua mãe fosse feliz. Que reconquistasse qualquer que fosse o prazer que tivesse tido na juventude. Desejou, ah, desejou mais do que tudo que pudesse amar a mãe com um coração aberto e generoso, e não apenas com dever frio e desespero arrasador.

E desejou uma família, a casa cheia de amor, vozes, risadas. Não apenas hóspedes transitórios que chegavam e partiam, mas permanentes.

Se desejos fossem moedas, Brianna pensou, seríamos ricos como Midas. Levantou-se, sabendo que a fadiga e a depressão desapareceriam logo que começasse a trabalhar.

Gray teria um bom frango assado para o jantar, reforçado por um pão de ervas e um rico molho.

E Murphy, que Deus o abençoe, teria suas broas.

Capítulo Quatro

Em poucos dias, Brianna se acostumara à rotina de Gray e ajustara-se a ela. Ele era bom de garfo, raramente perdia uma refeição, embora logo tenha percebido que não era muito de respeitar horários. Entendia que ele estava com fome quando começava a rondar a cozinha. Qualquer que fosse a hora, ela lhe preparava um prato. E tinha de admitir que apreciava vê-lo gostar de sua comida.

Muitas vezes, ele saía para o que ela chamava de "suas excursões". Se pedia sugestões, ela dava algumas indicações ou sugeria algum lugar que ele poderia gostar de ver. Mas, geralmente, ele saía com um mapa, um caderno e uma câmera.

Ela ia ao quarto dele, quando ele estava fora. Qualquer um que arruma coisas de outra pessoa começa a compreendê-la. Brianna percebeu que Grayson Thane era bem cuidadoso com as coisas que pertenciam a ela. As macias toalhas dos hóspedes nunca estavam jogadas no chão ou amontoadas e úmidas em algum canto, nunca havia nenhuma roda molhada, de copo ou xícara, esquecidos sobre os móveis. Mas tinha total descuido e descaso com o que era dele. Podia limpar a lama das solas antes de entrar. Entretanto, nunca limpava o couro caro ou o engraxava.

Então ela o fazia.

As roupas traziam etiquetas de lojas finas do mundo todo. Mas nunca eram passadas e muitas vezes eram jogadas negligentemente sobre uma cadeira ou penduradas, de qualquer jeito, no guarda-roupa.

Por conta própria, ela começou a lavar a roupa dele, e tinha de admitir que era prazeroso pendurar suas camisas na corda quando o dia estava ensolarado.

Ele não guardava lembranças de amigos ou família, não fazia nenhuma tentativa de personalizar o quarto onde morava agora. Havia livros, caixas deles — mistérios, novelas de horror, suspenses de espionagem, romances, clássicos, livros de não-ficção sobre procedimentos policiais, armas e assassinato, psicologia, mitologia, bruxaria, um manual de mecânica, o que a fez sorrir, e assuntos bem variados, como arquitetura e zoologia.

Parecia não existir algo que não o interessasse.

Sabia que preferia café, mas tomaria um pouco de chá, se fosse bem forte. Tinha dentes como de um garoto de dez anos, e a energia de um.

Ele era curioso — não havia assunto sobre o qual não perguntasse. Mas havia uma gentileza natural nele que tornava difícil repeli-lo. Nunca deixava de se oferecer para fazer alguma coisa para ajudá-la ou para levar algum recado, e já o vira, sorrateiramente, dar pedaços de comida para Con quando pensava que ela não estava olhando.

De modo geral, era um hóspede excelente — ele lhe oferecia companhia, lucro e o trabalho que adorava. Ela lhe proporcionava uma boa estrutura. Embora não conseguisse relaxar totalmente perto dele. Ele nunca se referira àquele momento de súbita atração entre eles. Mas ela estava ali — no modo como sua pulsação subia quando entrava num cômodo e o encontrava inesperadamente. Na maneira como seu corpo se excitava quando ele dirigia aqueles olhos dourados para ela e simplesmente a olhava.

Brianna se culpava por isso. Fazia muito, muito tempo desde que se sentira profundamente atraída por um homem. Desde que Rory McAvery lhe deixara uma cicatriz no coração, um vazio em sua vida e uma repulsa cruel por qualquer homem.

Como nutria esse tipo de sentimento por um hóspede, Brianna decidira que era sua obrigação calar.

Mas, enquanto estendia a colcha na cama dele, afofava seus travesseiros, imaginava aonde suas excursões o levariam hoje.

Ele não havia ido longe. Gray decidira andar naquela manhã e desceu a estrada estreita, vagando sob os céus sombrios e ameaçadores. Passou por algumas construções, viu o abrigo de um trator, fardos de feno empilhados do lado de fora. De Murphy, imaginou, e começou a pensar como seria ser um fazendeiro.

Possuir terras, ser responsável por elas. Arar, plantar, cuidar, ver as coisas crescerem. Ficar de olho no céu, cheirando o ar, pressentir uma virada do tempo.

Não uma vida para Grayson Thane, pensou, mas imaginou que alguns a achariam gratificante. Observara aquele simples orgulho de proprietário no andar de Murphy Muldoon, um homem que sabia que seus pés pisavam no que era seu.

Mas possuir terra, ou qualquer coisa, significava ficar preso a ela. Teria de perguntar a Murphy como se sentia a respeito disso.

Gray podia ver o vale desse local, e a encosta das montanhas. De longe veio o ágil e feliz latido de um cão. Con, talvez, procurando aventuras, antes de ir para casa e deitar a cabeça no colo de Brianna.

Gray tinha de invejar o privilégio do cachorro.

Com uma careta, Gray enfiou as mãos nos bolsos. Andava se esforçando para manter aquelas mãos longe de sua sutilmente sexy anfitriã.

Já dissera a si mesmo que ela não usava aqueles aventais impecáveis ou prendia os cabelos num coque para seduzi-lo. Mas funcionava assim. Era improvável que ela zanzasse pela casa cheirando a flores silvestres e cravo só para enlouquecê-lo. Mas ele estava padecendo.

Além da atração física — o que já era bem difícil de controlar —, havia aquele ar de segredos e tristeza. Tinha de transpor aquela parede de reserva e descobrir o que a estava preocupando. O que estava pondo sombras em seus olhos.

Não que pretendesse envolver-se com ela, assegurou a si mesmo. Sentia-se apenas curioso. Conquistar amigos era coisa que fazia facilmente, por interesse sincero e natureza afável. Mas amigos íntimos, do tipo com que um homem mantém contato ao longo dos anos, com quem se preocupa, de quem sente falta quando está longe, não estavam em sua programação.

Grayson viajava livre e freqüentemente.

O pequeno chalé com a porta da frente extravagantemente pintada o fez parar. Um anexo fora construído na parte sul, quase tão grande como a casa original. A terra que tinha sido deslocada era agora uma montanha de barro que deliciaria qualquer criança de cinco anos.

A pequena casa descendo a rua?, pensou. Onde a irmã de Brianna e o cunhado moravam de tempos em tempos? Ele concluiu que a porta magenta era coisa de Maggie e entrou para dar uma olhada.

Durante os poucos minutos seguintes, deu-se ao prazer de ficar bisbilhotando a nova construção. Alguém sabia o que estava fazendo ali, pensou. A estrutura era firme, o material era da melhor qualidade. O anexo foi feito para o bebê, deduziu, avançando para a parte de trás. Foi então que se deparou com um prédio nos fundos.

A oficina de vidro dela. Contente com a nova descoberta, avançou pelo caminho no gramado úmido. Ao chegar lá, colocou as mãos em concha contra o vidro e examinou-a. Podia ver fornos, bancadas, ferramentas, que despertaram sua curiosidade e imaginação. Prateleiras repletas de trabalhos em andamento. Sem nenhum escrúpulo, dirigiu-se à porta.

— Está querendo ter seus dedos quebrados?

Voltou-se. Maggie estava parada na porta dos fundos do chalé, uma xícara fumegante numa das mãos. Vestia um suéter folgado, calças de veludo cotelê e uma carranca. Gray riu para ela.

— Não exatamente. É aqui que você trabalha?

— É. Como você trata pessoas que, sem serem convidadas, bisbilhotam seu estúdio?

— Não tenho um estúdio. Que tal um tour?

Ela melhorou o humor.

— Você é bem atrevido, não é? Mas tudo bem, já que não estou fazendo nada. Sua majestade já saiu — reclamou, atravessando o gramado. — Nem me acordou. Deixar um bilhete é tudo o que ele faz, dizendo para tomar um café decente e manter os pés para o alto.

— E você fez isso?

— Eu teria feito se não tivesse ouvido alguém andando pela minha propriedade.

— Desculpe. — Mas ainda ria para ela. — Para quando é o bebê?

— Primavera. — Sem querer, ela se enterneceu. Bastava mencionar o bebê. — Ainda tenho algumas semanas pela frente, e se o pai continuar me paparicando terei que matá-lo. Bem, entre então, já que está aqui.

— Vejo que esta hospitalidade afável vem de família.

— Não. — Agora, um sorriso se insinuou nos lábios dela. — Brianna ficou com toda a amabilidade. Olhe — falou, enquanto abria a porta. — Não toque em nada ou quebro seus dedos.

— Sim senhora. É lindo! — Começou a explorar no minuto em que entrou, caminhando para as bancadas, inclinando-se para checar o forno. — Você estudou em Veneza, não?

— Estudei sim.

— O que a levou a optar por esta profissão? Deus, odeio quando me fazem esta pergunta. Esqueça. — Riu para si mesmo e caminhou até as pipetas. Os dedos comichavam de vontade de tocar nelas. Cauteloso, olhou de volta para ela, avaliando. — Sou bem maior do que você.

Ela concordou com a cabeça.

— Mas sou malvada. — Brincou e apontou um estilete para ele. Ele avaliou a lâmina. — Ótima arma para um assassinato.

— Vou me lembrar disto na próxima vez que alguém interromper meu trabalho.

— Então, como é o processo? — Olhou para os desenhos espalhados sobre o banco. — Rascunha suas idéias?

— Muitas vezes. — Bebericou o chá, olhando para o sujeito. Na verdade, havia algo no modo como ele se movia, leve e fluido, sem qualquer alvoroço, que a fez ansiar pelo seu bloco de desenhos. — Querendo aprender?

— Sempre. Deve ser bem quente aqui dentro, quando os fornos estão funcionando. Você funde as coisas aqui, e depois?

— Faço um esboço, uma bola. — Durante os trinta minutos seguintes ela lhe explicou, passo a passo, todo o processo de soprar um vaso de vidro feito à mão.

O homem era cheio de perguntas, pensou. Perguntas intrigantes, admitiu, do tipo que faz você ir adiante do processo técnico até à intenção da criação que existe por trás. Ela poderia ter resistido a elas, mas o entusiasmo dele tornava mais difícil. Em vez de apressá-lo, descobriu-se respondendo às perguntas, demonstrando, rindo com ele.

— Continue assim e vou encarregar você do pontel, cara. — Divertida, deslizou a mão sobre a barriga. — Bem, entre e tome um chá quentinho.

— Você não teria alguns bolinhos, biscoitos, de Brianna?

Maggie ergueu a sobrancelha.

— Tenho.

Pouco depois, Gray estava instalado na cozinha de Maggie, com um prato de biscoitos de gengibre.

— Juro que ela devia vender isso — disse, com a boca cheia. — Ficaria rica.

— Ela prefere dá-los às crianças da vila.

— Fico surpreso por ela não ter filhos. — Esperou um golpe. — Não observei nenhum homem aparecer para uma visita.

— E você é do tipo observador, não é, Grayson Thane?

— Seria de esperar. É uma mulher bonita.

— Não discordo. — Maggie colocou água quente num bule de chá.

— Você me faz puxar pelo resto — murmurou. — Ela tem alguém ou não?

— Por que não pergunta a ela? — Irritada, Maggie deixou o bule sobre a mesa, fechando o rosto para ele. Ele tinha o talento, pensou, de fazer você querer lhe contar o que ele queria saber. — Não. — Colocou com um baque uma caneca na mesa, na frente dele. — Não tem ninguém. Ela espanta e afasta todos. Prefere passar a vida cuidando dos hóspedes ou correndo a Ennis toda vez que nossa mãe funga. Autoflagelamento é o que nossa Santa Brianna sabe fazer melhor.

— Está preocupada com ela — Gray murmurou. — O que a está aborrecendo, Maggie?

— É assunto de família. Deixe pra lá. — Muito depois, ela encheu a xícara dele e a dela. Suspirou, então, e sentou-se. — Como sabe que ela está aborrecida?

— Transparece. Nos olhos. Assim como nos seus, agora.

— Logo tudo vai se resolver. — Maggie fez um esforço determinado para deixar aquilo de lado. — Você sempre se intromete na vida das pessoas assim?

— Quase sempre. — Provou o chá. Estava forte o bastante para levantar um defunto. Perfeito. — Ser escritor é uma ótima desculpa para ser curioso. — Então os olhos dele mudaram, ficaram sérios. — Gosto dela. É impossível não gostar. Me incomoda vê-la triste.

— Pode ser amigo dela. Você tem talento para fazer com que as pessoas falem. Use-o com ela. Mas tenha cuidado — acrescentou antes que Gray pudesse falar. — Ela é muito sensível. Se você a ferir, faço o mesmo com você.

— Combinado. — Hora de mudar de assunto, pensou. Apoiou o pé calçado de bota sobre o joelho. — Então, que história é essa com nosso chapa, o Murphy? O cara de Dublin realmente roubou você debaixo do nariz dele?

Por sorte, ela já tinha engolido o chá ou teria engasgado. Começou a rir contidamente, até irromper numa gargalhada que fez seus olhos se encherem d'água.

— Perdi alguma piada? — Rogan perguntou da soleira da porta. — Respire fundo, Maggie, está ficando vermelha.

— Sweeney. — Ela engoliu o ar numa risada e buscou a mão dele. — Este é Grayson Thane. Estava querendo saber se você apertou a goela de Murphy para me cortejar.

— Não de Murphy — disse divertido —, mas tive que apertar várias partes de Maggie, terminando com a cabeça dela, que precisava de algum juízo. É um prazer conhecê-lo — acrescentou, estendendo a Gray a mão livre. — Passei muitas horas entretido com suas histórias.

— Obrigado.

— Gray ficou me fazendo companhia — Maggie falou. — E, agora, estou num ótimo humor para gritar com você por não me acordar esta manhã.

— Você precisava dormir. — Serviu-se de chá, estremecendo depois do primeiro gole. — Puxa, Maggie, precisa sempre fazer tão forte assim?

— Lógico. — Inclinou-se para a frente, apoiando o queixo na mão. — De que parte dos Estados Unidos você é, Gray?

— Parte alguma, em particular. Mudo sempre.

— Mas e sua casa?

— Não tenho casa. — Mordiscou outro biscoito. — Do jeito que viajo, não preciso de uma.

A idéia era fascinante. Maggie inclinou a cabeça, examinando-o.

— Você simplesmente vai de um lugar para outro com o quê?... carregando as roupas nas costas?

— Basicamente, pouco mais do que isso. Às vezes acabo pegando alguma coisa à qual não resisto, como aquela escultura sua em Dublin. Aluguei um espaço em Nova York, uma espécie de depósito para guardar coisas. É onde estão meu editor e meu agente. Então, volto sempre uma ou duas vezes por ano. Posso escrever em qualquer lugar — falou com um dar de ombros. — Então, escrevo.

— E sua família?

— Você está se intrometendo, Margaret Mary.

— Ele que começou — disparou para Rogan.

— Não tenho família. Vocês já escolheram o nome do bebê? — Gray perguntou simplesmente mudando de assunto.

Reconhecendo a tática, Maggie franziu a sobrancelha. Rogan lhe deu uma cutucada no joelho por sob a mesa, antes que ela pudesse dizer qualquer coisa.

— Não chegamos a um acordo. Mas esperamos decidir antes de ele ir para a universidade.

Delicadamente, Rogan conduziu a conversa para um papo descontraído e impessoal, até que Gray levantou-se para sair. Logo que ficou sozinha com o marido, Maggie tamborilou os dedos sobre a mesa.

— Eu teria descoberto mais sobre ele, se você não tivesse interferido.

— Não é da sua conta. — Inclinou-se e beijou-a na boca.

— Talvez seja. Gosto bastante dele. Mas seus olhos brilham quando fala em Brianna. Não estou certa se gosto *disto*.

— Não é da sua conta também.

— Ela é minha irmã.

— E bem capaz de se cuidar sozinha.

— Você entende muito disso — ela grunhiu. — Os homens sempre acham que conhecem as mulheres, quando não conhecem absolutamente nada.

— Conheço você, Margaret Mary. — Num movimento delicado, ergueu-a da cadeira, tomando-a em seus braços.

— O que você está querendo?

— Estou querendo levar você para a cama, deixá-la nua e fazer amor com todo o cuidado do mundo.

— Ah, é mesmo? — Ela atirou os cabelos para trás. — Está é querendo me distrair do assunto.

— Vamos ver se consigo fazer isso direitinho.

Ela sorriu e jogou os braços em volta do pescoço dele.

— Acho que devo, pelo menos, lhe dar uma chance.

Quando Gray voltou a Blackthorn Cottage, encontrou Brianna passando cera no chão da sala, em círculos lentos, quase amorosos. A cruzinha de ouro que ela muitas vezes usava balançava na corrente fininha como um pêndulo e refletia rápidos lampejos de luz. Ela colocara uma música, uma melodia alegre que acompanhava cantando em irlandês. Encantado, agachou-se ao lado dela.

— O que essas palavras significam?

Ela estremeceu. Ele tinha um jeito de se mover que apenas agitava o ar. Afastou os cabelos dos olhos e continuou polindo.

— É sobre ir para a guerra.

— Soa tão alegre para ser sobre guerra.

— Ah, somos felizes o suficiente para lutar. Você voltou mais cedo do que de costume. Quer um chá?

— Não, obrigado. Acabei de tomar um na casa de Maggie.

Só então ela levantou os olhos.

— Esteve visitando Maggie?

— Pensei em dar uma volta e acabei na casa dela. Ela me levou para conhecer sua oficina de vidro.

Brianna riu. Então, vendo que ele estava sério, sentou-se nos calcanhares.

— E como, por Deus, você conseguiu uma proeza dessas?

— Pedi. — Sorriu. — Ela estava um pouco irritada no início, mas acabou cedendo. — Inclinando-se para Brianna, ele respirou fundo. — Você cheira a limão e cera de abelhas.

— Não é nenhuma surpresa. — Teve de limpar a garganta. — É com o que estou lustrando o chão. — Deixou escapar um som sufocado, quando ele lhe pegou a mão.

— Você deveria usar luvas para fazer trabalhos pesados.

— Elas me atrapalham. — Sacudiu a mão, mas ele a reteve. Embora tentasse olhar firme, só conseguiu um olhar angustiado. — Você está no meu caminho.

— Já vou embora. — Ela parecia tão divinamente bela, pensou, ajoelhada no chão com o pano de polir e as faces ruborizadas. — Saia comigo esta noite, Brie. Deixe-me levá-la para jantar.

— Tenho um... tenho carneiro — gaguejou — para fazer uma torta.

— Não dá para guardar?

— Dá, mas... Se você enjoou da minha comida...

— Brianna. — Sua voz era doce, persuasiva. — Quero levá-la para sair.

— Por quê?

— Porque tem um rosto lindo. — Roçou os lábios pelos nós de seus dedos, fazendo o coração dela saltar para a garganta. — Porque acho que seria bom para você ter outra pessoa cozinhando, ao menos por uma noite.

— Gosto de cozinhar.

— Eu gosto de escrever, mas é sempre bom ler alguma coisa que alguém mais tenha suado em cima.

— Não é a mesma coisa.

— Claro que é. — Com a cabeça inclinada, lançou-lhe um olhar cortante. — Você não está com medo de ficar sozinha comigo num restaurante, está?

— Que coisa boba para se dizer! — Que coisa boba, percebeu, para ela sentir!

— Ótimo, então está combinado. Às sete. — Esperto o bastante para saber quando recuar, Gray ergueu-se e saiu.

Ela disse a si mesma para não se preocupar com o vestido, mas se atormentou do mesmo modo. Afinal, escolheu o que Maggie havia trazido de Milão. Mangas longas e gola alta, parecia simples, bem básico, até que fosse vestido. Com um corte bem-feito, a lã leve e delicada, tinha um drapeado sobre as curvas revelando tanto quanto escondia.

Calma, Brianna disse a si mesma, ele fica bem para jantar fora, e era um pecado não usá-lo, já que Maggie gastara tempo e dinheiro com ele. E o contato com a pele era adorável.

Irritada com a contínua agitação dos nervos, pegou o casaco, um preto liso, com forro remendado, e dobrou-o sobre o braço. Era só um convite para uma refeição, lembrou a si mesma. O gesto delicado de um homem que ela vinha alimentando por mais de uma semana.

Inspirando fundo pela última vez, saiu do quarto para a cozinha e começou a descer para o hall de entrada. Ele acabara de descer as escadas. Envergonhada, ela hesitou.

Ele parou onde estava, um pé ainda no degrau de baixo, segurando o corrimão. Por um momento, eles só fitaram um ao outro, num daqueles estranhos e fugazes instantes de magia. Então ele se adiantou e a sensação se desvaneceu.

— Ora, ora... — Os lábios dele se curvaram num lento e satisfeito sorriso. — Você parece uma pintura, Brianna.

— Você está usando terno. — E está lindo nele.

— Agüento um de vez em quando. — Pegou o casaco dela, colocando-o sobre os ombros.

— Você ainda não disse aonde vamos.

— Comer. — Colocou um braço em torno da cintura dela e levou-a para fora.

O interior do carro a fez suspirar. Cheirava a couro, e o couro era macio como manteiga. Ela deslizou os dedos sobre o assento, enquanto ele dirigia.

— É muita gentileza sua fazer isto, Gray.

— Isso nada tem a ver com gentileza. Estava ansioso para sair e desejava ter você comigo. Você nunca vai ao pub à noite.

Ela relaxou um pouco. Então era aonde iam.

— Não tenho ido ultimamente. Gosto de dar uma passada lá, uma vez ou outra, para ver todo mundo. Os O'Malley ganharam outro neto esta semana.

— Eu sei. Eles me ofereceram uma cerveja para comemorar.

— Acabei de fazer um saco para o nenê. Devia ter trazido comigo.

— Não vamos ao pub. Que saco é esse?

— Uma espécie de fronha, você coloca o bebê dentro. — Quando passaram pela vila, ela sorriu. — Olhe, lá estão o Sr. e a Sra. Conroy. Mais de cinqüenta anos casados e ainda andam de mãos dadas. Devia vê-los dançando.

— Foi o que também me disseram sobre você. — Olhou para ela. — Que você já ganhou concursos.

— Quando era criança. — Sacudiu os ombros. Arrependimentos eram um prazer idiota. — Nunca levei a sério. Era só um divertimento.

— O que faz por divertimento, agora?

— Ah, uma coisa ou outra. Você guia bem para um ianque. — Deixou escapar uma risada diante de sua aparência calma. — Quero dizer que há muita gente da sua terra que tem dificuldade para se adaptar às nossas ruas e dirigir do lado certo.

— Não vamos discutir qual é o lado certo, mas passei muito tempo na Europa.

— Você não tem um sotaque que eu possa localizar, isto é, outro além do americano. Faço um tipo de jogo com isto, sabe, imaginando sobre os meus hóspedes.

— Deve ser porque não sou de lugar algum.

— Todo mundo é de algum lugar.

— Nem todo mundo. Há mais nômades por aí do que você imagina.

— Então, você está dizendo que é um cigano. — Ela jogou os cabelos para trás e analisou o perfil dele. — Bem, é algo em que não tinha pensado.

— O que quer dizer?

— A noite em que você chegou. Achei que parecia um pouco com um pirata, ou um poeta, também um boxeador, mas não um cigano. Mas combina também.

— E você parecia uma visão, camisola branca balançando, cabelos soltos, coragem e medo, em guerra, nos olhos.

— Não estava com medo. — Ela viu a placa pouco antes de ele sair na estrada. — Aqui? Castelo Drumoland? Mas não podemos.

— Por que não? Fui informado de que a cozinha é excelente.

— E é mesmo, mas muito caro também.

Ele riu, diminuindo a marcha para desfrutar a vista do castelo, cinzento e glorioso no alto da montanha, brilhando sob as luzes.

— Brianna, sou um cigano muito bem pago. Assombroso, não é?

— Verdade. E os jardins... você não pode ver bem agora. O inverno tem sido tão rigoroso, mas eles têm jardins belíssimos. — Ela olhou o gramado, avistando um canteiro de roseiras ainda em botões. — Nos fundos há um jardim-de-inverno. É tão lindo que nem parece real. Por que você não ficou num lugar como este?

Ele estacionou o carro e desligou-o.

— Quase fiquei, então ouvi falar de sua pousada. Pode chamar de impulso. — Lançou-lhe um sorriso luminoso. — Gosto de impulsos.

Desceu do carro, tomando a mão dela para guiá-la pelo caminho de pedras até o enorme vestíbulo.

Era espaçoso e luxuoso, como castelos deviam ser, com madeira escura e grossos tapetes vermelhos. Havia um aroma de madeira do fogo, o brilho dos cristais, o som solitário de uma harpa.

— Fiquei num castelo na Escócia — ele começou, andando na direção da sala de jantar, com os dedos entrelaçados nos dela. — E outro na Cornualha. Lugares fascinantes, cheios de espectros e sombras.

— Você acredita em fantasmas?

— Claro. — Os olhos dele encontraram os dela, enquanto ele se adiantava para lhe tirar o casaco. — Você não?

— Acredito sim. Temos alguns lá em casa, sabe?

— O círculo de pedras.

Embora tivesse ficado surpresa, percebeu que não devia. Ele teria estado lá e teria sentido.

— Lá sim, e em outros lugares.

Gray voltou-se para o maître.

— Thane — disse simplesmente.

Foram recepcionados e conduzidos até a mesa deles. Quando Gray recebeu a carta de vinhos, olhou para Brianna.

— Gostaria de tomar um vinho?

— Seria bom.

Depois de uma rápida olhada, sorriu para o sommelier.

— Chassagne-Montrachet.

— Sim, senhor.

— Com fome? — perguntou a Brianna, que estava quase devorando o cardápio.

— Estou tentando decorá-lo — ela sussurrou. — Jantei uma vez aqui com Maggie e Rogan e quase consegui copiar este frango ao mel e vinho.

— Leia por prazer — sugeriu. — Conseguiremos uma cópia do menu para você.

Olhou-o por sobre o cardápio.

— Eles não darão uma cópia para você.

— Claro que sim.

Com uma risadinha, ela escolheu seu prato ao acaso. Depois que tinham feito os pedidos e provado o vinho, Gray inclinou-se para a frente.

— Agora me fale.

Ela piscou.

— Falar o quê?

— Sobre os fantasmas.

— Ah. — Sorriu, deixando um dedo deslizar pelo cálice. — Bem, acontece que, alguns anos atrás, havia dois amantes. Ela estava noiva de outro, então se encontravam em segredo. Ele era pobre, um simples fazendeiro, e ela, filha de um lorde inglês. Mas eles se amavam e faziam planos desesperados para fugir e ficar juntos. Uma noite, encontraram-se no círculo de pedras. Lá, pensaram, naquele lugar sagrado, mágico, eles pediriam aos deuses para abençoá-los. Ela estava grávida dele, sabe, e não tinham tempo a perder. Ajoelharam-se lá, bem no centro, e ela lhe contou que esperava um filho dele. Dizem que choraram juntos, com alegria e medo, enquanto o vento açoitava, frio, e as pedras os protegiam. E lá se amaram pela última vez. Ele disse a ela que iria pegar seu cavalo no campo, juntar tudo o que podia, e voltaria para buscá-la. Fugiriam naquela noite.

Brianna suspirou, os olhos sonhadores.

— Então, ele a deixou lá. No centro do círculo de pedras. Mas, quando chegou à fazenda, estavam esperando por ele. Os homens do lorde inglês. Atacaram-no, de modo que seu sangue manchou a terra, queimaram sua casa e sua colheita. Enquanto morria, ele só pensava em sua amada.

Interrompeu-se com aquele senso inato de quem sabe contar bem uma história. O harpista, em outro canto da sala, dedilhava suavemente uma balada de amor malfadado.

— E ela o esperou lá, no centro do círculo de pedras. Enquanto esperava, sentiu frio, tanto frio que começou a tremer. A voz do amante chegou a ela através dos campos, como lágrimas no ar. Ela soube que ele estava morto. Então, deitou-se, cerrou os olhos e levou a si mesma até ele. Quando a encontraram, na manhã seguinte, ela estava sorrindo. Mas estava fria, muito fria, e seu coração não batia mais. Há noites que, se você fica no centro do círculo de pedras, consegue ouvi-los sussurrando promessas um ao outro e a grama cresce úmida pelas suas lágrimas.

Deixando escapar um longo suspiro, Gray recostou-se e bebericou o vinho.

— Você tem talento, Brianna, para contar histórias.

— Conto apenas como me contaram. Você vê como o amor sobrevive. Ao medo, ao sofrimento e até mesmo à morte.

— Já os ouviu sussurrando?

— Já. E chorei por eles. E os invejei. — Recostou-se, espantando a melancolia. — E que fantasmas você conhece?

— Bem, vou contar uma história a você. Nas montanhas, não muito longe dos campos de Culladon, um único montanhês vagava.

— Isto é verdade, Grayson, ou você está inventando?

Tomou a mão dela e beijou.

— Você é quem vai me dizer.

Capítulo Cinco

Nunca tivera uma noite como aquela. Cada detalhe colaborava para uma lembrança maravilhosa — o homem deslumbrante que parecia fascinado por cada uma de suas palavras, a decoração romântica do castelo, sem as inconveniências medievais, a gloriosa comida francesa, o vinho fino.

Não sabia, ao certo, como lhe retribuiria — particularmente o menu que Gray conseguira do maître, com seu poder de sedução.

Começou da única maneira que sabia, planejando um café-da-manhã especial.

Quando Maggie chegou, a cozinha estava repleta de aromas de frituras e Brianna cantava.

— Bem, vejo que está tendo uma ótima manhã.

— Estou mesmo. — Atirou pra cima uma grossa fatia de torrada temperada. — Quer tomar café, Maggie? Há mais do que o suficiente.

— Já tomei. — Aquilo foi dito com algum arrependimento. — E Gray?

— Não desceu ainda. Geralmente ele já está cheirando as panelas a esta hora do dia.

— Então estamos sozinhas no momento.

— Sim. — Sua aparência tranqüila se desfez. Colocou o último pedaço de torrada cuidadosamente no prato e levou-o para o forno para se manter quente. — Você veio para falar sobre as cartas.

— Deixei você se preocupando com isto tempo demais, não? Sinto muito.

— Nós duas precisávamos pensar. — Brianna cruzou as mãos sobre o avental e encarou a irmã. — Que quer fazer, Maggie?

— O que quero é não fazer nada, fingir que nunca as li, que elas não existem.

— Maggie...

— Deixe-me terminar — falou bruscamente e começou a andar pela cozinha como um gato mal-humorado. — Quero continuar como sempre, manter minhas próprias lembranças de papai. Não quero pensar ou me preocupar com uma mulher que ele conheceu e levou para a cama, muito tempo atrás. Não quero pensar num irmão ou numa irmã adulta em algum lugar. Você é minha irmã — falou veementemente. — Você é minha família. Acredito que essa Amanda refez sua vida em algum lugar, de algum modo, e não gostaria se nos intrometêssemos nela agora. Quero esquecer, quero que essa história desapareça. É esse meu desejo, Brianna.

Parou, apoiando-se na bancada, e suspirou.

— É isso que quero — repetiu —, mas não é o que deve ser feito. Ele disse o nome dela. Quase que a última coisa que falou em vida foi o nome dela. Ela tem o direito de saber. E eu tenho o direito de amaldiçoá-la por isso.

— Sente-se, Maggie. Não vai fazer bem a você ficar tão transtornada.

— Claro que estou transtornada. Nós duas estamos. Temos modos diferentes de lidar com isto. — Com um aceno de cabeça, afastou Brianna. — Não preciso sentar. Se o bebê ainda não está acostumado com meu humor, terá que aprender logo. — Calada, fez um esforço para se acalmar, inspirando profundamente. — Precisamos contratar um investigador, um detetive, em Nova York. É o que você quer, não é?

— Acho que é o que devemos fazer — Brianna falou cautelosamente. — Por nós mesmas. Por papai. Como faremos?

— Rogan conhece muita gente. Fará algumas ligações. Ele é maravilhoso ao telefone. — Como viu que Brianna precisava disso, esforçou-se por sorrir. — Esta será a parte mais fácil. Não sei quanto tempo vamos levar para encontrá-la. E só Deus sabe o que faremos, se e quando nos defrontarmos com ela. Essa Amanda pode estar casada, com um monte de filhos e uma vida feliz.

— Já pensei nisso. Mas temos que descobrir, não temos?

— Sim. — Avançando, Maggie tomou o rosto de Brianna gentilmente entre as mãos. — Não se preocupe tanto, Brie.

— Não vou me preocupar, se você também não se preocupar.

— É um pacto. — Maggie beijou-a levemente para selar o compromisso. — Agora vá alimentar seu ianque preguiçoso. Acendi meu forno e tenho trabalho para fazer.

— Nada pesado, não é?

Maggie devolveu o sorriso, quando se voltou para a porta.

— Reconheço meus limites.

— Não, você não reconhece, Margaret Mary — Brianna gritou, quando a porta bateu. Parou por um momento, perdida em pensamentos, até que os movimentos de Con a despertaram. — Quer sair, não é? Tudo bem. Vá ver o que Murphy está fazendo.

Mal abriu a porta, Con disparou. Depois de um latido satisfeito, estava saltitando pelos campos. Ela fechou a porta ao ar úmido e pensou no que fazer. Já passava das dez e tinha muito trabalho pela frente. Se Gray não iria descer para o café, ela o levaria para ele.

Uma olhada no menu sobre a mesa a fez sorrir novamente. Cantarolando, arrumou a bandeja de café. Ergueu-a e subiu as escadas. A porta dele estava fechada, o que a fez hesitar. Bateu levemente, mas não obteve resposta, e começou a morder o lábio. Talvez estivesse doente. Preocupada, bateu de novo, mais forte, e chamou o nome dele.

Pensou ter ouvido um grunhido e, equilibrando a bandeja, conseguiu abrir a porta.

A cama parecia ter sido o palco de uma guerra. Lençóis e cobertores estavam num emaranhado de nós, o edredom nos pés da cama quase caindo todo no chão. E o quarto estava congelando.

Atravessando a soleira da porta, ela o viu e ficou olhando-o fixamente.

Ele estava à escrivaninha, os cabelos desgrenhados, os pés descalços. Havia uma pilha de livros ao lado dele, enquanto os dedos corriam sobre as teclas de um laptop. Próximo ao cotovelo estava um cinzeiro cheio de pontas de cigarro. O ar tinha o cheiro deles.

— Com licença. — Nenhuma resposta. Os músculos dos seus braços começavam a doer pelo peso da bandeja. — Grayson.

— O quê? — A pergunta saiu como uma bala, fazendo-a recuar um passo.

Moveu a cabeça bruscamente.

Era o pirata outra vez, ela pensou. Parecia perigoso e violento. Quando os olhos dele se fixaram nela, sem nenhum sinal de reconhecimento, ela suspeitou que ele pudesse ter enlouquecido durante a noite.

— Espere — ele ordenou, atacando o teclado outra vez. Brie esperou, confusa, por quase cinco minutos. Então, ele se inclinou para trás, esfregou as mãos no rosto com força, como alguém que acabasse de despertar de um sonho. Ou, ela pensou, de um pesadelo. Então se voltou novamente para ela, com aquele ligeiro sorriso familiar. — É o café?

— Sim, eu... Já passa das dez e meia, e como você não desceu...

— Desculpe. — Levantou-se, pegou a bandeja das mãos dela e colocou-a sobre a cama. Pescou um pedaço de bacon com os dedos. — Comecei no meio da noite. Acho que foi a história do fantasma que deu o clique inicial. Deus, como está frio aqui!

— Bem, não é de admirar. Vai acabar com uma pneumonia, sem nada nos pés e com o fogo apagado.

Ele apenas riu quando ela se ajoelhou na frente da lareira e começou a colocar mais carvão. Ela falara como uma mãe, repreendendo uma criança insensata.

— Eu ia acender.

— Está tudo muito bem, mas não é saudável ficar sentado aqui no frio, fumando, em vez de fazer uma refeição decente.

— Cheira muito melhor do que algo só decente. — Paciente, agachou-se ao lado dela, passando a mão negligentemente amigável pelas suas costas. — Brie, você me faz um favor?

— Se eu puder...

— Vá embora.

Atônita, ela girou a cabeça. Enquanto ela o olhava boquiaberta, ele segurou suas mãos, sorrindo.

— Não se ofenda, querida. É que só sou capaz de morder quando interrompem meu trabalho, e estou bem no meio dele agora.

— Com certeza, não pretendo ficar no seu caminho.

Voltou a parecer um pouco aborrecido. Estava tentando ser diplomático, não estava?

— Preciso mergulhar nisso enquanto está funcionando, ok? Então, apenas esqueça que estou aqui em cima.

— Mas seu quarto... Você precisa de lençóis limpos e o banheiro...

— Não se preocupe com isto. — O fogo estava crepitando agora, tal como a impaciência dentro dele. Ele a fez levantar-se. — Você vai poder arrumar tudo quando eu der uma parada. Agradeceria se você deixasse algo pra comer do lado de fora da porta de vez em quando. É tudo que preciso.

— Tudo bem, mas... — Ele estava quase a arrastando para a porta. Ela se irritou: — Você não precisa me pôr para fora. Estou saindo.

— Obrigado pelo café.

— Não tem... — Ele fechou a porta na sua cara. — De quê — ela disse entre dentes.

Pelo resto daquele dia e mais outros dois, ela não ouviu nenhum ruído dele. Tentou não pensar no estado do quarto, se ele tinha se lembrado de manter o fogo aceso ou se tinha se preocupado em dormir. Sabia que estava comendo. Cada vez que trazia uma nova bandeja, a anterior estava do lado de fora da porta. Raramente sobrava mais do que um farelo no prato.

Poderia se sentir sozinha em casa, se não estivesse tão atenta à presença dele. Duvidava muito que ele tivesse pensado nela um minuto.

Ela estava certa. Ele realmente dormia de vez em quando, cochilos povoados por sonhos e visões. Comia, saciando o corpo, enquanto a história alimentava o espírito. Estava simplesmente sendo levado.

Em três dias escreveu mais de cem páginas. O texto ainda estava meio duro, às vezes sem ritmo, mas já tinha a essência dele.

Tinha assassinato, e era divertido e astuto. Tinha desesperança e sofrimento, desespero e mentiras.

Ele estava no céu.

Quando, afinal, deu uma parada, jogou-se na cama, puxou as cobertas por cima da cabeça e dormiu como um morto.

Quando acordou, passou os olhos demoradamente pelo quarto e concluiu que uma mulher tão forte como Brianna não desmaiaria diante daquela visão. A visão dele próprio, entretanto, quando se examinou no espelho do banheiro, era outro assunto. Passou a mão pela barba do queixo. Concluiu que parecia algo que tivesse saído de um pântano.

Arrancou a camisa, fazendo uma careta diante do cheiro dela e de si mesmo, e entrou no chuveiro. Trinta minutos depois, estava vestindo roupas limpas. Estava um pouco tonto e todo dolorido pela falta de exercícios. Mas a excitação ainda se mantinha. Abriu a janela do quarto e aspirou o cheiro daquela manhã chuvosa.

Um dia perfeito, pensou. No lugar perfeito.

Sua bandeja do desjejum estava do lado de fora da porta, a comida fria. Percebeu que tinha dormido demais e, erguendo a bandeja, desejou que pudesse convencer Brianna a esquentá-la outra vez.

E quem sabe ela sairia para dar uma volta com ele... Gostaria de companhia. Talvez pudesse convencê-la a ir a Galway, passar o dia com ele, entre as pessoas. Também poderiam...

Parou na porta da cozinha e o sorriso alargou-se de orelha a orelha. Lá estava ela, sovando a massa do pão, os cabelos presos no alto, o nariz sujo de farinha.

Era uma visão maravilhosa e ele estava de ótimo humor. Baixou a bandeja com um barulho que a fez sobressaltar-se e olhar para ele. Ela mal começara a sorrir quando ele avançou, segurou seu rosto entre as mãos e beijou-lhe a boca.

As mãos dela se fecharam na massa. A cabeça rodopiou. Antes que pudesse reagir, ele recuou.

— Oi, grande dia, não é? Sinto-me incrível. Você não pode prever quando a coisa vem, entende? E, quando chega, é como um trem-bala atravessando sua cabeça. Você não pode pará-lo. — Pegou um pedaço de torrada fria de sua bandeja e já ia mordiscá-lo quando percebeu. Seus olhos fixaram-se nos dela outra vez. Ele deixou a torrada cair no prato.

O beijo tinha sido apenas um reflexo de seu humor, leve, efusivo. Agora, alguma reação retardada o dominava, retesando seus músculos, percorrendo sua espinha.

Ela continuou ali, olhando para ele, os lábios ainda entreabertos de surpresa, os olhos escancarados.

— Espere um minuto — ele murmurou, aproximando-se dela outra vez. — Espere só um minuto.

Mesmo que o teto desabasse, ela não teria conseguido se mover. Mal pôde respirar quando as mãos dele lhe tomaram o rosto, gentilmente desta vez, como um homem experimentando uma textura. Os olhos permaneceram abertos, a expressão neles não inteiramente de prazer, enquanto se inclinava para ela desta vez.

Ela sentiu os lábios dele roçarem os seus, suaves, adoráveis. O tipo de toque que não deveria fazer o sangue ferver. Contudo, incendiou. Ele a fez se voltar até que seus corpos se encontrassem, inclinou a cabeça dela para trás, a fim de que o beijo pudesse ir mais fundo.

Um som — angústia ou prazer — arranhou sua garganta, antes que as mãos fechadas relaxassem.

Sua boca era algo para se saborear, ele notou. Bela, generosa, dócil. Um homem não devia ter pressa numa boca como aquela. Ele pressionou levemente os dentes no lábio inferior dela e estremeceu ao murmúrio surdo e impotente que ouviu. Lentamente, vendo os olhos dela se embaraçarem até fechar, explorou seus lábios com a língua, mergulhando-a fundo em sua boca.

Tantos aromas sutis!

Era maravilhoso como podia sentir a pele dela se aquecer, os músculos suavizarem, o coração acelerar. Ou talvez fosse o coração dele. Algo rugia em sua cabeça, pulsava em seu sangue. Só quando o desejo começou a crescer, com a violência maliciosa que o acompanhava, que ele recuou.

Ela estava tremendo. Seu instinto o avisou de que, se continuasse, machucaria a ambos.

— Foi melhor do que imaginei — ele conseguiu dizer. — E olhe que tenho uma senhora imaginação.

Cambaleando, ela apoiou uma das mãos na bancada. Os joelhos tremiam. Apenas o medo da humilhação evitou que a voz tremesse também.

— É assim que você se comporta sempre que sai de sua caverna?

— Não é sempre que tenho a sorte de ter uma linda mulher por perto. — Balançou a cabeça, estudando-a. O coração batia na garganta, a pele ainda estava ruborizada. Mas, a não ser que estivesse enganado, ela já estava reconstruindo aquele frágil muro protetor. — Isso não foi normal. Não há por que fingir que foi.

— Normalmente não sou beijada por um hóspede quando estou fazendo pão. Não posso saber o que é normal para você, posso? — Os olhos dele se alteraram, escurecendo com sinais de irritação. Quando ele avançou, ela recuou. — Por favor, não.

Agora os olhos escurecidos se estreitaram.

— Seja mais específica.

— Preciso terminar isto. A massa precisa crescer de novo.

— Está fugindo, Brianna.

— Muito bem, não me beije assim outra vez. — Deixou escapar um suspiro convulsivo e inspirou novamente. — Não tenho as defesas necessárias.

— Isto não precisa ser uma batalha. Gostaria de levar você para a cama, Brianna.

Nervosa, para ocupar as mãos, agarrou uma toalha de prato e começou a limpar as mãos sujas de farinha.

— Bem, isto é meio grosseiro.

— É honesto. Se não estiver interessada, é só dizer.

— Não encaro as coisas tão casualmente como você, com um sim ou um não, e está tudo bem. — Lutando para manter a calma, ela dobrou a toalha com cuidado, deixando-a de lado. — E não tenho nenhuma experiência neste assunto.

Maldita fosse ela por se manter tão fria, enquanto o sangue dele estava fervendo.

— Quem se importa com isso?

— A pessoa com quem você está falando. Agora, saia daqui, para eu poder voltar ao meu pão.

Ele simplesmente segurou seu braço e a fitou nos olhos. Virgem?, suspeitou, deixando a idéia circular e fazer sentido. Uma mulher que parecia ser virgem, que reagia como se fosse.

— Tem alguma coisa errada com os homens por aqui? — falou alegremente, esperando quebrar a tensão. Mas o resultado foi um brilho de dor nos olhos dela que o fez se sentir um verme.

— É da minha conta, não é, como vivo minha vida? — Sua voz tinha gelado. — Bem, respeitei seus desejos e seu trabalho nestes últimos dias. Poderia fazer o mesmo e me deixar cuidar do meu?

— Tudo bem. — Deixou-a se afastar, chegando para trás. — Vou dar uma saída. Quer que traga alguma coisa para você?

— Não, obrigada. — Enfiou as mãos na massa novamente e começou a sovar. — Está chovendo um pouco — ela falou calmamente. — Vai precisar de um casaco.

Caminhou até a porta e se voltou.

— Brianna. — Esperou, até que ela levantasse a cabeça. — Você não chegou a dizer se estava ou não interessada. Presumo que esteja pensando no assunto.

Saiu a passos largos. Ela prendeu o ar, até ouvir a porta bater atrás dele.

Gray gastou o excesso de energia com um longo passeio e uma visita aos penhascos de Mohr. Para dar aos dois tempo para se recompor, parou para almoçar num pub em Ennis. Gastou as calorias de uma porção grande de peixe e fritas vagando pelas ruas estreitas. Algo numa vitrine fisgou seu olhar e, seguindo o impulso, entrou e pediu para embrulhar.

Quando voltou a Blackthorn, quase se convencera de que o que havia experimentado na cozinha com Brianna fora mais resultado da alegria pelo trabalho do que química.

Contudo, quando entrou em seu quarto e encontrou-a de joelhos no chão do banheiro, um balde ao lado e um esfregão na mão, a balança pendeu para o outro lado. Se um homem não estava enlouquecido por sexo, por que uma cena daquela fazia seu sangue ferver?

— Você tem idéia de quantas vezes já encontrei você nesta posição?

— Ela olhou por sobre o ombro.

— É um modo honesto de ganhar a vida. — Soprou os cabelos para trás. — Vou lhe dizer uma coisa, Grayson Thane. Você vive como um porco quando está trabalhando.

Ele levantou a sobrancelha.

— É assim que você fala com todos os seus hóspedes?

Ele a pegara. Um pouco afogueada, atirou o pano de volta no chão.

— Já vou terminar aqui, se você está querendo voltar pro quarto. Tenho outro hóspede chegando no fim da tarde.

— Hoje? — Fez uma careta nas costas dela. Gostara de ter o lugar só para si. Tê-la só para si. — Quem é?

— Um cavalheiro inglês. Ligou logo depois que você saiu, nesta manhã.

— Bem, quem é ele? Quanto tempo vai ficar? — E que diabos ele quer?

— Uma noite ou duas — ela falou calmamente. — Não questiono meus hóspedes, como você deve saber.

— Só acho que você devia fazer mais perguntas. Não pode simplesmente deixar estranhos zanzando por sua casa.

Divertida, ela sentou-se e sacudiu a cabeça para ele. Uma combinação de desprezível e elegante, ela pensou, com os cabelos dourados presos atrás, como um pirata, os adoráveis olhos amuados, botas caras, jeans surrados, camisa amarrotada.

— É exatamente o que eu faço. Creio que você mesmo andou zanzando por aí, na calada da noite, não faz muito tempo.

— É diferente. — Diante de seu olhar inexpressivo, ele deu de ombros. — É mesmo. Escute, você não vai levantar e parar com isso? Parece que vai devorar o maldito chão.

— Pelo visto, o passeio de hoje não animou nem um pouco.

— Estou bem. — Rondou pelo quarto, então rosnou. — Você bagunçou minha escrivaninha.

— Tirei o pó e limpei os cinzeiros, se é isso que quer dizer. Mal toquei nessa sua maquinazinha aí, só a levantei e pus no lugar outra vez. — Embora tivesse sido penosamente tentada a levantar a tela e dar uma olhada no trabalho.

— Você não tem que ficar limpando tudo atrás de mim, o tempo todo. — Bufou enfiando as mãos nos bolsos, enquanto ela simplesmente ficou parada com o balde na mão, olhando para ele. — Droga, eu devia ter imaginado. Não faz nada bem para o meu ego saber que você não está nem tentando me conquistar. — Fechou os olhos, deixou escapar o ar. — Ok, vamos tentar de novo. Trouxe um presente para você.

— Trouxe? Por quê?

— Por que diabos não traria? — Pegando a sacola que deixara sobre a cama, entregou a ela. — Vi isso e achei que você ia gostar.

— Gentileza sua. — Puxou uma caixa da sacola e começou a tirar a fita que a fechava.

Ela cheirava a sabonete, flores e desinfetante. Gray cerrou os dentes.

— Se não quiser que eu a jogue nesta cama que acabou de arrumar, é melhor se afastar.

Surpresa, ela levantou os olhos, as mãos paralisadas sobre a caixa.

— Falo sério.

Cautelosa, ela umedeceu os lábios.

— Tudo bem. — Recuou um passo, depois outro. — Assim está melhor?

O absurdo de tudo aquilo finalmente prevaleceu. Incapaz de fazer outra coisa, ele riu para ela.

— Por que você me fascina, Brianna?

— Não tenho idéia. Nenhuma mesmo.

— Deve ser por isto — ele murmurou. — Abra seu presente.

— Estou tentando. — Soltou a fita, levantou a tampa e tirou o papel de seda. — Oh, é lindo! — O prazer iluminou seu rosto quando ela pegou um chalé de porcelana. Era delicado, a porta da frente aberta, acolhedora, um jardim bem cuidado com cada minúscula petalazinha perfeita. — É como se você pudesse chegar e entrar.

— Me fez pensar em você.

— Obrigada. — O sorriso era mais fácil agora. — Você comprou isto para me amansar?

— Primeiro me diga se funcionou.

Agora ela riu.

— Não, não digo. Você já tem vantagem suficiente.

— Tenho mesmo?

Alertada pelo ronronar de sua voz, ela se concentrou na tarefa de aconchegar o chalezinho em meio ao papel de seda.

— Preciso cuidar do jantar. Quer que eu traga na bandeja?

— Esta noite não. A primeira onda já passou.

— O novo hóspede deve chegar lá para as cinco. Então você terá companhia no jantar.

— Formidável.

Gray se preparara para não gostar do cavalheiro inglês logo de cara, como um cão defendendo seu território. Mas era difícil sentir-se ameaçado por aquele homenzinho de careca lustrosa e arrogante sotaque de colégio interno inglês.

Seu nome era Herbert Smythe-White, de Londres, um viúvo aposentado que estava na primeira etapa de uma viagem de seis meses à Irlanda e à Escócia.

— Viajo por puro prazer — disse a Gray durante o jantar. — Nancy e eu não fomos abençoados com filhos. Ela se foi há quase dois anos. Agora, de repente, me vi enfurnado dentro de casa. Tínhamos planejado fazer uma viagem como esta, mas o trabalho sempre me manteve muito ocupado. — O sorriso era mesclado de arrependimento. — Decidi então viajar sozinho mesmo, como um tributo a ela. Acho que ela gostaria disso.

— É sua primeira parada?

— Sim. Voei para Shannon e aluguei um carro. — Sorriu, tirando os óculos de aros de metal e polindo as lentes com um lenço. — Estou munido de todas as armas de um turista, como mapas e guias. Ficarei um ou dois dias aqui, antes de seguir para o Norte. — Colocou os óculos de volta no nariz proeminente. — Mas estou com medo de ter experimentado a melhor parte antes de tudo. A Srta. Concannon serve uma mesa excelente.

— Isso nem se discute. — Estavam dividindo a sala de jantar e um suculento salmão. — Com que trabalhava?

— Mercado financeiro. Lamento ter passado muito da minha vida preocupado com números. — Serviu-se de outra colher cheia de batatas em molho de mostarda. — E o senhor, Sr. Thane? A Srta. Concannon me falou que é escritor. Nós, os tipos mais práticos, sempre invejamos os criativos. Nunca tive tempo de ler por prazer, mas certamente pegarei um de seus livros agora que nos conhecemos. Está viajando também?

— Não, no momento. Estou instalado aqui por enquanto.

— Aqui na pousada?

— Isso mesmo. — Desviou o olhar para Brianna quando ela entrou.

— Espero que tenha sobrado espaço para a sobremesa. — Colocou uma grande tigela de pavê sobre a mesa.

— Ah, minha querida. — Atrás das lentes polidas, os olhos de Smythe-White dançaram com prazer, e talvez um pouco de gula. — Vou estar com alguns quilos a mais antes de sair da sala.

— Está enfeitiçado para que as calorias não contem. — Serviu-lhes porções generosas. — Espero que ache seu quarto confortável, senhor. Se desejar alguma coisa, é só pedir.

— Está tudo exatamente como eu queria — ele garantiu. — Preciso voltar quando seu jardim estiver florescendo.

— Espero que volte. — Deixou-lhes um bule de café e uma garrafa de conhaque.

— Mulher adorável — Smythe-White comentou.

— Realmente.

— E muito jovem para administrar um estabelecimento sozinha. Pensei que tivesse um marido, uma família.

— Eficiente é o que ela é. — A primeira colherada de pavê derreteu na boca de Gray. *Eficiente* não era a melhor palavra, concluiu. A mulher era uma bruxa na culinária. — Ela tem uma irmã e um cunhado logo abaixo, nesta rua. E é uma comunidade pequena. Sempre tem alguém batendo à porta da cozinha.

— É uma sorte. Imagino que seria um lugar bem solitário, de outra maneira. Contudo, observei, quando vinha dirigindo para cá, que há poucos vizinhos. — Sorriu outra vez. — Acho que estou estragado pela cidade, e de toda maneira não me envergonho de gostar de multidões e movimento. Vou levar algum tempo para me habituar a uma noite calma.

— Terá bastante tempo. — Gray serviu conhaque num dos cálices e, a um aceno do companheiro, serviu também no outro. — Estive em Londres, não muito tempo atrás. De que parte você é?

— Tenho um pequeno apartamento perto de Green Park. Não tive coragem de manter minha casa depois que Nancy se foi. — Suspirou, girando o conhaque. — Deixe-me dar-lhe um conselho que não pediu, Sr. Thane. Desfrute seus dias. Não invista todos os seus esforços no futuro. Perde-se demais.

— É de conselhos assim que sobrevivo.

Horas mais tarde, a lembrança do pavê que sobrara tirou Gray da cama quente e do bom livro que lia. A casa gemeu um pouco à sua volta enquanto desencavou um moletom e vestiu-o. Desceu as escadas de pés descalços com gulosos sonhos de se empanturrar.

Claro que não era sua primeira investida noturna à cozinha desde que se instalara em Blackthorn. Nenhuma sombra ou rangido das bancadas perturbou-o, enquanto entrava furtivamente na cozinha escura. Acendeu a luz do fogão, não querendo acordar Brianna.

Então desejou não ter pensado nela ou no fato de que ela dormia bem do outro lado da parede. Naquela longa camisola de flanela, imaginou, com uns botõezinhos na gola. Tão comportada que a fazia parecer exótica — com certeza fazia um homem, um homem lascivo, imaginar o corpo que todo aquele tecido escondia.

E, se continuasse com aqueles pensamentos, nem todo o pavê do mundo satisfaria seu apetite.

Um vício de cada vez, cara, disse a si mesmo. E pegou a tigela. Um som vindo de fora o fez se deter para escutar. Justo quando estava a ponto de ignorar aquilo como gemidos de casa antiga, ouviu o arranhar.

Com a tigela numa das mãos, foi até a porta da cozinha, olhou em volta e não viu nada, a não ser a noite. De repente, o vidro se encheu de pêlos e dentes caninos. Gray abafou um grito e se equilibrou para não ir ao chão. Entre praguejar e dar uma risada, abriu a porta para Con.

— Menos dez anos de vida, muitíssimo obrigado. — Coçou as orelhas do cão e, como Brianna não estava por perto, decidiu dividir o pavê com sua companhia canina.

— O que pensa que vai fazer?

Gray se endireitou, batendo a cabeça na porta do armário que não tinha fechado. Uma colherada de pavê desabou na tigela do cachorro e foi logo abocanhada.

— Nada. — Gray esfregou a cabeça dolorida. — Deus do céu, com você e seu cachorro terei sorte se viver até o meu próximo aniversário.

— Ele não deve comer isso. — Brianna tirou a tigela das mãos de Gray. — Não é bom para ele.

— *Eu* ia comer. Agora preciso de uma aspirina.

— Sente que vou dar uma olhada no galo ou no buraco que fez na cabeça, não importa.

— Muito engraçadinha. Por que apenas não volta para a cama e...

Não chegou a concluir a frase. De onde estava, Con subitamente retesou-se, rosnou e, com um grunhido, saltou em direção à porta da entrada. Foi falta de sorte de Gray estar no caminho.

O peso de setenta quilos de músculos o fez cambalear, chocando-se contra a bancada. Viu estrelas quando o cotovelo estalou contra a madeira e ouviu ao longe o comando ríspido de Brianna.

— Você se machucou? — O tom agora era de uma reconfortante preocupação maternal. — Você está tão pálido, Gray. Con, sentado!

Ouvidos zumbindo, estrelas girando diante dos olhos, tudo o que Gray conseguiu fazer foi desabar na cadeira que Brianna puxara para ele.

— Tudo isso por uma maldita tigela de doce.

— Vamos, procure só respirar agora. Deixe-me dar uma olhada no seu braço.

— Merda! — Arregalou os olhos quando ela flexionou seu cotovelo e a se dor irradiou. — Está tentando me matar só porque quero você nua?

— Pare com isso — repreendeu-o suavemente, enquanto gemia vendo a contusão. — Vou pegar uma pomada boa para isso.

— Prefiro morfina. — Suspirou encarando o cão, que permanecia trêmulo diante da porta. — Que diabos há com ele?

— Não sei. Con, pare de agir como um idiota sanguinário e sente. — Passou a pomada numa gaze. — Talvez seja por causa do Sr. Smythe-White. Con estava andando por aí, quando ele chegou. Não foram apresentados. Pode ser que tenha sentido o cheiro.

— É uma sorte que o velho não tenha dado muita bola pro pavê.

Ela apenas sorriu, endireitando-se para examinar a cabeça de Gray. Seus cabelos eram lindos, pensou, tão dourados e sedosos.

— Ah, Con não o machucaria. Só ficaria cercando-o. É, você vai ficar com um baita galo.

— Não precisa ficar tão contente com isso.

— Vai ensinar você a não dar mais doces ao cachorro. Vou preparar uma compressa de gelo e... — Deixou escapar um gritinho, quando Gray a puxou para o seu colo. As orelhas do cachorro se levantaram, mas ele apenas se aproximou e cheirou as mãos de Gray.

— Ele gosta de mim.

— É fácil conquistá-lo. Deixe-me levantar ou vou dizer a ele para morder você.

— Não morderia. Acabei de lhe dar pavê. Vamos ficar assim só um pouco, Brie. Estou fraco demais para incomodar você.

— Não acredito nisso nem um minuto sequer — falou num sussurro, mas cedeu.

Gray embalou a cabeça dela em seu ombro e sorriu quando Con descansou a dele no colo dela.

— Assim está bom.

— Está mesmo.

Ela sentiu um pequeno aperto no coração, enquanto ele a abraçava suavemente sob a luz fraca do fogão e a casa dormia em volta deles.

Capítulo Seis

Brianna precisava de um toque de primavera. Mesmo sabendo que não se podia ter certeza de que ela começaria mais cedo, aquela sensação não mudaria. Pegou as sementes que andara juntando, um radiozinho portátil e levou-os para o pequeno galpão que tinha equipado como uma estufa temporária.

Não era grande coisa e ela era a primeira a admitir isso. Não mais que um metro quadrado, com um chão de cascalho, o galpão era mais usado para depósito do que para plantar. Mas ela fizera Murphy colocar vidros e um aquecedor. As bancadas ela mesma fizera, com um pouco de habilidade e uma grande dose de orgulho.

Não havia espaço nem equipamento para o tipo de experimentos com que sonhava. Entretanto, podia dar às suas sementes um começo antecipado nos vasos que encomendara num catálogo de jardinagem.

A tarde era sua, de toda maneira. Gray estava mergulhado no trabalho e o Sr. Smythe-White estava fazendo uma excursão ao Ring of Kerry. Todos os assados e consertos do dia estavam feitos. Então, logo era o momento do prazer.

Poucas coisas a deixavam tão feliz quanto mexer na terra. Com um grunhido, ergueu um saco de mistura para vasos até a bancada.

No próximo ano, prometeu a si mesma, teria uma estufa profissional. Nada muito grande, mas agradável. Plantaria mudas e cultivaria bulbos, de modo que poderia ter uma primavera quando quisesse. Talvez até tentasse algum enxerto. Mas, no momento, estava contente por cuidar das sementes.

Em poucos dias, pensou cantarolando com o rádio, os primeiros brotos despontariam do solo. Verdade que gastava horrores com o combustível para manter a temperatura ideal. Teria sido mais inteligente usar o dinheiro para fazer uma revisão no carro.

Mas não seria tão prazeroso.

Espalhou as sementes, gentilmente batendo a terra, e deixou a mente divagar.

Como Gray fora gentil na noite anterior, lembrou. Aconchegado com ela na cozinha. Não tinha sido tão assustador, nem, admitiu, tão excitante, como quando ele a beijara. Havia sido algo agradável e tranqüilo, tão natural que por um momento pareceu como se os dois vivessem ali.

Um dia, tempos atrás, sonhara em dividir pequenos e doces momentos como aquele com alguém. Com Rory, pensou com uma antiga e estúpida angústia. Então tinha acreditado que se casaria, teria filhos para amar e uma casa para cuidar. Quantos planos fizera, pensou, sonhos cor-de-rosa e apaixonados, em que viviam felizes para sempre.

Mas, naquela época, era apenas uma menina, e apaixonada. Uma menina apaixonada acredita em qualquer coisa. Acredita em tudo. Não era mais uma menina agora.

Parara de acreditar quando Rory partira seu coração, dividindo-o em duas metades doloridas. Sabia que ele agora estava morando perto de Boston com a esposa, filhos e formando uma família. E, tinha certeza, sem sequer pensar naquele doce início de primavera em que ele a cortejara e fizera promessas.

Isso já faz muito tempo, recordou-se. Agora ela sabia que o amor não dura para sempre e que promessas nem sempre são cumpridas. E se ainda carregava uma semente de esperança que desejava ardentemente florescer, isso só magoaria a si mesma.

— Cá está você! — Olhos agitados, Maggie irrompeu no galpão.
— Ouvi a música. Que diabos está fazendo aqui?

— Estou plantando flores. — Distraída, Brianna passou o dorso
da mão no rosto, sujando-o de terra. — Feche a porta, Maggie, está
deixando o calor sair. O que houve? Parece a ponto de explodir.

— Você não vai adivinhar nem em um milhão de anos. — Com
uma risada, Maggie rodou pelo pequeno galpão, pegando o braço de
Brianna para fazê-la girar. — Vamos! Tente!

— Você vai ter trigêmeos.

— Não! Deus me livre.

O humor de Maggie estava contagiante o bastante para fazer
Brianna rir e acompanhá-la naquela dança improvisada.

— Você vendeu uma de suas peças por um milhão de libras para o
presidente dos Estados Unidos.

— Ah, que idéia! Quem sabe não mandamos mesmo um catálogo
para ele? Mas não é nada disso, você passou longe. Vou lhe dar uma
dica, então. A avó de Rogan ligou.

Brianna soprou os cabelos caídos nos olhos.

— Isso é uma dica?

— Seria se prestasse atenção. Brie, ela vai casar! Vai casar com o tio
Niall, semana que vem, em Dublin.

— O quê? — A boca de Brianna se abriu àquelas palavras. — Tio
Niall, Sra. Sweeney, casados?

— Não é legal? Não é muito legal? Você sabe que ela tinha uma
quedinha por ele, quando era garota em Galway. Encontraram-se
novamente, depois de cinqüenta anos, por causa da gente, Rogan e eu.
Agora, por tudo que é mais sagrado, eles vão oficializar. — Deu uma
risada, jogando a cabeça para trás. — E então, além de sermos marido
e mulher, Rogan e eu vamos ser primos.

— Tio Niall. — Era só o que Brianna conseguira dizer.

— Devia ver a cara de Rogan, quando recebeu a notícia. Parecia
um peixe, a boca fechando e abrindo, sem sair uma palavra. —
Bufando de tanto rir, ela inclinou-se sobre a bancada de Brianna. —
Ele nunca se acostumou com a idéia de que eles estavam namorando.
Mais do que namorando, se chegaram a tanto, mas deve ser mesmo
difícil para um homem imaginar sua vovó de cabelos brancos se aconchegando no pecado.

— Maggie. — Vencida, Brianna cobriu a boca com a mão. O riso abafado logo se transformou numa gargalhada.

— Bem, estão legalizando tudo agora com um arcebispo, não fizeram por menos. — Respirou fundo, olhando em volta. — Tem alguma coisa para comer aqui?

— Não. Quando vai ser? Onde?

— No próximo sábado, na casa de Dublin. Uma cerimônia pequena, ela falou, só para a família e os amigos chegados. Tio Niall tem oitenta anos, Brie, você consegue imaginar isso?

— Consigo e acho mesmo formidável. E vou ligar para eles depois de terminar aqui e limpar tudo.

— Rogan e eu estamos indo para Dublin, hoje. Ele está ao telefone agora. Meu Deus, tomando providências. — Deu um sorriso. — Está tentando agir como um chefe de família sobre isso.

— Ele ficará contente por eles, depois que se acostumar com a idéia. — A voz de Brianna soou distante quando ela começou a pensar no que daria aos noivos.

— A cerimônia vai ser à tarde, mas talvez você prefira chegar na noite anterior. Então teremos algum tempo.

— Chegar? — Brianna encarou a irmã outra vez. — Mas não posso ir, Maggie. Não posso sair daqui. Estou com um hóspede.

— Claro que você vai. — Erguendo-se da bancada, segurou o queixo dela. — É tio Niall. Ele a espera lá. É só um maldito dia, Brianna.

— Maggie, tenho obrigações aqui e não tenho como ir a Dublin e voltar.

— Rogan mandará o avião apanhar você.

— Mas...

— Ah, deixe Grayson Thane. Ele pode preparar suas próprias refeições por um dia. Você não é empregada dele.

Os ombros de Brianna ficaram tensos. Os olhos se tornaram frios.

— Não, não sou. Sou uma mulher de negócios que deu sua palavra. Não posso simplesmente ficar flanando um fim de semana em Dublin e dizer ao homem para se virar.

— Então, leve-o junto. Se está preocupada que o homem vá morrer sem você para cuidar dele, leve-o com você.

— Levá-lo para onde? — Gray abriu a porta e fitou as duas mulheres cautelosamente. Da janela do quarto, vira Maggie correr para o galpão. A curiosidade finalmente o fizera parar de trabalhar e os gritos cuidaram do resto.

— Feche a porta — Brianna disse automaticamente. Lutava contra o embaraço de que ele tivesse entrado numa discussão de família. Suspirou uma vez. O pequeno galpão estava, agora, cheio de gente. — Está precisando de alguma coisa, Grayson?

— Não. — Ergueu a mão, passando o polegar sobre a sujeira no rosto dela. Um gesto que fez os olhos de Maggie se estreitarem. — Você está com o rosto sujo de terra, Brie. O que está fazendo?

— Tentando plantar algumas sementes, mas há pouco espaço para elas agora.

— Cuidado com as mãos, rapaz — Maggie murmurou.

Ele apenas sorriu e enfiou-as nos bolsos.

— Ouvi falarem meu nome. Algum problema?

— Não haveria, se ela não fosse tão teimosa. — Maggie empinou o queixo e decidiu jogar a responsabilidade para Gray: — Ela precisa ir a Dublin, no próximo fim de semana, mas não quer deixar você.

O sorriso de Gray se transformou numa risada satisfeita enquanto seu olhar ia de Maggie para Brianna.

— Ela não quer?

— Você pagou por cama e comida — Brianna começou a falar.

— Por que precisa ir a Dublin? — ele interrompeu-a.

— Nosso tio vai casar — Maggie contou. — Ele vai querer que ela esteja lá, e está certo. Eu disse que, se ela não quer deixar você, deve levá-lo.

— Maggie, Gray não quer ir a um casamento com pessoas que não conhece. Ele está trabalhando e não pode simplesmente...

— Claro que posso — Gray cortou-a. — Quando partimos?

— Ótimo. Vocês ficarão na nossa casa lá. Isto já está certo. — Maggie esfregou as mãos. — Agora, quem irá contar para a mamãe?

— Eu...

— Não, deixe comigo — Maggie decidiu, antes que Brianna pudesse responder. Ela sorriu. — Ela realmente vai odiar. Mandaremos o avião para buscá-la só no sábado pela manhã. Então vocês não serão atormentados por ela durante toda a viagem. Tem um terno, Gray?

— Um ou dois.

— Então está pronto, não está? — Inclinou-se para beijar as duas faces de Brianna. — Organize-se para ir na sexta — ordenou. — Ligarei de Dublin.

Gray passou a língua pelos dentes, quando Maggie bateu a porta.

— Mandona, não é?

— Se é. — Brianna piscou, sacudindo a cabeça. — Mas não é de propósito. Só que ela pensa que está sempre certa. E adora o tio Niall e a avó de Rogan.

— Avó de Rogan.

— É com quem ele vai casar. — Voltou para as sementes, esperando clarear a mente com o trabalho.

— Parece até novela.

— Parece mesmo. Gray, é muita gentileza sua mostrar-se tão compreensivo, mas não é necessário. Eles não vão sentir minha falta, realmente, e será um aborrecimento para você.

— Um fim de semana em Dublin não é um aborrecimento para mim. E você quer ir, não quer?

— Esta não é a questão. Maggie deixou você numa posição difícil.

Ele colocou a mão sob o queixo dela, levantando-o.

— Por que tem tanta dificuldade para responder às perguntas? Você quer ir, não quer? Sim ou não?

— Sim.

— Ok, então vamos.

Os lábios dela começaram a se curvar, até que ele se inclinou para eles.

— Não me beije — ela falou fracamente.

— Bem, isso sim é um aborrecimento para mim. — Mas ele se conteve inclinando-se para trás. — Quem machucou você, Brianna?

Os cílios baixaram, toldando seus olhos.

— Talvez eu não responda às perguntas porque você pergunta demais.

— Você o amava?

Ela virou a cabeça, concentrando-se em seus vasos.

— Sim, muito.

Era uma resposta, mas ele descobriu que não o agradou.

— Ainda está apaixonada por ele?

— Seria uma idiotice.

— Não é uma resposta.

— É sim. Fico fungando no seu pescoço quando está trabalhando?

— Não. — Mas ele não recuou. — Mas você tem um pescoço tão atraente. — Provando o que dizia, abaixou-se para roçar os lábios sobre sua nuca. Não fez mal a seu ego senti-la estremecer. — Sonhei com você a noite passada, Brianna. E escrevi sobre isso hoje.

Muitas das sementes espalharam-se sobre a bancada, em vez de na terra. Ela se ocupou recolhendo-as.

— Escreveu sobre isso?

— Fiz algumas mudanças. No livro, você é uma jovem viúva que batalha para reconstruir a vida sobre um passado penoso.

Involuntariamente, ela se viu forçada a voltar-se para olhá-lo.

— Você me colocou em seu livro?

— Partes de você. Seus olhos, esses maravilhosos olhos tristes. Seus cabelos. — Ele levantou a mão para tocá-los. — Espessos, lisos, da cor de um frio pôr-do-sol. Sua voz, esta cadência suave. Seu corpo, esguio, flexível, com uma graça inconsciente de bailarina. Sua pele, suas mãos. Vejo você quando escrevo; então escrevo sobre você. E, além do físico, há sua integridade, sua lealdade. — Sorriu. — Seus bolos para o chá. O herói está tão fascinado por ela quanto eu sou por você.

Gray firmou as mãos na bancada, dos dois lados dela, prendendo-a.

— E ele continua esbarrando nesta mesma couraça que vocês duas têm. Fico pensando quanto tempo vai levar para quebrá-la.

Ninguém nunca falara tais palavras sobre ela antes, tais palavras a ela. Uma parte dela ansiava por rolar nelas, como se fossem seda. Outra parte permanecia cautelosamente atrás.

— Você está tentando me seduzir.

Ele levantou a sobrancelha.

— Como estou me saindo?

— Não consigo respirar.

— É um bom começo. — Chegou mais perto, até que sua boca estivesse a um sussurro da dela. — Deixe-me beijá-la, Brianna.

Ele já estava daquele jeito, de vagarosa vertigem, que fazia os músculos dela se desfazerem. Boca com boca. Algo tão simples, mas que fazia tudo oscilar no mundo dela. Mais e mais até que ela tivesse medo de nunca mais recuperar o equilíbrio.

Ele tinha destreza, e com a destreza tinha paciência. Sob ambas estava o vislumbre da violência reprimida que ela sentira nele uma vez. A combinação penetrou nela como uma droga, enfraquecendo-a, atordoando-a.

Ela desejava como uma mulher desejava. Ela temia como a inocência temia.

Delicadamente ele soltou os dedos com que ela se agarrava à bancada. Com a boca deslizando sobre a dela, ele ergueu seus braços.

— Abrace-me, Brianna. — Deus, ele precisava dela. — Beije-me.

Como o estalo de um açoite, as palavras calmas dele a incitaram. Subitamente ela estava colada nele, a boca ardente e desejosa. Cambaleante, ele recuou, apertando-a. Os lábios dela estavam quentes, famintos, o corpo vibrando como uma corda de harpa puxada. A erupção da paixão era como lava escorrendo através do gelo, frenética, inesperada e perigosa.

Havia o cheiro elemental da terra, o gemido dos foles irlandeses no rádio, o sabor suculento de mulher na boca dele e a trêmula excitação dela em seus braços.

Então ele estava cego e surdo a tudo, menos a ela. As mãos dela agarradas em seus cabelos, sua respiração ofegante enchendo-lhe a boca. Mais, apenas querendo mais, ele empurrou suas costas contra a parede do galpão. Ouviu o grito dela — de susto, dor, excitação —, antes que ele silenciasse o som, devorando-o, devorando-a.

As mãos dele corriam sobre ela, quentes, invasivas, possessivas. E a respiração dela se tornou um gemido. Por favor... Queria implorar algo a ele. Ah, por favor. A dor, uma dor... profunda, implacável, gloriosa. Mas ela não sabia o começo daquilo ou como iria terminar. E o medo a mordia como um lobo — medo dele, de si mesma, do que ainda tinha de conhecer.

Ele desejava sua pele — sentir e provar a carne dela. Queria estar dentro dela até que ambos esvaziassem. O ar cortava seus pulmões, enquanto ele agarrava a camisa dela, as mãos prontas para arrancar e rasgar.

E seus olhos encontraram os dela.

Seus lábios estavam machucados e trêmulos, o rosto pálido como gelo. Olhos arregalados, terror e desejo guerreavam neles. Ele baixou os olhos, viu seus dedos brancos pela força. E as marcas que seus dedos ávidos deixaram em sua pele adorável.

Recuou como se ela o tivesse agredido. Então levantou as mãos. Não sabia, ao certo, o que ou quem estava repelindo.

— Desculpe — conseguiu dizer, enquanto ela continuava parada, pressionada contra a parede, engolindo em seco. — Desculpe. Machuquei você?

— Não sei. — Como podia saber, quando não havia nada além daquela dor terrível latejando? Nunca sonhara que podia sentir aquilo. Não sabia que era possível sentir tanto. Confusa, esfregou as faces úmidas.

— Não chore. — Enfiou a mão trêmula nos cabelos. — Já estou me sentindo sórdido demais.

— Não, não... — Engoliu as lágrimas. Não sabia por que derramálas. — Não sei o que aconteceu comigo.

Claro que não sabia, ele pensou amargamente. Não lhe falara que era inocente? E tinha agido com ela como um animal. Mais um minuto e a teria jogado no chão e...

— Pressionei você e não há perdão para isso. Só posso lhe dizer que perdi a cabeça e peço desculpas. — Queria achegar-se a ela, afastar-lhe os cabelos emaranhados do rosto. Mas não ousou. — Fui grosseiro e assustei você. Não acontecerá outra vez.

— Sabia que você seria. — Estava mais firme agora, talvez porque ele parecesse tão trêmulo. — Durante todo o tempo, eu sabia. Não foi isto, Grayson. Não sou tão frágil assim.

Ele percebeu que ainda era capaz de sorrir.

— Ah, você é sim, Brianna. E eu nunca fui tão desajeitado. Pode parecer o momento errado para lhe dizer isso, mas não deve ter medo de mim. Não vou machucá-la.

— Eu sei. Você...

— E vou tentar ao máximo não apressar você — ele interrompeu-a.
— Mas eu a quero.

Ela percebeu que precisava se concentrar para respirar normalmente outra vez.

— Não podemos ter sempre o que queremos.

— Nunca acreditei nisto. Não sei quem era ele, Brie, mas ele se foi. Eu estou aqui.

Ela concordou.

— Agora.

— Há apenas o agora. — Sacudiu a cabeça antes que ela pudesse rebater. — Este lugar é tão estranho para filosofia quanto para sexo. Nós dois estamos bem excitados, não é?

— Acho que se pode dizer isso.

— Vamos entrar. Desta vez eu vou preparar um chá para *você*.

Ela arqueou os lábios.

— E você sabe fazer?

— Estive observando você. Venha.

Estendeu a mão. Ela olhou-o hesitante. Depois de olhar cautelosamente o rosto dele — estava calmo agora, sem aquela estranha luz selvagem, assustadora e excitante —, deslizou a mão na dele.

— Talvez fosse bom ter alguém nos vigiando esta noite.

— Como? — Ela voltou a cabeça, enquanto saíam.

— De outro modo, você pode se esgueirar até o meu quarto e se aproveitar de mim.

Ela deixou escapar uma risada.

— Você é esperto demais para que alguém se aproveite de você.

— Bem, você pode tentar. — Aliviado por nenhum dos dois estar tremendo agora, ele passou o braço amigavelmente pelos ombros dela. — Por que não comemos um pedaço de bolo com o chá?

Relanceou os olhos para ele, quando chegaram à porta da cozinha.

— O meu ou o que a mulher faz no seu livro?

— O dela é apenas na minha imaginação, querida. Agora, o seu... — Gelou quando abriu a porta. Instintivamente empurrou Brianna para trás de si. — Fique aqui. Bem aqui.

— O que foi? Você está... ah, meu Deus! — Sobre o ombro dele, ela pôde ver o caos na sua cozinha. Latas haviam sido emborcadas, armários, esvaziados. Farinha e açúcar, pimenta e chá despejados no chão.

— Eu disse para ficar aqui — ele repetiu, quando ela tentou afastá-lo.

— Não, não fico. Olhe essa bagunça.

Ele impediu sua passagem com um braço na porta.

— Guarda dinheiro nas latas? Jóias?

— Não seja maluco! Claro que não. — Ela pestanejou. — Não tenho nada para ser roubado e ninguém faria isso.

— Bem, alguém fez e pode estar ainda dentro de casa. Onde está o cachorro? — murmurou.

— Deve estar fora com Murphy — falou friamente. — Sai para fazer muitas visitas à tarde.

— Corra até a casa de Murphy, então, ou de sua irmã. Darei uma olhada por aqui.

Ela se adiantou.

— Lembro a você que esta é minha casa. Eu mesma vou olhar.

— Fique atrás de mim. — Foi tudo o que ele disse.

Checou primeiro os cômodos dela, ignorando o esperado grito de revolta, quando viu as gavetas reviradas, as roupas jogadas.

— Minhas coisas.

— Veremos depois se falta alguma coisa. Melhor checar o resto.

— Que maldade é essa? — perguntou, exasperada, enquanto seguia atrás de Gray. — Ah, malditos sejam! — praguejou, quando viu a sala.

Tinha sido uma busca rápida, corrida, frenética, Gray pensou. Algo nada profissional e idiotamente arriscado. Pensava nisto, quando outra idéia o atravessou.

— Merda! — Subiu as escadas de dois em dois degraus, irrompendo na confusão de seu quarto, atirando-se direto para o laptop. — Alguém vai morrer — murmurou, ligando o computador.

— Seu trabalho. — Brianna deteve-se pálida e furiosa, na porta. — Estragaram seu trabalho?

— Não. — Percorreu página por página, até se dar por satisfeito. — Não, está aqui. Tudo bem.

Ela deixou escapar um suspiro, antes de voltar-se para o quarto do Sr. Smythe-White. As roupas tinham sido atiradas para fora das gavetas e do armário, a cama fora arrastada.

— Deus do céu, como vou explicar isso a ele?

— Acho que é mais importante saber o que estavam procurando. Sente-se, Brianna — Gray ordenou. — Vamos pensar a respeito.

— O que há para pensar? — Mas ela sentou-se na beirada do colchão revirado. — Não tenho nada de valor aqui. Umas poucas libras, algumas quinquilharias. — Esfregou os olhos, impaciente consigo mesma pelas lágrimas que não conseguia conter. — Não pode ter sido alguém da vila ou das redondezas. Deve ser algum vagabundo, um caroneiro, talvez, esperando achar um pouco de dinheiro. Bem... — Respirou trêmula. — Deve ter se desapontado com o que encontrou aqui. — Levantou os olhos, abruptamente, empalidecendo outra vez. — Você? Tinha algum dinheiro?

— A maior parte são cheques de viagem. Ainda estão aqui. — Sacudiu os ombros. — Levou umas poucas centenas de libras, é tudo.

— Umas poucas... centenas? — Ela saltou da cama. — Levou seu dinheiro?

— Não é importante. Brie...

— Não é importante? — Ela cortou-o. — Você está morando sob meu teto, um hóspede em minha casa, e teve seu dinheiro roubado. Quanto era? Resolverei isso.

— Claro que não. Sente-se e pare com isso.

— Já disse que resolverei.

Paciência esgotada, ele a segurou firmemente pelos ombros e empurrou-a de volta à cama.

— Pagaram-me cinco milhões pelo meu livro mais recente, além dos direitos autorais para o exterior e para filmes. Algumas poucas centenas de libras não vão me quebrar. — Os olhos dele se estreitaram, quando os lábios dela se curvaram novamente. — Respire fundo. Agora. Ok, outra vez.

— Não interessa se você tem ouro brotando das mãos.

Sua voz falhou, deixando-a humilhada.

— Quer chorar mais? — Ele suspirou fortemente, sentou-se ao lado dela, preparou-se para isso. — Ok, deixe rolar.

— Não vou chorar. — Fungou, passando as palmas das mãos para secar o rosto. — Tenho coisas demais a fazer. Vou levar horas para colocar tudo em ordem aqui.

— Teremos que chamar a polícia?

— Para quê? — Levantou as mãos e deixou-as cair. — Se alguém tivesse visto um estranho espreitando, meu telefone já estaria tocando. Alguém queria dinheiro e o levaram. — Examinou o quarto, imaginando quanto seu outro hóspede teria perdido e que enorme rombo isto faria em suas preciosas economias. — Não quero que você fale a esse respeito com Maggie.

— Droga, Brie...

— Ela está com seis meses. Não quero preocupá-la. — Lançou-lhe um olhar firme através de olhos ainda brilhantes pelas lágrimas. — Sua palavra, por favor.

— Está bem, como quiser. Mas quero a sua de que vai me contar exatamente o que está faltando.

— Vou. Vou ligar para Murphy e contar a ele. Ele vai se informar. Se houver alguma coisa para saber, saberei até a noite. — Calma outra vez, ela se levantou. — Preciso começar a colocar as coisas em ordem. Começarei pelo seu quarto, então poderá voltar ao trabalho.

— Eu darei um jeito no meu quarto.

— Sou eu que...

— Está me enchendo o saco, Brianna. — Esticou-se lentamente, até que ficou frente a frente com ela. — Vamos deixar isso bem claro. Você não é minha empregada, minha mãe ou minha esposa. Posso guardar minhas próprias roupas.

— Como preferir.

Praguejando, pegou seu braço, antes que ela pudesse sair de perto dele. Ela não resistiu, mas permaneceu imóvel, apenas olhando por cima do ombro dele.

— Ouça. Você está com um problema e quero ajudar. Pode pôr isto na sua cabeça?

— Quer ajudar mesmo? — Inclinou a cabeça e falou com todo o calor de uma geleira: — Podia ir pegar algum chá com Murphy. Parece que ficamos sem.

— Vou ligar para ele — Gray disse calmamente. — E pedir que traga um pouco. Não vou deixar você aqui sozinha.

— Como queira. O número dele está na agenda, na cozinha... — A voz dela sumiu, quando a imagem de sua adorável cozinha lhe veio à mente. Fechou os olhos. — Gray, você pode me deixar sozinha por um instante? Ficarei melhor.

— Brianna.

Tocou o rosto dela.

— Por favor. — Desmoronaria completa e humilhantemente se ele fosse gentil agora. — Ficarei bem, quando estiver ocupada. E gostaria de um chá. — Abrindo os olhos, forçou-se a sorrir. — Verdade.

— Muito bem. Vou descer.

Agradecida, atirou-se ao trabalho.

Capítulo Sete

Gray, muitas vezes, brincara com a idéia de comprar um avião. Algo como o belo jatinho que Rogan deixara ao dispor dele e de Brianna para a viagem a Dublin seria perfeito. Poderia decorá-lo como lhe agradasse, brincar com os comandos de vez em quando. Nada o impediria de aprender a pilotá-lo.

Certamente seria um brinquedo interessante, pensava, enquanto estava instalado no confortável assento de couro ao lado de Brianna. E ter seu próprio meio de transporte eliminaria a dor de cabeça de providenciar passagens e ficar à mercê dos imprevistos das companhias aéreas.

Mas possuir alguma coisa — qualquer coisa — equivalia à responsabilidade de mantê-la. Era por isso que, por exemplo, alugava carros, nunca comprava.

E embora houvesse algumas vantagens na privacidade ou conveniência de um lindo jato, ele pensou que perderia contato com as multidões e com os companheiros de viagem, além dos peculiares percalços de um vôo comercial.

Mas não desta vez. Deslizou a mão sobre a de Brianna, quando o avião começou a taxiar.

— Gosta de voar?

— Não vôo com muita freqüência. — A antecipação de se lançar ao céu fez seu estômago se contrair um pouco. — Mas, sim, acho que gosto. Gosto de olhar para baixo. — Sorriu, quando olhou para o chão desaparecendo embaixo. Ficava sempre fascinada ao se ver acima de sua própria casa, das montanhas, correndo através das nuvens para algum outro lugar. — Suponho que isso não é novidade para você.

— É divertido pensar para onde se está indo.

— E onde se estava.

— Não penso muito nisso. Apenas estive lá.

Enquanto o avião subia, ele pôs a mão sob o queixo dela, virando seu rosto para examiná-la.

— Você ainda está preocupada.

— Não é certo sair assim, e com tanto luxo também.

— A velha culpa católica. — A culpa nos olhos dela se aprofundou quando ele riu. — Já ouvi falar desse fenômeno. Se não está fazendo algo construtivo e realmente está curtindo não fazer, você vai para o inferno. Certo?

— Que bobagem! — Torceu o nariz, irritada porque aquilo em parte era verdade. — Tenho responsabilidades.

— E está se esquivando delas. — Ele soltou um gemido e segurou a cruz de ouro que ela usava. — É uma tentação para o pecado, não é? O que é exatamente uma tentação?

— Você é — ela disse, afastando a mão dele.

— Sem brincadeira? — Aquela idéia o atraía enormemente. — Gosto disso.

— Você gostaria mesmo. — Ela colocou um grampo caído no lugar. — Mas não tem nada a ver com isto. Estou me sentindo culpada porque não estou habituada a simplesmente fazer as malas e partir de repente. Gosto de planejar as coisas.

— Perde metade da graça.

— Aumenta a graça na minha maneira de pensar. — Ela mordeu o lábio. — Sei que é importante ir a Dublin para o casamento, mas sair de casa assim, justamente agora...

— Murphy está cuidando do cachorro — Gray lembrou. — E dando uma olhada na casa. — Uma olhada atenta, Gray estava certo, já que conversara com ele em segredo. — O velho Smythe-White foi embora dias atrás. Então não tem nenhum hóspede com que se preocupar.

— Hóspedes — ela disse automaticamente, sobrancelhas levantadas. — Duvido que ele vá recomendar Blackthorn para alguém, depois do que aconteceu. Embora ele tenha sido bastante compreensivo.

— Ele não perdeu nada. "Nunca viajo com dinheiro, sabe" — Gray falou imitando a voz afetada de Smythe-White. — "É um convite para problema."

Ela riu um pouco, como ele esperava.

— Ele pode não ter sido roubado, mas duvido que tenha tido uma noite em paz sabendo que seu quarto foi invadido e suas coisas, jogadas. — Motivo pelo qual ela se recusou a cobrar pela hospedagem dele.

— Ah, sei lá. Eu não me incomodei. — Soltou o cinto de segurança e levantou para andar pelo corredor. — Seu cunhado é um cara de classe.

— É sim. — Suas sobrancelhas se eriçaram, quando Gray voltou com uma garrafa de champanhe e duas taças. — Você não vai abrir isto. É um vôo tão curto e...

— Claro que vou abrir. Não gosta de champanhe?

— Adoro, mas... — Seus protestos foram cortados pelo som alegre da rolha pulando. Suspirou como uma mãe quando vê o filho pular numa poça de lama.

— Então... — Sentou-se outra vez, enchendo as duas taças. Depois de lhe estender uma delas, brindou cristal com cristal e riu. — Conte-me sobre a noiva e o noivo. Você falou que eles têm oitenta anos?

— Tio Niall sim. — Já que não era possível colocar a rolha de volta na garrafa, ela bebeu. — A Sra. Sweeney é alguns anos mais jovem.

— Imagine! — Aquilo o divertia. — Entrando na gaiola do casamento nesta idade.

— Gaiola?

— Uma série de proibições e nenhuma saída fácil. — Desfrutando o champanhe, degustou-o na língua antes de engolir. — Então ele era uma paixão de infância?

— Não exatamente — murmurou, ainda com a cara fechada por conta da descrição dele sobre casamento. — Eles cresceram em Galway. A Sra. Sweeney era amiga de minha avó, que era irmã do tio

Niall, entende? E a Sra. Sweeney tinha uma queda pelo tio Niall. Então minha avó casou-se e foi para Clare. A Sra. Sweeney casou-se e foi para Dublin. Perderam o contato uma com a outra. Então Maggie e Rogan começaram a trabalhar juntos, e a Sra. Sweeney fez a conexão entre as famílias. Escrevi sobre isso a tio Niall e ele veio a Dublin. — Sorriu ao pensar naquilo, quase não notando, quando Gray tornou a encher o copo dela. — Os dois não se largam desde então.

— As voltas do destino. — Gray ergueu sua taça num brinde. — Fascinante, não é?

— Eles se amam — ela disse com um suspiro. — Só espero... — interrompeu e olhou pela janela novamente.

— O quê?

— Espero que tenham um ótimo dia, agradável mesmo. Só estou preocupada pensando se mamãe não vai estragar tudo. — Virou-se para ele de novo. Embora aquilo a envergonhasse, era melhor que ele soubesse para não ficar muito chocado, se houvesse uma cena. — Ela não vem para Dublin hoje. Não vai dormir na casa de Maggie, em Dublin. Disse que virá amanhã, cumprirá seu dever e voltará imediatamente.

Ele levantou a sobrancelha.

— Não fica feliz na cidade? — perguntou, mesmo pressentindo que era algo totalmente diferente.

— Mamãe não é uma mulher que fique feliz em lugar algum. Devo lhe dizer que ela pode ser difícil. Ela não aprova, sabe, o casamento.

— O quê? Acha que estas crianças loucas são muito jovens para casar?

Brianna curvou os lábios, mas seus olhos não refletiam aquilo.

— É dinheiro casando com dinheiro, como ela mesma diz. E ela... bem, tem opiniões fortes sobre o fato de estarem morando juntos, sem a bênção de Deus.

— Morando juntos? — Não conseguia parar de rir. — Sem a bênção de Deus?

— Morando juntos — ela falou afetadamente. — E, como mamãe lhe dirá se tiver uma chance, a idade dificilmente os absolveria do pecado da fornicação.

Ele se engasgou com a bebida. Enquanto ria e tossia tentando respirar, percebeu o brilho no olhar enviesado de Brianna.

— Desculpe, compreendo que não é pra ser engraçado.

— Algumas pessoas acham fácil rir das crenças dos outros.

— Não tive a intenção. — Mas mal conseguia controlar o riso. — Meu Deus, Brie, você acabou de me dizer que o homem é octogenário, que sua ruborizada noiva está quase lá. Você realmente não acredita que eles vão para o fogo do inferno porque... — Decidiu que preferia encontrar um modo mais delicado de colocar aquilo. — Eles tiveram uma relação madura, fisicamente satisfatória.

— Não. — Um pouco do gelo do olhar derreteu. — Não, eu não, claro. Mas mamãe acredita ou diz que acredita, porque é mais fácil reclamar. Famílias são complicadas, não são?

— Pelo que observo... Não tenho uma para me preocupar.

— Nenhuma família? — O resto do gelo derreteu-se em compaixão. — Perdeu seus pais?

— De certo modo... — Seria mais adequado dizer que eles o tinham perdido.

— Sinto muito. E não tem irmãos, irmãs?

— Nada. — Alcançou a garrafa, outra vez, para encher sua taça.

— Mas você tem primos, certamente. — Todo mundo tem alguém, pensou. — Avós, tios, tias.

— Não.

Ela apenas olhou, desolada. Não ter ninguém. Não podia conceber aquilo. Não podia tolerar aquilo.

— Você está me olhando como se eu fosse uma criança enjeitada que largaram na sua porta. — Aquilo o divertia e estranhamente o tocava. — Acredite, querida, prefiro assim. Nada de laços, nada de vínculos, nada de culpas. — Voltou a beber, como que para selar aquelas palavras. — Simplifica minha vida.

Melhor dizer que a torna vazia, ela pensou.

— Não o incomoda não ter ninguém esperando por você em casa?

— Me alivia. Talvez me incomodasse, se eu tivesse uma casa, mas também não tenho nenhuma.

O cigano, ela lembrou, mas não o tinha considerado assim literalmente, até agora.

— Mas, Grayson, não ter nenhum lugar seu...

— Nenhuma hipoteca, nenhum gramado para cortar ou vizinho para apaziguar. — Inclinou-se sobre ela para olhar pela janela. — Veja, lá está Dublin.

Mas ela olhou para ele, sentiu por ele.

— Mas, quando deixar a Irlanda, para onde irá?

— Não decidi ainda. Isto é que é bom.

— Você tem uma casa linda. — Menos de três horas após ter aterrissado em Dublin, Gray esticava as pernas para o fogo, na sala de Rogan. — Obrigado por me receber aqui.

— É um prazer. — Rogan lhe ofereceu um cálice de conhaque, depois do jantar.

Estavam sozinhos no momento, enquanto Maggie e Brianna tinham ido ao apartamento da avó dele para ajudar a noiva com os arranjos de última hora.

Rogan ainda sentia dificuldades em pensar na avó como uma futura noiva nervosa. E mais dificuldades ainda em imaginar o homem, que estava agora mesmo conversando com o cozinheiro, como seu futuro avô.

— Você não parece muito satisfeito com isso.

— Com isso o quê? — Rogan olhou de relance para Gray e acabou sorrindo. — Não, desculpe, não tem nada a ver com você. Acho que me sinto um tanto desconfortável sobre amanhã.

— Nervosismo por se despedir da noiva?

O melhor que Rogan conseguiu foi um grunhido.

Compreendendo seu anfitrião, Gray empurrou a bochecha com a língua e tocou no ponto incômodo.

— Niall é um personagem interessante.

— Uma figuraça — Rogan murmurou. — Realmente.

— Os olhos de sua avó brilhavam durante o jantar.

Agora, Rogan suspirou. Ela nunca parecera tão feliz.

— Eles estão loucos um pelo outro.

— São dois contra um. Podemos dominá-lo, arrastá-lo até as docas e enfiá-lo num navio para a Austrália.

— Não pense que já não considerei essa possibilidade. — Sorriu, agora mais solto. — Ninguém foi forçado a nada, não é? E sou forçado a admitir que o homem a adora. Maggie e Brie estão deliciadas. Então eu me vi derrotado.

— Gosto dele — Gray disse com um sorriso de desculpas. — Como não gostar de um homem que veste um casaco da cor de uma abóbora de Halloween com sapatos de crocodilo enfeitados?

— Lá vem você. — Rogan acenou a mão gentilmente. — Em todo caso, estou contente por proporcionar a você um casamento durante sua estada na Irlanda. Está confortável em Blackthorn?

— Brianna tem um grande talento para proporcionar conforto.

— Tem mesmo.

A expressão de Gray tornou-se séria, enquanto olhava para seu drinque.

— Aconteceu uma coisa alguns dias atrás e acho que você deve saber. Ela não quer que eu fale a respeito, principalmente com Maggie. Mas gostaria que ficasse a par.

— Tudo bem.

— A pousada foi arrombada.

— Blackthorn? — Surpreso, Rogan colocou o conhaque de lado.

— Estávamos do lado de fora, no galpão que ela usa para plantar. Devemos ter ficado lá por uma meia hora, talvez um pouco mais. Quando voltamos, alguém tinha revirado a casa.

— O quê?

— Deixando tudo de cabeça pra baixo — Gray explicou. — Uma busca rápida, desorganizada, eu diria.

— Isso não faz sentido. — Ele se inclinou para a frente, preocupado. — Levaram alguma coisa?

— Eu tinha algum dinheiro no meu quarto. — Sacudiu os ombros. — Parece ter sido tudo. Brianna garante que ninguém da vizinhança faria isso.

— Ela tem razão. — Rogan se recostou outra vez, pegou o conhaque, mas não o bebeu. — É uma comunidade pequena e unida, e Brie é muito querida por lá. Chamaram a polícia?

— Ela não quis, não viu razão. Falei com Murphy, em particular.

— Isto foi bom — Rogan concordou. — Eu pensaria que foi algum estranho que passou por ali. Mas até isto parece fora do comum. — Sem encontrar qualquer explicação, tamborilou com os dedos o cálice. — Você já está lá há algum tempo. Deve ter alguma impressão das pessoas, do jeito do lugar, da atmosfera.

— Pela lógica, é uma coisa que não vai acontecer de novo. — Gray deu de ombros. — Contudo, acho que não faria mal a ninguém se você ficasse de olho, quando voltasse.

— Farei isto. — Rogan franziu a testa, olhando o conhaque. — Pode ter certeza.

— Tem um ótimo cozinheiro, Rogan, meu rapaz. — Niall irrompeu na sala, carregando uma bandeja com louça e uma enorme torta de chocolate. Era um homem grande, desfilando dez quilos de excesso de peso como um distintivo de honra. E, de algum modo, parecia mesmo com uma daquelas abóboras de Halloween, com seu casaco cor-de-laranja e a gravata verde-limão. — Um príncipe, o que ele é. — Niall apoiou a bandeja, radiante. — Ele me deu esse doce para ajudar a acalmar meus nervos.

— Eu também estou nervoso. — Rindo, Gray levantou-se para cortar um pedaço da torta.

Niall explodiu numa risada e deu um tapa cordial nas costas de Gray.

— É isso aí. Bom apetite, rapaz! Por que a gente não aproveita para jogar uma sinuquinha? — Piscou para Rogan. — Afinal de contas, esta é minha última noite de homem livre. Nada mais de farra com os rapazes pra mim. Algum uísque para molhar a garganta?

— Uísque. — Rogan olhou para o rosto largo e sorridente de seu futuro avô. — Também tomaria uma dose.

Tomaram várias. E então, mais algumas. Quando a segunda garrafa foi aberta, Gray tinha de apertar os olhos para ver as bolas na mesa de sinuca, e elas ainda tendiam a se misturar. Acabou fechando um olho completamente.

Ouvindo o estalo das bolas, recuou.

— Ponto meu, senhores. Ponto meu. — Inclinou-se pesadamente sobre o taco.

— O desgraçado do ianque não quer perder esta noite. — Niall bateu nas costas de Gray e quase o atirou de nariz na mesa. — Arrume de novo, Rogan, meu rapaz. Vamos jogar outra.

— Não consigo enxergá-las — Rogan falou lentamente antes de levantar a mão na frente do próprio rosto e examiná-la. — Não consigo nem sentir meus dedos.

— Você precisa é de outro uísque. — Como um marujo a bordo de um convés inclinado, Niall tomou o rumo da garrafa. — Nem uma gota sequer — falou tristemente ao levantar o cristal. — Nem uma maldita gotinha sobrou.

— Não tem mais uísque em Dublin. — Rogan se afastou da parede que o mantinha em pé, mas voltou a ela, combalido. — Bebemos tudo. Completamente bêbados. Ah, meu Deus. Não sinto minha língua também. Eu a perdi!

— Vamos ver. — Querendo ajudar, Gray largou pesadamente as mãos nos ombros de Rogan. — Ponha pra fora! — Olhos apertados, ele sacudiu a cabeça. — Tudo bem, cara. Ela está aí. Só que você está com duas línguas. Esse é o problema.

— Estou casando com minha Chrissy amanhã. — Niall ficou de pé, balançando perigosamente para a esquerda, depois para a direita, olhos vidrados, sorriso brilhante. — Linda Chrissy, la belle de Dublin.

Arremessou-se para a frente, estatelando-se como uma sequóia. Com os braços apoiando solidariamente um ao outro, Rogan e Gray olharam para ele.

— O que fazemos com ele? — Gray perguntou.

Rogan passou uma de suas duas línguas nos dentes.

— Acha que ele está vivo?

— Não parece.

— Não comecem o velório ainda. — Niall levantou a cabeça. — Só me ajudem a levantar, caras. Vou dançar até de madrugada. — A cabeça bateu no chão outra vez, com um baque surdo.

— Não está tão mal, está? — Rogan perguntou. — Quando estou bêbado, dá nisso.

— Um príncipe. Vamos levantá-lo. Não pode dançar desse jeito.

— Certo! — Cambalearam até ele. Quando levantaram Niall sobre os joelhos, estavam sem ar e rindo como idiotas. — Levante, seu moleirão! É como tentar levantar uma baleia encalhada.

Niall abriu os olhos turvos, atirou a cabeça para trás e começou a cantar com a voz engrolada, mas surpreendentemente emocionado.

— Pra mim isso é tudo, bebida, felicidade, beber feliz. Pra mim, cerveja e cigarro é tudo. — Grunhiu, equilibrando-se sobre um pé, quase atirando Gray ao chão. — Bem, gastei todo o meu dinheiro com mulheres, bebendo gim. Por todo o Oeste por onde andei.

— Você terá sorte se andar até a cama — Rogan lhe disse.

Ele só mudou de tom:

— Se você tem asas, leve-me ao palco onde as abelhas cantam durante todo o dia...

Bem anestesiado pelo uísque, Rogan se juntou a eles, de modo que os três oscilavam sobre os pés.

— Se você bebeu demais e não consegue seguir adiante...

Aquilo atingiu Gray como algo tão maravilhosamente divertido que ele se juntou ao coro de risos.

Com a harmonia e a afeição dos bêbados, eles cambalearam agarrados na parede. Quando chegaram à base da escadaria, estavam numa interpretação bem encharcada de uísque de "Dicey Riley".

— Bem, não diria que foi apenas o pobre velho Dicey Riley que os levou a beber, diria, Brie? — Maggie parou a meio caminho da escadaria com a irmã, estudando o trio.

— Não diria não. — Cruzando as mãos na cintura, elegantemente, Brianna sacudiu a cabeça. — Pelo jeito deles, tomaram vários primeiros goles.

— Cristo! Ela é bonita, não é? — Gray resmungou.

— Sim. — Rogan ria intensamente para a esposa. — Me tira o fôlego, Maggie, meu amor, venha me dar um beijo.

— Vou lhe dar é minha mão. — Mas ela ria, enquanto descia as escadas. — Olhem só para vocês, pobres bêbados. Tio Niall, você já tem bastante idade para saber o que fazer.

— Casar, Maggie Mae. Onde está minha Chrissy? — Tentou se virar e sentiu seus dois apoios se inclinando como dominós.

— Dormindo na cama dela, como você também deveria estar. Vamos, Brie, vamos tirar estes guerreiros do campo de batalha.

— Estávamos jogando sinuca. — Gray riu para Brianna. — Eu ganhei!

— Seu ianque desgraçado — Niall disse afetuosamente, beijando Gray direto na boca.

— Bem, já está legal, não está? — Maggie tratou de passar um braço em torno de Rogan. — Vamos agora, por aqui. Um pé na frente do outro. — De alguma maneira, eles conseguiram acertar os passos. Desovaram Niall primeiro.

— Ponha Rogan na cama, Maggie — Brianna lhe falou. — Vou levar este aqui, então volto para tirar os sapatos do tio Niall.

— Ah, imagina como vai ficar a cabeça deles amanhã. — A perspectiva fez Maggie sorrir. — Vamos, Sweeney, vamos para a cama. Cuidado com essas mãos. — Mesmo o considerando inofensivo naquele estado, a ordem veio com uma risada. — Você não tem idéia do que fazer com elas no seu estado.

— Aposto que tenho.

— Ah, mas você está cheirando a uísque e cigarros. — Brianna suspirou e cruzou o braço de Gray sobre os ombros, firmando-o. — Você sabe que o homem já tem oitenta anos, você sabia. Devia tê-lo parado.

— Ele é uma péssima influência, aquele Niall Feeney. Tivemos de brindar aos olhos de Chrissy, aos lábios, aos cabelos e às orelhas. Acho que brindamos aos seus dedos dos pés também, mas as coisas ficaram turvas na hora deles.

— Não me admira... Aqui está sua porta. Só um pouquinho adiante, agora.

— Seu cheiro é tão bom, Brianna. — Com o que ele pensou ser um movimento suave, farejou, como um cachorro, o pescoço dela. — Venha para a cama comigo. Posso lhe mostrar algumas coisas. Todo o tipo de coisas maravilhosas.

— Hum-hum. Vá deitando. Assim. — Eficientemente, levantou as pernas dele para cima da cama e começou a tirar os sapatos.

— Deite comigo. Posso levá-la a muitos lugares. Quero ficar dentro de você.

As mãos dela tremeram desta vez. Olhou rispidamente para ele, mas seus olhos estavam fechados, seu sorriso, sonhador.

— Fique quieto agora — murmurou. — Durma.

Cobriu-o com um cobertor, afastou-lhe os cabelos da testa e o deixou roncando.

O mal-estar já era esperado. Deve-se pagar pelos excessos, e Gray estava sempre pronto a pagar pelos seus. Mas parecia um pouquinho exagerado ter de fazer uma mórbida viagem ao inferno por causa de uma noite idiota.

Sua cabeça estava rachada ao meio. Algo que não era evidente, o que o aliviara consideravelmente, quando tratou de se arrastar até o banheiro na manhã seguinte. Parecia desfigurado, mas inteiro. Obviamente o corte dentado era dentro de seu cérebro.

Provavelmente estaria morto até o final da tarde.

Os olhos eram pequenas bolas de fogo. O lado de dentro da boca tinha sido esfregado com alguma coisa abominável demais para imaginar. O estômago se contraía e afrouxava como um punho nervoso.

Começou a desejar que estivesse mesmo morto antes do final da tarde.

Como não havia ninguém por perto, permitiu-se algumas poucas lamúrias, quando entrou no chuveiro. Teria jurado que o cheiro de uísque estava exalando de seus poros.

Movendo-se com a cautela de um velho ou doente, saiu da banheira e enrolou uma toalha na cintura. Fez o que pôde para tirar aquele gosto horrível da boca.

Quando voltou ao quarto, gemeu, tapando os olhos com as mãos a tempo, esperava, de evitar que explodissem sua cabeça. Algum sádico abrira as cortinas à luz do sol.

Os olhos de Brianna se arregalaram. A boca ficou aberta. Além da toalha pendurada frouxamente na cintura, ele vestia apenas algumas gotas de água do chuveiro.

O corpo dele era... a palavra *primoroso* explodiu na mente dela. Esbelto, musculoso, deslumbrante. Pegou-se cruzando os dedos e engolindo em seco.

— Trouxe o café numa bandeja. Achei que você podia estar se sentindo indisposto.

Cautelosamente, Gray abriu os dedos apenas o suficiente para enxergar entre eles.

— Então isto não é a ira de Deus. — A voz estava rouca, mas ele temia que a tentativa de clareá-la lhe trouxesse danos irreversíveis. — Por um minuto, achei que estava sendo surrado pelos meus pecados.

— É só mingau, torradas e café.

— Café... — pronunciou a palavra como se fosse uma prece. — Podia me dar um pouco?

— Claro. Trouxe também aspirinas.

— Aspirinas. — Ele podia ter chorado. — Por favor.

— Tome-as primeiro, então. — Estendeu-lhe as pílulas com um copo de água. — Rogan está tão mal quanto você — disse, enquanto Gray engolia os comprimidos, esforçando-se para impedir que sua mão acariciasse os cabelos molhados e encaracolados. — Tio Niall está inteiro.

— Que figuras! — Gray caminhou cautelosamente até a cama. Sentou-se, rezando para que a cabeça não rolasse de cima do pescoço. — Antes de ir adiante, preciso me desculpar por alguma coisa?

— Desculpar-se comigo?

— Com qualquer um. Uísque não é meu veneno usual e estou meio confuso sobre os detalhes, depois que começamos a segunda garrafa. — Observou-a por entre os olhos semicerrados e notou que ela estava sorrindo. — Alguma coisa engraçada?

— Não... bem, sim, mas não é delicado achar engraçado. — Ela afinal sucumbiu e deslizou a mão pelos cabelos dele, como faria com uma criança que tivesse abusado dos doces. — Estava só pensando que é muito gentil da sua parte ir logo pedindo desculpas mesmo estando assim. — Seu sorriso tornou-se afetuoso. — Mas não, não há por que se desculpar. Você só ficou bêbado e bobo. Não causou nenhum estrago.

— Fácil para você falar. — Equilibrou a cabeça. — Não tenho o hábito de beber assim. — Estremecendo, buscou o café com a mão livre. — Na verdade, acho que nunca tinha bebido tanto assim de uma vez só e duvido que vá beber de novo.

— Você vai se sentir melhor depois que comer alguma coisa. E tem algumas horas antes de ter de ir ao casamento, se sentir que consegue.

— Não o perderia. — Resignado, Gray pegou o mingau. Cheirava bem. Deu uma provada e esperou para ver como seu organismo o aceitaria. — Não vou com você?

— Estou saindo daqui a alguns minutos. Há coisas para fazer. Você irá depois com Rogan e tio Niall... já que é impossível que vocês três se metam em alguma confusão numa viagem tão curta.

Ele rosnou e tomou outra colherada de mingau.

— Precisa de mais alguma coisa, antes que eu vá?

— Você já acertou os pontos principais. — Balançando a cabeça, ele a estudou. — Tentei convencer você a vir para a cama comigo a noite passada?

— Tentou.

— Acho que me lembro disso. — Sorriu ligeiramente. — Não sei como você resistiu.

— Pois é, consegui. Vou indo, então.

— Brianna. — Lançou-lhe um olhar rápido e perigoso. — Não desistirei da próxima vez.

Christine Rogan Sweeney podia estar perto de se tornar bisavó, mas ainda era uma noiva. Não importava quantas vezes se tinha dito que era bobagem ficar nervosa, sentir-se atordoada, seu estômago ainda saltava.

Iria casar dali a poucos minutos. Prometer-se a um homem que amava ternamente. E receber a promessa dele. E seria uma esposa novamente, depois de tantos anos viúva.

— Está linda! — Maggie manteve-se atrás, quando Christine virou-se frente ao espelho. O traje rosa-pálido brilhava com pequenas pérolas nas lapelas. Sobre os brancos cabelos brilhantes, um elegante chapéu com um pequeno véu.

— Sinto-me bonita. — Riu e virou-se para abraçar Maggie e depois Brianna. — Não importa quem saiba. Imagino se Niall está tão nervoso como eu.

— Ele está andando de um lado para outro como um felino africano — Maggie disse. — E perguntando as horas a Rogan cada dez segundos.

— Bom. — Christine respirou longamente. — Isto é bom. Está quase na hora, não está?

— Quase. — Brianna a beijou em cada face. — Vou descer agora para ver se tudo está de acordo. Desejo muitas felicidades a você... tia Christine.

— Ah, querida. — Os olhos de Christine encheram-se de lágrimas. — Como você é delicada!

— Não faça isto — Maggie avisou. — Vai fazer com que todas nós choremos. Avisarei quando estivermos prontas, Brie.

Com um rápido aceno, Brianna apressou-se logo em sair. Havia fornecedores, naturalmente, e a casa estava cheia de empregados. Porém um casamento era coisa de família e ela queria tudo o mais perfeito possível.

Os convidados andavam pela sala, redemoinhos de cores, fragmentos de risadas. Um harpista roçava as cordas em suaves notas de sonho. Guirlandas de rosas tinham sido entrelaçadas no corrimão e jarros delas estavam artisticamente distribuídos pela casa.

Pensou que poderia se esgueirar até a cozinha, apenas para ter certeza de que tudo estava bem, quando avistou sua mãe e Lottie. Colocando um sorriso brilhante no rosto, ela avançou.

— Mamãe, você está bonita!

— Bobagem. Lottie me importunou para gastar um bom dinheiro num vestido novo. — Mas roçou a mão, espalhafatosamente, sobre a manga de linho leve.

— Está linda. E você também, Lottie.

A acompanhante de Maeve sorriu afetuosamente.

— Gastamos escandalosamente, sim. Mas não é todo dia que você vai a um casamento tão chique. O arcebispo — ela disse com um sussurro e um pestanejar. — Imagine.

Maeve torceu o nariz.

— Um padre é um padre, não importa o que esteja vestindo. Acho que ele pensou duas vezes antes de celebrar este casamento. Quando duas pessoas viveram em pecado...

— Mamãe. — Brianna manteve a voz baixa, mas gelidamente firme. — Não hoje. Por favor, se você simplesmente...

— Brianna. — Gray avançou, tomou a mão dela, beijou-a. — Você está fabulosa!

— Obrigada. — Ela tentava não enrubescer, enquanto os dedos dele se fechavam possessivamente em torno dos dela. — Mamãe, Lottie, este é Grayson Thane. É um hóspede de Blackthorn. Gray, Maeve Concannon e Lottie Sullivan.

— Sra. Sullivan. — Tomou a mão de Lottie, fazendo-a rir quando a beijou. — Sra. Concannon. Meus parabéns pelas suas lindas e talentosas filhas.

Maeve olhou-o carrancuda. Os cabelos dele eram tão longos como os de uma garota, observou. E o sorriso tinha mais do que um toque demoníaco.

— Um ianque, é?

— Sim, senhora. Estou gostando muito do seu país. E da hospitalidade de sua filha.

— Hóspedes geralmente não vêm a casamentos na família.

— Mãe...

— Não, não vêm — Gray falou brandamente. — É outra coisa que achei encantadora em seu país. Estranhos são tratados como amigos, e amigos nunca como estranhos. Posso acompanhá-las aos seus lugares?

Lottie já estava enfiando seu braço no dele.

— Ande, Maeve. Quando vamos voltar a receber o convite de um rapaz bonito como este? Você é escritor, não é?

— Sou. — Conduziu as duas mulheres, lançando sobre os ombros um rápido sorriso convencido para Brianna.

Ela teria sido capaz de beijá-lo. Justo quando suspirou de alívio, Maggie fez um sinal do alto da escadaria.

Quando o harpista iniciou a marcha nupcial, Brianna deslizou para o fundo da sala. Sua garganta apertou quando Niall tomou lugar na frente da lareira e olhou para o alto da escadaria. Talvez seus cabelos estivessem ralos e sua cintura grossa, mas agora ele parecia jovem e ansioso, completamente nervoso.

A sala zumbia em expectativa, enquanto Christine desceu lentamente as escadas, virou-se e, com os olhos brilhando por trás do véu, dirigiu-se a ele. O arcebispo os abençoou e a cerimônia começou.

— Tome. — Gray esgueirou-se para o lado de Brianna alguns momentos depois e ofereceu-lhe o lenço. — Estou sentindo que precisa disso.

— É tão bonito. — Ela passou-o de leve nos olhos. As palavras a atravessaram. *Amar. Honrar. Respeitar.*

Gray ouviu: *Até que a morte os separe.* Uma pena de prisão perpétua. Ele sempre pensara que havia uma razão para as pessoas chorarem nos casamentos. Passou o braço sobre os ombros dela, apertando-a afavelmente.

— Anime-se, está quase terminando — murmurou.

— Está apenas começando — ela corrigiu-o e se permitiu descansar a cabeça no ombro dele.

Soaram aplausos quando Niall, direta e entusiasticamente, beijou a noiva.

Capítulo Oito

Viagens em aviões particulares, champanhe e casamentos luxuosos era tudo muito bom e bonito, mas Brianna estava contente de estar em casa. Embora soubesse muito bem que não dava para acreditar no céu ou no ar agradável, ela preferia pensar que o pior do inverno já tinha passado. Sonhava com sua linda estufa nova, enquanto cuidava das sementes no galpão. E planejava reformar o sótão, enquanto pendurava a roupa lavada.

Na semana em que voltou de Dublin, teve a casa só para si. Gray ficou trancado no quarto, trabalhando. De vez em quando, ele surgia para um passeio ou perambulava pela cozinha, sentindo o aroma da comida.

Não tinha certeza se estava aliviada ou amuada porque ele parecia preocupado demais para tentar conseguir mais beijos dela.

Contudo, era forçada a admitir que sua solidão era mais agradável ao saber que ele estava no andar de cima. Podia sentar-se diante da lareira à noite, ler, tricotar ou arquitetar seus planos, sabendo que, a qualquer momento, ele poderia aparecer e juntar-se a ela.

Mas não foi Gray quem interrompeu seu tricô numa tarde fria, mas sua mãe e Lottie.

Escutou o carro do lado de fora, sem muita surpresa. Vizinhos e amigos paravam e entravam muitas vezes, quando viam a luz acesa. Deixou o tricô de lado e caminhou até a porta, quando ouviu a mãe e Lottie discutindo do lado de fora.

Brianna só suspirou. Por motivos que lhe escapavam, parecia que as duas mulheres gostavam de se bicar.

— Boa-noite — cumprimentou, beijando as duas. — Que bela surpresa!

— Espero não perturbar você, Brie. — Lottie revirou os olhos alegres. — Maeve meteu na cabeça que devíamos vir e aqui estamos.

— É sempre um prazer receber vocês.

— Nós saímos, não saímos? — Maeve devolveu. — Ela estava com muita preguiça para cozinhar. Então tive que me arrastar até um restaurante, não importando como me sentia.

— Até Brie deve enjoar de sua própria comida, de tempos em tempos — Lottie disse, enquanto pendurava o casaco de Maeve no cabide da entrada. — Mesmo boa como é. E é bom sair de vez em quando e ver gente.

— Não preciso ver ninguém.

— Queria ver Brianna, não queria? — Dava prazer a Lottie marcar um pequeno ponto. — É por isso que estamos aqui.

— Quero um chá decente, e não aquela água que servem no restaurante.

— Vou fazer. — Lottie afagou o braço de Brianna. — Aproveite a visita da mamãe. Sei o lugar das coisas.

— E leve esse cachorro para a cozinha com você. — Maeve lançou a Con um olhar de impaciente antipatia. — Não o quero babando perto de mim.

— Você vai me fazer companhia, não vai, rapaz? — Animada, Lottie acariciou Con entre as orelhas. — Venha com a Lottie, aqui, bom menino.

Obediente, e torcendo por um petisco, Con foi atrás dela.

— Acendi a lareira, mamãe. Está bem aconchegante. Vamos sentar lá.

— Desperdício de combustível — Maeve resmungou. — Já está bem quente.

Brianna ignorou a dor de cabeça que surgia atrás dos olhos.

— Fica mais confortável com o fogo. Gostou do jantar?

Maeve soltou um grunhido quando se sentou. Gostava da sensação acolhedora e da visão do fogo, mas estava decidida a não admitir.

— Me carregar para um lugar em Ennis e pedir pizza. Pizza de todos os sabores!

— Ah, sei de que lugar está falando. Servem uma ótima comida lá. Rogan disse que a pizza parece com a dos Estados Unidos. — Brianna pegou o tricô de novo. — Sabia que a irmã de Murphy, Kate, está esperando bebê novamente?

— A garota pare como uma coelha. Já é o que... o quarto?

— O terceiro. Ela tem dois meninos, agora espera que seja uma menina. — Sorrindo, Brianna levantou o delicado fio cor-de-rosa. — Estou fazendo esta manta para dar sorte.

— Deus dará a ela o que Ele quiser dar, não importa a cor com que você tricote.

As agulhas de Brianna ressoavam tranqüilamente.

— Então Ele dará. Recebi uma carta de tio Niall e tia Christine. Tem uma foto linda do mar e das montanhas. Estão se divertindo muito no cruzeiro, visitando as ilhas gregas.

— Lua-de-mel nesta idade. — Por dentro, Maeve ansiava por ver as montanhas e o mar estrangeiros. — Bem, se você tem dinheiro suficiente, pode ir aonde quiser e fazer o que quiser. Nem todos nós podemos voar para lugares quentes no inverno. Se eu pudesse, talvez meu peito não doesse tanto com o frio.

— Anda se sentindo mal? — A pergunta foi automática, como as respostas para a tabuada de multiplicação que aprendera na escola. Envergonhada, ergueu os olhos e esforçou-se. — Desculpe, mamãe.

— Já estou acostumada com isto. Dr. Hogan não faz mais nada do que estalar a língua e dizer que estou bem. Mas só eu sei o que sinto, não é?

— Você sabe sim. — O tricô de Brianna reduziu a velocidade, quando ela sugeriu: — Acho que se sentiria melhor se pudesse sair para tomar sol.

— Ah. E onde vou arranjar sol?

— Maggie e Rogan têm uma vila no Sul da França. Dizem que é muito bonito e quente lá. Lembra que ela mandou umas fotos?

— Viajou com ele para países estrangeiros antes de estarem casados.

— Estão casados agora — Brianna falou suavemente. — Não gostaria de ir lá, mamãe, você e Lottie, por uma semana ou duas? Teria um agradável descanso ao sol, e a brisa do mar é sempre muito benéfica.

— E como eu iria para lá?

— Mãe, você sabe que Rogan mandaria o avião para levá-la.

Maeve podia imaginar. Sol, empregados, a linda e enorme casa com vista para o mar. Poderia ter tido um lugar assim só para ela se... Se.

— Não vou pedir favores àquela menina.

— Não precisa. Eu peço para você.

— Não sei se estou disposta a viajar — Maeve disse, pelo simples prazer de tornar as coisas difíceis. — A viagem a Dublin me cansou.

— Mais uma razão para você tirar umas boas férias — Brianna retrucou, conhecendo bem o jogo. — Falarei com Maggie amanhã e acertarei tudo. Ajudarei você a fazer as malas, não se preocupe.

— Ansiosa para se livrar de mim, não é?

— Mãe. — A dor de cabeça estava aumentando rapidamente.

— Tudo bem, eu vou. — Maeve agitou a mão. — Pela minha saúde, embora o bom Deus saiba como afetará meus nervos ficar entre aqueles estrangeiros. — Os olhos dela se estreitaram. — E onde está o ianque?

— Grayson? Está lá em cima, trabalhando.

— Trabalhando! — bufou irritada. — Só queria saber desde quando contar história é trabalhar. Qualquer pessoa neste condado conta suas histórias.

— Imagino que passar para o papel seria diferente. E há ocasiões em que ele desce, depois de ter ficado lá por algum tempo, com a aparência de quem esteve limpando fossas. Parece mesmo bem cansado.

— Parecia bem animado em Dublin... quando passava a mão em você.

— O quê? — Brianna perdeu um ponto do tricô e encarou-a.

— Pensa que sou tão cega quanto doente? — Manchas cor-de-rosa tingiram as faces de Maeve. — Fiquei mortificada ao ver como você deixou que ele a tratasse em público.

— Estávamos dançando — Brianna falou entre dentes, com lábios que se haviam tornado duros e frios. — Estava ensinando a ele alguns passos.

— Eu sei o que vi. — Maeve cerrou os dentes. — E pergunto a você se também está dando seu corpo a ele.

— Se estou... — A lã rolou pelo chão. — Como pode me perguntar uma coisa dessas?

— Sou sua mãe e pergunto o que bem entender. Com certeza, metade da vila está comentando de você, aqui, sozinha com ele, noite após noite, com um homem.

— Ninguém está comentando isso. Dirijo uma pousada e ele é meu hóspede.

— Um caminho conveniente para o pecado. Eu disse isso desde que você inventou de começar este negócio. — Ela balançou a cabeça, como se a presença de Grayson ali apenas confirmasse sua opinião. — Você não me respondeu, Brianna.

— Nem deveria, mas vou responder. Não dei meu corpo a ele, nem a ninguém mais.

Maeve esperou um momento. Então balançou a cabeça outra vez.

— Bem, você nunca foi mentirosa; portanto, vou acreditar.

— Não me importa o que acredita. — Era raiva, ela sabia, que fazia os joelhos tremerem quando se levantou. — Pensa que tenho orgulho e sou feliz por nunca ter conhecido um homem, por nunca ter encontrado algum que me amasse? Não quero viver minha vida sozinha ou ficar para sempre fazendo roupinhas de bebê para os filhos de outras mulheres.

— Não levante a voz para mim, menina!

— De que vai adiantar se eu levantar a voz pra senhora? — Brianna aspirou o ar profundamente, esforçando-se para se acalmar. — E se eu não levantar também. Vou ajudar Lottie com o chá.

— Você vai ficar onde está! — Com expressão severa, Maeve inclinou a cabeça. — Devia agradecer a Deus pela vida que leva, minha menina. Tem um teto sobre a cabeça e dinheiro no bolso. Posso não gostar da forma como o ganha, mas você teve algum sucesso em sua escolha do que muitos considerariam um modo de vida honesto. Pensa que um homem e bebês substituem isso? Bem, está errada, se pensa assim.

— Maeve, com que está atormentando a menina agora? — Aborrecida, Lottie entrou com a bandeja de chá.

— Fique fora disso, Lottie.

— Por favor. — Fria e calmamente, Brianna inclinou a cabeça. — Deixe-a terminar.

— Vou terminar. Um dia, tive alguma coisa que podia chamar de minha. E perdi. — A boca de Maeve tremeu um pouco, mas ela a firmou, obstinada. — Perdi qualquer chance que tive de ser o que eu desejava. Desejo e nada mais do que o pecado dele. Com uma criança na barriga, o que eu podia ser, exceto a esposa de um homem?

— A esposa de meu pai — Brianna falou vagarosamente.

— É o que eu era. Concebi um filho no pecado e paguei por isso durante toda a minha vida.

— Concebeu dois filhos — Brianna a lembrou.

— Sim, concebi. A primeira, sua irmã, carregou esta marca com ela. Selvagem ela era e sempre será. Mas você foi uma filha do casamento e do dever.

— Dever?

Com as mãos agarrando os braços da cadeira, Maeve inclinou-se para a frente, a voz mais amarga:

— Pensa que eu queria que ele me tocasse outra vez? Pensa que gostei de ser lembrada por que nunca teria o que meu coração desejava? Mas a Igreja diz que a finalidade do casamento é a procriação. Então cumpri meu dever com a Igreja e o deixei fazer outro filho em mim.

— Dever — Brianna repetiu, e as lágrimas que deveria chorar congelaram em seu coração. — Sem amor, sem prazer. É de onde eu vim?

— Não precisava dividir minha cama com ele, quando soube que carregava você. Suportei outra gravidez, outro parto e agradeci a Deus por ser o último.

— Nunca dividiu uma cama com ele. Todos esses anos.

— Não haveria mais filhos. Com você, eu tinha feito o que podia para me absolver de meu pecado. Você não tem a agressividade de Maggie. Há uma frieza em você, um controle. Usará isso para se manter pura... a menos que deixe algum homem tentá-la. Quase foi assim com Rory.

— Eu amava Rory. — Detestava saber que estava tão próxima das lágrimas. Pelo pai, pensou, e pela mulher que ele amara e deixara ir.

— Você era uma criança. — Maeve desprezou o sofrimento da juventude. — Mas é uma mulher agora, e bonita o bastante para atrair os olhos de um homem. Quero lembrar a você o que pode acontecer se deixar que eles a persuadam a ceder. Este aí em cima virá e irá embora quando quiser. Esqueça isto ou pode acabar sozinha com uma criança crescendo sob o seu avental e com vergonha em seu coração.

— Tantas vezes eu ficava imaginando por que não havia amor nesta casa. — Brianna inspirou trêmula e se esforçou para manter a voz firme. — Sabia que você não amava papai, ou não podia de algum modo. Doía saber isso. Mas quando eu descobri por Maggie, sobre seu canto, sua carreira e como a tinha perdido, achei que tinha entendido e me compadeci pelo sofrimento que deve ter passado.

— Você nunca vai poder entender o que é perder tudo o que sempre quis.

— Não, não vou. Mas também não posso entender uma mulher, qualquer mulher, sem amor no coração pelos filhos que carregou e deu à luz. — Levantou as mãos para o rosto. Mas não estava molhado. Seco e frio como mármore contra os dedos. — Sempre culpou Maggie por simplesmente ter nascido. Agora, vejo que não fui nada mais do que um dever para a senhora, um tipo de penitência por um pecado anterior.

— Criei você com cuidado — Maeve começou.

— Com cuidado. Não, é verdade que nunca levantou a mão para mim como fazia com Maggie. É um milagre que ela não tenha crescido me odiando só por isso. Era fogo com ela e disciplina fria comigo. E isso funcionou bem e nos fez, suponho, o que somos.

Com todo cuidado, ela voltou a sentar-se e pegou a lã.

— Eu queria amar a senhora. Costumava me perguntar por que nunca pude lhe dar mais do que dever e lealdade. Agora vejo que a falha não estava em mim, mas na senhora.

— Brianna. — Consternada, e profundamente abalada, Maeve levantou-se. — Como pode me dizer estas coisas? Se tentei poupar você, proteger você.

— Não preciso de proteção. Sou sozinha, não sou? E virgem, bem como a senhora deseja. Estou tricotando uma manta para o filho de outra mulher, como fiz antes e farei de novo. Tenho meu negócio, como disse. Nada mudou aqui, mãe, mas, para acalmar minha consciência, não lhe darei menos do que sempre lhe tenho dado, apenas posso parar de me repreender por não dar mais.

Olhos secos novamente, ela olhou para cima.

— Pode servir o chá, Lottie? Quero lhe falar sobre as férias que você e mamãe vão ter em breve. Já esteve na França?

— Não. — Lottie engoliu o nó na garganta. Seu coração sangrava pelas duas mulheres. Lançou um olhar de tristeza para Maeve, não sabendo como confortá-la. Com um suspiro, serviu o chá. — Não — repetiu —, nunca estive lá. Estamos indo, então?

— Isso mesmo. — Brianna recuperou o ritmo do tricô. — Logo, se quiserem. Falarei sobre isso com Maggie amanhã. — Percebeu a compaixão nos olhos de Lottie e forçou um sorriso. — Terão que comprar um biquíni.

Brianna foi recompensada com uma gargalhada. Depois de colocar a xícara sobre a mesa, ao lado de Brianna, Lottie tocou-lhe o rosto frio.

— É uma grande garota! — murmurou.

Uma família de Helsinque passou o fim de semana em Blackthorn. Brianna manteve-se ocupada cozinhando para o casal e as três crianças. Sem piedade, levou Con para a casa de Murphy. O lourinho de três anos parecia não resistir a lhe puxar as orelhas e o rabo, uma indignidade que Con sofria silenciosamente.

Hóspedes inesperados ajudavam a manter a mente dela livre das reviravoltas emocionais que a mãe causava. A família era barulhenta, tempestuosa e faminta como ursos logo depois da hibernação.

Brianna adorou cada momento com eles.

Na hora da despedida, brindou-os com beijos nas crianças e dúzias de bolos para a viagem até o sul. No momento em que o carro deles desapareceu da vista, Gray surgiu atrás dela.

— Já foram?

— Ai! — Apertou a mão no coração. — Você quase me matou de susto. — Voltando-se, ajeitou os fios delicados de cabelos que escapavam do coque no alto da cabeça. — Pensei que fosse descer para se despedir dos Svenson. O pequeno Jon perguntou por você.

— Ainda tenho os dedinhos grudentos do Jon por todo o meu corpo e nos meus papéis. — Com um sorriso meio enviesado, Gray enfiou os polegares nos bolsos da frente. — Uma gracinha o garoto, mas, santo Deus, ele não parava nunca!

— Garotos de três anos geralmente são ativos.

— É pra mim que você diz isso? Basta dar uma voltinha com um nos ombros e já está comprometido para o resto da vida.

Agora ela sorriu, recordando-se.

— Você parecia tão delicado com ele. Aposto que nunca esquecerá o ianque que brincou com ele na pousada irlandesa. — Balançou a cabeça. — Quando foi embora, estava carregando o carrinho que você comprou para ele ontem.

— Carrinho... ah, o caminhão, certo. — Sacudiu os ombros. — Encontrei-o por acaso, quando estava tomando fôlego na vila.

— Encontrou-o por acaso — ela repetiu balançando a cabeça devagar. — Assim como as bonecas para as duas meninas.

— É isso. De toda maneira, costumo mesmo reclamar dos COPs.

— COPs?

— Crianças de Outras Pessoas. Mas agora — deslizou as mãos displicentemente pela cintura dela — estamos sozinhos outra vez.

Num gesto rápido de defesa, ela pressionou a mão no tórax dele, antes que pudesse puxá-la para mais perto.

— Tenho que cumprir uma missão.

Ele baixou os olhos para a mão dela, levantou a sobrancelha.

— Uma missão?

— Isso mesmo, e uma montanha de roupas para lavar, quando voltar.

— Vai pendurar as roupas que acabou de lavar? Adoro ver você pendurando a roupa na corda... especialmente quando há brisa. É incrivelmente sexy.

— Que coisa mais boba pra se dizer!

O sorriso dele se alargou.

— É uma coisa para ser dita para fazer você corar também.

— Não estou corando. — Podia sentir o calor nas faces. — Estou impaciente. Preciso sair, Grayson.

— Que tal se eu levar você aonde precisa ir?

Antes que ela pudesse falar, ele roçou ligeiramente sua boca na dela.

— Senti sua falta, Brianna.

— Como pode... Eu estava bem aqui.

— Senti sua falta. — Viu os cílios dela baixarem. Suas respostas tímidas e inseguras lhe davam uma estranha sensação de poder. Puro ego, pensou divertido. — Onde está sua lista?

— Minha lista?

— Você sempre tem uma.

Ela desviou os olhos outra vez. Aqueles enevoados olhos verdes estavam atentos e apenas um pouco medrosos. Gray sentiu uma onda de calor espalhar-se da ponta dos pés até os quadris. Os dedos se apertaram convulsivamente na cintura dela, antes que ele se obrigasse a recuar, respirando fundo.

— Essa demora está me matando — ele murmurou.

— O quê?

— Nada. Pegue sua lista e seja lá o que for. Vou levar você.

— Não tenho uma lista. Apenas vou à casa de minha mãe ajudá-la a fazer as malas para a viagem. Não precisa me levar.

— Quero dar uma volta. Quanto tempo vai demorar lá?

— Duas horas, talvez três.

— Levo você e a apanho depois. De qualquer modo, vou sair — continuou antes que ela discutisse. — Assim, economizo gasolina.

— Está bem. Se você tem certeza. Estarei pronta num minuto.

Enquanto esperava, Gray caminhou para a alameda do jardim da frente. No mês em que estava lá, já vira tempestades, chuva e a luz luminosa do sol da Irlanda. Sentara-se nos pubs da vila, ouvindo fofocas, música tradicional. Vagara pelos caminhos onde os fazendeiros arrebanhavam as vacas de campo em campo e subira as escadas ventosas dos castelos em ruínas, escutando os ecos da guerra e da morte. Visitara túmulos e meditara na beirada de penhascos altaneiros, observando o mar ondulado.

De todos os lugares que visitara, nenhum parecia tão completamente atraente como a visão do jardim da frente de Brianna. Mas não estava inteiramente certo se atraente era o local ou a mulher que estava esperando.

De qualquer modo, sua temporada ali seria um dos mais agradáveis capítulos de sua vida, concluiu.

Depois de deixar Brianna na elegante casa nos arredores de Ennis, ficou vagando. Por mais de uma hora escalou rochas em Burren, batendo fotografias na memória. A completa vastidão o deliciava, assim como o Altar dos Druidas, aonde iam tantos turistas com suas câmeras.

Andou sem rumo, parando onde queria — uma praiazinha deserta, exceto por um garotinho e um cachorro enorme, um campo onde as cabras pastavam e o vento assoviava através da grama, uma vilazinha onde uma mulher que contava seus trocados, ganhos com barras de chocolate, com dedos reumáticos e retorcidos, lhe ofereceu um sorriso doce como a luz do sol.

Uma abadia em ruínas, com uma torre redonda, atraiu seus olhos, fazendo-o parar na estrada para dar uma olhada mais de perto. As torres redondas da Irlanda o fascinavam, mas ele as encontrara principalmente na costa leste. Para proteger-se, supôs, da afluência de invasores pelo mar irlandês. Aquela estava inteira, incólume, e construída sobre um curioso declive. Gray gastou algum tempo circulando, estudando e imaginando como podia usá-la.

Havia túmulos lá também, alguns antigos, outros novos. Sempre ficara intrigado pelo modo como gerações podiam se unir tão confortavelmente na morte, quando raramente conseguiam isso em vida. Para si mesmo, escolheria a maneira viking — um navio no mar e uma tocha.

Mas para um homem que lidava com a morte como um grande negócio, preferia não demorar nos pensamentos sobre a própria mortalidade.

Quase todos os túmulos por onde passara estavam enfeitados com flores. Muitas delas estavam cobertas com caixas de plástico, úmidas pela condensação do ar, as flores apresentando não mais que uma cor esmaecida. Pensava por que aquilo não o divertia. Deveria. Em vez disso, estava tocado, movido pela devoção à morte.

Tinham pertencido a alguém, alguma vez, pensou. Talvez fosse esta a definição de família. Pertencer uma vez, pertencer sempre.

Ele nunca tivera aquele problema. Ou aquele privilégio.

Andou por ali, imaginando quando os maridos, as esposas, os filhos viriam para colocar as coroas e as flores. No dia da morte? No dia do nascimento? No dia do santo que dava nome ao morto? Na Páscoa, talvez. Era um dia importante para os católicos.

Perguntaria a Brianna, decidiu. Era alguma coisa que, indiscutivelmente, poderia trabalhar no livro.

Não poderia dizer por que tinha parado justo naquele momento, por que olhava para aquela lápide em especial. Mas foi o que fez e ficou ali sozinho, a brisa lhe agitando os cabelos, olhando para o túmulo de Thomas Michael Concannon.

O pai de Brianna?, pensou sentindo um estranho aperto no coração. As datas pareciam certas. O'Malley lhe contara histórias sobre Tom Concannon, quando Gray tomara uma Guinness no pub. Histórias repletas de afeição, sentimento e humor.

Gray sabia que ele tinha morrido repentinamente nos penhascos de Loop Head, quando apenas Maggie estava com ele. Mas as flores sobre o túmulo, Gray tinha certeza, eram coisa de Brianna.

Tinham sido plantadas sobre ele. Embora o inverno houvesse sido duro com elas, Gray podia ver que foram recentemente cuidadas. Mais do que umas poucas e bravas folhas verdes estavam brotando, à procura do sol.

Nunca estivera no túmulo de alguém que tivesse conhecido. Embora freqüentemente fizesse visitas à morte, não tinha havido peregrinação ao lugar de descanso de alguém com quem tivesse se importado. Mas ele sentira um impulso, agora, que o levou a se agachar e passar levemente a mão sobre o túmulo bem cuidado.

E desejou ter trazido flores.

— Tom Concannon — murmurou. — Você é bem lembrado. Falam de você na vila e sorriem quando tocam no seu nome. Acho que esse é o melhor epitáfio que alguém poderia desejar.

Estranhamente contente, sentou-se ao lado de Tom um instante e olhou a luz do sol e as sombras sobre as pedras que os vivos tinham colocado em honra dos mortos.

Deu três horas a Brianna. Foi obviamente mais do que o suficiente, pois ela saiu da casa tão logo ele parou defronte. Seu sorriso de boas-vindas transformou-se num olhar de especulação, quando a observou mais de perto.

O rosto dela estava pálido e ele sabia que isso acontecia quando ela ficava aborrecida ou comovida. Os olhos, embora frios, mostravam traços de tensão. Ele olhou em direção à casa, viu a cortina mexer. De onde estava teve apenas um vislumbre do rosto de Maeve, mas tão pálido quanto o da filha, e parecia igualmente infeliz.

— As malas estão prontas? — ele perguntou suavemente.

— Sim. — Entrou no carro, mãos apertadas em torno da bolsa, como se aquele fosse o único modo de evitar que caísse. — Obrigada por ter vindo.

— Muitas pessoas consideram fazer as malas um saco. — Gray arrancou com o carro e, por algum tempo, manteve a velocidade moderada.

— Pode ser. — Normalmente ela gostava. A expectativa de ir a algum lugar e, mais ainda, a expectativa de voltar para casa. — Está tudo arrumado agora e elas estarão prontas para ir pela manhã.

Deus, ela só queria fechar os olhos e escapar da dor de cabeça lancinante e da culpa terrível mergulhando no sono.

— Quer me contar o que aborreceu você?

— Não estou aborrecida.

— Está magoada, infeliz e pálida como gelo.

— É algo particular. Assunto de família.

Surpreendeu-se ao perceber o quanto seu repúdio lhe doeu. Mas apenas deu de ombros e mergulhou no silêncio.

— Desculpe. — Agora ela realmente fechou os olhos. Queria paz. Não podiam lhe dar sequer um momento de paz? — Foi indelicadeza minha.

— Esqueça. — De qualquer modo, não precisava dos problemas dela, lembrou a si mesmo. Então a olhou de relance e praguejou enquanto suspirava. Ela parecia exausta. — Quero dar uma parada.

Ela já ia contestar, mas manteve a boca e os olhos fechados. Ele fora muito gentil em trazê-la, lembrou. Ela certamente podia tolerar uns minutos a mais, antes de enterrar toda a tensão no trabalho.

Gray não falou outra vez. Estava sendo levado pelo instinto, torcendo para que a escolha que tinha feito trouxesse-lhe de volta a cor às faces e o calor da voz.

Ela não abriu os olhos, até que ele freasse e desligasse o carro. Então ela apenas fitou o castelo em ruínas.

— Você precisava parar aqui?

— Eu quis parar aqui — ele corrigiu. — Encontrei isto no meu primeiro dia. Tem um papel importante no meu livro. Gosto da sensação daqui.

Saiu do carro e rodeou o capô para abrir a porta para ela.

— Vamos. — Quando ela não se moveu, abaixou-se para soltar seu cinto de segurança. — Vamos. É lindo! Espere até ver a paisagem lá de cima.

— Tenho roupa para lavar — reclamou, percebendo o mau humor na própria voz, enquanto saía do carro.

— Isso não vai levar a nada. — Tomara a mão dela e puxava-a pela grama alta.

Ela não teve coragem de dizer que as ruínas também não levariam a nada.

— Está usando este lugar em seu livro?

— Uma cena de assassinato fabulosa. — Riu à reação dela, ao desconforto e ao olhar assustado. — Não está com medo, está? Não costumo encenar minhas histórias.

— Não seja bobo. — Mas estremeceu uma vez, enquanto caminhavam entre as altas paredes de pedras.

Havia grama crescendo selvagem no chão, pontas verdes abrindo caminho por entre as fendas das pedras. Acima dela, podia ver onde existiram pavimentos uma vez, tantos anos atrás. Mas agora tempo e guerra deixaram a vista para o céu totalmente livre.

As nuvens flutuavam silenciosas como fantasmas.

— O que supõe que fizeram aqui, bem aqui? — Gray refletiu.

— Viveram, trabalharam. Lutaram.

— Tudo muito genérico. Use sua imaginação. Não pode ver pessoas caminhando aqui? É inverno e está frio de congelar os ossos. Camadas de gelo sobre barris de água, geada estalando como galhos secos sob os pés. O ar arde com a fumaça de fogueiras. Um bebê está chorando, com fome, então pára quando a mãe oferece o seio.

Ele a levou junto com ele, fisicamente, emocionalmente, até que ela conseguiu ver quase como ele via.

— Soldados estão se exercitando aqui fora e pode-se ouvir o barulho de espada contra espada. Um homem corre, coxeando por causa de um ferimento antigo, a respiração exalando nuvens frias. Venha! Vamos lá em cima!

Puxou-a para uma escada de caracol estreita. Vez ou outra, havia uma fenda na pedra, uma espécie de caverna. Ela imaginava se pessoas teriam dormido ali ou armazenado coisas. Ou talvez tentado se esconder do inimigo que sempre os encontraria.

— Haveria uma velha carregando uma lâmpada a óleo aqui, e ela teria uma cicatriz enrugada sobre a mão e medo nos olhos. Outra está trazendo palhas novas para o chão, mas ela é jovem e está pensando no amante.

Gray mantinha a mão dela na sua, parando quando chegaram a um desnível no meio do caminho.

— Não acha que devem ter sido os cromwellianos que saquearam isto? Deve ter havido gritos, o mau cheiro de fumaça e sangue, aquele baque surdo e sórdido do metal despedaçando ossos e o uivo agudo que um homem deixa escapar quando a dor o atravessa. Lanças indo direto à barriga, prendendo um corpo ao chão onde os membros se retorceriam antes dos nervos morrerem. Corvos circulando acima, esperando pela festa.

Virando-se, viu os olhos dela arregalados e perplexos, e soltou uma risada.

— Desculpe, viajei.

— É uma bênção ter uma imaginação assim. — Tremeu outra vez e esforçou-se para engolir. — Acho que não quero que me faça ver isto tão claramente.

— A morte é algo fascinante, especialmente a do tipo violento. Homens estão sempre caçando homens. E este lugar é próprio para um assassinato... do tipo moderno.

— Do seu tipo — ela murmurou.

— Hum, ele brincará com a vítima primeiro. — Gray começou quando voltaram a subir. Estava acorrentado em sua própria mente, verdade, mas podia ver que Brianna não estava mais aborrecida com o que quer que tivesse acontecido na casa da mãe. — Fará com que tanto a atmosfera quanto estes fantasmas de fumaça se agitem no medo como um veneno de ação lenta. Ele não terá pressa, gosta da caçada, adora. Pode farejar o medo como um lobo, pode farejá-lo. É o cheiro que se instala no sangue, que o faz bombear, que o excita como sexo.

E a vítima corre, se precipita, perseguindo aquele fino fio de esperança. Mas ela respira rápido. O som disso ecoa, levado pelo vento. Ela cai... os degraus são traiçoeiros no escuro, na chuva. Molhados e lisos, são armadilhas. Mas ela se agarra e sobe. O ar entrando e saindo dos pulmões, os olhos selvagens.

— Gray...

— Ela é quase um animal como ele agora. O terror elimina as camadas de humanidade, do mesmo modo que o sexo bom ou o desejo verdadeiro. A maioria das pessoas pensa que já experimentou todos os três, mas é raro até mesmo conhecer uma sensação inteiramente. Mas ela conhece a primeira agora, conhece o terror, como se fosse sólido e vivo, como se pudesse apertar as mãos em volta de sua garganta. Ela quer um buraco, mas não existe nenhum para se esconder. E ela pode ouvi-lo subindo, lento, incansável, atrás dela. Então ela alcança o topo. Ele conduz Brianna para fora das sombras, para a saliência larga da parede onde flui a luz do sol.

— E ela está encurralada!

Ela reagiu quando Gray a fez girar, quase gritou. Rugindo numa risada, ele a levantou do chão.

— Jesus, que platéia!

— Não é nada engraçado. — Ela tentou se livrar.

— É maravilhoso! Estou planejando vê-lo mutilando-a com um punhal antigo, mas... — Passou o braço sob os joelhos de Brianna e carregou-a para a parede. — Talvez ele simplesmente devesse jogá-la pelo lado.

— Pare! — A autopreservação fez com que ela atirasse os braços em torno dele e apertasse.

— Por que não pensei nisso antes? Seu coração está pulsando, seus braços estão me abraçando.

— Seu tirano!

— Livrou sua cabeça dos problemas, não?

— Vou guardar meus problemas, obrigada, e bem longe dessa sua imaginação mirabolante.

— Não, ninguém faz isso. — Aconchegou-a um pouco mais perto.

— Ficção é sobre isso, livros, filmes, qualquer coisa. Proporciona uma fuga da realidade e deixa que você se preocupe com os problemas dos outros.

— O que faz com você, que conta a novela?

— A mesma coisa. Exatamente a mesma coisa. — Colocou-a no chão e virou-a para a vista. — É como uma pintura, não é? — Gentilmente, atraiu-a para si, até que as costas dela se aninharam contra ele. — Logo que vi este lugar, ele me conquistou. Chovia na primeira vez em que vim aqui e parecia que as cores deviam se derreter.

Ela suspirou. Ali estava a paz que sempre quisera. Neste seu estranho rodopio, ele a tinha trazido para ela.

— É quase primavera...

— Você sempre cheira a primavera. — Inclinou a cabeça, roçando os lábios em sua nuca. — E tem o gosto dela também.

— Você está deixando minhas pernas bambas, outra vez.

— Então é melhor se firmar em mim. — Virou-a, segurando seu queixo com a mão. — Não beijo você há dias.

— Eu sei. — Reunindo toda a coragem, manteve os olhos no nível dos dele. — Tenho desejado que você faça isso.

— Essa era a idéia. — Tocou os lábios nos dela, comovendo-se quando ela deslizou as mãos pelo seu tórax e tomou-lhe o rosto entre elas.

Ela se abrira para ele espontaneamente, um murmúrio de prazer tão excitante quanto uma carícia. Com o vento rodopiando em torno deles, ele a puxou, cuidando para manter as mãos suaves, a boca gentil.

Todo o estresse, a fadiga e a frustração desapareceram. Estava em casa, era tudo o que Brianna podia pensar. Em casa era onde sempre desejava estar.

Com um longo suspiro, ela descansou a cabeça no ombro dele, abraçando-o.

— Nunca me senti assim.

Nem ele. Mas este era um pensamento perigoso e que teria de considerar.

— É bom para nós. Há algo bom nisso.

— Eu sei. — Ela levantou o rosto para ele. — Tenha paciência comigo, Gray.

— Terei. Quero você, Brianna, e quando estiver pronta... — Recuou, deslizando as mãos pelos braços dela, até seus dedos se entrelaçarem. — Quando estiver pronta.

Capítulo Nove

Gray imaginaria se seu apetite andava maior por conta da outra fome, que estava longe de ser satisfeita. Achou que o melhor era levar a coisa filosoficamente e deliciar-se com o pudim de pão de Brianna tarde da noite. Fazer chá também estava se tornando um hábito, e ele já colocara a chaleira no fogão para esquentar a água antes de servir o pudim numa tigela.

Desde os seus treze anos, não se via tão obcecado por sexo. Então tinha sido Sally Anne Howe, uma das residentes do Lar para Crianças Simon Brent Memorial. A velha e boa Sally Anne, Gray lembrava agora, com corpo bem desabrochado e olhos astutos. Era três anos mais velha do que ele, e mais do que desejosa de dividir seu charme com alguém em troca de cigarros e barras de chocolate.

Na época achava que ela era uma deusa, a resposta às preces de um adolescente barulhento. Podia olhar para trás agora, com pena e raiva, vendo que o ciclo de abuso e falhas no sistema tinha levado uma jovem bonita a acreditar que seu único valor estava aninhado entre as pernas.

Tivera muitos sonhos doces com Sally Anne depois das luzes apagadas. E tivera também bastante sorte para roubar um maço inteiro de

Marlboro de um dos conselheiros. Vinte cigarros garantiram-lhe vinte transas. E aprendera rápido.

Ao longo dos anos, tinha aprendido um tanto mais, com garotas de sua idade, e com profissionais que manipulavam seus negócios nos becos escuros que cheiravam a gordura rançosa e suor azedo.

Tinha apenas dezesseis anos quando se livrou do orfanato e ganhou a estrada com roupas na mochila e vinte e três dólares, em trocados miúdos e notas amassadas, no bolso.

Liberdade era o que queria, liberdade das regras, regulamentos, dos infindáveis ciclos do sistema, onde fora mantido durante a maior parte de sua vida. Achara, usara e pagara por ela.

Viveu e trabalhou naquelas ruas por um longo tempo, antes de dar a si mesmo um nome e um objetivo. Tivera bastante sorte em ter um talento que o salvou de ser engolido por outros famintos.

Aos vinte anos, tivera sua primeira majestosa e tristemente autobiográfica novela embaixo do braço. O mundo editorial não ficou impressionado. Aos vinte e dois, elaborara um caprichado e esperto livrinho policial. Os editores não vieram correndo, mas um sopro de interesse de um assistente de editor o manteve fechado num alojamento barato, trabalhando numa máquina de datilografia manual, por semanas.

Aquele, ele tinha vendido. Por uma mixaria. Nunca algo significou tanto para ele.

Dez anos mais tarde, quando podia viver como queria, sentiu que escolhera bem.

Colocou a água no bule e uma colherada de pudim na boca. Quando olhou para a porta do quarto de Brianna, divisou um fio de luz enviesado sob ela e sorriu.

Ele também a escolhera.

Seguindo seus planos, colocou o bule e duas xícaras numa bandeja e bateu à porta.

— Pode entrar.

Ela estava sentada junto à pequena escrivaninha, empertigada como uma freira, em sua camisola de flanela e chinelos, os cabelos numa trança solta sobre um ombro. Gray engoliu corajosamente a saliva que lhe inundara a boca.

— Vi a luz. Quer chá?

— Seria bom. Estava acabando de cuidar de alguns papéis.

O cachorro espreguiçou-se junto dos pés dela e foi se esfregar em Gray.

— Eu também. — Apoiou a bandeja para coçar o pêlo de Con. — Assassinatos me deixam com fome.

— Matou alguém hoje?

— Brutalmente. — Falou isso com tal prazer que Brianna riu.

— Talvez seja isto o que deixa você tão mal-humorado de vez em quando — ela sugeriu. — Todos aqueles assassinatos emocionantes purgando em seu corpo. Você sempre... — Ela deteve-se, dando de ombros, quando ele lhe estendeu a xícara.

— Vamos, pergunte. Você raramente pergunta alguma coisa sobre o meu trabalho.

— Porque imagino que todos perguntam.

— Perguntam mesmo. — Acomodou-se melhor. — Não ligo.

— Bem, estava pensando se você sempre cria um personagem com base em alguém que você conhece... e então o mata.

— Teve um nojento garçom francês em Dijon. Eu o estrangulei.

— Ah. — Esfregou a mão na garganta. — Como foi?

— Para ele ou para mim?

— Para você.

— Satisfatório. — Comeu uma colherada do pudim. — Quer que eu mate alguém para você, Brie? Terei o maior prazer...

— Não, no momento não. — Ela se mexeu e metade dos papéis foi parar no chão.

— Precisa de uma máquina de escrever — disse, enquanto a ajudava com os papéis. — Melhor ainda, um computador. Pouparia seu tempo para escrever as cartas comerciais.

— Não, se eu tiver que procurar cada tecla. — Enquanto ele lia a correspondência dela, Brie levantou a sobrancelha, divertida. — Isto não é muito interessante.

— Hummm. Ah, desculpe, força do hábito. O que é Minas Triquarter?

— Ah, só uma empresa em que parece que papai investiu. Achei os certificados de ações entre as coisas dele, no sótão. Já escrevi a eles uma vez — acrescentou, um pouco aborrecida. — Mas nada de resposta. Então estou tentando outra vez.

— Dez mil ações. — Gray apertou os lábios. Não é qualquer trocado.

— É, se entendi o que quer dizer. Tinha que conhecer meu pai... estava sempre atrás de um novo projeto para ganhar dinheiro que custava mais do que ele ganharia. Mas isto precisa ser feito. — Levantou uma das mãos. — Isto é só uma cópia. Rogan ficou com o original para guardar e mandou esta para mim.

— Devia pedir a ele para checar.

— Não gosto de incomodá-lo com isso. Já tem um prato cheio com a galeria nova e com Maggie.

Ele devolveu-lhe a cópia.

— Mesmo a um dólar a ação, é uma quantia bem substancial.

— Ficaria surpresa se cada ação valesse mais do que um centavo. Deus sabe que ele não teria pago muito mais. O mais provável é que essa companhia tenha fechado.

— Então sua carta teria voltado.

Ela apenas sorriu.

— Está aqui há bastante tempo para conhecer o correio irlandês. Acho... — Os dois olharam quando o cachorro começou a rosnar. — Con?

Em vez de responder, o cão rosnou de novo e os pêlos das costas se eriçaram. Em dois passos, Gray chegou à janela. Não viu nada, a não ser neblina.

— Cerração — ele resmungou. — Vou dar uma olhada em volta... Não — disse, quando ela começou a levantar. — Está escuro, frio e úmido, e você vai ficar aqui.

— Não tem nada lá fora.

— Con e eu vamos descobrir. Vamos. — Estalou os dedos e, para surpresa de Brianna, Con respondeu imediatamente. Trotou nos calcanhares de Gray.

Ela guardava uma lanterna na primeira gaveta da cozinha. Gray pegou-a antes de abrir a porta. O cão estremeceu uma vez. Então quando Gray falou "vá", ele saltou na névoa. Em segundos, o som de suas patas, correndo, era engolido pelo silêncio.

A cerração distorcia o facho da lanterna. Gray movia-se com cuidado, olhos e ouvidos filtrando. Ouviu o latido do cão, mas de que direção ou distância não podia dizer.

Parou sob as janelas do quarto de Brianna, percorrendo o chão com a luz. Ali, no lindo canteiro, estava uma única marca de pé.

Pequeno, Gray notou, abaixando-se. Quase pequeno o bastante para ser de uma criança. Podia ser uma coisa simples assim, crianças fazendo farra. Mas, quando continuou a circundar a casa, ouviu o som de um motor se afastando. Praguejando, apressou o passo. Con surgiu na névoa como um mergulhador emergindo na superfície de um lago.

— Sem sorte? — Como consolo, Gray afagou a cabeça de Con, enquanto ambos fitavam a cerração. — Bem, receio que eu possa saber o que está acontecendo. Vamos entrar.

Brianna roía as unhas, quando eles voltaram à cozinha.

— Vocês demoraram.

— Quisemos circular em volta da casa. — Deixou a lanterna sobre a bancada, passando a mão no cabelo úmido. — Isso pode estar relacionado com o arrombamento.

— Não sei como. Vocês não encontraram ninguém.

— Porque não fomos rápidos o bastante. Há outra explicação possível. — Enfiou as mãos nos bolsos. — Eu.

— Você? O que quer dizer?

— Já me aconteceu algumas vezes. Uma fã superentusiasmada descobre onde estou. Muitas vezes me chamam como se fôssemos velhos camaradas, outras vezes apenas seguem meu rastro como uma sombra. De vez em quando, arrombam uma porta, atrás de um suvenir.

— Mas isso é terrível.

— É irritante, mas totalmente inofensivo. Uma mulher mais audaciosa pegou a chave do meu quarto no Ritz de Paris, despiu-se e se enfiou na cama comigo. — Forçou um sorriso. — Foi... desconfortável.

— Desconfortável — Brianna repetiu, depois de conseguir fechar a boca. — O que... não, acho que não quero saber o que você fez.

— Chamei os seguranças. — Seus olhos brilhavam, divertidos. — Há limites para o que faço pelos meus leitores. De qualquer maneira, desta vez parecem ter sido crianças, mas, se fosse uma das minhas fãs extremosas, você iria preferir que eu procurasse outras acomodações.

— Eu não. — O instinto protetor dela voltou a atuar. — Elas não têm o direito de invadir sua privacidade dessa maneira e você não sairia daqui por causa disso. — Deixou escapar um suspiro. — Você sabe que não são só suas histórias. Ah, elas são mesmo arrebatadoras... tudo parece tão real e há sempre alguma coisa heróica que supera toda cobiça, violência e tristeza. Tem seu visual, também.

Ele estava encantado com a descrição dela sobre seu trabalho e respondeu distraidamente:

— Como?

— Seu rosto. — Olhou para ele. — É um rosto adorável.

Ele não sabia se ria ou se se retraía.

— Verdade?

— É sim. — Ela pigarreou. Havia um brilho nos olhos dele que ela conhecia bem demais para confiar. — E a pequena biografia na capa... mais ainda o que falta nela. É como se você viesse de lugar nenhum. Esse mistério é bem atraente.

— Eu realmente não vim de lugar algum. Por que não volta ao meu rosto?

Ela recuou.

— Acho que tivemos bastante emoção por uma noite.

Ele se aproximou, até colocar as mãos sobre os ombros dela e a boca roçar suavemente seus lábios.

— Vai conseguir dormir?

— Sim. — Ela prendeu a respiração, até expirar lentamente. — Con ficará comigo.

— Cachorro sortudo. Vá dormir então. Esperou que ela e o cão se ajeitassem. Então fez algo que ela nunca fizera em todos os anos em que vivera na casa.

Trancou as portas.

O melhor lugar para espalhar ou colher novidades era, logicamente, o pub da vila. Durante as semanas em que esteve no Condado de Clare, Gray desenvolveu uma afeição quase sentimental pelo O'Malley. Naturalmente, durante as suas pesquisas, ele andara por numerosos outros lugares, mas o O'Malley tornara-se para ele a coisa mais próxima de um bar da esquina de casa que já experimentara.

Ouviu o ritmo da música ao chegar à porta. Murphy, pensou. Estava com sorte. Mal entrou, foi saudado pelo nome ou com um aceno alegre. O'Malley começou a servir uma caneca de Guinness, antes mesmo que ele se plantasse num banco.

— Então, como está indo a história? — O'Malley perguntou.

— Bem. Duas mortes, nenhum suspeito.

Com um movimento de cabeça, O'Malley deslizou a caneca até debaixo do nariz de Gray.

— Não sei como um homem pode lidar com a morte o dia todo e ainda ter um sorriso no rosto à noite.

— Anormal, não é? — Gray riu para ele.

— Tenho uma história para você. — Isto veio de David Ryan, que estava sentado na ponta do balcão e acendia um de seus cigarros americanos.

Gray ajeitou-se em meio à música e à fumaça. Sempre havia uma história e ele era tão bom ouvinte quanto narrador.

— Havia uma moça que vivia no interior, perto de Tralee. Bonita como o sol nascente, cabelos cor-de-ouro e olhos tão azuis como Kerry.

A conversa acalmou e Murphy baixou a música, de modo que era agora um pano de fundo para a história.

— Acontece que dois homens vieram cortejá-la — David continuou. — Um era um sujeito chegado aos livros, o outro, um fazendeiro. A seu modo, a moça amava os dois, pois o coração dela era tão instável quanto era bonito seu rosto. Então, gostando de atenção como toda mulher gosta, deixou os dois balançarem o coração por ela, fazendo promessas a cada um. E aí começou a crescer um negrume no coração do jovem fazendeiro, lado a lado com seu amor pela moça.

Ele parou, como os contadores de história geralmente fazem, e estudou a brasa vermelha na ponta do cigarro. Deu uma tragada profunda, soltou a fumaça.

Então, uma noite, ele esperou pelo rival na estrada e, quando o sujeito estudioso veio, assoviando, pois a moça generosamente lhe dera uns beijos, o fazendeiro saltou e derrubou o jovem amante no chão. Era uma noite de luar e ele arrastou o coitado pelos campos, e, embora o cara ainda respirasse, ele o enterrou bem no fundo. Quando surgiu a aurora, semeou feno sobre ele e pôs fim à competição.

David parou outra vez, tragou profundamente o cigarro, pegou a caneca.

— E aí? — Gray perguntou, interessado. — Ele se casou com a moça.

— Não, na verdade, não. Ela fugiu com um funileiro naquele mesmo dia. Mas o fazendeiro teve a melhor e mais sanguinária colheita de feno da vida.

Houve um estrondo de risadas e Gray apenas sacudiu a cabeça. Ele se considerava um mentiroso profissional e dos bons. Mas a competição ali era feroz. Em meio às risadas, Gray pegou sua caneca e foi juntar-se a Murphy.

— Davey tem uma história para cada dia da semana. — Murphy falou, delicadamente rolando os dedos sobre as teclas de sua gaita.

— Imagino o que meu editor faria com ele. Soube de alguma coisa, Murphy?

— Não, nada que preste. A Sra. Leery achou que podia ter visto um carro no dia dos problemas. Acha que era verde, mas não prestou muita atenção.

— Alguém andou espreitando a pousada na noite passada. Eu o perdi na cerração. — Gray lembrou, desgostoso. — Mas andou perto o bastante para deixar uma pegada num canteiro de flores de Brie. Pode ter sido uma criança. — Pensativo, bebericou a cerveja. — Alguém andou perguntando por mim?

— Você é assunto todo dia — Murphy falou secamente.

— É a fama. Mas estava falando de algum estranho.

— Não que eu saiba. Melhor você perguntar nos correios. Por quê?

— Acho que podia ter sido uma fã superentusiasmada. Já passei por isso antes. Então novamente... — Sacudiu os ombros. — É assim que minha cabeça funciona, sempre supondo além da realidade.

— Tem uma dúzia de homens a postos, se alguém causar algum problema a você ou Brie. — Murphy desviou os olhos, quando a porta do pub se abriu. Brianna entrou com Rogan e Maggie. Murphy ergueu a sobrancelha ao voltar-se para Gray. — E uma dúzia de homens para arrastar você para o altar, se não tomar cuidado com o brilho em seu olhar.

— Como? — Gray pegou a caneca de cerveja outra vez, e os lábios se curvaram. — Estava só olhando.

— Sim. Sou um andarilho — Murphy cantarolou — e muitas vezes sóbrio, sou um andarilho de alto grau. Pois, quando estou bebendo, estou sempre pensando como conseguir a companhia do meu amor.

— A caneca ainda está pela metade. — Gray resmungou e levantou-se, caminhando na direção de Brianna. — Achei que você estava costurando.

— Estava.

— Nós a obrigamos a sair — Maggie explicou com um suspiro, enquanto se empoleirava num banco.

— Persuadimos — Rogan corrigiu. — Um copo de Harp, Brie?

— Obrigada, quero sim.

— Chá para Maggie, Tim — falou e sorriu ante o resmungo da esposa. — Um copo de Harp para Brie, uma caneca de Guinness para mim. Outra, Gray?

— Chega para mim. — Gray encostou-se no bar. — Ainda me lembro da última vez que bebi com você.

— Por falar no tio Niall — Maggie emendou —, ele e a noiva estão passando alguns dias na ilha de Creta. Cante alguma coisa alegre, Murphy!

Obedientemente, ele atacou de "Uísque na Garrafa", marcando o ritmo com o pé.

Prestando atenção na letra da música, Gray sacudiu a cabeça.

— Por que vocês, irlandeses, sempre falam da guerra nas músicas?

— Falamos? — Maggie sorriu, bebendo o chá, enquanto esperava para entrar no coro.

— Algumas vezes traição ou morte, mas a maioria é sobre a guerra mesmo.

— Verdade? — Sorriu sobre a borda da xícara. — Não saberia dizer. Talvez porque tivemos de lutar por cada centímetro do nosso próprio solo durante séculos. Ou...

— Não a faça começar — Rogan implorou. — Há um coração rebelde aí.

— Há um coração rebelde dentro de cada homem e mulher irlandeses. Murphy tem uma voz maravilhosa. Por que não canta com ele, Brie?

Desfrutando o momento, ela bebericou sua Harp.

— Prefiro ouvir.

— Gostaria de ouvir você — Gray falou, deslizando a mão pelos cabelos dela.

Maggie estreitou os olhos ao gesto dele.

— Brie tem uma voz fantástica. Sempre ficávamos imaginando de quem herdara isso, até descobrirmos que nossa mãe também já teve uma voz assim.

— Que tal "Danny Boy"?

Maggie revirou os olhos.

— Pode contar que um ianque vai pedir isso. Um britânico escreveu esta canção, um forasteiro. Cante "James Connolly", Murphy. Brie vai acompanhar você.

Com um aceno de cabeça resignado, Brianna foi sentar-se junto de Murphy.

— Eles têm uma harmonia adorável — Maggie comentou, olhando para Gray.

— Humm. Ela canta pela casa quando esquece que tem alguém lá.

— E quanto tempo pretende ficar aqui? — Maggie perguntou, ignorando a cara feia de Rogan.

— Até terminar meu livro — Gray falou com ar ausente.

— E então parte para o próximo?

— Certo. Para o próximo.

Embora agora Rogan tivesse a mão presa no pescoço dela, Maggie começou a fazer alguns comentários perspicazes. Foram os olhos de Gray, mais do que a contrariedade de Rogan, que a fizeram parar. O desejo neles despertara seus instintos protetores. Mas havia algo mais agora. Ela imaginava se ele tinha noção disso.

Quando um homem olha uma mulher daquele jeito, algo mais além dos hormônios está envolvido. Ela teria de pensar naquilo, Maggie concluiu, e ver como isso a afetava. Nesse meio-tempo, pegou o chá outra vez, ainda olhando para Gray.

— Vamos observar — murmurou. — Vamos só observar.

Uma canção transformou-se em duas, duas em três. Canções de guerra, canções de amor, as hipócritas e as tristes. Em sua cabeça, Gray começou a criar uma cena.

O pub enfumaçado estava cheio de barulho e música, um santuário divorciado do horror externo. A voz da mulher levava o homem que não queria ser levado. Ali, ele pensou, justo ali seu herói perderia a batalha. Ela estaria sentada na frente do fogo, as mãos elegantemente cruzadas no colo, a voz altiva, natural e bonita, os olhos tão assombrados quanto a canção.

E ele a amaria então, a ponto de dar a própria vida, se preciso fosse. Ele poderia esquecer o passado com ela e olhar para o futuro.

— Você está tão pálido, Gray. — Maggie puxou-o pelo braço, até que se sentasse num banco. — Quantas cervejas tomou?

— Só essa. — Esfregou a mão no rosto para se recuperar. — É só... trabalho — ele concluiu. Era isso, com certeza. Estivera somente pensando nos personagens, na elaboração da mentira. Nada pessoal.

— Parecia estar em transe.

— É a mesma coisa. — Deixou escapar um pequeno suspiro, rindo de si mesmo. — Acho que vou tomar outra, afinal de contas.

Capítulo Dez

Com a cena do pub que tecera na imaginação se repetindo em sua cabeça, Gray não teve uma noite tranqüila. Embora não pudesse apagá-la, tampouco conseguiu escrevê-la. Ao menos não escreveu bem.

Se havia uma coisa que desdenhava, era a simples idéia de um bloqueio de escritor. Normalmente dava de ombros e continuava trabalhando, até que a irritante ameaça passasse. Tal ameaça, às vezes pensava, era como uma nuvem escura que iria então pairar sobre outro escritor desafortunado.

Mas, dessa vez, estava travado. Não conseguia se mover na cena, nem além dela, e passou grande parte da noite torcendo o nariz para o que havia escrito.

Apática, pensou. Estava apenas administrando a cena apaticamente. Por isso, estava saindo tão fria.

Impaciente era o que estava, admitiu amargamente. Sexualmente frustrado pela mulher que podia paralisá-lo apenas com um olhar.

Repreendeu-se por estar obcecado pela anfitriã, quando devia estar obcecado pela cena do assassinato.

Resmungando, levantou-se da escrivaninha e se aproximou da janela. Foi uma sorte que a primeira coisa que viu foi Brianna.

Lá estava ela, sob a sua janela, arrumada como uma freira num empertigado vestido cor-de-rosa, os cabelos presos no alto, submissos a alguns grampos. Por que estava de saltos altos?, perguntou-se, aproximando-se mais da janela. Supôs que ela chamaria os simples escarpins de sapatos práticos, mas eles acrescentavam coisas insensatamente deliciosas às pernas dela.

Enquanto ele olhava, ela entrou no carro, os movimentos ao mesmo tempo práticos e graciosos. Colocara, antes, a bolsa no assento ao lado, pensou. Então afivelou cuidadosamente o cinto de segurança, verificou os espelhos. Nada de se enfeitar no retrovisor, notou. Apenas um rápido ajuste para checar se estava adequadamente alinhado. Então, virou a chave.

Mesmo através do vidro, pôde ouvir a tosse cansada do motor. Ela tentou outra vez, mais uma terceira. A essa altura, Gray já estava sacudindo a cabeça e descendo as escadas.

— Por que diabos você não manda consertar esta coisa? — gritou para ela, enquanto passava pela porta da frente.

— Ah. — Ela estava fora do carro agora e tentava levantar o capô. — Estava funcionando bem um ou dois dias atrás.

— Este traste não funciona bem há uma década. — Afastou-a com o cotovelo, irritado por ela estar tão cheirosa enquanto ele se sentia como um pilha de roupa suja. — Olhe, se precisa ir à vila para alguma coisa, pegue meu carro. Vou ver o que posso fazer com isso.

Defendendo-se automaticamente da rapidez das palavras dele, ela ergueu o queixo.

— Obrigada da mesma forma, mas vou a Ennistymon.

— Ennistymon? — Enquanto tentava visualizar o mapa, ele levantou a cabeça debaixo do capô, tempo bastante para fitá-la. — Para quê?

— Ver a galeria nova. Vão abrir daqui a algumas semanas e Maggie perguntou se eu poderia ir dar uma olhada. — Fitava as costas dele, enquanto ele esticava fios e praguejava. — Deixei um bilhete para você, e comida que você pode esquentar, já que ficarei fora quase o dia todo.

— Você não vai a lugar algum nisto. A correia está arrebentada, o combustível está vazando e é um bom motivo de aposta se esse motor vai ligar. — Endireitou-se, notando que hoje ela usava brincos, argolas douradas que apenas roçavam o lóbulo das orelhas. Eles acrescentavam um ar de celebração que o irritou sem qualquer motivo. — Você não tem nada que sair dirigindo por aí nessa lata velha.

— Bem, é o que tenho para dirigir, não é? Agradeço seu incômodo, Grayson. Verei se Murphy pode...

— Não me venha com esses ares de rainha indiferente. — Bateu a tampa do capô com tanta força que a fez estremecer. Deus, ele pensou. Isto prova que ela tem sangue nas veias. — E não jogue Murphy na minha cara. Ele não pode fazer nada além do que já fiz. Vá para o meu carro, volto num minuto.

— E por que eu deveria ir para o seu carro?

— Para eu poder levá-la à maldita Ennistymon.

Dentes cerrados, ela colocou as mãos nos quadris.

— É muita gentileza oferecer, mas...

— Entre no carro — vociferou, enquanto se encaminhava para a casa. — Preciso esfriar a cabeça.

— Eu esfriaria para você — ela murmurou. Abrindo a porta do seu carro, apanhou a bolsa. Gostaria de saber quem tinha pedido a ele para levá-la. Melhor ir a pé do que sentar no mesmo carro com aquele homem. E se ela quisesse chamar Murphy, bem... ela, inferno!, chamaria.

Mas, antes, precisava se acalmar.

Respirou profundamente uma vez, outra, antes de caminhar bem devagar por entre as flores. Como sempre, elas a acalmaram, o frágil verde apenas começando a brotar. Precisavam de algum trabalho e cuidado, pensou, abaixando-se para arrancar uma erva invasora. Se o tempo estivesse bom, no dia seguinte ela começaria. Até a Páscoa, o jardim estaria no auge.

Os perfumes, as cores. Sorriu um pouquinho para o bravo e jovem narciso.

Então, a porta abriu-se com um estrondo. O sorriso desapareceu quando ela se levantou e voltou-se.

Ele não tinha se preocupado em fazer a barba. Os cabelos estavam molhados e presos atrás por uma fina tira de couro, roupas limpas, ainda que um pouco desbotadas.

Sabia muito bem que o homem tinha roupas decentes. Por que ela mesma não as lavava e passava?

Lançando-lhe um rápido olhar, pegou as chaves do bolso do jeans.

— No carro.

Ah, ele precisava baixar a bola um pouco, precisava mesmo. Ela caminhou até ele lentamente, gelo nos olhos e fogo na língua.

— E o que aconteceu para estar tão alegre nesta manhã?

Muitas vezes, até mesmo um escritor entende que ações podem falar mais alto do que palavras. Sem dar a nenhum deles tempo para pensar, puxou-a contra ele, olhou satisfeito o susto que tomara conta de seu rosto e grudou sua boca na dela.

Foi brusco, faminto e cheio de frustração. O coração dela disparou, parecia a ponto de explodir em sua cabeça. Ela teve um instante para sentir medo, um momento para desejar, até que ele a puxou novamente.

Os olhos, ah, os olhos dele eram ardentes. Olhos de lobo, pensou estupidamente, cheios de violência e energia assombrosa.

— Entendeu? — rugiu, furioso com ela, consigo mesmo, quando ela apenas olhou. Como uma criança, ele pensou, que recentemente apanhou sem motivo.

Era um sentimento de que ele se lembrava muitíssimo bem.

— Meu Deus, estou ficando louco! — Esfregou as mãos no rosto e espantou a besta de dentro dele. — Desculpe. Entre no carro, Brianna. Não vou atacar você.

Explodiu novamente quando ela não se moveu, nem sequer piscou.

— Não vou tocar em você, porra!

Ela recuperou a voz, embora não tão firme como teria gostado:

— Por que está tão bravo comigo?

— Eu não estou! — Recuou. Controle-se, lembrou a si mesmo. Geralmente era bom nisso. — Desculpe — repetiu. — Pare de olhar para mim como se eu tivesse batido em você.

Mas ele tinha. Não sabia que raiva, palavras ríspidas, sentimentos duros a magoavam mais do que uma mão violenta?

— Vou entrar. — Encontrou suas defesas, finas paredes que definiram seu temperamento. — Preciso ligar para Maggie e dizer que não posso ir lá.

— Brianna. — Ia alcançá-la, mas então ergueu as duas mãos num gesto que combinava frustração e um pedido de paz. — Quer que eu me sinta pior ainda?

— Não sei, mas acho que ficará melhor depois de comer alguma coisa.

— Agora ela vai preparar meu café. — Fechou os olhos, respirando fundo. — Humor controlado — murmurou e olhou para ela de novo. — Não foi isto que você disse que eu era, não muito tempo atrás? Estava apenas um pouco abaixo da marca. Escritores são bastardos miseráveis. Temperamentais, mal-intencionados, egoístas, egocêntricos.

— Você não é nada disso. — Ela não podia explicar por que se sentia obrigada a defendê-lo. — Temperamental, talvez, mas nenhuma das outras coisas.

— Sou. Dependendo de como vai indo o livro. Agora mesmo, está indo mal. Dei de cara com um obstáculo, uma parede, um nó. Uma maldita fortaleza, e descontei tudo em você. Quer que eu me desculpe outra vez?

— Não. — Ela abrandou, estendendo a mão para o rosto barbado dele. — Parece cansado, Gray.

— Não dormi nada. — Manteve as mãos nos bolsos, os olhos nos dela. — Cuidado com sua solidariedade, Brianna. O livro é apenas um dos motivos de eu estar tão rude nesta manhã. Você é o outro.

Ela deixou cair a mão, como se tivesse tocado uma chama. O rápido recuo fez os lábios dele se curvarem.

— Quero você. Dói desejar você desse jeito.

— Dói?

— Isso não é motivo para ficar feliz consigo mesma.

Ela corou.

— Não tive a intenção...

— Isto é parte do problema. Vamos, entre no carro. Por favor — acrescentou. — Vou enlouquecer tentando escrever hoje, se ficar aqui.

Tocou na tecla certa. Deslizando para dentro do carro, esperou que ele entrasse também.

— Quem sabe se você assassinar mais alguém.

Ele percebeu que podia rir, afinal de contas.

— Ah, estou pensando nisso.

A Galeria Worldwide de Clare era um primor. Recentemente construída, fora projetada como um solar elegante, decorado com jardins formais. Não era a altiva catedral da galeria de Dublin, nem o opulento palácio de Roma, mas um edifício digno, especialmente concebido para abrigar e mostrar o trabalho de artistas irlandeses.

Tinha sido o sonho de Rogan e, agora, a realidade dele e de Maggie.

Brianna projetara os jardins. Embora não tivesse podido plantá-los ela mesma, os paisagistas usaram seus desenhos. Então caminhos de tijolos eram cercados de rosas, e canteiros largos e semicirculares foram plantados com lupinos e papoulas, cravos e dedaleiras, colombinas e dálias, todas suas favoritas.

A galeria era construída de tijolos, em cor-de-rosa claro, com janelas altas, graciosas, adornadas em cinza-pastel. Dentro do grande vestíbulo, o piso era ladrilhado em azul-escuro e branco, com um candelabro Waterford no alto e a amplidão das escadas de mogno levando ao segundo andar.

— Isto é de Maggie — Brianna murmurou, atraída pela escultura que dominava a entrada.

Gray viu duas figuras geminadas, o vidro frio apenas tocado pelo calor, a forma notavelmente sexual, estranhamente romântica.

— É a *Remissão*. Rogan a comprou antes de estarem casados. Não a venderia a ninguém.

— Posso ver por quê. — Ele precisou engolir em seco. O vidro sinuoso era um golpe erótico no seu já sofrido organismo. — É um começo estonteante para um tour pela galeria.

— Ela tem um dom especial, não tem? — Gentilmente, apenas com a ponta dos dedos, Brianna tocou o vidro frio que a irmã tinha criado do fogo e dos sonhos. — Acho que dons especiais tornam as pessoas temperamentais. — Sorrindo, olhou Gray por cima do ombro. Parecia tão inquieto, pensou. Impaciente com tudo, especialmente consigo mesmo — E difíceis, porque sempre exigirão muito de si mesmas.

— E tornam um inferno a vida de todos à sua volta quando não conseguem. — Aproximando-se, tocou nela, em vez de tocar o vidro. — Você não guarda rancor, guarda?

— Para quê? — Dando de ombros, ela girou para admirar as linhas simples e sóbrias do vestíbulo.

— Rogan queria que a galeria fosse como um lar para a arte, entende? Então há uma sala, uma sala de desenho, até uma sala de jantar e uma de estar lá em cima. — Brianna tomou a mão dele e guiou-o em direção às portas duplas. — Todos os desenhos, esculturas, até os móveis são de artistas irlandeses e artesãos. E... ah!

Ficou petrificada. Inteligentemente disposto sobre o fundo e ao lado de um divã baixo estava um delicado véu em audacioso azul que se esvaía num verde frio. Ela avançou e correu a mão sobre ele.

— Eu fiz isto — murmurou. — Para o aniversário de Maggie. Eles o puseram aqui. Eles o puseram aqui, na galeria de arte.

— Por que não deveriam? É bonito. — Curioso, ele olhou mais de perto. — Você teceu isto?

— Sim. Não tenho muito tempo para tecer, mas... — Ela engoliu a voz, receando chorar. — Imagine. Numa galeria de arte, com todas estas obras e quadros maravilhosos.

— Brianna.

— Joseph.

Gray olhou o homem atravessar a sala em passos largos e envolver Brianna num grande e caloroso abraço. Tipo artístico, Gray pensou com uma careta. Uma turquesa presa na orelha, rabo-de-cavalo, terno italiano. Lembrava-se de ter visto o homem no casamento em Dublin.

— Cada vez que a vejo, está mais adorável.

— E você cada vez mais sem senso. — Ela riu. — Não sabia que estava aqui.

— Só vim passar o dia, ajudar Rogan com alguns detalhes.

— E Patricia?

— Em Dublin. Com o bebê e a escola, não consegue sair.

— Ah, o bebê, e como está ela?

— Linda. Como a mãe. — Joseph olhou para Gray e estendeu a mão. — Você deve ser Grayson Thane. Sou Joseph Donahue.

— Ah, desculpe. Gray, Joseph administra a galeria de Rogan em Dublin. Achei que tinham se conhecido no casamento.

— Não tecnicamente. — Mas Gray apertou-lhe a mão amigavelmente. Lembrava que Joseph tinha uma esposa e uma filha.

— Vou direto ao assunto. Sou um grande fã seu. Acontece que trouxe um livro para Brie passar a você. Espero que não se incomode de autografar para mim.

Gray decidiu que, provavelmente, poderia aprender a gostar de Joseph Donahue.

— Será um prazer.

— Muita gentileza sua. Vou avisar Maggie de que vocês estão aqui. Ela mesma vai querer lhes mostrar a galeria.

— Que trabalho maravilhoso você fez aqui, Joseph! Todos vocês.

— E valeu a pena cada hora de insanidade. — Deu uma olhada rápida e satisfeita pelo local. — Vou procurar Maggie. Fiquem à vontade. — Parou na porta, virou-se e riu. — Ah, lembre-se de perguntar a ela sobre a venda de uma peça para o presidente.

— Presidente? — Brianna repetiu.

— Da Irlanda, querida. Ele fez uma oferta pelo *Invicto* esta manhã.

— Imagine — Brianna suspirou, enquanto Joseph saía depressa —, Maggie sendo conhecida pelo presidente da Irlanda.

— Posso dizer a você que ela está ficando conhecida em todo o mundo.

— Eu sei disso, mas parece... — Riu, incapaz de se expressar melhor. — Como isto é maravilhoso. Papai teria ficado tão orgulhoso. E Maggie, ela deve estar nas nuvens. Você sabe como é, não? O que sente quando alguém lê seus livros.

— Sei sim.

— Deve ser maravilhoso ter talento assim, ter alguma coisa para dar, algo que toque as pessoas.

— Brie — Gray ergueu a ponta do delicado véu azul-esverdeado. — Como você chama isto?

— Ah, qualquer um pode fazer isto, só que leva algum tempo. Para mim, arte é algo que permanece. — Aproximou-se de um quadro, um óleo audacioso e colorido de Dublin em pleno movimento. — Sempre quis... não que eu tenha inveja de Maggie. Embora tenha sentido um pouquinho de inveja, sim, quando ela foi para Veneza e eu fiquei em casa. Mas fizemos o que tínhamos de fazer. E, agora, ela está aqui, criando algo muito importante.

— Você também. Por que faz isso? — perguntou, irritado. — Por que sempre acha que o que você faz ou pensa está em segundo plano? Você pode fazer mais do que qualquer pessoa que eu tenha conhecido.

Ela riu, voltando-se para ele outra vez.

— Só porque você gosta da minha comida.

— Sim, gosto da sua comida. — Não retribuiu o sorriso. — E de seu trabalho, seu tricô, suas flores. Do jeito que você torna o ar perfumado, o jeito como coloca os lençóis, quando arruma a cama. Gosto de como pendura as roupas na corda e passa minhas camisas. Você faz todas estas coisas e mais, e faz tudo parecer tão fácil.

— Bem, não custa muito...

— Custa — cortou a frase dela, o gênio explodindo outra vez, sem motivo algum. — Você não sabe que muitas pessoas simplesmente são incapazes de cuidar de uma casa ou não têm o mínimo interesse, não fazem idéia de como alimentar alguém? Preferem jogar fora o que têm a cuidar dos outros. Tempo, coisas, filhos.

Parou, aturdido pelo que tinha saído de dentro dele, aturdido por tudo aquilo estar dentro dele para sair. Quanto tempo aquilo ficara escondido? E o que faria para enterrar tudo outra vez?

— Gray.

Brianna ergueu a mão para acariciar seu rosto, mas ele recuou. Nunca se considerara vulnerável, pelo menos durante muitos anos. Mas, naquele momento, se sentia muito fora de controle para ser tocado.

— O que quero dizer é que o que você faz é importante. Não deve se esquecer disso. Vou dar uma olhada por aí. — Voltou-se abruptamente para a porta da sala e saiu apressado.

— Puxa... — Maggie entrou vindo do saguão. — Foi uma explosão bem interessante.

— Ele precisa de uma família — Brianna murmurou.

— Brie, ele é um adulto, não um bebê.

— Idade não acaba com a necessidade. Ele é tão sozinho, Maggie, e nem mesmo sabe disso.

— Você não pode adotá-lo como se fosse um bichinho perdido. — Balançando a cabeça, Maggie aproximou-se. — Ou pode?

— Sinto alguma coisa por ele. Nunca pensei que teria esse sentimento por alguém outra vez. — Olhou para as mãos, que mantinha bem apertadas, e então soltou-as. — Não, não é verdade. Não é a mesma coisa que senti por Rory.

— Maldito seja esse Rory.

— Você sempre diz isso. — E, então, Brianna sorriu. — Isto é família. — Beijou as faces de Maggie. — Agora, me conte, como está se sentindo com o presidente comprando seu trabalho?

— Já que é uma boa grana... — Então atirou a cabeça para trás e riu. — É como ir à lua e voltar. Não posso evitar. Nós, os Concannon, simplesmente não somos sofisticadas o bastante para enfrentar isso com indiferença. Ah, queria tanto que papai...

— Eu sei.

— Bem. — Maggie respirou fundo. — Tenho que lhe dizer que o detetive que Rogan contratou não encontrou Amanda Dougherty ainda. Está seguindo pistas, seja lá o que isso queira dizer.

— Tantas semanas, Maggie, a despesa...

— Não comece a chatear querendo usar seu dinheiro. Casei com um homem rico.

— E todos sabem que você só queria o dinheiro dele.

— Não, queria o corpo dele. — Piscou e enlaçou o braço no de Brianna. — E já notei que seu amigo Grayson Thane tem um que faria qualquer mulher balançar.

— Eu também já notei.

— Que bom, isso mostra que você não esqueceu como se olha. Recebi um cartão de Lottie.

— Eu também. Importa-se se elas ficarem a terceira semana?

— Por mim, mamãe poderia ficar na vila pelo resto de sua vida. — Suspirou diante da expressão de Brianna. — Está bem, está bem. É que fico feliz por ela estar se divertindo, embora ela não vá admitir isso nunca.

— Ela é grata a você, Maggie. Só não sabe como expressar isso.

— Não preciso mais que ela expresse. — Maggie pousou a mão em sua barriga. — Já tenho o que é meu e isso faz toda a diferença. Nunca pensei que pudesse ter um sentimento tão forte em relação a alguém, e aí apareceu Rogan. Então achei que nunca poderia gostar tanto de alguém ou de qualquer outra coisa. E agora gosto. Por isso, talvez entenda um pouco como não querer e não amar a criança que se carrega na barriga pode arruinar tanto a vida de uma pessoa, e como querer e amar essa criança pode iluminar a vida de outra.

— Ela não me quis também.

— Por que você diz isso?

— Ela me contou. — Brianna percebeu que dizer aquilo foi como se livrar de um peso. — Dever. Foi somente para cumprir um dever. Nem mesmo para papai, mas para a Igreja. É um jeito frio de ser colocada no mundo.

Não era de raiva que Brianna precisava agora, Maggie entendeu, e tomou o rosto da irmã nas mãos.

— Pior para ela, Brie. Não pra você. E quanto a mim, se o dever não tivesse sido cumprido, eu é que estaria na pior.

— Ele nos amou. Papai nos amou.

— Sim. E é o que importa. Vamos, não se aborreça com isso. Vou levar você lá em cima e mostrar o que andamos fazendo.

No saguão, Gray deixou escapar um longo suspiro. A acústica no prédio era boa demais para se guardarem segredos. Agora ele entendia um pouco da tristeza que assombrava os olhos de Brianna. Estranho que eles tivessem a ausência do carinho da mãe em comum.

Não que essa ausência o assombrasse também, assegurou a si mesmo. Libertara-se daquilo havia muito tempo. Deixara a criança assustada e solitária nos cômodos sombrios do Lar para Crianças Simon Brent Memorial.

Mas gostaria de saber quem era Rory. E por que Rogan tinha contratado detetives para procurar uma mulher chamada Amanda Dougherty?

Gray sempre achara que o melhor caminho para se encontrarem respostas era perguntar.

* * *

— Quem é Rory?

A pergunta despertou Brianna de seu calmo devaneio, enquanto Gray dirigia tranqüilamente, descendo as estreitas e ventosas estradas que levavam para fora de Ennistymon.

— Como?

— Não como, e sim quem. — Jogou o carro para mais próximo da beira da estrada, quando um VW carregado fez a curva na mão dele. Provavelmente um americano inexperiente, pensou com certa presunção. — Quem é Rory? — repetiu.

— Anda ouvindo fofocas no pub, não é?

Em vez de preveni-lo, o gelo da voz dela só o provocou mais:

— Claro, mas não foi lá que ouvi esse nome. Você o mencionou para Maggie, na galeria.

— Então você andou bisbilhotando uma conversa particular.

— Isso é uma redundância. Não seria bisbilhotar, se a conversa não fosse particular.

Ela retesou o corpo no banco do carro.

— Não há necessidade de corrigir minha gramática, obrigada.

— Não é questão de gramática, mas... esqueça. — Deixou o assunto cozinhar um pouco. — Então, quem era ele?

— E por que seria da sua conta?

— Você só está me deixando mais curioso.

— Era um rapaz que conheci. Está pegando a estrada errada.

— Não há estradas erradas na Irlanda. Leia o guia. É aquele que magoou você? — Lançou um olhar na direção dela e sacudiu a cabeça. — Bem, isto já responde. O que aconteceu?

— Está pensando em colocar isso num de seus livros?

— Pode ser. Mas, antes, é pessoal. Você o amou?

— Amei. Ia casar com ele.

Ele se pegou fazendo careta e batendo com um dedo sobre o volante.

— Por que não casou?

— Porque ele rompeu comigo quase no altar. Isto satisfaz sua curiosidade?

— Não. Só me diz que esse Rory obviamente era um idiota. — Não pôde evitar a segunda pergunta e ficou surpreso por querer saber:

— Você ainda o ama?

— Seria extremamente idiota da minha parte, já que isso aconteceu há dez anos.

— Mas ainda dói.

— Ser rejeitada sempre dói. Ser motivo da piedade de todos dói. Pobre Brie, coitadinha da Brie, ser abandonada dois dias antes do casamento. Ser largada com um vestido de noiva e seu triste enxovalzinho enquanto seu noivo foge para a América, em vez de se casar com ela. Está satisfeito? — Virou-se para olhar para ele. — Quer saber se eu chorei? Chorei. Se esperei que ele voltasse? Esperei.

— Pode me bater se isso fizer com que se sinta melhor.

— Duvido que faça.

— Por que ele se foi?

Ela soltou um gemido que era tanto de aborrecimento quanto de lembrança.

— Não sei. Nunca soube. Isto é o pior de tudo. Ele me procurou e disse que não me queria, eu não o teria, nunca me perdoaria pelo que eu tinha feito. E, quando tentei perguntar o que queria dizer, me empurrou, derrubando-me no chão.

As mãos de Gray apertaram o volante.

— Ele o quê?

— Me derrubou — ela disse calmamente. — E o orgulho não me deixou ir atrás dele. Então, depois de algum tempo, dei meu vestido de noiva. Kate, a irmã de Murphy, usou-o quando casou com Patrick.

— Ele não vale a tristeza que você traz nos olhos.

— Talvez não. Mas o sonho valia. O que você está fazendo?

— Parando o carro. Vamos subir até os penhascos.

— Não estou vestida para escalar terrenos íngremes — ela protestou, mas ele já estava fora do carro. — Meus sapatos não são adequados, Gray. Posso esperar aqui, se você quer dar uma olhada.

— Quero olhar com você. — Ele a puxou do carro e levantou-a nos braços.

— Que está fazendo? Ficou louco?

— Não é longe, e imagine que linda foto nossa aqueles adoráveis turistas lá vão levar para casa. Você fala francês?

— Não. — Confusa, virou a cabeça para olhar no rosto dele. — Por quê?

— Estava só pensando que, se falássemos francês, eles pensariam que nós éramos... franceses, sabe? Então, quando voltassem a Dallas, contariam ao primo Fred sobre o romântico casal francês que tinham visto perto da costa. — Beijou-a com intimidade, antes de colocá-la no chão, perto da beira de uma pedra inclinada.

A água estava da cor dos olhos dela hoje, ele notou. Aqueles olhos frios, verdes, enevoados, que falavam de sonhos. Estava claro o suficiente para que ele pudesse ver os vigorosos morros das ilhas Aran e um pequeno barco que navegava entre Innismore e o continente. O ar estava fresco, o céu de um azul melancólico que poderia e mudaria a qualquer momento. Os turistas, um pouco além, falavam num complicado sotaque que o fez sorrir.

— É bonito aqui. Tudo. Você só precisa virar a cabeça para ver alguma coisa empolgante. — Intencionalmente, ele voltou-se para Brianna. — Absolutamente empolgante.

— Você está tentando me agradar por ter bisbilhotado minhas coisas.

— Não, não estou. E não terminei de bisbilhotar e gosto de bisbilhotar. Então seria hipócrita pedir desculpas. Quem é Amanda Dougherty e por que Rogan está procurando por ela?

O choque se estampou no rosto dela, fazendo a boca tremer.

— Você é muito rude.

— Já sei disso. Diga alguma coisa que eu não sei.

— Vou voltar. — Mas, quando se virou, ele segurou seu braço.

— Vou levar você num minuto. Vai acabar torcendo o tornozelo com esses sapatos. Especialmente se vai se apressar.

— Não vou me apressar, como você insiste em... E, depois, isso não é da sua... — Exaurida, ela deixou escapar um suspiro de raiva. — Por que perderia meu tempo dizendo a você que isso não é da sua conta?

— Não faço idéia.

O olhar se estreitou no rosto dele. Meigo é o que ele era. E teimoso como duas mulas.

— Você só fica insistindo até eu contar.

— Agora você captou. — Mas ele não sorriu. Em vez disso, afastou um fio de cabelo que tremulava no rosto dela. Os olhos eram intensos, determinados. — É o que está perturbando você. Ela é que está perturbando você.

— Nada que você possa entender.

— Você ficaria surpresa com o que eu entendo. Sente-se aqui. — Levou-a até a pedra e sentou-se ao lado dela. — Conte-me uma história. Será mais fácil desta vez.

Talvez fosse. E talvez contar tudo pudesse aliviar esse peso em seu coração.

— Anos atrás, havia uma mulher que tinha a voz de um anjo, ou assim dizem. E a ambição de usá-la para ter sucesso. Estava descontente com a vida de filha de dona de estalagem e saiu a viajar, vivendo de sua música. Um dia, ela voltou, pois a mãe estava doente, e ela era uma filha conscienciosa, senão amorosa. Ela cantava no pub da vila, por prazer, para o prazer dos clientes e por algumas libras. Lá ela conheceu um homem.

Brianna observou o mar como que imaginando o pai conquistando o olhar da mãe, ouvindo a voz dela.

— Algo muito excitante brotou entre eles. Podia ter sido amor, mas não do tipo que dura. Então, eles não resistiram ou não puderam resistir. E assim, pouco depois, ela se descobriu grávida. A Igreja, sua criação e as próprias crenças não lhe deixaram outra escolha senão casar e desistir do sonho que tivera. Ela nunca foi feliz depois daquilo, e não teve compaixão bastante para fazer o marido feliz. Logo depois de o primeiro filho nascer, ela concebeu outro. Não daquela maneira excitante como da outra vez, mas por um frio senso de dever. Dever cumprido, recusou ao marido sua cama e seu corpo.

Foi o suspiro dela que fez Gray estender a mão, cobrindo a dela com a sua. Mas ele não falou. Não ainda.

— Um dia, em algum lugar perto do rio Shannon, ele conheceu outra mulher. Houve amor profundo, permanente. Qualquer que fosse o pecado deles, o amor era maior. Mas ele tinha uma esposa, você sabe, e duas filhas pequenas. Ele e a mulher que o amou viram que não havia futuro para eles. Ela o deixou, voltou para a América. Escreveu três cartas a ele, cartas adoráveis, cheias de amor e compreensão. E na terceira ela disse que estava esperando um filho dele. Ia embora, dizia, e ele não devia ficar preocupado, pois ela estava feliz por ter uma parte dele crescendo dentro dela.

Uma ave marinha gritou, atraindo o olhar dela. Observou a ave voar em direção ao horizonte, antes de continuar a história:

— Ela nunca mais escreveu a ele, e ele nunca a esqueceu. Aquelas lembranças deviam tê-lo confortado ao longo do desalento de seu casamento respeitoso e por todos os anos vazios. Acho que foi assim, pois foi o nome dela que ele falou antes de morrer. Ele disse *Amanda*, enquanto observava o mar. É muito tempo depois que as cartas foram escritas, uma de suas filhas as encontrou, no sótão, onde ele as guardara, amarradas com uma fita vermelha desbotada.

Virou-se para Gray, então.

— Não há nada que ela possa fazer, entende, para fazer voltar o tempo, fazer aquelas vidas serem melhores do que foram. Mas uma mulher que foi amada assim não merece saber que nunca foi esquecida? E o filho dessa mulher e desse homem não tem o direito de conhecer o próprio sangue?

— Encontrá-los pode magoar ainda mais você. — Ele olhou para as mãos deles entrelaçadas. — O passado tem um monte de armadilhas terríveis. É uma linha tênue, Brianna, que liga você e o filho de Amanda. Algumas muito mais fortes são rompidas todos os dias.

— Meu pai a amou. O filho que ela teve é da família. Não há mais nada a fazer, exceto encarar esses fatos.

— Não para você — murmurou enquanto os olhos examinavam o rosto dela. Havia força misturada com tristeza. — Deixe-me ajudá-la.

— Como?

— Conheço muita gente. Encontrar alguém envolve pesquisa, telefonemas, contatos.

— Rogan contratou um detetive em Nova York.

— É um bom começo. Se não descobrir alguma coisa logo, me deixará tentar? — Levantou a sobrancelha. — Não diga que é gentileza minha.

— Tudo bem, não direi, embora seja. — Levantou as mãos de ambos até o rosto. — Fiquei brava com você por me forçar a contar. Mas ajudou. — Encostou a cabeça na dele. — Você sabia que ajudaria.

— Sou um curioso nato.

— Você é sim. Mas sabia que ajudaria.

— Geralmente ajuda. — Levantando, puxou-a da pedra. — É hora de voltarmos. Estou pronto para trabalhar.

Capítulo Onze

A corrente que a história apertara em torno de sua garganta prendeu Gray à escrivaninha por vários dias. A curiosidade girava a chave na fechadura de vez em quando, enquanto hóspedes iam e vinham.

Ele tinha tido tudo só para si, ou quase, por tantas semanas, pensou, que poderia achar o barulho e a algazarra irritantes. Em vez disso, era agradável, como a própria pousada, colorida como as flores que começavam a desabrochar no jardim de Brianna, brilhante como aqueles preciosos primeiros dias de primavera.

Quando ele não saía do quarto, encontrava sempre uma bandeja ao lado da porta. E, quando saía, sempre havia comida e alguma nova companhia na sala. Muitos ficavam só uma noite, o que lhe agradava. Gray preferia sempre contatos rápidos, descomplicados.

Mas, uma tarde, ele desceu, estômago roncando, e encontrou Brianna no jardim da frente.

— Estamos sozinhos?

Ela lançou um olhar por baixo da aba do chapéu de jardim.

— Sim. Por um dia ou dois. Quer comer alguma coisa?

164   *Nora Roberts*

— Posso esperar você terminar. O que está fazendo?

— Plantando. Quero amores-perfeitos aqui. Eles sempre parecem tão arrogantes e convencidos. — Sentou-se nos calcanhares. — Ouviu o cuco cantando, Grayson?

— Um relógio?

— Não. — Riu e bateu de leve a terra em volta das raízes. — Ouvi o cuco cantar quando caminhei com Con de manhã cedo, o que quer dizer tempo bom. E havia duas pegas chilreando, o que significa prosperidade. — Curvou-se de volta ao trabalho. — Então, talvez outro hóspede encontre o caminho daqui.

— Supersticiosa, Brianna. Você me surpreende.

— Não vejo por quê. Ah, o telefone! Uma reserva.

— Eu atendo. — Como já estava de pé, chegou primeiro ao telefone da sala. — Blackthorn Cottage. Arlene? Sim, sou eu. Como vai, linda?

Franzindo os lábios, Brianna deteve-se junto da porta, limpando as mãos no pano que enfiara no cós da calça.

— Penduro meu chapéu em qualquer lugar — ele respondeu, quando ela perguntou se estava se sentindo em casa na Irlanda. Quando viu que Brianna já ia saindo da sala, levantou a mão em um convite. — Que tal Nova York? — Viu Brianna hesitar e voltar. Gray entrelaçou os dedos nos dela e começou a acarinhar. — Não, não esqueci que está chegando. Não tenho pensado muito. A inspiração é que me leva, querida. — Enquanto Brianna tentava livrar-se dele com a cara franzida, ele apenas ria e a mantinha presa.

— Fico contente de ouvir isso. Qual é o negócio? — Parou, ouvindo e sorrindo diante dos olhos de Brianna. — É generoso, Arlene, mas você sabe como me sinto sobre comprometimentos por longo tempo. Quero um de cada vez. Como sempre.

Enquanto ouvia, entre grunhidos de concordância e "hummms" de interesse, apertava o pulso de Brianna. Não fazia mal ao ego dele sentir o pulso dela saltando.

— Parece mais do que bom para mim. Claro, enrole os britânicos um pouco mais, se acha que pode. Não, não tenho lido o *London Times*. Verdade? Isto é bom, não é? Não, não estou sendo esnobe. É ótimo! Obrigado. Eu... o quê? Um fax? Aqui? — Riu abafado, inclinou-se e deu um beijo rápido e amistoso na boca de Brianna. — Obrigado por tudo, Arlene. Não, mande mesmo pelo correio, meu ego pode esperar. Para você também. Manterei contato.

Despediu-se e desligou ainda com a mão de Brianna presa na dele.

Quando ela falou, o gelo na voz baixou a temperatura da sala em torno de dez graus.

— Não acha que é uma grosseria ficar namorando uma mulher ao telefone e beijando outra?

A expressão dele, já divertida, iluminou-se ainda mais.

— Você está com ciúme, querida?

— Claro que não.

— Só um pouquinho. — Tomou a outra mão dela antes que pudesse escapar e levou-a aos lábios. — Ora, isto é um progresso. Só odeio ter que dizer a você que estava falando com minha agente, que, embora seja importante para o meu coração e meu talão de cheques, é vinte anos mais velha do que eu e uma orgulhosa vovó de três netos.

— Ah! — Odiava sentir-se idiota quase tanto quanto odiava ter ciúme. — Acho que você vai querer comer algo agora.

— Pelo menos dessa vez, comida é a última coisa que passa pela minha cabeça. — O que havia nela estava muito claro nos olhos dele, quando a puxou para mais perto. — Você está realmente atraente neste chapéu.

Ela virou a cabeça justo a tempo de evitar a boca dele. Os lábios apenas tocaram sua face.

— Eram boas notícias, então, a ligação dela?

— Muito boas. Meu editor gostou da mostra dos capítulos que mandei duas semanas atrás e fez uma proposta.

— Que bom! — Ele parecia bastante faminto pelo jeito como mordiscava a orelha dela. — Você então vende os livros antes de escrevê-los, como um contrato.

— Não todos ao mesmo tempo. Faz eu me sentir numa gaiola. — Tanto que acabei de dispensar uma proposta espetacular para um projeto de três novelas. — Negocio um de cada vez e, com Arlene na retaguarda, negociamos bem.

Um calor se espalhava no estômago dela, enquanto ele explorava calmamente seu pescoço.

— Cinco milhões, você me falou. Não consigo nem imaginar quanto é isso.

— Não desta vez. — Ele contornou seu queixo. — Arlene subiu para seis ponto cinco.

Aturdida, ela recuou.

— Milhões? Dólares americanos?

— Soa como monopólio, não é? — Riu. — Ela não está satisfeita com a proposta britânica, e como meu livro atual está firme em primeiro lugar na lista do *London Times*, ela está fazendo uma pressãozinha. — Distraidamente, ele a abraçou pela cintura, apertou os lábios na sobrancelha dela, na têmpora. *Sticking Point* estréia em Nova York no próximo mês.

— Estréia?

— É... O filme. Arlene acha que eu deveria ir para a *première*.

— Do seu próprio filme? Claro que deve.

— Não existe "deve". Parecem coisas tão antigas. Agora o que está valendo é *Flashback*.

Seus lábios roçaram os cantos da boca de Brianna, e sua respiração começou a ofegar.

— *Flashback?*

— O livro que estou escrevendo agora. É o único que importa. — Os olhos dele se estreitaram, perderam o foco. — Ele tem que encontrar o livro. Droga! Como pude não perceber isso? É a coisa toda! — Recuando, enfiou uma mão nos cabelos. — Depois que encontrar, não terá escolha, terá? É o que o faz pessoal!

Cada nervo do corpo dela se agitava ao contato dos lábios dele.

— De que está falando? Qual livro?

— O diário de Deliah. É o que liga o passado ao presente. Não haverá saída depois de lê-lo. Terá... — Gray sacudiu a cabeça, como um homem entrando ou saindo de um transe. — Tenho que voltar ao trabalho.

Ele estava no meio das escadas e o coração de Brianna ainda batia estupidamente.

— Grayson?

— O quê?

Já estava imerso no próprio mundo, ela notou, dividido entre prazer e irritação. A impaciência brilhava em seus olhos, olhos que ela duvidava que a estivessem vendo.

— Quer comer alguma coisa?

— Deixe uma bandeja quando puder. Obrigado.

Foi-se.

Bem... Brianna colocou as mãos nos quadris e tratou de rir para si mesma. O homem quase a seduzira e nem sabia disso. Desligado, foi embora com Deliah e seu diário, assassinato e mutilações, deixando-a palpitando como um relógio descompassado.

Melhor assim, pensou. Todos aqueles beijos e mordiscadas a tinham deixado fraca. Que tolice sentir-se assim por causa de um homem que iria embora de sua casa e de seu país tão negligentemente como saía de sua sala.

Mas aquilo a fez pensar como seria, enquanto caminhava para a cozinha. Como seria ter toda aquela energia, toda aquela atenção, toda aquela habilidade focada somente nela. Mesmo que por pouco tempo. Mesmo que só por uma noite.

Saberia então, não saberia? Como seria dar prazer a um homem? E recebê-lo? A solidão poderia ser amarga depois, mas o momento poderia ser mágico.

Poderia... São muitos "poderia", resignou-se, e foi preparar um generoso prato de cordeiro frio e croquetes de queijo para Gray. Levou a bandeja até o quarto dele sem dizer uma palavra sequer.

Ele não tomou conhecimento dela, nem ela esperava isso agora. Não quando ele estava debruçado sobre o laptop, olhos fixos, os dedos ágeis. Apenas resmungou quando ela serviu o chá e deixou uma xícara ao lado de seu cotovelo.

Quando ela se pegou sorrindo e percebeu um forte desejo de correr a mão naqueles adoráveis cabelos com pontas de ouro, decidiu que era uma boa hora de ir até Murphy e pedir que consertasse seu carro.

O exercício ajudou a aliviar a tensão nervosa do desejo. Era sua estação favorita do ano, a primavera, quando os pássaros cantavam, as flores brotavam e as colinas brilhavam tão verdes que a garganta se apertava só de olhar para elas.

A luz era dourada e o ar tão claro que podia ouvir o *put-put* do trator de Murphy, dois campos adiante. Encantada pelo dia, levantou a cesta que carregava e cantou para si mesma. Enquanto pulava um murinho de pedras, sorriu para o potrinho que mamava avidamente, enquanto a mãe comia grama. Parou um momento para admirar, mais alguns instantes para afagar a mamãe e o bebê, e continuou a caminhar.

Talvez fosse até a casa de Maggie depois de ver Murphy. Faltavam poucas semanas para o bebê chegar. Alguém precisava cuidar do jardim de Maggie, aguar um pouco.

Rindo, parou, curvando-se quando Con correu pelo campo em sua direção.

— Ajudando na fazenda ou só caçando coelhos? Não, isto não é seu — falou, erguendo a cesta, enquanto o cachorro farejava em volta. — Mas tenho um bom osso em casa esperando por você. — Ouvindo o cumprimento de Murphy, ela levantou-se e acenou para ele.

Ele desligou o trator, saltando dele, enquanto caminhava pela terra recém-arada.

— Ótimo dia para plantar, não é?

— Maravilhoso — concordou e olhou para a cesta. — O que tem aí, Brie?

— Um suborno.

— Ah, sou duro na queda.

— Bolo de fécula.

Ele fechou os olhos e soltou um suspiro exagerado.

— Sou todo seu.

— Assim que se fala. — Mas segurou a cesta torturantemente fora de seu alcance.

— É meu carro outra vez, Murphy.

Agora ele parecia aflito.

— Brianna, querida, já está na hora de enterrá-lo. O tempo passou.

— Não pode apenas dar uma olhadinha?

Ele olhou para ela, depois para a cesta.

— O bolo é todo pra mim?

— Cada farelo.

— Fechado. — Pegou a cesta, colocando-a no assento do trator. — Mas estou avisando: vai precisar de um novo carro antes do verão.

— Então vou ficar precisando mesmo. Meu coração está todo na estufa, então o carro vai ter que agüentar um tiquinho mais. Teve tempo de ver meus desenhos para a estufa, Murphy?

— Tive. Dá pra fazer sim. — Aproveitando a pausa no trabalho, acendeu um cigarro. — Fiz só alguns ajustes.

— Você é um amor, Murphy. — Rindo, beijou as faces dele.

— É o que todas as garotas me dizem. — Afastou um cacho de cabelo da testa. — O que seu ianque iria pensar se visse você me paquerando bem aqui na minha terra, hein?

— Ele não é meu ianque. — Ela se moveu. Mexeu-se enquanto Murphy apenas levantava a sobrancelha. — Você gosta dele, não gosta?

— Difícil não gostar. Ele está perturbando você, Brianna?

— Um pouquinho, talvez. — Suspirou, desistindo. Não havia nada em seu coração que não pudesse contar a Murphy. — Na verdade, muito. Eu gosto dele. Não sei o que fazer com isto, mas gosto muito dele. É diferente do que era com Rory.

À menção desse nome, Murphy franziu a testa e fitou a ponta do cigarro.

— Rory não merece um só pensamento seu.

— Não perco tempo pensando nele, mas agora, com Gray, veio tudo de novo, entende? Murphy... você sabe que ele irá embora. Como Rory foi. — Olhou para longe. Podia falar aquilo, Brianna pensou, mas não podia lidar com a compaixão nos olhos de Murphy, quando falava. — Tento entender, aceitar. Digo a mim mesma que será mais fácil, que pelo menos saberei por quê. Sem saber, em toda a minha vida com Rory, o que estava faltando em mim...

— Não falta nada em você — Murphy falou bruscamente. — Tire isso da cabeça.

— Já tirei... ou quase. Mas eu... — Desarmada, ela voltou-se e fitou as colinas. — Mas o que há comigo ou falta em mim que faz um homem ir embora? Será que exijo muito dele ou não o suficiente? Haverá uma frieza em mim que os congela?

— Não há nada de frio em você. Pare de se culpar pela crueldade de outro.

— Mas tenho só a mim mesma para questionar. Já faz dez anos. E esta é a primeira vez que me sinto assim abalada. E é assustador porque não sei como enfrentaria outra decepção. Ele não é Rory, eu sei, e mesmo...

— Não, ele não é Rory. — Furioso por vê-la tão perdida, tão infeliz, Murphy jogou fora o cigarro, amassando-o na terra. — Rory era um idiota, incapaz de ver o que tinha, dando ouvidos a quaisquer mentiras. Devia agradecer a Deus por ele ter ido embora.

— Que mentiras?

Uma chama agitou os olhos de Murphy, que logo se acalmaram.

— Qualquer uma. Já está no final do dia, Brie. Verei seu carro amanhã.

— Que mentiras? — Segurou o braço dele. Havia um zumbido em seus ouvidos, um aperto no estômago. — O que você sabe a esse respeito, Murphy, que nunca me contou?

— O que eu poderia saber? Rory e eu nunca fomos amigos.

— Não, não foram — ela falou lentamente. — Ele nunca gostou de você. Tinha ciúme porque éramos chegados. Não conseguia entender que você era como um irmão para mim. — Ela continuou, sem tirar os olhos de Murphy. — Umas duas vezes, chegamos a discutir por causa disso, e ele reclamou que eu era muito pródiga em beijos, quando eram para você.

Algo perpassou no rosto de Murphy, antes que ele pudesse controlar.

— Bem, não disse a você que ele era um idiota?

— Falou alguma coisa a ele sobre isso? Ele disse alguma coisa para você? — Ela esperou, até que o desalento que crescia em seu coração a dominou por completo. — Você vai me contar, Murphy, por Deus que vai. Tenho o direito de saber. Chorei até minha última lágrima por causa dele, sofri com os olhares de compaixão de todos os que conhecia. Vi sua irmã se casar com o vestido que fiz com minhas próprias mãos. Há dez anos sinto um enorme vazio dentro de mim.

— Brianna.

— Você vai me dizer. — Decidida, ela o encarou. — Posso ver que você tem uma resposta. Se é meu amigo, vai me dizer.

— Não é justo.

— Duvidar de mim mesma todo esse tempo é mais justo?

— Não quero magoar você, Brianna. — Gentilmente, ele acariciou o rosto dela. — Preferiria cortar um braço a ter que magoar você.

— Se souber, vou sofrer menos.

— Talvez. Talvez. — Ele não podia saber, nunca soubera. — Maggie e eu achamos...

— Maggie? — ela o cortou surpresa. — Maggie também sabe?

Ah, estava perdido agora, percebeu. E não tinha outra saída, a não ser entregar todo mundo.

— O amor dela por você é tão forte, Brianna. Ela faria qualquer coisa para proteger você.

— Vou lhe dizer o que digo sempre para ela. Não preciso de proteção. Conte-me o que você sabe.

Dez anos, ele pensou, era um longo tempo para um homem honesto guardar um segredo. Dez anos eram longos também para uma mulher inocente suportar a culpa.

— Ele veio me procurar um dia, quando eu estava trabalhando aqui no campo. E me agrediu inesperadamente. Como não gostava muito dele, eu parti pra cima também. Mas não posso dizer que fazia aquilo de coração, até ele dizer o que disse. Afirmou que você tinha andado... comigo.

Aquilo ainda o embaraçava e, sob o embaraço, descobriu a mesma raiva aguda que não diminuíra com o tempo.

— Disse que o havíamos feito de bobo, pelas costas, e que não se casaria com uma prostituta. Dei um soco na cara dele por isso. — Murphy falava com raiva, os punhos bem cerrados ante a lembrança. — Não sinto ter feito aquilo. Também teria quebrado seus ossos, mas ele me disse que tinha ouvido aquilo da boca de sua própria mãe. Que você tinha transado comigo e que provavelmente estaria grávida de mim.

Ela estava mortalmente pálida agora, com o coração petrificado.

— Minha mãe disse isso a ele?

— Ela disse... que não poderia, em sã consciência, deixá-lo casar na igreja, quando você tinha pecado comigo.

— Ela sabia que eu não tinha... — sussurrou. — Sabia que nós não tínhamos...

— Só ela sabe o que a fez dizer isso ou acreditar nisso. Maggie apareceu quando eu estava me lavando e contei a ela, antes que tivesse tempo de pensar melhor. A princípio, achei que ela fosse acertar as contas com Maeve com os próprios punhos, e tive que segurá-la até que se acalmasse um pouco. Conversamos e ela achava que Maeve tinha feito aquilo para manter você em casa.

Ah, sim, Brianna pensou. Uma casa que nunca tinha sido um verdadeiro lar.

— E eu cuidaria dela, da casa e de papai.

— Nós não sabíamos o que fazer, Brianna. Juro que eu teria arrastado você do altar, se você fosse em frente e tentasse se casar com aquele miserável, idiota. Mas ele fugiu no dia seguinte, e você estava sofrendo tanto. Não tive coragem, nem Maggie, de contar a você o que ele tinha dito.

— Não teve coragem. — Ela apertava os lábios. — O que você não tinha, Murphy, nem você nem Maggie, era o direito de esconder isso de mim. Você não tinha o direito, assim como minha mãe não tinha o direito de dizer tais coisas.

— Brianna.

Ela afastou-se num rompante antes que ele pudesse tocá-la.

— Não, não! Não posso falar com você agora. Não posso falar com você. — Voltou-se e correu.

Não chorou. As lágrimas haviam congelado em sua garganta e ela se recusava a deixá-las correr. Atravessou os campos sem nada enxergar, envolta pela névoa atordoante de tudo o que acontecera. Ou quase acontecera. Toda a inocência fora despedaçada agora. Todas as ilusões reduzidas a pó. Sua vida era feita de mentiras. Uma vida concebida na mentira, alimentada de mentiras.

Quando chegou em casa, sufocava os soluços. Parou, apertando os punhos até que as unhas se enterrassem na carne.

Os pássaros ainda cantavam e as tenras flores jovens, que ela mesma plantara, dançavam na brisa. Mas ela nem percebeu. Só via a si mesma, chocada e aterrorizada, quando as mãos de Rory a atiraram ao chão. Depois de todos esses anos, ainda podia ver a perplexidade que a dominou ao olhar para ele e perceber raiva e desgosto em seu rosto, antes que se virasse, deixando-a para sempre.

Fora marcada como uma prostituta, não fora? Por sua própria mãe. Pelo homem que amara. Que grande piada, logo ela que nunca sentira o peso do corpo de um homem.

Com toda a calma abriu a porta e fechou-a atrás de si. Então seu destino fora decidido em nome dela naquela manhã, muito tempo atrás. Bem, agora, naquele mesmo dia, ela teria seu destino nas próprias mãos.

Deliberadamente subiu as escadas, abriu a porta de Gray e a fechou às suas costas.

— Grayson?

— Hã?

— Você me deseja?

— Claro. Mais tarde. — Ele levantou a cabeça, os olhos embaçados. — O quê? O que você disse?

— Você me deseja? — ela repetiu. O corpo tão tenso quanto a pergunta. — Você disse que me desejava e agiu como se me desejasse.

— Eu... — Fez um esforço sobre-humano para arrancar-se do mundo imaginário até a realidade. Ela estava terrivelmente pálida, percebeu, e seus olhos tinham um brilho gelado. Ela estava machucada. — Brianna, o que está acontecendo?

— Uma pergunta simples. Agradeceria por uma resposta.

— Claro que desejo você. O que... que diabos está havendo? — Levantou-se da cadeira num salto, boquiaberto, quando ela começou a desabotoar a blusa rapidamente. — Pare! Pelo amor de Deus, pare com isso agora!

— Você disse que me desejava. Estou fazendo o que você quer.

— Eu disse pare. — Em três passadas estava arrancando a blusa dela também. — O que deu em você? O que aconteceu?

— Nada demais. — Percebeu que começava a tremer e esforçou-se para disfarçar. — Você tem tentado me persuadir a ir para a cama, agora estou pronta. Se não pode perder tempo agora, basta dizer. — Seus olhos brilharam. — Estou acostumada a ser rejeitada.

— Não é uma questão de tempo...

— Bem, então... — Afastou-se para arrumar a cama. — Você prefere as cortinas abertas ou fechadas? Para mim, tanto faz.

— Deixe essas malditas cortinas! — O modo cuidadoso como ela dobrava as cobertas atingiu-o como sempre. O estômago contraiu-se sob as garras do desejo. — Não vamos fazer nada disso.

— Então, você não me deseja. — Quando se endireitou, a blusa se abriu, dando a ele uma torturante visão da pele pálida e do impecável algodão branco.

— Você está me matando — ele murmurou.

— Ótimo. Vou deixá-lo morrer em paz. — Com a cabeça erguida, marchou até a porta. Num gesto rápido com as mãos, ele a manteve fechada.

— Você não vai a lugar algum antes de me falar o que está acontecendo.

— Nada, parece, ao menos com você. — Encolheu-se contra a porta, esquecendo-se agora de controlar a respiração para manter a voz livre da dor que a desarticulava. — Com certeza deve haver um homem em algum lugar que a qualquer momento aparecerá para me proporcionar prazer.

Ele mostrou os dentes.

— Você está me aborrecendo.

— Ah, é mesmo, que pena! Mil desculpas. É uma pena que eu tenha incomodado você. Apenas achei que você cumpriria o que disse. O problema sou eu, não é? — murmurou, as lágrimas brilhando nos olhos. — Estou sempre acreditando.

Teria de lidar com as lágrimas, Gray pensou, ou com qualquer crise emocional por que ela estivesse passando, sem tocá-la.

— O que aconteceu?

— Descobri. — Os olhos não eram frios agora, mas devastados e desesperados. — Descobri que nunca houve um homem que tivesse me amado. Nunca me amou, realmente. E que minha própria mãe mentiu, mentiu odiosamente, para afastar de mim até mesmo aquela pequena chance de felicidade. Ela disse a ele que eu havia dormido com Murphy, contou isso a ele, e que eu podia estar grávida dele. Como poderia casar comigo acreditando nisso? Como ele pôde acreditar nisso, se me amava?

— Pare um instante. — Ele esperou que a torrente de palavras dela fizesse sentido em sua cabeça. — Está dizendo que sua mãe disse ao cara que ia casar com você, esse Rory, que você tinha feito sexo com Murphy e podia estar grávida?

— Ela disse isso a ele para eu não sair de casa. — Inclinando-se para trás, fechou os olhos. — Esta mesma casa, como era então. E ele acreditou. Acreditou que eu pudesse ter feito aquilo, acreditou, então nem chegou a me perguntar se era verdade. Só disse que não me queria e se foi. E todo esse tempo, Maggie e Murphy sabiam e esconderam isso de mim.

Vá com calma, Gray avisou a si mesmo. Areia movediça emocional

— Escute, estou fora dessa situação, e diria, como um observador profissional, que sua irmã e Murphy ficaram de boca fechada para evitar que você sofresse mais do que já estava sofrendo.

— Era minha vida, não era? Você sabe o que é não saber por que não é desejado, passar a vida apenas sabendo que não é desejado, mas sem saber por quê?

Sim, ele sabia, muito bem. Mas imaginou que esta não era a resposta que ela desejava.

— Ele não merecia você. Isto devia lhe dar alguma satisfação.

— Não dá. Não agora. Achei que você me mostraria.

Recuou cautelosamente, enquanto o ar lhe bloqueava os pulmões. Uma linda mulher, desde o primeiro instante. Inocente. Oferecendo-se.

— Você está perturbada. — Esforçou-se por falar com firmeza. — Não está pensando com clareza. E tanto quanto isto me faça sofrer, há regras.

— Não quero desculpas.

— Você quer um substituto. — A violência abrupta da afirmativa surpreendeu os dois. Não percebeu que aquele germezinho estava em sua cabeça. Mas o expulsou, enquanto crescia. — Não sou nenhum dublê para um desgraçado que desprezou você dez anos atrás. O passado já era, entendeu? Então, bem-vinda à realidade. Quando levo uma mulher para a cama, ela vai pensar em mim, só em mim.

A pouca cor que tinha voltado ao rosto dela desapareceu.

— Sinto muito. Não quis dizer isso, não pretendia que fosse assim.

— É exatamente o que parece, porque é exatamente o que é. Recomponha-se — ordenou, morrendo de medo que ela começasse a chorar outra vez. — Quando souber o que quer, me diga então.

— Eu só... precisava sentir que, de algum modo, você me deseja. Pensei... queria ter alguma coisa para lembrar. Apenas uma vez, saber como é ser tocada por um homem de quem eu gostasse. — A cor voltou, a humilhação tingindo-lhe as faces enquanto Gray a fitava. — Não tem problema. Eu sinto muito por tudo isso.

Abriu a porta num rompante e desapareceu.

Sentia muito, Gray pensou, fitando o espaço onde ela estivera. Podia até sentir o ar vibrar no seu lugar.

Muito bom, cara, pensou desgostoso, enquanto começava a andar pelo quarto. Ótimo serviço. Sempre ajuda bater em alguém que está por baixo.

Mas, droga! Ela fizera com que se sentisse como dissera a ela. Um substituto conveniente para um amor perdido. Estava infeliz por ela ter de enfrentar aquele tipo de traição, aquele tipo de rejeição. Não havia nada que ele entendesse melhor. Mas ele conseguira se recuperar, não é verdade? Ela também conseguiria. Ela também.

Ela desejava ser tocada. Precisava apenas ser consolada. Com a cabeça latejando, andou até a janela e voltou. Ela o desejava... um pouco de compaixão, um pouco de compreensão. Um pouco de sexo. E ele a tinha mandado embora.

Exatamente como o famoso Rory.

O que esperavam que ele fizesse? Como poderia tê-la levado para a cama, com toda aquela dor, medo e confusão fervendo em torno dela? Ele não precisava das complicações de outras pessoas.

Ele não queria outras pessoas.

Ele queria ela.

Como se fizesse um juramento, encostou a cabeça no vidro da janela. Poderia escapar daquilo tudo. Nunca tivera problemas para escapar de algo. Bastava sentar-se, pegar os fios de sua história e mergulhar nela.

Ou... ou poderia tentar alguma coisa que talvez afugentasse a frustração do ar, para ambos.

O segundo impulso era mais atraente, muito mais atraente, embora bem mais perigoso. Caminhos seguros eram para covardes, disse a si mesmo. Pegando as chaves, desceu as escadas e saiu da casa.

Capítulo Doze

Se havia alguma coisa que Gray sabia fazer com estilo, era criar cenários. Duas horas depois de ter saído de Blackthorn Cottage, estava de volta a seu quarto dando os toques finais nos detalhes. Não pensara muito depois do primeiro passo. Algumas vezes era mais sábio — e certamente mais seguro — não demorar, imaginando como a cena podia transcorrer ou o capítulo acabar.

Após uma última olhada no ambiente, balançou a cabeça em tom de aprovação e desceu as escadas para encontrá-la.

— Brianna.

Ela não se voltou da pia, onde meticulosamente cobria um bolo com glacê de chocolate. Estava mais calma agora, mas não menos envergonhada de seu comportamento. Horrorizara-se mais de uma vez nas últimas duas horas pelo modo como se atirara para ele.

Atirara-se, lembrava outra vez, e não fora aceita.

— Sim, o jantar está pronto — disse calmamente. — Vai querer aqui embaixo?

— Preciso que você vá lá em cima.

— Tudo bem. — Era grande o alívio por ele não pedir uma aconchegante refeição na cozinha. — Só vou preparar uma bandeja para você.

— Não. — Colocou a mão no ombro dela, sentindo-se constrangido quando sentiu seus músculos tensos. — Preciso que você suba comigo.

Bem, teria de enfrentá-lo, mais cedo ou mais tarde. Secando cuidadosamente as mãos no avental, ela se virou. Não percebeu qualquer condenação no rosto dele ou a raiva que atirara sobre ela antes. Mas isso não ajudava muito. — Há algum problema?

— Venha e você me dirá.

— Tudo bem.

Seguiu-o. Deveria desculpar-se outra vez? Não tinha certeza. Melhor seria fingir que nada fora dito. Deixou escapar um suspiro quando se aproximaram do quarto dele. Ah, só esperava que não fosse nada, como o encanamento. A despesa, justo agora, iria...

Esqueceu-se do encanamento tão logo entrou. Esqueceu tudo.

Havia velas colocadas em todos os lugares, a luz suave tremeluzindo como ouro derretido contra o crepúsculo cinza do quarto. Flores emergiam de meia dúzia de vasos, tulipas e rosas, frésias e lilases. Num balde de prata descansava uma garrafa de champanhe gelada, ainda fechada. Música vinha de algum lugar. Harpa. Ela olhou, confusa, para o micro system sobre a escrivaninha.

— Gosto das cortinas abertas — ele disse.

Brianna cruzou as mãos sob o avental onde só ela saberia que estavam tremendo.

— Por quê?

— Porque a gente nunca sabe quando vai ter a luz da lua.

Os lábios dela se curvaram, muito levemente.

— Não, quis dizer por que você fez tudo isto?

— Para fazer você sorrir. Dar a você tempo para decidir se é o que realmente quer. Para ajudar a persuadir você de que é.

— Teve tanto trabalho. — Os olhos deslizaram para a cama. Então se voltaram nervosamente para o vaso de rosas. — Não devia. Fiz você se sentir obrigado a isso.

— Por favor. Não seja idiota. A escolha é sua. — Mas se aproximou dela, tirou o primeiro grampo de seus cabelos e deixou-o ao lado. — Quer que lhe mostre o quanto a desejo?

— Eu...

— Achei que deveria mostrar, ao menos um pouquinho. — Tirou outro grampo, um terceiro, depois simplesmente enfiou as mãos entre os cabelos soltos. — Então você decide quanto quer dar.

A boca deslizou sobre a dela, carinhosa como ar, erótica como pecado. Quando seus lábios se abriram, ele deslizou a língua entre eles, provocando a dela.

— Isto deve lhe dar uma idéia. — Moveu os lábios sobre seu queixo, subiu até a têmpora e voltou a mordiscar o canto da boca. — Diga que me quer, Brianna. Quero ouvir você dizer isto.

— Quero. — Não podia nem ouvir a própria voz, apenas o rumor dela na garganta, onde a boca dele estava aninhada agora. — Desejo você. Gray, não consigo pensar. Preciso...

— Só de mim. Você só precisa de mim nesta noite. Eu só preciso de você. — Seduzindo-a, deslizou as mãos suavemente pelas costas dela. — Deite-se comigo, Brianna. — Ergueu-a no colo, embalando-a. — Quero levar você a tantos lugares...

Deitou-a na cama onde os lençóis e a colcha tinham sido desdobrados como num convite. Os cabelos dela se espalharam como ouro em fogo sobre o linho claro, suas ondas delicadas refletindo o brilho da luz dos candelabros. Em seus olhos transtornados a batalha entre dúvida e desejo.

O estômago dele contraía-se ao olhar para ela. De desejo, sim, mas também de medo.

Ele seria o seu primeiro. Não importava o que acontecesse depois na vida dela, ela se lembraria daquela noite, e dele.

— Não sei o que fazer. — Fechou os olhos, excitada, embaraçada, encantada.

— Eu sei. — Deitou-se ao lado dela. Mergulhou em sua boca mais uma vez. Ela tremia sob o corpo dele, o que fez com que um grande pânico lhe desse um nó nas entranhas. Se ele se movesse muito rápido... E se se movesse muito lento... Para acalmar a ambos, separou os dedos dela, beijando-os um a um. — Não tenha medo, Brianna. Não tenha medo de mim. Não vou machucar você.

Mas ela estava com medo. E não apenas da dor que sabia que viria, junto com a perda da inocência. Estava com medo de não ser capaz de dar prazer e não conseguir sentir a verdadeira realidade daquilo.

— Pense em mim... — murmurou, com um beijo ainda mais profundo, arrebatador. Se não fizesse nada mais além, jurou que exorcizaria o último fantasma do sofrimento dela. — Pense em mim... — Quando repetiu isso, soube, de algum lugar escondido dentro dele, que precisava daquele momento tanto quanto ela.

Tão doce, ela pensou atordoada. Estranho que a boca de um homem pudesse ter um sabor assim tão doce e ser tão firme e macia ao mesmo tempo. Fascinada com o gosto e a textura, percorreu os lábios dele com a ponta da língua e ouviu um ronronar calmo em resposta.

Um a um, seus músculos foram relaxando enquanto o sabor dele a inundava. E como era bom ser beijada assim, como se fosse durar para sempre. Como era bom sentir o peso de seu corpo, as costas fortes, quando ousou deixar suas mãos correrem por elas.

Ele enrijeceu-se gemendo baixinho, quando as mãos hesitantes dela deslizaram por seus quadris. Já estava rijo e mexeu-se levemente, preocupado com o fato de que pudesse assustá-la.

Lentamente, ordenou a si mesmo. Delicadamente.

Passou a alça do avental sobre a cabeça dela, desamarrou a da cintura e tirou-o. Os olhos dela se agitaram, os lábios curvaram-se.

— Vai me beijar outra vez? — A voz era de mel, abafada agora, e quente. — Tudo se transforma em ouro, aos meus olhos, quando você me beija.

Encostou a cabeça na dela e esperou um momento até achar que podia fazer a gentileza que ela pedia. Então tomou sua boca, engolindo o suspiro adorável e suave que ela deixava escapar. Ela parecia dissolver-se embaixo dele, os tremores dando lugar à docilidade.

Nada mais sentia, a não ser a boca dele, aquela boca maravilhosa que festejava tão suntuosamente na dela. Então a mão dele tocou sua garganta, como se testando a velocidade do pulso que se agitou antes de ele cair sobre ela.

Ela não percebera que ele desabotoara sua blusa. Quando os dedos dele percorreram o suave volume do seio sob o sutiã, os olhos dela se abriram. Os dele estavam presos nos dela, com uma concentração tão intensa que trouxe os tremores de volta. Ela começou a protestar, alguns murmúrios de recusa, mas o toque dele era tão sedutor, não mais que um afago dos dedos em sua carne.

Ela percebeu que não era nada assustador. Era delicado e tão doce como o beijo. Quando ela ia relaxar novamente, os dedos sagazes deslizaram sob o algodão e encontraram o ponto sensível.

O primeiro suspiro dela rasgou-o por dentro — aquele som, a sensação de despertar do corpo dela, arquejando, em surpresa e prazer. Ele apenas a tocara, pensou, enquanto seu sangue palpitava. Ela não tinha idéia de quanto mais existia.

Deus, ele estava desesperado para lhe mostrar tudo.

— Relaxe. — Ele a beijou uma, duas vezes, enquanto os dedos continuavam a despertá-la, e a mão livre dele explorando para vencer a barreira. — Apenas sinta.

Não tinha escolha. As sensações a atravessaram, setas fininhas de prazer e de choque. A boca dele engolia os suspiros estrangulados, enquanto ele lhe tirava as roupas, deixando-a nua até a cintura.

— Deus, você é tão linda! — Sua primeira visão daquela pele branca, os seios pequenos que cabiam tão perfeitamente nas palmas das mãos dele quase o anularam. Incapaz de resistir, baixou a cabeça e os provou.

Ela gemeu, longa, profunda, roucamente. Os movimentos do corpo dela sob o dele eram puro instinto, e não projetados para deliberadamente dominar seu controle. Então ele a satisfez, gentilmente, e encontrou seu próprio prazer nascendo do dela.

A boca dele era quente. O ar estava bastante abafado. Cada vez que ele a puxava, empurrava, fluía, havia uma resposta agitada na boca do estômago dela. Uma agitação que crescia e crescia como alguma coisa perto demais da dor, perto demais do prazer, para separá-los.

Ele sussurrava palavras docemente adoráveis que coloriam sua imaginação como um arco-íris. Não importava o que dizia, teria dito a ele se pudesse. Nada importava, desde que ele nunca, nunca parasse de tocá-la.

Tirou a própria camisa pela cabeça, ansiando por sentir carne contra carne. Quando se abaixou outra vez, ela murmurou algo, lançando os braços em torno dele.

Apenas suspirou de novo, quando a boca dele deslizou mais para baixo, pelas costas, pelas costelas. Sua pele esquentava, os músculos pulsando e tremendo sob os lábios e as mãos dele. Ele então percebeu que ela estava perdida no túnel escuro das sensações.

Cuidadosamente afrouxou a calça dela, expondo a carne nova, lentamente, explorando-a suavemente. Quando seus quadris se arquearam uma vez em inocente concordância, ele cerrou os dentes e lutou contra o desejo cortante de possuí-la, apenas possuí-la e saciar o desejo de seu corpo tenso.

As unhas dela se cravaram em suas costas, provocando um gemido de deleite secreto dele, enquanto as mãos desciam nos quadris dela. Percebeu que ela ficou tensa outra vez e suplicou por forças, a qualquer deus que o estivesse ouvindo.

— Não até que você esteja pronta — murmurou e voltou a pressionar pacientemente os lábios sobre os dela. — Prometo. Mas quero ver você. Toda você.

Endireitou-se, ajoelhando. Havia medo nos olhos dela outra vez, embora seu corpo estivesse tremendo em desejos sufocados. Ele não conseguia firmar as mãos ou a voz, mas as mantinha suaves.

— Quero tocar você toda. — Os olhos dele fitando os dela, enquanto ele tirava o jeans. — Toda.

Quando ele se despiu, o olhar dela foi atraído inexoravelmente para baixo. E o medo dobrou. Sabia o que iria acontecer. Afinal, era filha de um fazendeiro, ainda que um fazendeiro pobre. Haveria dor, sangue e...

— Gray...

— Sua pele é tão suave. — Olhando-a, correu um dedo por sua coxa. — Ficava pensando como você seria, mas você é muito mais atraente do que imaginei.

Insegura, ela cruzou um braço sobre o seio. Ele deixou o braço lá e voltou de onde começara. Com beijos leves, lentos, embriagantes. E então as mãos cuidadosas, pacientes, habilidosas, que sabiam onde uma mulher gostaria de ser tocada. Mesmo quando a própria mulher não o soubesse. Desamparadamente ela cedeu sob o corpo dele outra vez, a respiração se agitando rápido, em arquejos, quando as mãos dele correram sobre o estômago em direção ao terrível, glorioso calor.

Sim, ele pensou, lutando contra a excitação.

— Abra para mim. Deixe-me. Apenas me deixe...

LAÇOS DE GELO   183

Ela estava úmida e quente onde ele a apalpava. Um gemido escapou da garganta dele, quando ela se retorceu e tentou resistir.

— Vamos, Brianna. Deixe-me possuí-la. Apenas deixe.

Estava agarrada à beira de um penhasco muito alto somente pelas pontas dos dedos. O terror a dominara. Estava escorregando, sem controle. Havia muitas coisas acontecendo em seu corpo ao mesmo tempo para a sua carne ardente suportar. As mãos dele eram como tochas contra ela, queimando, desnudando-a impiedosamente, até que não tivesse outra escolha a não ser lançar-se no abismo do desconhecido.

— Por favor — soluçou. — Oh, meu Deus, por favor.

Então o prazer, aquela torrente fluida, inundou-a, roubando-lhe o ar, a mente, a visão. Por um momento glorioso, ficou cega e surda a tudo, exceto a si mesma, aos choques aveludados que a dominavam.

Entregou-se às mãos dele, fazendo-o gemer como alguém que está morrendo. Ele estremeceu como ela. Então, com o rosto enterrado na pele dela, levou-a às alturas outra vez.

Vencendo a cadeia do seu próprio controle, esperou que ela atingisse o máximo prazer.

— Abrace-me. Abrace-me — murmurou, tonto com o próprio desejo enquanto lutava para deslizar gentilmente dentro dela.

Ela era tão pequena, tão miúda, tão deliciosamente quente. Usou cada fragmento de força de vontade que lhe sobrara para não arremeter gulosamente dentro dela, quando a sentiu próxima.

— Só um segundo — prometeu a ela. — Só um segundo, e será bom de novo.

Mas ele se enganara. Nunca deixou de ser bom. Sentiu-o romper a barreira de sua inocência, preenchê-la com ele mesmo, e não sentiu nada, a não ser felicidade.

— Amo você. — Ela arqueou-se para encontrá-lo, para recebê-lo.

Ele ouviu as palavras vagamente, sacudiu a cabeça para negá-las. Mas ela estava abraçada a ele, levando-o a um poço de bem-querer. E ele, desamparado, pôde apenas se afogar.

Voltar no tempo e no espaço foi, para Brianna, como deslizar sem peso por uma nuvem fininha. Suspirou, deixando a gravidade branda levá-la, até que estava de novo na cama antiga e grande, a luz dos candelabros flamejando vermelho e ouro em suas pálpebras fechadas e o verdadeiramente incrível prazer do peso de Gray pressionando-a contra o colchão.

Pensou vagamente que nenhum livro que lera, nenhuma conversa que ouvira de outras mulheres, nenhum sonho acordado secreto poderia ter lhe ensinado o quanto era simplesmente bom ter o peso de um homem nu sobre o seu.

O corpo dele era uma criação maravilhosa, mais bonita do que ela imaginara. Os longos braços musculosos eram fortes o bastante para levantarem-na, gentis o bastante para ampará-la, como se fosse um ovo vazio, facilmente quebrável.

As mãos, palmas largas, dedos longos, sabiam inteligentemente onde tocar e afagar. E havia ainda os ombros largos, as costas adoráveis, os quadris estreitos descendo até as coxas rijas, às pernas firmes.

Rijo. Sorriu para si mesma. Não era um milagre que algo tão rijo, tão firme e forte pudesse ser coberto com uma pele lisa e suave?

Ah, sem dúvida, pensou, o corpo de um homem era uma coisa gloriosa.

Gray sabia que, se ela continuasse o tocando, ficaria completamente louco. Se parasse, certamente se queixaria.

Aquelas lindas mãos-de-servir-chá deslizavam sobre ele, sussurrando toques, explorando e desenhando seu corpo, como se ela estivesse memorizando cada músculo e cada curva.

Estava ainda dentro dela, não suportaria afastar-se. Sabia que devia, devia acalmar-se e dar a ela tempo para se recompor. Por mais que tivesse se esforçado para não machucá-la, sempre havia algum desconforto.

Além disso, ele estava tão contente — ela parecia tão contente. Toda a tensão que vibrava dentro dele ante o pensamento de possuí-la pela primeira vez — a primeira vez dela — tinha se transformado numa felicidade preguiçosa.

Quando aquelas carícias excitaram-no outra vez, ele forçou a mover-se, apoiando-se nos cotovelos para olhar para ela.

Estava sorrindo. Ele não podia dizer por que achava aquilo tão afetuoso, tão perfeitamente atraente. Os lábios dela se curvaram, os olhos calorosamente verdes, a pele suavemente ruborizada. Agora, com aquele primeiro fluxo de desejos e nervos acalmados, ele podia desfrutar o momento, as luzes, as sombras, o prazer ondulante da estimulação.

Pressionou os lábios na testa dela, em suas faces, em sua boca.

— Minha linda Brianna.

— Foi lindo para mim. — A voz era abafada, ainda enrouquecida pela paixão. — Você tornou tudo muito bonito para mim.

— Como está se sentindo agora?

Ele perguntava, ela pensou, tanto por delicadeza quanto por curiosidade.

— Fraca — respondeu. E com um riso rápido: — Invencível. Por que será que uma coisa tão natural como esta pode fazer tal diferença numa vida?

As sobrancelhas dele se uniram e se abrandaram outra vez. Responsabilidade, pensou, isto era responsabilidade dele. Teve de lembrar-se que ela era uma mulher adulta, e a escolha tinha sido dela.

— Sente-se confortável com esta diferença?

Ela sorriu lindamente, a mão tocando seu rosto.

— Esperei tanto por você, Gray.

O rápido sinal de defesa interior acendeu-se. Mesmo impregnado dela, ardente, maldição!, ainda meio excitado, ele acendeu. Vá com calma, advertiu uma parte fria e controlada de sua mente. *Alerta: Intimidade à Vista.*

Ela viu a mudança nos olhos dele, um sutil mas perceptivo distanciamento, mesmo quando levou sua mão ao rosto dele, virou-a para que os lábios lhe pressionassem a palma.

— Estou esmagando você.

Ela queria dizer "Não, fique", mas ele já saía dali.

— Não tomamos o champanhe. — À vontade com a nudez, rolou para fora da cama. — Por que não toma um banho enquanto abro a garrafa?

Ela sentiu se subitamente estranha e desconfortável, onde se sentira apenas natural com ele em cima e dentro dela. Agora tateava os lençóis desajeitadamente.

— O lençol — começou a falar, mas logo se calou, enrubescida. Sabia que estava manchado com sua inocência.

— Cuidarei disso. — Vendo-a enrubescer ainda mais, aproximou-se, compreensivo, da cama novamente e tomou o queixo dela entre as mãos. — Posso trocar os lençóis, Brie. E mesmo se não soubesse como antes, já teria aprendido observando você. — A boca roçou a dela, a voz tornou-se mais rouca: — Sabe quantas vezes fiquei louco só de olhar você alisar e prender meus lençóis?

— Não. — Havia um lampejo de prazer e desejo. — Verdade?

Ele apenas riu e encostou a testa na dela.

— Que boa ação maravilhosa eu fiz para merecer isto? Conseguir você? — Recuou, mas seus olhos brilhavam outra vez, fazendo o coração dela bater lenta e pesadamente contra as costelas. — Vá tomar seu banho. Estou querendo fazer amor com você, de novo — falou, forçando um sotaque que fez os lábios dela se curvarem. — Se você quiser.

— Quero sim. — Inspirou profundamente, preparando-se para levantar nua da cama. — Quero muito. Não vou demorar.

Quando ela entrou no banheiro, ele suspirou profundamente. Para se equilibrar, disse a si mesmo.

Nunca tivera alguém como ela. Não era só por nunca ter experimentado a inocência antes, e isso já era muito. Mas ela era única para ele. As reações dela, aquela hesitação e avidez duelando entre si. Com a absoluta confiança dela brilhando acima de tudo.

"Eu amo você", ela dissera.

Não valia a pena pensar nisso. Na maioria dos casos, mulheres tendem a romantizar, misturar sexo com emoções. Certamente uma mulher que experimentava sexo pela primeira vez estaria inclinada a misturar desejo com amor. Mulheres usavam palavras e as exigiam. Sabia disso. Por isso, era muito cuidadoso quando escolhia as suas.

Mas alguma coisa tinha jorrado dentro dele quando ela sussurrou aquela frase exagerada e mal empregada. Calor e desejo e, por um breve instante, só uma batida do coração, um desejo desesperado de acreditar. E de fazer eco às suas palavras.

Sabia que, por mais que estivesse disposto a fazer tudo o que pudesse para não magoá-la, tudo para fazê-la feliz enquanto estivessem juntos, havia limites para o que poderia dar a ela. Para qualquer um.

Aproveite o momento, lembrou a si mesmo. Aquilo era tudo. Esperava que pudesse ensiná-la a aproveitar os momentos também.

Sentiu-se estranha enquanto enrolava a toalha em volta do corpo, após o banho. Diferente. Era algo que jamais poderia ser explicado a um homem, supôs. Eles não perdiam nada quando se entregavam pela primeira vez. Não havia nada que se dilacerasse dentro deles próprios para receber o amor. Mas não se lembrava da dor, nem a ardência entre as coxas a fazia pensar na violência da invasão. Era na união que pensava. A doce e cândida ligação do acasalamento.

Olhou-se no espelho embaçado. Parecia quente, concluiu. Claro que era o mesmo rosto que ela olhara vezes incontáveis, em incontáveis espelhos. Mas não havia ali uma ternura que nunca observara antes? Nos olhos, em torno da boca? O amor fizera isto. O amor que levava no coração, o amor que provara pela primeira vez em seu corpo.

Talvez fosse apenas na primeira vez que uma mulher se sentisse tão dona de si mesma, tão despida de tudo, exceto corpo e alma. E talvez, por ela ser mais velha do que a maioria, o momento fosse assim tão mais avassalador e precioso.

Ele a desejava. Brianna fechou os olhos para sentir melhor aquelas longas, lentas ondas de prazer. Um homem bonito, com uma mente bonita e um coração generoso a desejava.

Toda a vida sonhara em encontrá-lo. Agora o tinha.

Entrou no quarto e o viu. Colocara lençóis limpos e deixara uma de suas camisolas de flanela branca nos pés da cama. Estava de pé agora, os jeans desabotoados soltos na cintura, champanhe borbulhando nos copos, candelabros brilhando nos olhos.

— Estou querendo que você a vista — falou, quando ela olhou para a camisola limpa e fora de moda. — Desde a primeira noite que fico pensando em tirá-la de você. Vi você descendo as escadas, um castiçal numa das mãos, um cão enorme na outra, e minha cabeça começou a girar.

Ela segurou uma manga. Quanto desejou que fosse seda ou renda, ou alguma coisa que fizesse o sangue de um homem esquentar.

— Não é nada muito sedutora.

— Está enganada.

Como não tinha outra coisa e aquilo parecia agradá-lo, deslizou a camisola sobre a cabeça, deixando a toalha cair enquanto a flanela descia. O gemido abafado dele a fez sorrir, em meio à incerteza.

— Brianna, que visão você é! Deixe a toalha — falou, quando ela se abaixava para pegá-la. — Venha cá, por favor.

Caminhou até ele, o meio-sorriso no rosto e os nervos ameaçando engoli-la, ao pegar o copo que ele lhe estendia. Bebericou-o, descobrindo que o espumante em nada aliviava sua garganta seca. Ela pensou que ele olhava para ela do jeito que um tigre olharia para um cordeiro, antes de se lançar sobre ele.

— Você não jantou — ela disse.

— Não. — Não a assuste, idiota!, avisou a si mesmo e resistiu ao desejo de devorá-la. Sorveu um gole lento de champanhe, olhando-a, querendo-a. — Estava mesmo pensando que gostaria. Pensando que poderíamos comer aqui em cima, juntos. Mas agora... — Começou a enrolar no dedo um fio úmido dos cabelos dela. — Você pode esperar?

Então seria simples assim novamente, ela pensou. E novamente escolha dela.

— Posso esperar o jantar. — Mal podia fazer as palavras atravessarem o calor em sua garganta. — Mas não posso esperar você.

Caminhou, quase naturalmente, para os braços dele.

Capítulo Treze

Um cotovelo nas costelas fez Brianna despertar, ainda meio grogue. A primeira visão da manhã, depois de uma noite de amor, foi o chão. Se Gray tomasse conta de mais um centímetro de cama, ela estaria nele.

Levou apenas alguns segundos, e um arrepio no ar frio da manhã, para perceber que não tinha sequer uma pontinha do lençol ou cobertor sobre ela.

Gray, ao contrário, estava confortavelmente coberto ao lado dela, como uma mariposa num casulo.

Esparramado no colchão, dormia feito morto. Gostaria de poder dizer que a posição aconchegada dele e o cotovelo alojado próximo ao seu rim eram de um namorado, mas estavam mais para a avareza. Suas tentativas de puxar a coberta e empurrá-lo não o fizeram mexer-se um milímetro sequer.

Então é assim que funciona, pensou. O homem, obviamente, não tinha o hábito de dividir.

Poderia ter ficado para lutar por sua parte — apenas por princípios —, mas o sol já brilhava nas janelas. E havia muito a fazer.

Seus esforços para escapar da cama em silêncio, a fim de não perturbá-lo, se mostraram desnecessários. No minuto em que seu pé tocou o chão, ele grunhiu, mexendo-se para se apossar de sua pequena parte do colchão.

Contudo, os resíduos de romance permaneciam no quarto. As velas escavaram a própria cera durante a noite. A garrafa de champanhe estava vazia no balde de prata e as flores perfumavam o ar. Cortinas abertas deixavam passar os raios de sol, em vez de raios de luar. Ele tornara tudo perfeito para ela, ela lembrou. Soubera como fazer tudo perfeito.

Os acontecimentos da manhã não foram exatamente como imaginara. No sono, ele não parecia um menino inocente dormindo, mas um homem bem satisfeito consigo mesmo. Não houve carícias ou murmúrios de "bom-dia" para celebrar o primeiro despertar juntos, como amantes. Apenas um rosnar e um empurrão para colocá-la no lugar.

Os muitos humores de Grayson Thane, ela ponderou. Talvez ela mesma pudesse escrever um livro sobre esse assunto.

Divertida, jogou a descartada camisola sobre a cabeça e desceu as escadas.

Nada como uma doce xícara de chá para esquentar o sangue, decidiu. E como o céu parecia promissor, lavaria algumas roupas e penduraria na corda para pegar o ar da manhã.

Imaginou que seria bom arejar a casa e foi abrindo as janelas, enquanto caminhava. Pela sala, viu Murphy debruçado sob o capô de seu carro.

Observou-o um momento, as emoções confusas. A raiva que tinha sentido dele duelava com lealdade e afeição. A raiva já estava diminuindo quando saiu e caminhou pelo jardim.

— Não esperava ver você — ela disse.

— Falei que daria uma olhada.

Olhou para trás. Ela estava de camisola, os cabelos desgrenhados da noite, pés descalços. Ao contrário de Gray, o sangue dele não inflamou. Para Murphy, ela era apenas Brianna, e levou alguns instantes tentando identificar algum sinal de mau humor ou perdão. Não notou nada. Então voltou a seu trabalho.

— O arranque está ruim — ele resmungou.

— Já me disseram isso.

— O motor está doente como um cavalo velho. Posso levar algumas peças para consertar. Mas seria colocar dinheiro bom em cima de ruim.

— Se desse para agüentar durante o verão até o outono... — Brianna se deteve, enquanto ele praguejava com um suspiro. Ele simplesmente não podia ser frio com ela. Tinha sido seu amigo por toda a vida. E sabia que fora por amizade que agira daquele jeito.

— Murphy, desculpe.

Ele endireitou-se e voltou-se para ela, os olhos revelando tudo o que sentia.

— A mim também. Nunca quis fazer você sofrer, Brie. Deus é testemunha disso.

— Eu sei. — Aproximou-se e passou os braços em torno dele. — Não devia ter sido tão grosseira, Murphy. Não com você. Nunca com você.

— Você me assustou, admito. — Passou os braços firmes em volta dela. — Passei a noite preocupado... com medo de que você não me perdoasse, e nunca mais assasse bolinhos para mim.

Ela riu como ele esperara. Sacudindo a cabeça, beijou-o sob a orelha.

— Fiquei muito brava, mais com o fato do que com você. Sei que fez aquilo por carinho. E Maggie também. — Segura, com a cabeça no ombro dele, Brianna fechou os olhos. — Mas minha mãe, Murphy, por que agiu daquele jeito?

— Não sei dizer, Brie.

— Você não diria mesmo. — Ela se afastou para examinar o rosto dele. Um homem tão bonito, pensou, com toda essa bondade interior. Não era justo pedir a ele para condenar ou defender sua mãe. E queria vê-lo sorrir novamente. — Conte-me, Rory o machucou muito?

Murphy fez um ar de escárnio, coisa de homem, Brianna pensou.

— Mãos fracas é o que ele tem, e nenhum estilo. Não teria me acertado o primeiro, se eu estivesse esperando.

Brie cutucou a bochecha com a língua.

— Não, tenho certeza. E você sangrou o nariz dele por mim, Murphy querido?

— Muito mais do que isso. Quando acabei com ele, seu nariz estava quebrado e deve ter perdido uns dois dentes.

— Você é meu herói. — Beijou-o nas duas faces, levemente. — Sinto que ele tenha usado você assim.

Ele sacudiu os ombros.

— Fiquei contente de ter sido eu a socar aquele rosto, esta é a verdade. Nunca gostei daquele canalha.

— Não — Brianna disse baixinho. — Nem você nem Maggie. Parece que vocês dois viam alguma coisa que eu não via, ou fui eu que vi alguma coisa que não estava lá.

— Não pense mais nisso, Brie. Aconteceu anos atrás. — Já ia tocar seu ombro, quando se lembrou da graxa nas mãos. — Volte agora ou vai ficar suja. O que está fazendo aqui fora descalça?

— Fazendo as pazes com você. — Riu e olhou para a estrada ao ouvir o ronco de um carro. Quando avistou Maggie, cruzou as mãos, levantando a sobrancelha. — Avisou a ela, não é? — resmungou para Murphy.

— Bem, achei que era melhor. — E ele também achava melhor, agora, recuar elegantemente, afastando-se da linha de fogo.

— Então. — Maggie caminhou em volta das columbinas, os olhos no rosto de Brianna. — Acho que você quer falar comigo.

— Quero sim. Você não acha que eu tinha o direito de saber, Maggie?

— Não eram os direitos que me preocupavam. Era você.

— Eu o amava. — Inspirou profundamente, em parte com alívio ao perceber que toda aquela emoção ficara no passado. — Eu o amei mais tempo do que teria amado, se soubesse de tudo.

— Talvez seja verdade e sinto muito por isso. Não pude contar a você. — Para desconforto dos três, os olhos de Maggie se encheram de lágrimas. — Simplesmente não pude. Você já estava tão machucada, tão triste e perdida. — Apertando os lábios, lutou contra as lágrimas. — Não sabia o que era melhor.

— Foi uma decisão de nós dois. — Murphy se juntou a Maggie. — Não havia como trazê-lo de volta para você, Brie.

— Acham que eu ia querê-lo de volta? — Um brilho de raiva, mais ainda de orgulho, a percorreu, enquanto jogava os cabelos para trás. — Vocês fazem tão pouco assim de mim? Ele acreditou no que ela dizia. Não, eu não ia querê-lo de volta. — Ela bufou e tentou respirar mais lentamente. — E estou pensando que, se eu estivesse no seu lugar, Margaret Mary, teria feito o mesmo. Teria amado você o bastante para fazer o mesmo.

Esfregou as mãos e então estendeu uma.

— Vamos entrar que vou preparar um chá. Você já tomou café, Murphy?

— Nada digno de ser mencionado.

— Chamo você quando estiver pronto, então. — Tomando a mão de Maggie, virou-se e viu Gray parado na porta. Não havia como conter o rubor que tomou conta de seu rosto. Uma combinação de prazer e embaraço que fez seu coração disparar. Mas sua voz estava firme o bastante, e o aceno da cabeça, natural. — Bom-dia, Grayson. Ia começar a preparar o café.

Então ela queria levar a coisa de forma calma e casual, Gray notou, retribuindo o bom-dia.

— Parece que vou ter companhia para comer. Bom-dia, Maggie.

Maggie mediu-o de alto a baixo, enquanto caminhava com Brianna para a casa.

— Para você também, Gray. Você parece... descansado.

— O ar irlandês me faz bem. — Afastou-se para deixá-las passar. — Vou ver o que Murphy está fazendo.

Desceu pelo caminho e parou perto do capô aberto.

— Então, qual o diagnóstico?

Murphy apoiou-se no carro e olhou para ele.

— Você poderia dizer que já era.

Entendendo que ambos não falavam de motores, Gray enfiou os polegares nos bolsos da frente e balançou sobre os calcanhares.

— Ainda cuidando dela? Não posso censurá-lo por isso, mas não sou Rory.

— Nunca achei que fosse. — Murphy coçou o queixo, pensativo. — Ela é corajosa, nossa Brie. Mas mesmo mulheres fortes podem ser machucadas se não forem tratadas com cuidado.

— Não pretendo ser descuidado. — Ele ergueu uma sobrancelha. — Pensando em me bater, Murphy?

— Ainda não. — E sorriu. — Gosto de você, Grayson. Espero não ser chamado depois para quebrar seus ossos.

— Isso vale para nós dois. — Satisfeito, Gray olhou para o motor. — Vai dar a esta coisa um enterro decente?

O suspiro de Murphy foi longo e sentido.

— Se pudéssemos.

De acordo, inclinaram a cabeça sob o capô.

Na cozinha, Maggie esperava que o café perfumasse o ar e Con mastigava alegremente seu desjejum. Brianna vestira-se rapidamente e, já de avental, cortava bacon.

— Já comecei tarde. E então não vai dar tempo para preparar uns bolinhos frescos ou broas. Mas tenho bastante pão.

Maggie sentou-se à mesa, sabendo que a irmã preferia que não ficasse no caminho.

— Você está bem, Brianna?

— Por que não deveria estar? Vai querer salsichas também?

— Tanto faz. Brie... — Maggie enfiou a mão nos cabelos. — Ele foi o seu primeiro, não foi? — Quando Brianna largou a faca, sem dizer nada, Maggie levantou-se da mesa. — Acha que eu não saberia, só de ver vocês dois juntos? O jeito como ele olha para você. — Passava as mãos, distraidamente, sobre a pesada barriga enquanto caminhava. — O que você está aparentando.

— Tenho uma faixa na testa dizendo "mulher deflorada"? — Brianna perguntou friamente.

— Droga, sabe que não é isso que estou dizendo. — Exasperada, Maggie parou para encarar a irmã. — Qualquer um com alguma perspicácia pode ver o que há entre vocês. — E a mãe delas tinha perspicácia, Maggie pensou aborrecida. Maeve estaria de volta em poucos dias. — Não estou tentando interferir ou dar conselhos, se conselhos não são bem-vindos. Só quero saber... preciso saber se você está bem.

Brianna sorriu e deixou os ombros relaxarem.

— Estou bem, Maggie. Ele foi maravilhoso comigo. Muito delicado e gentil. É um homem delicado e gentil.

Maggie tocou o rosto de Brianna, acariciou seus cabelos.

— Você está apaixonada por ele.

— Sim.

— E ele?

— Ele está acostumado a viver sozinho, indo e vindo quando quer, sem amarras.

Maggie balançou a cabeça.

— E você pretende mudar isso?

Com um pequeno "humm" na garganta, Brianna voltou-se para o fogão.

— Não acha que posso?

— Acho que ele é um idiota, se não ama você. Mas mudar um homem é como andar no melado. Muito esforço para pequenos progressos.

— Bem, não seria tanto mudá-lo, mas deixá-lo escolher entre as opções que existem. Posso lhe oferecer um lar, Maggie, se ele deixar. — Sacudiu a cabeça. — Oh, é muito cedo para pensar tão longe. Ele me fez feliz. É o bastante por ora.

Maggie esperava que fosse verdade.

— Que vai fazer em relação à mamãe?

— No que se refere a Gray, não vou deixá-la estragar as coisas. — Os olhos de Brianna gelaram, enquanto se voltava para acrescentar cubos de tomate na panela. — Quanto ao resto, não decidi ainda. Mas eu mesma vou resolver isso, Maggie. Você me entende?

— Entendo. — No oitavo mês de gravidez, ela sentou-se novamente. — Tivemos notícias do detetive de Nova York, ontem.

— Tiveram? Ele a encontrou?

— O negócio é mais complicado do que pensamos. Ele encontrou um irmão, um policial aposentado, que ainda vive em Nova York.

— Bem, então é um começo, não é? — Ansiosa por mais, Brianna começou a bater a massa das panquecas.

— Receio que seja mais uma barreira. A princípio, o homem se recusou até mesmo a admitir que tinha uma irmã. Quando o detetive pressionou... ele tinha cópias da certidão de nascimento de Amanda e tudo... esse Dennis Dougherty disse que não tinha visto nem ouvido falar em Amanda por mais de vinte e cinco anos. Que, para ele, ela não era sua irmã, desde que se tinha metido em problemas e fugido. Não sabia para onde, nem queria saber.

— É triste para ele, não é? — Brianna murmurou. — E os pais dela? Os pais de Amanda?

— Os dois já morreram. A mãe, no ano passado. Há uma irmã casada e morando no Oeste dos Estados Unidos. Ele falou com ela também, o detetive de Rogan, e, embora ela parecesse ter um bom coração, não ajudou muito.

— Mas ela deve saber — Brianna protestou. — É claro que sabe como encontrar a própria irmã.

— Não é bem assim. Parece que houve uma confusão na família quando Amanda anunciou que estava grávida e que não diria o nome do pai. — Maggie parou e apertou os lábios. — Não sei se ela estava protegendo papai, a si mesma ou a criança. Mas, segundo a irmã, houve palavras ácidas de todos os lados. Eles têm sangue irlandês e vêem uma filha grávida e solteira como uma mancha no nome da família. Queriam que ela fosse embora, tivesse a criança e a abandonasse. Parece que ela se recusou a fazer isso e simplesmente desapareceu. Se ela voltou a fazer contato com os pais outra vez, o irmão não disse e a irmã não sabia de nada.

— Então, não temos nada.

— Quase isso. Ele descobriu, o detetive, que ela visitou a Irlanda anos atrás, com uma amiga. Agora ele está tentando localizá-la.

— Então vamos ter paciência. — Trouxe um bule de chá para a mesa e franziu o rosto ao olhar para a irmã. — Você está tão pálida.

— Estou só cansada. Dormir não é tão fácil como era antes.

— Quando vai ao médico de novo?

— Hoje à tarde. — Maggie forçou um sorriso, enquanto servia o chá.

— Então vou levar você. Não pode ir dirigindo.

Maggie suspirou.

— Você parece Rogan. Ele vai voltar da galeria para me levar.

— Ótimo. E você vai ficar aqui comigo, até que ele chegue para levá-la. — Mais preocupada do que contente, quando não ouviu nenhuma argumentação, Brianna foi chamar os homens para o café.

* * *

Ela passou o dia feliz, paparicando Maggie, recebendo um casal americano que havia estado na pousada dois anos antes. Gray saíra com Murphy para ver as peças do carro. O céu estava claro, o ar quente. Logo que viu Maggie sair, segura com Rogan, Brianna dedicou-se por uma hora a cuidar de seu canteiro de ervas.

Lençóis recém-lavados balançavam na corda, música vibrava através das janelas abertas, seus hóspedes desfrutavam um chá com bolos na sala e o cachorro cochilava numa réstia de sol ao lado dela.

Não poderia estar mais feliz.

As orelhas do cão se eriçaram e ela levantou a cabeça, quando ouviu o barulho de carros.

— É o caminhão de Murphy — disse a Con, que já estava de pé, abanando a cauda. — O outro não reconheço. Você acha que vamos ter mais um hóspede?

Satisfeita com tal possibilidade, Brianna levantou-se, limpou a terra do jardim do avental e se encaminhou para a casa. Con corria na frente, latindo alegre em saudação.

Viu Gray e Murphy, os dois ostentando sorrisos bobos, quando o cachorro os recebeu como se fizesse dias, e não apenas horas, desde que tinham saído. Seus olhos passaram pelo bonito sedã azul, de último tipo, estacionado na frente do caminhão de Murphy.

— Achei que tinha ouvido dois carros. — Olhou em volta, ansiosa. — Eles já entraram?

— Quem? — Gray quis saber.

— As pessoas que estavam dirigindo esse carro. Tem alguma bagagem? Preciso preparar um chá.

— Eu estava dirigindo — Gray disse. — E não me importaria de tomar um chá.

— Você tem sorte, cara. — Murphy falou num suspiro. — Não tenho tempo para chá — continuou se preparando para sair. — Minhas vacas devem estar me procurando. — Piscou os olhos para Gray, abanou a cabeça e entrou no caminhão.

— Então, o que está acontecendo? — Brianna perguntou, quando o caminhão de Murphy voltava à estrada. — O que vocês andaram aprontando? Por que você veio dirigindo esse carro se já tem o seu?

— Alguém tinha que dirigir e Murphy não gosta de ninguém atrás do volante de seu caminhão. O que acha dele? — Num gesto masculino, Gray deixou a mão deslizar pelo pára-lama do carro, tão amorosamente como faria se fosse um ombro liso e sedoso.

— É lindo.

— Voa como um foguete. Quer ver o motor?

— Acho que não. — Ela franziu as sobrancelhas. — Enjoou do outro?

— Outro o quê?

— Carro. — Ela riu, jogando os cabelos para trás. — O que você tem, Grayson?

— Por que não senta nele e dá uma experimentada? — Encorajado pelo riso dela, pegou-a pelo braço e empurrou-a para o lado do motorista. — Tem só trinta mil quilômetros rodados.

Murphy o tinha avisado de que trazer um carro novo seria tão idiota como cuspir ao vento.

Querendo agradá-lo, Brianna entrou no carro e colocou as mãos no volante.

— Ótimo. Parece mesmo com um carro.

— Mas você gosta dele? — Encostou os cotovelos na base da janela e sorriu para ela.

— É um ótimo carro, Gray, e tenho certeza de que você vai adorar dirigi-lo.

— É seu.

— Meu? O que quer dizer com *é seu?*

— Sua lata-velha vai para o limbo das sucatas. Murphy e eu concordamos que não tinha conserto. Então comprei este para você.

Ele ganiu quando ela escancarou a porta e o atingiu, propositalmente, na canela.

— Pode levar de volta para o lugar de onde veio. — Sua voz soou ameaçadoramente fria, enquanto ele esfregava a canela. — Não estou em condições de comprar um carro novo, e, quando estiver, vou escolher sozinha.

— Você não está comprando nada. Eu estou comprando. Eu comprei. — Ele se endireitou e enfrentou o gelo com o que, ele tinha certeza, era um bom motivo. — Você estava precisando de um transporte confiável e dei um jeito nisso. Deixe de ser cabeça-dura.

— Cabeça-dura, é? Você é que está sendo bem arrogante, Grayson Thane. Sair e comprar um carro sem nem um "com sua permissão". Não quero que tomem decisões por mim e não quero ser tratada como uma criança.

Ela queria gritar. Ele podia ver que ela lutava contra o ímpeto, tentando encobrir com uma dignidade gélida que o fez querer sorrir. Sendo um homem inteligente, ele manteve a expressão contida.

— É um presente, Brianna.

— Uma caixa de bombons é um presente.

— Caixa de bombons é lugar-comum — corrigiu-a e então recuou. — Vamos apenas dizer que esta é minha versão de caixa de bombons. — Moveu-se espertamente, deixando-a entre seu corpo e a lateral do carro. — Você quer me ver preocupado cada vez que vai à cidade?

— Não há por que se preocupar.

— Claro que há. — Antes que ela pudesse escapar, deslizou os braços em torno dela. — Vejo você cambaleando pela estrada, só com o volante na mão.

— A culpa é da sua imaginação. — Virou a cabeça, mas os lábios dele lhe roçaram o pescoço. — Pare com isso. Você não vai me enrolar desse jeito.

Ah, mas ele achava que iria.

— Você realmente tem umas cem libras para jogar fora numa causa perdida, minha prática Brianna? E realmente quer pedir ao pobre Murphy para ficar remendando aquele traste dia sim, dia não, só para manter seu orgulho?

Ela começara a rosnar, mas ele cobriu firmemente os lábios dela com os seus.

— Você sabe que não — ele murmurou. — É só um objeto, Brianna. Só uma coisa.

A cabeça dela começou a girar.

— Não posso aceitar isso de você. E pare de me tocar. Estou com hóspedes na sala.

— Passei o dia todo esperando para tocar você. Na verdade, passei o dia todo esperando para levá-la para a cama. Seu perfume é maravilhoso.

— É o alecrim do canteiro de ervas. Pare com isto. Não consigo raciocinar.

— Não raciocine, apenas me beije. Só uma vez.

Se sua cabeça não estivesse rodando, poderia pensar melhor. Mas os lábios dele já estavam nos seus, e os seus já cediam se entreabrindo. Receptivos.

Ele avançou aos poucos, aprofundando o beijo lentamente, saboreando a gradual excitação dela, o delicado perfume de ervas que se desprendia das mãos que ela levou ao rosto dele, a dócil e quase relutante rendição do corpo dela junto ao seu.

Por um momento, ele esqueceu que a mudança tinha sido resultado de sua persuasão e simplesmente desfrutou.

— Você tem uma boca maravilhosa, Brianna. — Mordiscou-a, deliciando-se. — Gostaria de saber como consegui viver longe disso por tanto tempo.

— Você está tentando me distrair.

— Distraí você. E a mim. — Afastou-a um pouco, maravilhando-se ao ver que o que pretendera ser um beijo de brincadeira tinha deixado seu coração descompassado. — Vamos esquecer todas as questões práticas e outros motivos racionais que ia usar para convencer você a ficar com o maldito carro. Quero fazer isso por você. É importante para mim. Ficaria feliz se aceitasse.

— Não é justo apelar para o meu coração — ela murmurou.

Ela poderia manter-se firme diante das questões práticas, ignorar os motivos racionais. Mas como recusar este calmo pedido ou escapar daquele olhar?

— Sei disso. — Praguejou impaciente. — Eu sei. Deveria sair de perto de você agora mesmo, Brianna. Fazer as malas e ir para longe. — Praguejou de novo, enquanto ela mantinha os olhos parados. — Haverá uma hora em que você, provavelmente, vai desejar que eu tivesse feito isso.

— Não, não haverá. — Apertou as mãos, com medo de que, se o tocasse, fosse capaz de agarrá-lo. — Por que comprou um carro para mim, Grayson?

— Porque você precisava — falou isso num impulso, e então se reequilibrou. — Porque eu precisava fazer alguma coisa por você. Não é uma despesa grande, Brie. O dinheiro não é nada para mim.

— Ah, eu sei disso. Você está nadando em libras, não é? Pensa que eu ligo para o seu maravilhoso dinheiro, Grayson? Pensa que gosto de você porque pode comprar para mim um carro novo?

Ele abriu a boca e fechou-a, estranhamente humilhado.

— Não, não penso nada disso. Não acho que você dê a mínima para isso.

— Bem, então isto está entendido. — Ele estava tão carente, ela pensou, e nem mesmo sabia disso. O presente tinha sido muito mais para ele do que para ela. E isto ela podia aceitar. Voltou-se para dar outra olhada no carro. — Você foi muito gentil e não fui nada delicada, nem no pensamento nem nas ações.

Sentiu-se estranhamente como um menininho perdoado por alguma travessura.

— Então, vai aceitar.

— Vou. — Voltou-se e beijou-o. — E muito obrigada.

Ele abriu um sorriso.

— Murphy me deve cinco libras.

— Apostaram em mim, não é? — O divertimento soou na voz dela. Aquilo era bem típico.

— Idéia dele.

— Humm. Bem, acho que vou entrar pra ver se meus hóspedes estão bem. Então podemos sair para dar uma volta.

Ele foi até ela naquela noite, como esperara que fosse, e novamente na noite seguinte, enquanto os hóspedes dormiam tranqüilamente no andar de cima. A pousada estava lotada, como ela gostava. Quando sentou para fazer as contas, estava com a alma leve. Estava quase pronta para comprar o material a fim de fazer a estufa.

Ele a encontrou na pequena escrivaninha, enrolada no roupão, o lápis roçando os lábios, olhos sonhadores.

— Pensando em mim? — murmurou, inclinando-se para mordiscar-lhe o pescoço.

— Realmente estava pensando em exposição ao sol e vidro temperado.

— Mais um ponto para a estufa. — Ele conseguira chegar para beijar seu queixo quando seus olhos caíram sobre uma carta que ela abrira. — O que é isso? Resposta daquela companhia de mineração?

— Sim, finalmente. Eles conseguiram fechar as contas. Teremos mil libras quando entregarmos as ações.

Ele recuou franzindo a testa.

— Mil? Por dez mil ações? Não parece certo.

Ela apenas sorriu e levantou-se para soltar os cabelos. Normalmente era um ritual que ele apreciava, mas, desta vez, apenas continuou a olhar os papéis sobre a mesa.

— Você não conheceu papai — disse a ele. — É muito mais do que eu esperava. Uma fortuna, realmente, já que seus projetos sempre custavam mais do que rendiam.

— Um décimo de libra por ação. — Pegou a carta. — Quanto disseram que ele pagou por isso?

— Metade disso, como pode ver. Não me lembro de nada que ele tivesse feito que rendesse tão bem. Só preciso dizer a Rogan para enviar-lhes os certificados.

— Não.

— Não? — Ela deteve-se com uma escova na mão. — Por que não?

— Rogan investigou a companhia?

— Não, ele já tem que se preocupar com Maggie e com a galeria que abre na próxima semana. Só pedi a ele que guardasse os certificados.

— Deixe-me ligar para o meu corretor. Olhe, não faz mal a ninguém dar uma olhada nos prospectos da companhia, obter alguma informação. Alguns dias não vão atrapalhar em nada, não acha?

— Não, mas acho que é muito incômodo para você.

— Basta dar um telefonema. Meu corretor adora ser incomodado. — Largando a carta, aproximou-se dela e pegou a escova. — Deixe que eu faço isto. — Virou o rosto dela para o espelho e começou a passar a escova em seus cabelos. — Exatamente como um quadro de Ticiano — murmurou. — Todas essas sombras dentro de sombras.

Ela ficou muito quieta, olhando-o no espelho. Surpreendia-se ao perceber o quanto aquilo era íntimo, como era excitante vê-lo cuidar de seus cabelos. O modo como os dedos dele passavam por entre os fios depois da escova. Muito mais que seu couro cabeludo começou a se arrepiar.

Então os olhos dele se ergueram e encontraram os dela no espelho. A excitação cresceu dentro dela quando viu a chama do desejo no olhar dele.

— Não, não ainda. — Segurou-a como estava, quando começou a virar para ele. Largou a escova e afastou os cabelos de seu rosto.

— Veja — murmurou, e então deslizou os dedos por seu corpo, até o cinto do roupão. — Já imaginou como parecemos juntos?

A idéia era tão chocante, tão excitante, que ela não pôde falar. Olhou nos olhos dela, enquanto desamarrava o roupão.

— Posso ver em minha mente. Algumas vezes, surge no meio do meu trabalho, mas é difícil de incomodar.

As mãos dele tocaram-lhe levemente os seios, fazendo-a tremer, antes que ele começasse a desabotoar a camisola de gola alta.

Sem palavras, impotente, ela olhava aquelas mãos se movendo sobre ela, sentia o calor espalhando-se sob a pele, sobre ela. As pernas pareciam derreter. Então não teve escolha senão se apoiar contra ele. Como se estivesse num sonho, ela o viu puxar a camisola por seus ombros, apertar os lábios sobre a pele nua.

Um tremor de prazer, uma chama de calor.

A respiração se transformou num pequeno ruído de satisfação quando a ponta da língua dele provocou a curva de seu pescoço.

Era tão assombroso ver quanto sentir. Embora seus olhos se arregalassem, quando ele deslizou a camisola por sua cabeça, ela não protestou. Não conseguira.

Fitou com espanto a mulher no espelho. Ela mesma, pensou vagamente. Era ela que via, porque podia sentir aquele toque leve, devastador das mãos dele se curvando para lhe tomar os seios.

— Tão branca. — A voz dele enrouquecera. — Como marfim, com pontas de pétalas num tom rosado. — Olhos escuros e intensos, ele pressionou os mamilos com os polegares, fazendo-a tremer, ouvindo-a gemer.

Era magnificamente erótico ver o corpo dela curvar-se para trás, sentir o peso leve se rendendo contra ele, enquanto ela cedia ao prazer.

Quase como que para experimentar, ele passou a mão pelo tronco dela, sentindo cada músculo tremer sob a sua palma. O perfume dos cabelos fluía pelos seus sentidos, a seda daqueles longos membros brancos e a visão deles estremecendo no espelho.

Ele queria dar a ela como nunca quisera dar a alguém antes. Acalmar e excitar, proteger e acender. E ela, pensou, pressionando os lábios contra a sua garganta novamente, era tão perfeita, tão absurdamente generosa.

Apenas um toque, ele pensou, ao seu toque toda aquela dignidade fria e maneiras calmas se derretiam.

— Brianna. — O ar estava voltando aos seus pulmões, mas ele o prendeu, até que os olhos dela, nublados, levantaram-se mais uma vez para o reflexo dos dele. — Veja o que acontece quando a toco.

Ela ia começar a falar, mas a mão dele deslizou suavemente para baixo, excitando-a, encontrando-a já quente e úmida. Mesmo quando ela gritou o nome dele, em parte num protesto, em parte por incredulidade, ele a acariciou, suavemente a princípio, depois com mais força. Mas seus olhos estavam ardentes de concentração.

Era assombroso, chocante, ver a própria mão possuindo-a ali e sentir aqueles lentos e longos golpes que provocavam em resposta uma vertigem. Seus próprios olhos mostravam a ela que se movia contra ele agora, exigente, ansiosa, quase suplicante. Qualquer pensamento de modéstia fora esquecido, abandonado, quando ela levantou os braços, enlaçando-os no pescoço dele, os quadris respondendo ao seu ritmo crescente.

E ela era como uma mariposa presa por uma lança de prazer, aguda e doce. Seu corpo ainda tremia quando ele a levantou, levando-a para a cama, para lhe mostrar mais.

Capítulo Catorze

— A inauguração é amanhã e ele está me impedindo de ir à festa. — Com o queixo apoiado no punho fechado, Maggie olhava as costas de Brianna. — E ele ainda me enfiou na sua cozinha, só para você poder me vigiar.

Pacientemente, Brianna recheava os *petit-fours* que assara para o chá. Tinha oito hóspedes, contando Gray, inclusive três crianças bem agitadas.

— Margareth Mary, o médico não falou para você ficar com os pés para cima, e que, como o bebê já encaixou, você pode ganhá-lo antes do que pensa?

— Ele não sabe de nada. — Emburrada como se ela mesma fosse uma criança, Maggie fechou a cara. — Vou estar grávida pelo resto da vida. E se Sweeney pensa que vai me deixar fora da inauguração, amanhã, está muito enganado.

— Rogan nunca disse que pretende fazer isso. Ele só não quer que você fique... — Ela quase disse "atrapalhando", mas tomou mais cuidado com as palavras. — Exagerando hoje.

— É minha galeria também — resmungou. Suas costas a estavam torturando como uma dor de dente e sentira algumas fisgadas. Só umas fisgadas, tranqüilizou-se. Apenas dores, assegurou a si mesma. Provavelmente o cordeiro que comera à tarde.

— Claro que é sua também — Brianna procurou acalmá-la. — E todos nós estaremos lá, amanhã, para a inauguração. Os anúncios nos jornais estavam ótimos. Vai ser um grande sucesso, não vai?

Maggie só grunhiu.

— Cadê o ianque?

— Trabalhando. Trancou-se no quarto para se defender da menininha alemã que toda hora entrava lá. — Sorriu. — Ele é um amor com crianças. Ficou jogando com ela ontem à noite. Então ela se apaixonou por ele e não o deixa em paz.

— E você está pensando que pai adorável ele será.

Brianna ficou impassível.

— Não disse isso. Mas seria mesmo. Devia ver como ele... — Parou de repente, quando ouviu abrir a porta da frente. — Se forem mais hóspedes, darei a eles meu quarto e dormirei na sala.

— Você pode muito bem ir dormir na cama de Gray — Maggie comentou, e então estremeceu quando reconheceu as vozes vindas do hall. — Ah, que maravilha! Tive esperanças de que ela mudasse de idéia e decidisse ficar na França.

— Controle-se! — Brianna pediu, apanhando mais xícaras para o chá.

— As viajantes do mundo estão de volta — Lottie saudou alegremente, enquanto arrastava Maeve para a cozinha. — Ah, que lugar lindo vocês têm lá, Maggie. Como um palácio. Que dias maravilhosos passamos.

— Fale só por você — Maeve resmungou, deixando a bolsa sobre o balcão. — Bandos de estrangeiros seminus andando pela praia.

— Alguns homens eram lindos. — Lottie riu. — E teve até um viúvo americano que andou flertando com Maeve.

— Tolice. — Maeve sacudiu a mão, mas as faces se ruborizaram. — Não dei a mínima para aquele tipo. — Sentando, Maeve olhou atentamente para Maggie. Franziu os lábios, com isso disfarçando a súbita preocupação. — Você está abatida. Logo verá o que sofre uma mulher quando entra em trabalho de parto.

— Muitíssimo obrigada.

— Ah, a menina é forte como um cavalo. — A voz de Lottie era firme, quando bateu levemente nas costas de Maggie. — E jovem o bastante para ter meia dúzia de crianças.

Maggie revirou os olhos e forçou uma risada.

— Não sei qual de vocês me deprime mais.

— Foi bom terem voltado a tempo para a inauguração da galeria amanhã — Brianna, com muito tato, mudou de assunto, enquanto servia o chá.

— Ah! Para que vou perder meu tempo num lugar de arte?

— Não perderemos. — Lottie lançou-lhe um olhar carrancudo. — Maeve, você sabe muito bem que falou que ficaria feliz em ver o trabalho de Maggie e todo o resto.

Maeve se mexeu, desconfortável.

— Eu disse que estava surpresa de haver tanto barulho por uns pedaços de vidro. — Franzindo as sobrancelhas, voltou-se para Brianna, antes que Lottie pudesse embaraçá-la ainda mais. — Seu carro não está aí na frente. Desintegrou, finalmente?

— Disseram-me que não tinha mais jeito. Estou com um novo, o azul ali fora.

— Um novo. — Maeve baixou a xícara ruidosamente. — Desperdiçando seu dinheiro num carro novo?

— O dinheiro é dela — Maggie começou acaloradamente, mas Brianna a calou com um olhar.

— Só é novo para mim. É um carro usado e não o comprei. — Ela tomou coragem: — Grayson comprou-o para mim.

Por um momento, houve silêncio. Lottie fitava o chá com os lábios apertados. Maggie preparou se para saltar em defesa da irmã, lutando para ignorar a dor.

— Comprou para você? — A voz de Maeve era dura como pedra. — Você aceitou isso de um homem? Não se importa com o que as pessoas vão pensar ou dizer?

— Imagino que as pessoas pensarão que é um gesto generoso e dirão o mesmo. — Parou de rechear os *petit-fours* e pegou a xícara de chá. Suas mãos logo estariam tremendo. Ela odiava reconhecer isso.

— Elas vão pensar é que você se vendeu para ele. E não se vendeu? Foi isso que fez?

— Não. — A palavra foi frigidamente calma. — O carro é um presente e aceitei como tal. Não tem nada a ver com o fato de sermos amantes.

Pronto!, pensou. Conseguira dizer. Sentia um aperto no estômago, as mãos já iam tremer, mas ela conseguira dizer aquilo.

Com os lábios brancos, fuzilando-a com os olhos azuis, Maeve levantou-se num rompante.

— Você se prostituiu.

— Não. Entreguei-me a um homem de quem gosto e que admiro. Entreguei-me pela primeira vez — falou, surpresa ao notar que as mãos permaneciam firmes. — Embora a senhora tenha dito algo diferente.

O olhar de Maeve fixou-se em Maggie, cheio de amargura e raiva.

— Não, eu não contei a ela — Maggie falou suficientemente calma. — Devia ter contado, mas não fiz isso.

— Pouco importa como descobri. — Brianna cruzou as mãos. Havia certa frieza dentro dela, um gelo terrível, mas iria até o fim: — A senhora sabe que perdi qualquer felicidade que poderia ter tido com Rory.

— Ele não era nada — Maeve retrucou. — Um filho de fazendeiro que nunca se tornaria um homem de verdade. Com ele, você só teria uma casa cheia de filhos chorando.

— Eu queria filhos. — Uma dor atravessou o gelo. — Queria uma família e uma casa, mas nunca saberemos se eu teria encontrado isso com ele. A senhora se encarregou de tudo e ainda envolveu um homem bom e honesto em suas mentiras. Foi para me salvar, mãe? Acho que não. Gostaria de poder pensar assim. Foi para me manter presa. Quem cuidaria da senhora e desta casa se eu tivesse casado com Rory? Nunca saberemos sobre isso também.

— Fiz o que era melhor para você.

— O que era melhor para a senhora.

Como sentiu as pernas bambas, Maeve sentou-se outra vez.

— Então é assim que me retribui. Entregando-se em pecado ao primeiro homem que agrada aos seus caprichos.

— Entregando-me com amor ao primeiro e único homem que me tocou.

— E o que fará quando ele fizer uma criança em sua barriga e for embora assoviando?

— Isto é assunto meu.

— Ela está falando como você agora. — Enraivecida, Maeve se virou para Maggie. — Você a fez voltar-se contra mim.

— É problema meu.

— Agora ela está falando como você. — Enraivecida, Maeve voltou-se para Maggie. — Você a jogou contra mim.

— Você mesma fez isso.

— Não meta Maggie nisso. — Num gesto protetor, Brianna colocou a mão no ombro da irmã. — Isto é entre nós, mãe.

— Alguma chance de conseguir... — Entusiasmado com a tarde de trabalho bem-sucedido, Gray irrompeu na cozinha, recuando ao se deparar com as visitas. Embora percebesse a tensão que dominava o ambiente, forçou um sorriso amigável. — Sra. Concannon, Sra. Sullivan, é bom tê-las de volta.

Maeve cerrou os punhos.

— Seu canalha sem-vergonha, arderá no fogo do inferno ao lado de minha filha.

— Modere a língua na minha casa. — A ordem ríspida de Brianna abalou-os mais do que a maldição amarga de Maeve. — Desculpe-me, Gray, pela indelicadeza de minha mãe.

— Não se desculpará com ninguém por mim.

— Não — Gray concordou, sacudindo a cabeça para Maeve. — Não há necessidade. Pode me dizer o que quiser, Sra. Concannon.

— Prometeu-lhe amor e casamento, uma vida de devoção para levá-la para a cama? Pensa que não sei o que os homens dizem para conseguir o que querem?

— Ele não me prometeu nada — Brianna começou, mas Gray a cortou com um olhar firme.

— Não, não fiz promessas. Não mentiria para Brianna. E também não a abandonaria, se me falassem algo a respeito dela de que eu não gostasse.

— Você também partilhou com ele segredos de família. — Maeve voltou-se para Brianna. — Já não basta condenar sua alma ao inferno?

— Vai ficar eternamente mandando suas filhas para o inferno? — Maggie desferiu, antes que Brianna pudesse falar. — Como não foi capaz de encontrar a felicidade, precisa impedir que a gente encontre? Ela o ama. Se pudesse enxergar através de sua amargura, saberia disso, e só isso importaria. Mas ela ficou à sua disposição a vida toda, e a senhora não pode suportar a idéia de que ela tenha encontrado algo, alguém para ela.

— Maggie, já chega — Brianna murmurou.

— Não chega não. Você não vai dizer isso, nunca diria. Mas ela vai ouvir de mim. Ela me odeia desde o momento em que nasci e tem usado você. Não somos filhas para ela, mas uma espécie de penitência e muleta. Alguma vez ela me desejou felicidade com Rogan e com o bebê?

— E por que deveria? — Maeve devolveu, os lábios trêmulos. — Para você jogar meus votos na minha cara? Você nunca me deu o amor a que uma mãe tem direito.

— Eu teria dado. — A respiração de Maggie começou a ficar difícil, quando se levantou. — Deus sabe o quanto eu queria isso. E Brianna tentou. Alguma vez a senhora ficou grata por tudo de que ela desistiu em prol do seu conforto? Em vez disso, arruinou toda a chance que ela teve de ter a casa e a família que queria. Bem, não fará isso de novo, não desta vez. Não virá à sua casa falar desse jeito com ela ou com o homem que ela ama.

— Falo como quero para minha própria carne e sangue.

— Parem, vocês duas! — A voz de Brianna era cortante como um chicote. Estava pálida, gélida, e o tremor que conseguira controlar transformara-se em calafrios. — Precisam estar sempre brigando desse jeito? Não serei o porrete que usam para se agredir. Tenho hóspedes na sala — disse ofegante. — Prefiro que não sejam expostos à infelicidade da minha família. Maggie, sente-se e se acalme.

— Brigue sozinha então — Maggie falou furiosamente. — Vou embora. — Mal disse isso, uma fisgada a golpeou, fazendo com que se agarrasse ao encosto da cadeira.

— Maggie!!! — Assustada, Brianna segurou-a. — O que você está sentindo? É o bebê?

— Foi só uma pontada. — Mas logo se transformou numa dor monstruosa que a apavorou.

— Você está pálida! Sente-se. Vamos, sente-se e não discuta comigo.

Lottie, enfermeira aposentada, levantou-se rapidamente.

— Quantas fisgadas você já teve, querida?

— Não sei. Uma e outra durante toda a tarde. — Deixou escapar um suspiro de alívio quando a dor passou. — Não é nada, juro. Ainda faltam duas semanas, ou quase isso.

— O médico disse que poderia ser a qualquer hora, a partir de agora — Brianna lembrou-a.

— O que os médicos sabem?

— Verdade, verdade. — Sorrindo brandamente, Lottie rodeou a mesa e começou a massagear os ombros de Maggie. — Alguma outra dor, querida?

— As costas, um pouco — admitiu. — Isso me incomodou a tarde toda.

— Hummm. Bem, apenas respire calmamente e relaxe. Não, nada de chá para ela agora, Brianna — falou antes que Brianna pudesse servir. — Vamos ver daqui a pouco.

— Não estou em trabalho de parto. — A cabeça de Maggie ficou atordoada com a idéia. — Foi o cordeiro, só pode ter sido.

— Talvez seja. Brie, você não serviu chá para o seu rapaz.

— Estou bem. — Gray olhava de uma mulher para outra, imaginando o que fazer. Recuar, decidiu, seria provavelmente o melhor para todos. — Acho que vou voltar ao trabalho.

— Ah, eu adoro seus livros — Lottie falou alegremente. — Li dois deles durante as férias. Fico imaginando como você cria todas aquelas histórias e as escreve com palavras tão bonitas.

Tagarelou, prendendo sua atenção e de todos, enquanto Maggie recuperava o ritmo da respiração.

— Tudo bem, só de quatro em quatro minutos, eu diria. Respire, querida, muito bem, garota. Brie, acho melhor chamar Rogan agora. Ele vai querer nos encontrar no hospital.

— Oh... — Por um instante, Brianna não conseguiu raciocinar, muito menos se mover. — Vou ligar para o médico.

— Tudo vai ficar bem. — Lottie pegou a mão de Maggie, segurando firme, enquanto Brianna saía correndo. — Não se preocupe. Ajudei a trazer muitos bebês ao mundo. Já está com a mala arrumada em casa, Maggie?

— Sim, está no quarto. — Ela estremeceu quando uma contração passou. Estranho, sentia-se mais calma agora. — No closet.

— O rapaz vai trazê-la para você. Não é, querido?

— Claro. — Adoraria. Isto o levaria para fora da casa, distante da terrível perspectiva do parto. — Vou agora mesmo.

— Está tudo bem, Gray. — Dominada por uma nova calma, Maggie forçou um sorriso. — Não vou parir na mesa da cozinha.

— Ótimo. — Lançou-lhe um sorriso inseguro e escapuliu.

— Vou pegar seu casaco agora — Lottie falou para Maggie, lançando um olhar significativo para Maeve. — Não esqueça a respiração.

— Não vou esquecer. Obrigada, Lottie. Vou ficar bem.

— Você está apavorada. — Gentilmente, Lottie inclinou-se, segurando o rosto de Maggie com as duas mãos. — É natural. Mas o que vai acontecer também é natural. Algo que só uma mulher pode fazer. Só uma mulher pode entender. O bom Deus sabe que, se um homem tivesse de fazê-lo, haveria muito poucas pessoas no mundo.

Isto fez Maggie rir.

— Só estou um pouquinho apavorada. E não só por causa da dor. Estou pensando no que fazer depois.

— Você saberá. Logo será mãe, Margaret Mary. Deus a abençoe.

Maggie fechou os olhos quando Lottie saiu. Podia sentir as mudanças em seu corpo, a magnitude delas. Imaginava as mudanças em sua vida, a enormidade delas. Sim, logo seria mãe. O filho que ela e Rogan tinham gerado estaria em seus braços e não no útero.

Amo você, pensou. Juro que só lhe mostrarei amor.

A dor voltou trazendo um gemido em sua garganta. Apertou os olhos com mais força, concentrada na respiração. Através da bruma da dor, sentiu uma mão cobrir a sua. Ao abrir os olhos, viu o rosto da mãe, lágrimas e, talvez, pela primeira vez em toda a vida, um verdadeiro entendimento.

— Desejo que seja feliz, Maggie — Maeve disse lentamente. — Com o seu bebê.

Ao menos por um instante, havia uma ponte sobre o precipício. Maggie virou a mão e apertou a da mãe, palma com palma.

* * *

Quando Gray voltou correndo, segurando firmemente a mala, Lottie estava levando Maggie para o carro de Brianna. Todos os hóspedes estavam do lado de fora, acenando.

— Ah, obrigada por ter sido tão rápido. — Brianna pegou a mala, então olhou em volta, confusa. — Rogan está indo para o hospital. Ele desligou antes que eu pudesse dizer tchau. O médico disse para levá-la direto para lá. Tenho de ir com ela.

— Claro que sim. Ela vai ficar bem.

— Sim, ela vai ficar bem. — Brianna mordiscou a unha do polegar. — Vou ter de deixar... todos os hóspedes.

— Não se preocupe com as coisas aqui. Cuidarei de tudo.

— Você não cozinha.

— Levo todos para jantar fora. Não se preocupe, Brie.

— Não, é bobagem minha. Estou tão confusa. Desculpe, Gray.

— Não. — Mais firme, ele segurou o rosto dela em suas mãos. — Não pense em nada disso agora. Vá ajudar sua irmã a ter o bebê.

— Vou sim. Você pode ligar para a Sra. O'Malley, por favor? O número está na minha agenda. Ela virá cuidar das coisas, até que eu volte para casa. E se pudesse avisar Murphy. Ele gostaria de saber. E...

— Brie, vá. Vou ligar para todo o condado. — Apesar do público, deu-lhe um beijo rápido e firme. — Peça a Rogan para me mandar um charuto.

— Sim, tudo bem, estou indo. — Correu para o carro.

Gray ficou para trás e a observou dirigindo com Lottie e Maeve.

Família, pensou, com um sacudir de cabeça e um tremor. Graças a Deus não tinha de se preocupar com uma.

Mas se preocupava com ela. A tarde chegou ao fim e transformou-se em noite. A Sra. O'Malley veio, assumindo as tarefas da cozinha, apenas meia hora após o seu SOS. Batendo panelas, tagarelava alegremente sobre suas experiências em trabalhos de parto, até que Gray, nauseado, se recolheu ao quarto.

Melhorou quando Murphy apareceu e tomou um uísque com ele, num brinde a Maggie e ao bebê.

Mas, quando a pousada foi se aquietando e as horas foram avançando, Gray não foi capaz de trabalhar ou dormir — duas atividades que sempre usara para escape.

Como ficou acordado, teve muito tempo para pensar. Quanto mais desejava evitar, a cena na cozinha mais e mais voltava à sua cabeça. Que tipo de problema tinha causado a Brianna simplesmente por desejá-la! Não considerara a família nem a religião dela. Pensaria ela como a mãe?

Sentiu-se constrangido ao pensar em almas e eternas maldições. Qualquer coisa eterna o deixava desconfortável, e maldição certamente estava no topo da lista.

Ou teria Maggie exposto o pensamento de Brianna? Seria muito menos perturbador. Todo aquele discurso sobre amor. Do seu ponto de vista, amor podia ser tão perigoso quanto maldição e ele preferia se afastar de qualquer envolvimento pessoal.

Por que as pessoas não podiam manter as coisas simples?, pensava, enquanto andava pelo quarto de Brianna. Complicações faziam parte da ficção, mas, na realidade, a vida era muito mais tranqüila um dia depois do outro.

Mas era estúpido, admitiu, e incrivelmente ingênuo acreditar que Brianna Concannon não era uma complicação. Não admitira que ela fosse única? Inquieto, abriu a tampa de um vidrinho sobre a cômoda. E cheirou.

Somente desejava estar com ela — por ora, disse a si mesmo. Curtiam um ao outro, gostavam um do outro. Exatamente agora e neste exato lugar eles serviam um ao outro muito bem.

É claro que poderia recuar a qualquer hora. É claro que poderia. Com um grunhido, voltou a tampar o vidrinho.

Mas o perfume dela permaneceu nele.

Ela não estava apaixonada por ele. Talvez pensasse que estava, porque era o primeiro. Era natural. E talvez, apenas talvez, estivesse um pouquinho mais envolvido com ela do que já estivera com alguém mais. Porque era diferente de qualquer outra. Por isso era natural.

Então, quando seu livro estivesse terminado, eles teriam terminado tudo também. Ele se mudaria. Levantando a cabeça, olhou-se no espelho. Nenhuma surpresa. Era o mesmo rosto. Se havia um pequeno brilho de pânico nos olhos, preferiu ignorar.

Grayson Thane olhou para si mesmo. Para o homem que fizera do nada. Um homem com quem se sentia confortável. Um homem que se movia pela vida, como escolhera se mover. Livre, sem bagagem, sem arrependimentos.

Havia lembranças. Podia bloquear as desagradáveis. Fazia isso havia anos. Um dia, pensou, olharia para trás e se lembraria de Brianna, e seria suficiente.

Por que, diabos, ela não ligava?

Olhou-se e se afastou do espelho antes que pudesse ver alguma coisa que preferia evitar. Ela não tinha por que telefonar, disse a si mesmo, bisbilhotando os livros na estante. Era assunto dela. Assunto de família, e não tinha nada a ver com isso. Desejava não ter.

Só estava curioso a respeito de Maggie e do bebê. Se estava esperando, era apenas para satisfazer sua curiosidade.

Sentindo-se melhor, escolheu um livro, esticou-se na cama dela e começou a ler.

Brianna encontrou-o lá, às três da manhã. Cambaleou numa onda de alegria e cansaço ao vê-lo dormindo sobre sua colcha, um livro aberto no peito. Sorriu tolamente radiante, ela sabia. Mas esta era uma noite para tolices.

Despiu-se silenciosamente, dobrou as roupas sobre uma cadeira, deslizou dentro de uma camisola. No banheiro contíguo, procurou aliviar o cansaço do rosto. Deparou-se com o próprio sorriso refletido no espelho e deu uma risada.

Voltando ao quarto, abaixou-se para acariciar Con, que estava enrolado num tapete aos pés da cama. Com um suspiro, apagou a luz e deitou-se sem se importar em retirar as cobertas.

Ele se virou instantaneamente, o braço passando por cima dela, o rosto se aninhando em seus cabelos.

— Brie. — A voz era pastosa de sono. — Senti falta de você.

— Estou de volta. — Ajeitou-se na cama, curvando-se para ele. — Durma.

— É difícil dormir sem você. Muitos sonhos antigos sem você.

— Shhhh. — Acariciou-o, deixando-se levar pelo sono. — Estou aqui.

Ele acordou completamente, num salto, piscando confuso.

— Brie. — Pigarreou e levantou-se. — Você voltou.

— Sim. Você dormiu lendo.

— Ah... sim. — Depois de esfregar as mãos no rosto, apertou os olhos para enxergá-la na penumbra. — E Maggie?

— Está bem, está maravilhosa. Ah, foi tão bonito, Gray. — Excitada com o assunto, sentou-se, abraçou os joelhos. — Amaldiçoou Rogan, jurando vinganças horrorosas. Ele continuava beijando as mãos dela, dizendo que respirasse. Então ela ria, dizendo que o amava e o amaldiçoava outra vez. Nunca vi um homem tão nervoso, apavorado e amoroso ao mesmo tempo.

Ela suspirou outra vez, sem nem notar que seu rosto estava úmido.

— Como era de esperar, havia muita conversa e confusão. Toda vez que tentavam nos colocar para fora, Maggie ameaçava levantar-se e sair. "Minha família fica ou vou com ela", ela dizia. Então, ficamos. E foi tão... maravilhoso.

Gray secou as lágrimas dela.

— Vai me contar o que ela teve afinal?

— Um menino. — Brianna fungou. — O menino mais lindo do mundo. Cabelos pretos, como os de Rogan. Uns cachinhos que parecem um halo. E os olhos da Maggie. São azuis agora, é claro, mas o formato deles é de Maggie. E ele choramingava tanto, como se nos amaldiçoasse por tê-lo trazido a esta confusão. Os punhos fechados. Vai se chamar Liam. Liam Matthew Sweeney. Deixaram-me segurá-lo. — Descansou a cabeça no ombro de Gray. — Ele olhou para mim.

— Não vai me dizer que ele sorriu para você.

— Não. — Mas ela sorriu. — Não, só olhou para mim, muito sério, como se quisesse descobrir o que devia fazer com toda aquela confusão. Nunca segurei uma vida tão novinha antes. É diferente de tudo, de tudo o mais no mundo. — Aconchegou-se a ele. — Queria que você estivesse lá.

Para sua própria surpresa, ele descobriu que desejara o mesmo.

— Bem, alguém tinha de cuidar do rancho. A Sra. O'Malley veio voando.

— Deus a abençoe. Vou ligar para ela amanhã para contar as novidades e agradecer.

— Ela não cozinha tão bem quanto você.

— Você acha? — Riu para si mesma, deliciada. — Espero que você não tenha dito isso a ela.

— Sou o rei da diplomacia. Então é isso. — Beijou a testa de Brianna. — Ela teve um menino. Qual o peso?

— Três quilos e duzentos.

— E a hora... quer dizer, a que horas ele nasceu?

— Ah, era mais ou menos uma e meia.

— Droga, acho que o alemão ganhou.

— Como?

— Fizemos um bolão. Um bolão do bebê. Sexo, peso, hora do nascimento. Tenho quase certeza de que Krause, o alemão, foi quem chegou mais perto.

— Uma aposta, é? E de quem foi a idéia?

Gray passou a língua pelos dentes.

— De Murphy. O homem aposta por tudo.

— E qual foi seu palpite?

— Menina, três quilos e quatrocentos, meia-noite em ponto. — Beijou-a outra vez. — Cadê meu charuto?

— Rogan lhe mandou um bem legal, excelente. Está na minha bolsa.

— Vou levá-lo ao pub amanhã. Alguém vai ter de oferecer uma rodada.

— Ah, pode apostar nisso também. — Ela soltou um pequeno suspiro, juntou os dedos. — Grayson, sobre esta tarde. Minha mãe.

— Não precisa falar sobre isso. Só cheguei num mau momento.

— Não foi só isso, e é tolice fingir.

— Tudo bem. — Sabia que ela insistiria em explicar tudo, mas não toleraria ver o humor dela se estragar. — Não vamos fingir. Só não vamos pensar nisso agora. Falaremos depois, tanto quanto quiser. Esta noite é para celebrar, não acha?

O alívio aqueceu-a. Já tinham sido muitas emoções para um dia só.

— Você está certo.

— Aposto que não comeu nada.

— Não.

— Que tal eu trazer um pouco do frango frio que sobrou do jantar? Comeremos na cama.

Capítulo Quinze

Foi bem fácil evitar assuntos sérios na semana seguinte. Gray mergulhou no trabalho e Brianna se desdobrava entre os hóspedes e o sobrinho novo. Sempre que tinha um minuto livre, encontrava uma desculpa para correr até o chalé de Maggie e envolver-se com as funções da nova mãe e seu bebê. Maggie estava tão encantada com seu filho que quase não reclamou por perder a inauguração da galeria nova.

Gray teve de admitir que o garoto era um vencedor. Andara por perto do chalé uma ou duas vezes quando precisava esticar um pouco as pernas e clarear a mente.

Ao entardecer era a melhor hora, quando a luz apresentava aquela intensidade tão especial da Irlanda, o ar era tão límpido que podiam ser apreciados quilômetros das colinas cor-de-esmeralda, o sol golpeando uma faixa estreita do rio a distância, fazendo-o refletir como uma espada de prata.

Encontrou Rogan, metido num velho jeans e camiseta, agachado no jardim da frente, arrancando diligentemente as ervas daninhas.

Uma visão interessante, Gray pensou, de um homem que podia pagar um batalhão de jardineiros.

— Alô, papai. — Com um largo sorriso, Gray se inclinou sobre o portão.

Rogan virou-se sobre os saltos velhos das botas.

— Oi, cara, chegue mais. Fui expulso de casa. Mulheres. — Sacudiu a cabeça em direção ao chalé. — Maggie, Brie, a irmã de Murphy, Kate, que veio para uma visita, e mais algumas senhoras da vila. Estão conversando sobre amamentação e histórias de parto.

— Hã-hã. — Gray lançou um olhar magoado à cabana enquanto atravessava o portão. — Está me parecendo que você é que fugiu, e não que foi expulso.

— Verdade. Por ser minoria, nem posso chegar perto de Liam. E Brianna insinuou que Maggie ainda não devia cuidar do jardim, que estava ficando cheio de mato. Então levantou a sobrancelha para mim naquele jeito delas. Logo entendi o recado. — Olhou ansiosamente para o chalé. — Que tal tentarmos entrar pela cozinha para uma cerveja?

— Aqui fora é mais seguro. — Gray sentou-se, dobrando as pernas. Amistosamente, alcançou uma erva daninha e a arrancou. Pelo menos parecia mato. — Estava querendo falar mesmo com você. Sobre aquelas ações.

— Que ações?

— As tais... das Minas Triquarter.

— Ah, sim. Esqueci-me completamente disso com todas essas coisas acontecendo. Brianna teve notícias, não é?

— Ela recebeu notícias de alguém. — Gray coçou o queixo. — Pedi ao meu corretor para dar uma pesquisada. É interessante.

— Está pensando em investir?

— Não, e nem poderia, se quisesse. Não existe nenhuma Mina Triquarter, nem em Gales nem em qualquer outro lugar que ele localizasse.

Rogan franziu o cenho.

— Quebraram?

— Parece que nunca existiu uma Minas Triquarter, o que significa que as ações não têm valor algum.

— Estranho, então, que alguém possa estar querendo pagar mil libras por elas. Seu detetive deve ter se enganado em alguma coisa. A companhia pode ser bem pequena, não aparecer em nenhuma lista.

— Pensei nisso. E ele também. Aliás, ele ficou tão curioso que resolveu investigar um pouco mais e até ligou para o número que estava no cabeçalho da carta.

— E então?

— O número está desativado. Ocorreu-me que qualquer um pode ter uma folha de papel timbrado. Assim como qualquer um pode alugar uma caixa postal, como aquela em Gales, para onde Brianna escreveu a carta.

— É verdade. Mas não explica por que alguém estaria querendo pagar por algo que não existe. — Rogan franziu o rosto olhando para longe. — Tenho alguns negócios para ver em Dublin. Mesmo sabendo que Brie não me perdoará por levar Maggie e Liam embora, precisamos partir no fim da semana. Serão poucos dias e eu mesmo poderei dar uma olhada nisso, enquanto estiver lá.

— Acho que vale a pena uma viagem a Gales. — Gray encolheu os ombros quando Rogan olhou para ele. — Você está meio sobrecarregado agora, mas eu não.

— Está pensando em ir a Gales?

— Sempre quis brincar de detetive. E é muita coincidência, não acha, que, logo depois de Brie ter encontrado as ações e enviado a carta, a pousada tenha sido invadida? — Deu de ombros outra vez. — Ganho a vida juntando coincidências em enredos.

— E vai contar a Brianna o que pretende fazer?

— Em parte. Estou pensando em fazer uma viagem rápida a Nova York. Brianna vai gostar de um fim de semana em Manhattan.

Agora as sobrancelhas de Rogan subiram.

— Imagino que sim, se conseguir convencê-la a deixar a pousada durante a alta estação.

— Acho que consigo.

— E Nova York fica bem longe de Gales.

— Não seria complicado desviar o caminho na volta para Clare. Seriam mais uns dias de viagem. Pensei em ir sozinho, mas, se precisar falar oficialmente com alguém, precisaria dela, de Maggie ou da mãe delas. — Sorriu de novo. — Acho que Brie é a melhor opção.

— Quando vocês iriam?

— Em uns dois dias.

— Você é bem apressado — Rogan comentou. — Acha que consegue que Brianna se mexa tão rápido assim?

— Vou precisar de muito charme. Estou economizando.

— Bem, se conseguir, mantenha contato comigo. Da minha parte, farei o que puder para investigar o assunto. Ah, e se precisar de munição extra, pode mencionar que temos vários trabalhos de Maggie expostos na Galeria Worldwide de Nova York.

O som de risadas de mulher encheu o ar. Saíram da casa, todas rodeando Maggie, que tinha Liam na curva do braço. Houve despedidas e uma chuva de últimas paparicações no bebê, antes que as visitas pegassem as bicicletas e saíssem pedalando.

— Posso segurá-lo? — Gray estendeu os braços e pegou-o de Maggie. Sempre se divertia com o modo como Liam o olhava com seus solenes olhos azuis. — Ei, você ainda não está falando? Rogan, acho que já é hora de o tirarmos das mulheres para levá-lo ao pub para uma cerveja.

— Ele já ganhou a cerveja dele desta noite, obrigada — Maggie informou. — Leite de mãe.

Gray afagou o queixo do bebê.

— O que é isso? Ele está de vestido? Estas mulheres estão fazendo de você um maricas, garoto!

— Não é um vestido! — Brianna inclinou-se para beijar a cabeça de Liam. — É um cueiro. Logo estará usando calças. Rogan, você só precisa esquentar aquele prato que eu trouxe, quando quiser jantar. — Torceu a cara diante de sua tentativa de jardinagem. — Não arrancou bem o mato. Precisa tirar as raízes.

Ele riu, beijando-a.

— Sim senhora.

Acenando com a mão, também riu.

— Estou indo. Gray, devolva o bebê. Os Sweeney já tiveram companhia demais por hoje. Vai colocar os pés para cima? — perguntou a Maggie.

— Vou. Obrigue-a a fazer o mesmo — disse a Gray. — Há dias que ela está cuidando de duas casas.

Gray pegue a mão de Brianna.

— Eu podia carregar você de volta.

— Não seja bobo. Tenha cuidado. — Deixou a mão na de Gray, enquanto atravessavam o jardim em direção à rua. — Ele já cresceu tanto — murmurou. — E ele ri, agora, para a gente. Já pensou o que se passa na cabeça de um bebê quando está olhando para você?

— Imagino que fica pensando se esta vida será muito diferente da anterior.

Surpresa, ela voltou a cabeça.

— Você acredita mesmo nesse tipo de coisa? Jura?

— Claro. Só uma viagem não faz sentido para mim. Nunca teríamos feito tudo só numa tentativa. E, estando num lugar como este, você pode sentir o eco de almas antigas cada vez que respira.

— Algumas vezes, tenho a impressão de que já andei por aqui antes. — Ela estendeu a mão distraidamente, deixando-a passar sobre as flores vermelhas de fúcsia que ladeavam o caminho. — Bem aqui, mas em tempo diferente e num corpo diferente.

— Conte-me essa história.

— Há um silêncio no ar, uma paz. A estrada é somente um caminho, muito estreito, mas sem buracos. Posso sentir o cheiro de carvão queimando. Estou cansada, mas isto é bom, porque estou indo para casa, para alguém. Alguém me espera logo adiante. Muitas vezes, quase posso vê-lo, parado lá, acenando para mim.

Brie parou, sacudiu a cabeça, diante de sua própria tolice.

— É idiotice. Só imaginação.

— Não deve ser. — Ele se abaixou, arrancou uma flor silvestre ao lado da estrada e estendeu a ela. — No primeiro dia em que caminhei por aqui, não consegui observar tudo o suficiente, com tempo. Não era só por ser algo novo. Era como se estivesse lembrando. — Num impulso, ele se virou, tomou-a nos braços e beijou-a.

Então era isso, percebeu. De vez em quando, ao segurá-la, quando sua boca encontrava a dela, havia uma imagem disso em algum lugar de sua mente.

Como uma lembrança.

Afastou aquela sensação. Era hora, decidiu, de começar a convencê-la a fazer o que ele queria.

— Rogan falou que precisa voltar a Dublin por alguns dias. Maggie e Liam irão com ele.

— Ah. — Sentiu o punhal agudo da tristeza, antes de demonstrar resignação. — Bem, eles também têm uma vida lá. Acabo me esquecendo disso, quando estão aqui.

— Vai sentir falta deles.

— Vou sim.

— Eu também preciso fazer uma viagenzinha.

— Uma viagem? — Agora ela tentou conter um estremecimento de pânico. — Aonde vai?

— Nova York. A estréia, lembra?

— Seu filme. — Forçou um sorriso. — Será emocionante para você.

— Poderia ser, se você fosse comigo.

— Ir com você? — Ficou imóvel, olhando-o embasbacada. — A Nova York?

— Alguns dias. Três ou quatro. — Tomou-a nos braços outra vez, ensaiando uns passos de valsa. — Podemos ficar no Plaza, como Eloise.

— Eloise? Quem...

— Não importa. Explico depois. Iremos de Concorde. Chegaremos lá sem você sentir. Poderemos visitar a Worldwide — acrescentou como um argumento extra. — Vamos fazer tudo o que um turista faz, comeremos num restaurante ridiculamente caro. Você pode conseguir alguns menus novos por lá.

— Mas não posso. De verdade. — Sua cabeça girava e não conseguia acompanhar os círculos rápidos da dança. — A pousada...

— A Sra. O'Malley disse que ficará contente em ajudar. Quero você comigo, Brianna. O filme é importante, mas não vou achar nenhuma graça sem você. É um grande momento para mim. Não quero que seja apenas uma obrigação.

— Mas Nova York...

— É logo ali. Murphy ficará contente de cuidar de Con, a Sra. O'Malley está doida para tomar conta da pousada.

— Você já falou com eles. — Tentou interromper a dança, mas Gray continuava a rodopiá-la.

— Claro. Sabia que você não iria se não acertasse tudo primeiro.

— Não iria. E não posso...

— Faça isso por mim, Brianna. — Cruelmente, sacou sua melhor arma. A verdade: — Preciso de você lá.

Soltou um longo e lento suspiro.

— Grayson.

— Isto é um sim?

— Devo estar louca. — E soltou uma risada. — Sim.

Dois dias depois, Brianna estava a bordo do Concorde, atravessando o Atlântico. O coração estava preso na garganta. Andara assim desde que fechara a mala. Estava indo para Nova York. Simplesmente isso! Deixara seu negócio nas mãos de outra pessoa. Mãos capazes, tinha certeza, mas não as suas.

Concordara em ir a outro país, atravessar um oceano inteiro com um homem de quem nem era parente, num avião bem menor do que imaginara.

Certamente tinha enlouquecido.

— Nervosa? — Tomou a mão dela, levando-a aos lábios.

— Gray, eu nunca devia ter feito isso. Não sei o que deu em mim.

— Claro que sabia. Ele estava dentro dela, de todos os modos possíveis.

— Está aborrecida com a reação de sua mãe?

Fora abominável. Palavras duras, acusações, maldições. Mas Brianna sacudiu a cabeça. Já se resignara aos sentimentos de Maeve por Gray e pela relação deles.

— Só fiz as malas e saí — murmurou.

— Difícil. — Riu para ela. — Você fez, pelo menos, uma dúzia de listas, preparou comida para um mês e estocou no freezer, deu faxina na pousada toda... — Parou de repente, porque ela não parecia apenas nervosa. Parecia mesmo aterrorizada. — Amor, relaxe, não há por que ter medo. Nova York não é tão ruim como dizem.

Não era Nova York. Brianna virou a cabeça, enterrando-a em seu ombro. Era Gray. Mesmo que ele não percebesse isso, ela sabia que não havia ninguém mais no mundo por quem ela teria feito aquilo, exceto sua família. Mesmo que ele não percebesse, ela sabia que ele se tornara uma parte vital e complicada de sua vida, como sua própria carne e osso.

— Fale-me sobre Eloise outra vez.

Ele manteve a mão dela nas suas, acariciando-a.

— Ela é uma menininha que vive no Plaza com sua babá, com Weenie, seu cachorro, e com Skipperdee, sua tartaruga.

Brianna sorriu, fechou os olhos e deixou-o contar a história.

Havia uma limusine esperando por eles no aeroporto. Graças a Rogan e Maggie, Brianna já experimentara uma limusine antes e não se sentiu uma tola completa. No assento luxuoso, encontrou um lindo buquê com três dúzias de rosas e uma garrafa de Dom Perignon gelada.

— Grayson. — Embevecida, ela afundou o rosto nos botões.

— Tudo o que tem a fazer é se divertir. — Estourou o champanhe, deixando-o borbulhar na borda. — E eu, seu anfitrião, mostrarei a você tudo o que há para ver na Big Apple.

— Por que a chamam assim?

— Não faço a menor idéia. — Estendeu-lhe uma taça de champanhe e brindou com ela. — Você é a mulher mais bonita que já conheci.

Ruborizada, enfiou a mão por entre os cabelos despenteados pela viagem.

— Tenho certeza de que meu visual está perfeito.

— Não, você fica melhor em seu avental. — Quando ela riu, Grayson aproximou-se e mordiscou-lhe a orelha. — Na realidade, estava imaginando se você o vestiria para mim, alguma vez.

— Eu o uso todos os dias.

— Bem... Falo de usar *só* o avental.

Ficou ainda mais vermelha e lançou um olhar distraído à cabeça do motorista através do vidro de segurança.

— Gray...

— Ok, cuidaremos das minhas lascivas fantasias mais tarde. O que quer fazer primeiro?

— Eu... — Ainda gaguejava só com a idéia de ficar na cozinha, usando nada além do avental.

— Compras — ele decidiu. — Depois de fazermos o check-in, vou dar algumas ligações e partiremos para as ruas.

— Vou ter que comprar alguns suvenires. E tem aquela loja de brinquedos, aquela famosa.

— F.A.O. Schwartz.

— Isto. Eles terão alguma coisa maravilhosa para Liam, não é?

— Com certeza. Mas estou pensando mais na Quinta e na Quarenta e Sete.

— O que é isto?

— Vou levar você.

Ele mal lhe deu tempo de olhar estupidamente a estrutura de palácio do hotel, o opulento saguão do Plaza com seu tapete vermelho e candelabros cintilantes, os uniformes elegantes do pessoal, a magnífica ornamentação de arranjos florais e as gloriosas vitrinas com displays expondo jóias estonteantes.

Subiram no elevador até o topo e ela entrou numa suntuosa suíte, tão alta que se podia ver a luxuriante ilha verde do Central Park. Ele a arrastou para dentro e, enquanto ela se refrescava um pouco da viagem, ele esperou, impaciente, para arrastá-la de novo para fora.

— Vamos caminhar. É a melhor maneira de ver Nova York. — Pegou a bolsa dela, cruzando a alça do ombro até a cintura. — Carregue-a assim, com a mão nela. Seus sapatos são confortáveis?

— Sim.

— Então você está pronta.

Ela ainda tentava recuperar o fôlego quando ele a puxou.

— É uma cidade maravilhosa na primavera — falou, enquanto começavam a descer a Quinta.

— Tanta gente! — Ela olhou uma mulher passar correndo com seus leggings brilhando sob o short de seda. E outra, com calça de couro vermelho e um trio de argolas balançando no lóbulo da orelha esquerda.

— Você gosta de gente.

Ela olhava um homem andando na frente, gritando ordens num celular.

— Sim.

Gray afastou-a do caminho de uma bicicleta ziguezagueante.

— Eu também. De vez em quando.

Ele apontava coisas para ela, prometia todo o tempo que quisesse na loja de brinquedos, divertia-se ao vê-la boquiaberta diante das vitrinas das lojas e da incrível variedade de pessoas que andavam apressadas pela rua.

— Fui a Paris uma vez — disse a ele, sorrindo ao vendedor ambulante que anunciava cachorro-quente. — Para ver a exposição de Maggie lá. E achei que nunca na minha vida veria nada tão formidável. — Rindo, apertou a mão dele. — Mas isto aqui é.

Estava adorando. O barulho constante e quase violento do tráfego, as ofertas brilhantes dispostas numa loja após a outra, as pessoas, absortas e correndo para os seus próprios negócios, os prédios imensos brotando de todos os lugares e transformando as ruas em desfiladeiros.

— Aqui!

Brianna olhou para o prédio da esquina, cada vitrina derramando jóias e pedras preciosas.

— Ah, o que é isso?

— É um bazar, querida. — Excitado só pela alegria de estar ali, com ela, empurrou a porta. — Uma verdadeira orgia.

O ar de dentro da loja vibrava com as vozes. Compradores se misturavam por toda a loja examinando os mostruários. Viu diamantes, anéis e mais anéis brilhando pelos vidros. Pedras coloridas como arco-íris, o brilho sedutor do ouro.

— Meu Deus, que lugar! — Estava deliciada andando pelos corredores com ele. Parecia outro mundo, com todos aqueles compradores e vendedores discutindo o preço de colares de rubis e brincos de safiras. Quantas histórias teria para contar quando voltasse a Clare!

Parou com Gray diante de uma vitrina e riu baixinho.

— Duvido que vá encontrar meus suvenires aqui!

— Eu vou. Acho que são pérolas. — Acenou com um dedo para que a vendedora se mantivesse longe e estudou as peças. — Pérolas cairiam bem.

— Vai comprar um presente?

— Exatamente. Este. — Acenou para a funcionária. Já tinha formado uma imagem na cabeça, e as três voltas de pérolas leitosas se encaixavam perfeitamente.

Escutou meio desatento, enquanto a funcionária apregoava a beleza e o valor do colar. Tradicional, ela dizia, simples e elegante. Um bom investimento. E, naturalmente, uma pechincha.

Gray tomou o colar, testou o peso, estudou as peças resplande-centes.

— O que acha, Brianna?

— É maravilhosa.

— Claro que é — a vendedora disse, percebendo a possibilidade de venda, e não mera especulação. — Não encontrará nada igual, não com este preço. Um visual clássico como este você pode usar com qual-quer coisa, vestidos para a noite, roupas diárias. Um cashmere leve, blusa de seda. Um pretinho básico.

— Ela não fica bem de preto — Gray disse, olhando para Brianna. — Azul-noite, tons pastéis, verde-musgo, tudo bem.

Brianna sentiu um frio no estômago enquanto a vendedora con-cordava com Gray.

— Sabe, você está certo. Para a pele dela, o senhor pode escolher jóias elegantes ou em tons pastéis. Não são todas as mulheres que podem usar os dois. Experimente. Verá por si mesma como caem lin-damente.

— Gray, não. — Brianna recuou, esbarrando em outro compra-dor. — Você não pode. Isso é ridículo.

— Benzinho — a vendedora interrompeu-a —, se um homem quer comprar uma gargantilha dessas para você, é ridículo discutir. Com quarenta por cento de desconto também.

— Ah, acho que você pode melhorar essa oferta — Gray falou dis-plicentemente. Não era pelo dinheiro, ele mal olhara a minúscula eti-queta presa discretamente ao fecho de diamantes. Era por puro esporte. — Vamos ver como fica.

Brianna parou, olhos cheios de angústia, enquanto Gray fechava o colar no seu pescoço. Caiu como uma luva sobre a blusa simples de algodão.

— Você não pode comprar uma coisa dessas pra mim. — Recusava, embora os dedos formigassem de vontade de tocar as pérolas.

— Claro que posso. — Inclinou-se, beijando-a de leve. — Me dê esse prazer. — Endireitando-se, estudou-a por entre os olhos aperta-dos. — Acho que é quase tão bonita quanto eu procurava. — Encarou a funcionária. — Qual é sua oferta?

— Querido, estou praticamente dando a você. Você já viu que essas pérolas combinam perfeitamente.

— Hum-hum. — Virou o pequeno espelho sobre a mesa para Brianna. — Dê uma olhada — sugeriu. — Fique com elas por uns minutos. Deixe-me ver aquele broche lá, o coração de diamantes.

— Ah, é uma peça linda. Tem um bom olho. — Ágil, a vendedora alcançou-o e colocou sobre o balcão, em uma almofada de veludo preto. — Vinte e quatro pedras em corte brilhante. Topo de linha.

— Lindo. Brie, acha que Maggie gostaria disso? Um presente para a nova mamãe.

— Ah. — Ela estava lutando para não deixar o queixo cair. Primeiro a visão de si mesma no espelho com as pérolas em torno do pescoço e agora a idéia de que Gray compraria brilhantes para a sua irmã. — Adoraria. Como poderia não adorar? Mas você não pode...

— O que você propõe para eu levar os dois?

— Bem... — A vendedora tamborilou os dedos no peito. Com uma expressão sofrida, pegou uma calculadora e começou a fazer contas. O total que rabiscou num bloco fez o coração de Brianna parar.

— Gray, por favor.

Ele apenas fez um gesto para que se calasse.

— Acho que você pode conseguir mais do que isso.

— Assim você vai acabar comigo — falou a mulher.

— Veja se você não consegue um pouquinho mais.

Ela grunhiu, resmungando sobre margens de lucro e qualidade da mercadoria. Mas refez os cálculos, dividiu um tanto e colocou a mão no coração.

— Estou cortando minha própria garganta.

Gray piscou para ela, pegando a carteira.

— Pode embrulhá-los. Mande-os ao Plaza.

— Gray, não.

— Desculpe. — Abriu o fecho das pérolas, passando-as negligentemente à vendedora deliciada. — Você as terá para esta noite. Não é muito inteligente andar por aí com elas.

— Não é isso que quero dizer, e você sabe...

— Você tem uma voz linda — a vendedora falou para distraí-la. — É irlandesa?

— Sou sim. Você vê...

— É a primeira viagem dela aos Estados Unidos. Quero que tenha alguma coisa especial para se lembrar disso. — Tomou a mão de Brianna e beijou cada um de seus dedos, de um modo que fez até o coração cínico da vendedora acelerar. — Quero muito isso.

— Você não tem que comprar coisas para mim.

— Isso é parte da beleza da coisa. Você nunca pede nada.

— E de que parte da Irlanda você é, benzinho?

— Do Condado de Clare.

— Tenho certeza de que é maravilhoso. E você vai... — Ao ler o nome no cartão de crédito que Gray entregara, a mulher soltou um grito: — Grayson Thane! Meu Deus, li todos os seus livros. Sou sua maior fã. Espere até meu marido saber. É seu maior fã também. Vamos assistir ao seu filme, na semana que vem. Mal posso esperar. Você me daria um autógrafo? Milt não vai acreditar.

— Claro. — Apanhou o bloco que ela lhe estendera. — Você é Marcia? — perguntou indicando o cartão sobre a vitrina.

— Sim, sou eu. Você mora em Nova York? Nunca informam isso na contracapa dos livros.

— Não, não moro. — Sorriu devolvendo-lhe o bloco, para tentar distraí-la e evitar mais perguntas.

— "Para Marcia" — ela leu —, "uma jóia entre as jóias. Afetuosamente, Grayson Thane." — Sorriu-lhe radiante, sem, no entanto, se esquecer de pedir a ele que assinasse a nota do cartão de crédito. — Volte sempre que procurar algo especial. E não se preocupe, Sr. Thane, vou enviar isso ao hotel agora mesmo. E você, curta bem seu colar, benzinho. Curta Nova York.

— Obrigada, Marcia. Recomendações a Milt. — Satisfeito consigo, virou-se para Brianna. — Quer olhar mais alguma coisa?

Atordoada, ela apenas sacudiu a cabeça.

— Por que faz isso? — conseguiu falar, quando estavam outra vez na rua. — Como torna impossível para mim dizer não quando quero recusar algo?

— Você merece — falou suavemente. — Está com fome? Eu estou. Vamos comer um cachorro-quente.

— Gray. — Ela o deteve. — É a coisa mais bonita que já tive — disse solenemente. — E você também é.

— Ótimo. — Pegou a mão dela e levou-a até a esquina seguinte, calculando que já a tinha amaciado o bastante para que ela o deixasse comprar-lhe o vestido perfeito para a estréia.

Ela discutiu. Perdeu. Para equilibrar as coisas, Gray recuou quando ela insistiu em pagar as quinquilharias que queria levar para a Irlanda. Divertiu-se ajudando-a com o troco na moeda americana, nada familiar. Fascinava-o o fato de ela parecer mais deslumbrada com a loja de brinquedos do que com as joalherias e butiques finas que visitaram. E, quando a inspiração surgiu, descobriu-a ainda mais fascinada por uma loja de utilidades para cozinha.

Encantado com ela, carregou suas sacolas e bolsas até o hotel, seduziu-a na cama, dedicando bastante tempo a uma tarde de longo e luxuriante amor.

Levou-a para tomar vinho e jantar no Le Cirque, e, num rasgo de romantismo nostálgico, foram dançar no Rainbow Room, onde desfrutou tanto quanto ela a decoração fora de época e o som de uma banda fantástica.

Amou-a outra vez, até que ela adormeceu exausta ao seu lado. Ele ficou acordado.

Ficou acordado por um longo tempo, sentindo o perfume das rosas que dera a ela, afagando a seda de seus cabelos, ouvindo a respiração calma e cadenciada dela.

Em algum momento, durante aquele ressonar na penumbra, ele pensou nos muitos hotéis onde dormira sozinho. Nas muitas manhãs em que acordara sozinho, tendo como companhia apenas as pessoas que criara em seu cérebro.

Pensou como ele preferira assim. Sempre preferira. E como, com ela enrodilhada a seu lado, não conseguia voltar a ter aquela sensação de contentamento solitário.

Certamente o faria, quando o tempo deles tivesse acabado. Ainda sonhando, alertou a si mesmo para não se fixar no amanhã, muito menos no ontem.

Estava vivendo hoje. E o hoje era quase completamente perfeito.

Capítulo Dezesseis

Na manhã seguinte, Brianna ainda estava tão deslumbrada com Nova York que queria ver tudo de uma só vez. Não se incomodava de mostrar claramente que era uma turista, batendo fotos com a câmera, olhando para cima, o pescoço dobrado para ver o topo dos prédios. Qual era o problema se ficava mesmo embasbacada? Nova York era um espetáculo barulhento e elaborado, feito para extasiar os sentidos.

Lera atentamente o guia na suíte, listando e assinalando cuidadosamente cada lugar que tinha visto.

Agora teria de enfrentar a perspectiva de um almoço de negócios com a agente de Gray.

— Arlene é formidável — Gray assegurara a Brianna, enquanto a arrastava pela rua. — Você vai gostar dela.

— Mas este almoço. — Embora diminuísse o passo, ele não permitiu que ela voltasse, como teria preferido. — É como uma reunião de negócios. Devia esperar por você em algum lugar ou talvez encontrá-lo quando tivesse terminado. Poderia ir à Saint Patrick agora, e...

— Já disse que levo você à Saint Patrick, depois do almoço.

E levaria mesmo, ela sabia. Estava mais do que disposto a levá-la a qualquer lugar. Todos os lugares. Ainda naquela manhã lá estava ela no alto do Empire State Building, absolutamente maravilhada. Andaram de metrô, comeram numa delicatéssen. Tudo o que fizera e tudo o que vira giravam em sua cabeça como um caleidoscópio de cor e som.

E, mesmo assim, ele prometia mais.

No entanto, a perspectiva de almoçar com uma agente de Nova York, uma mulher obviamente formidável, era amedrontadora. Teria arranjado uma desculpa convincente, talvez até mesmo inventado dor de cabeça ou cansaço, se Gray não parecesse tão excitado com a idéia.

Observou-o enfiar displicentemente uma nota na lata junto a um homem que cochilava encostado na parede de um prédio. Nunca deixava de fazer isso. Qualquer aviso dizendo "sem-teto", "desempregado" ou "veterano do Vietnã" chamava sua atenção. E sua carteira.

Tudo captava sua atenção. Não perdia nada e via tudo. E aqueles pequenos gestos de delicadeza com pessoas estranhas, que outros pareciam nem mesmo admitir que existissem, eram um traço de sua personalidade.

— Ei, cara, precisa de um relógio? Tenho alguns lindos aqui. Só vinte paus. — Um homem negro e magro abriu uma pasta, mostrando uma exposição de Gucci e Cartier falsificados. — Tenho um relógio lindão para a madame aqui.

Para desalento de Brianna, Gray parou.

— É mesmo? Eles funcionam?

— Ei. — O homem riu. — Tenho cara de quê? Marca o tempo, cara. Igualzinho àqueles que custam mil paus na Quinta.

— Deixe-me dar uma olhada. — Gray escolheu um enquanto Brianna mordia o lábio. O homem lhe parecia perigoso, olhos correndo de um lado para outro. — Tem muitos concorrentes nesta esquina?

— Não, tenho um representante. Relógios ótimos, fica lindo na madame. Vinte paus.

Gray deu uma sacudida no relógio, segurou-o perto do ouvido.

— Ótimo. — Passou uma nota de vinte para o homem. — Vêm vindo dois tiras — disse baixinho e prendeu a mão de Brianna em seu braço.

Quando ela olhou para trás, o homem tinha sumido.

— Eram roubados? — ela perguntou, apavorada.

— Provavelmente não. É seu. — Ajustou o relógio no pulso dela. — Pode funcionar por um dia ou um ano. Nunca se sabe.

— Então, por que comprou?

— Ei, o cara tem de sobreviver, não tem? O restaurante é logo aqui.

Aquilo a perturbou o bastante para que se sentisse desconfortável com suas roupas. Sentia-se sem graça e rústica, além de idiota com aquela bolsinha "I Love New York", guardando os suvenires do Empire State.

Tolice, garantiu a si mesma. Encontrava pessoas novas todo o tempo. Gostava de pessoas novas. O problema, pensava, enquanto Gray a introduzia no Four Seasons, era que desta vez eram pessoas ligadas a ele.

Tentou não olhar, enquanto ele a conduzia.

— Ah, Sr. Thane. — O maître o saudou calorosamente. — Faz tanto tempo. A Sra. Winston já está aqui.

Atravessaram a sala com seu longo e brilhante bar, as mesas cobertas de linho já repletas de pessoas para o almoço. Uma mulher levantou quando viu Gray.

Brianna viu primeiro o bonito tailleur vermelho, o brilho do ouro na lapela e nas orelhas. E, então, os sedosos cabelos louros e curtos, o lampejo de um sorriso, antes que a mulher fosse engolida pelo abraço entusiástico de Gray.

— Bom ver você, minha querida.

— Meu viajante predileto. — A voz era rouca, com uma pitada de rispidez.

Arlene Winston era miúda, mal chegava a um metro e meio, mas tinha as formas bem definidas de quem malhava três vezes por semana. Gray dissera que era avó, mas seu rosto quase não tinha rugas, os agudos olhos acastanhados contrastando com a compleição delicada e as feições de duende. Com seu braço ainda em volta da cintura de Gray, estendeu a mão a Brianna.

— E você é Brianna. Bem-vinda a Nova York. Nosso garoto tem divertido você?

— Tem sim. É uma cidade maravilhosa. Prazer em conhecê-la, Sra. Winston.

— Arlene. — Por um momento, reteve a mão de Brianna carinhosamente entre as suas. Mesmo com a afabilidade do gesto, Brianna percebeu uma avaliação rápida e cuidadosa. Gray simplesmente ficou parado atrás, sorrindo.

— Não é linda?

— Realmente. Vamos sentar. Espero que não se importe, pedi champanhe. Uma celebraçãozinha.

— Os britânicos? — Gray perguntou, sentando-se.

— Isso mesmo. — Sorriu enquanto as taças eram servidas com o líquido borbulhante que já estava sobre a mesa. — Quer falar logo de negócios ou vamos deixar para depois do almoço?

— Vamos nos livrar logo.

Obediente, Arlene dispensou o garçom, apanhou a pasta e tirou um arquivo com vários fax.

— Aqui está a proposta dos ingleses.

— Que mulher! — Gray falou, piscando para ela.

— As outras ofertas estrangeiras estão aqui... e o áudio. Já começamos a levantar o pessoal do filme. E tenho seu contrato. — Acomodou-se, deixando Gray examinar os papéis, enquanto ela sorria para Brianna. — Gray contou que você é uma cozinheira incrível.

— Ele é que gosta de comer.

— E como gosta! Pelo que ouvi dizer, você é dona de uma pousada encantadora. Blackthorn, não é?

— Blackthorn Cottage. Não é nada muito grande.

— Imagino que seja bem familiar. — Arlene examinou Brianna sobre o copo de água. — E calma.

Calma, certamente. As pessoas vão ao Oeste por causa da paisagem.

— Que, segundo me disseram, é espetacular. Nunca estive na Irlanda, mas Gray, com certeza, aguçou minha curiosidade. Quantas pessoas pode acomodar?

— Bem, tenho quatro quartos de hóspedes, então isso varia, dependendo do tamanho das famílias. Oito fica confortável, mas muitas vezes tenho doze ou mais, com crianças.

— E cozinha para todos, cuida do lugar sozinha?

— É algo como cuidar de uma família — Brianna explicou. — Muitas pessoas ficam só por uma noite ou duas e seguem seu caminho.

Casualmente, Arlene ia fazendo Brianna falar, pesando cada uma de suas palavras, analisando cada inflexão, julgando. Gray era mais do que um cliente para ela, muito mais. Uma mulher interessante, concluiu. Reservada, um pouco nervosa. Obviamente capaz, observou, tamborilando na mesa com a unha pintada, enquanto interrogava Brianna sobre detalhes da zona rural.

Elegante, ela percebeu, boas maneiras... ah... viu o olhar de Brianna divagar — apenas por alguns segundos — e deter-se em Gray. E notou o que desejava ver.

Brianna voltou o olhar, viu o cenho de Arlene franzido e lutou para não ficar vermelha.

— Grayson falou que você já tem netos.

— Claro, tenho. E depois de uma taça de champanhe estou quase mostrando todas as fotos.

— Adoraria vê-las. Verdade. Minha irmã acabou de ter um bebê. — Tudo nela se aqueceu, os olhos, a voz. — Também tenho fotos.

— Arlene. — Gray levantou os olhos dos papéis, olhando-a outra vez. — Você é a rainha dos agentes.

— E não se esqueça disso. — Estendeu-lhe uma caneta, enquanto acenava pedindo o vinho e os cardápios. — Assine o contrato, Gray, e vamos celebrar.

Brianna calculava que bebera mais champanhe desde que conhecera Gray do que teria bebido em toda a vida antes dele. Enquanto se entretinha com uma taça, estudava o cardápio e tentava não fazer careta aos preços.

— Vamos encontrar Rosalie mais tarde — Gray disse, referindo-se à reunião agendada com sua editora —, depois vamos à estréia. Você vai, não vai?

— Não a perderia por nada — Arlene assegurou. — Quero frango — acrescentou, passando o menu ao garçom, que esperava. — Agora

— continuou depois de terem feito os pedidos —, conte-me como está indo o livro.

— Vai bem. Incrivelmente bem. Nunca trabalhei em nada que fluísse tão bem assim. A primeira prova já está quase pronta.

— Tão rápido?

— Está fluindo *bem.* — O olhar se fixou em Brianna. — Como uma mágica. Talvez seja a atmosfera. A Irlanda é um lugar mágico.

— Ele trabalha bastante — Brianna acrescentou. — Algumas vezes, não sai do quarto por dias. E nem pense em perturbá-lo. É capaz de morder você como um pitbull.

— E você morde de volta? — Arlene quis saber.

— Geralmente não. — Brianna sorriu quando Gray cobriu sua mão com a dele. — Por causa da minha irmã, já estou acostumada com esse tipo de comportamento.

— Ah, sim, a artista. Você tem experiência com temperamentos artísticos.

— Tenho mesmo — respondeu com uma risada. — Acho que as pessoas criativas passam por momentos mais difíceis do que o resto de nós... Gray precisa manter a porta do seu mundo fechada, enquanto está nele.

— Ela não é perfeita?

— Creio que é — Arlene respondeu complacente.

Mulher paciente, ela esperou até o final da refeição para dar o próximo passo.

— Gostaria de uma sobremesa, Brianna?

— Não agüento, obrigada.

— Gray vai querer. Nunca aumenta um grama... — falou sacudindo a cabeça. — Peça alguma coisa bem pecaminosa, Gray. Brianna e eu vamos ao toalete para podermos falar de você a sós.

Quando Arlene levantou, Brianna não teve outra opção senão segui-la. Lançou um olhar confuso a Gray por sobre o ombro, quando saíram.

O banheiro feminino era tão glamouroso quanto o bar. Sobre a bancada, uma coleção de vidros de perfume, loções, até cosméticos. Arlene sentou-se de frente para o espelho, cruzou as pernas e fez um gesto para Brianna acompanhá-la.

— Está excitada com a estréia, hoje à noite?

— Sim. É um grande momento para ele, não é? Sei que já fizeram filmes de seus livros antes. Vi um. O livro era melhor.

— Esta é a garota! — Arlene riu, balançando a cabeça. — Sabe que, antes de você, Gray nunca trouxe uma mulher com ele para se encontrar comigo?

— Eu... — Brianna gaguejou, imaginando a melhor resposta.

— Acho isso muito significativo. Nosso relacionamento vai além dos negócios, Brianna.

— Sei. Ele tem muito carinho por você. Fala em você como se fosse sua família.

— Sou sua família. Ou tão próxima disso quanto ele se permite. Tenho um profundo carinho por ele. Quando me contou que estava trazendo você a Nova York, fiquei mais do que surpresa. — Casualmente, Arlene abriu seu estojo de maquiagem e passou pó sob os olhos. — Fiquei pensando como é que uma piranha irlandesa conseguiu fisgar meu garoto?

Quando a boca de Brianna se abriu, os olhos gelados, Arlene ergueu a mão.

— A primeira reação de uma mãe superprotetora. E que se modificou logo que pus os olhos em você. Perdoe-me.

— Claro. — Sua voz soou dura e formal.

— Agora você está aborrecida comigo, e tinha mesmo de ficar. Adoro Gray há mais de uma década, me preocupo com ele, brigo com ele, o conforto. Fico torcendo para que encontre alguém de quem ele goste, alguém que o faça feliz. Porque ele não é feliz.

Fechou o estojo e, por força do hábito, pegou um batom.

— Ah, ele talvez seja a pessoa mais bem-ajustada que conheço, mas falta felicidade em algum canto de seu coração.

— Eu sei — Brianna murmurou. — Ele é muito sozinho.

— Era. Notou o modo como olha para você? Está quase atordoado. Teria ficado preocupada com isso se não tivesse visto o modo como você olha para ele.

— Eu o amo — Brianna escutou-se dizer.

— Ah, minha querida, posso ver isso. — Estendeu a mão para segurar a de Brianna. — Ele lhe contou sobre seu passado?

— Muito pouco. Guarda tudo para si, finge que não existe.

Arlene apertou os lábios, concordando com a cabeça.

— Ele não é mesmo de repartir. Estou junto dele como ninguém mais, há um longo tempo, e não sei quase nada. Uma vez, depois de sua primeira venda de um milhão de dólares, ficou um pouco bêbado e contou mais do que pretendia. — Sacudiu a cabeça. — Não acho que deva contar a você. Algo como um padre em confissão, você há de entender.

— Sim.

— Só posso dizer uma coisa. Teve uma infância miserável e uma vida difícil. Mesmo assim, ou talvez por isso, é um homem generoso e bom.

— Sei que é. Às vezes, generoso até demais. O que faço para ele parar de me comprar coisas?

— Não faça nada. Ele precisa disso. Dinheiro não é importante para Gray. Tudo isso simboliza muito para ele, e o dinheiro não é mais do que um meio para um fim. Se me permitir lhe dar um conselho, não desista, seja paciente. Ele só se sente em casa no trabalho. Ele sabe disso. Fico pensando se já percebeu que você está fazendo um lar para ele, na Irlanda.

— Não. — Brianna relaxou o bastante para sorrir. — Não percebeu. Eu também não até há pouco. No entanto, seu livro já está quase terminado.

— Mas você não. E agora tem alguém a seu lado, se precisar.

Horas mais tarde, enquanto Gray fechava o zíper de seu vestido, Brianna pensava nas palavras de Arlene. Era um gesto de amante, pensou, quando Gray beijou-lhe o ombro. De marido.

Sorriu para ele no espelho.

— Você está lindo, Grayson.

Estava mesmo, com o blazer preto, sem gravata, com aquela sofisticação casual que ela sempre associara aos astros de cinema e da música.

— Quem vai olhar para mim enquanto você estiver por perto?

— Todas as mulheres.

— Quem sabe. — Colocou o colar de pérolas em torno do pescoço dela, sorrindo enquanto apertava o fecho. — Quase perfeito. — Avaliou, virando-a para olhá-la.

O tom de azul-noite iluminava a pele clara. O decote deslizava pela curva dos seios, deixando os ombros nus. Prendera os cabelos de modo que ele podia brincar com os pequenos cachos que escapavam, fazendo cócegas nas orelhas e na nuca.

Ela riu, quando ele a fez girar lentamente.

— Antes você disse que eu estava perfeita.

— Disse. — Tirou uma caixa do bolso e abriu-a. Havia mais pérolas nela, duas gotas luminosas que se derramavam de solitários diamantes flamejantes.

— Gray...

— Shhh. — Prendeu os brincos nas suas orelhas. Um gesto experiente, ela pensou com desagrado, suave e ágil. — *Agora* está perfeita.

— Quando comprou isso?

— Escolhi quando compramos o colar. Marcia adorou quando liguei depois e pedi que me mandasse.

— Aposto que adorou mesmo.

Incapaz de fazer outra coisa, ergueu as mãos e alisou um brinco. Sabia que tudo aquilo era verdade, embora não conseguisse acreditar — Brianna Concannon num luxuoso hotel em Nova York, usando pérolas e diamantes, enquanto o homem a quem amava sorria para ela.

— Não adianta eu dizer que não devia ter feito isso, não é?

— Não mesmo, diga só *obrigada.*

— Obrigada. — Concordando, ela apertou o rosto de encontro ao dele. — Esta noite é sua, Grayson, e você me faz sentir como uma princesa.

— Só pense em como vamos parecer alinhados se alguém da imprensa se preocupar em bater uma foto.

— Se preocupar? — Ela apanhou a bolsa, enquanto ele a conduzia para a porta. — É o seu filme. Você o escreveu.

— Escrevi o livro.

— Foi o que eu disse.

— Não. — Deslizou um braço pelos ombros dela, enquanto caminhavam para o elevador. Ela podia parecer uma estrangeira glamourosa, notou, mas ainda cheirava como Brianna. Delicada, doce e sutil. — Você falou que era meu filme. Não é. É o filme do diretor, do produtor, dos atores. E é o filme do roteirista. — Quando a porta do elevador se abriu, entraram e ele apertou o botão para o saguão. — O romancista está no fim da lista, querida.

— Isso é ridículo. A história é sua, são seus personagens.

— Era. — Sorriu para ela. Estava ficando indignada por ele e achou aquilo agradável. — Eu o vendi, então qualquer coisa que tenham feito, para melhor ou pior, você não me ouvirá reclamar. E, nesta noite, as atenções certamente não estarão voltadas para o "baseado no romance escrito por..."

— Bem, deveriam estar. Não teriam nada sem você.

— Certo!

Lançou-lhe um olhar quando entraram no saguão.

— Está caçoando de mim.

— Não, não estou. Estou adorando você. — Beijou-a para provar que falava a verdade, conduzindo-a para fora, onde a limusine estava esperando. — A dica para sobreviver a uma venda a Hollywood é não levar a coisa para o lado pessoal.

— Você mesmo poderia ter escrito o roteiro.

— Pareço masoquista? — Quase tremeu diante da idéia. — Obrigado, mas trabalhar com um editor é o mais próximo que quero chegar de escrever para um comitê. — Recostou-se, enquanto o carro avançava em meio ao tráfego. — Fui bem pago, vou ter meu nome na tela por alguns segundos e se o filme for um sucesso, e os comentários iniciais parecem indicar que será, minhas vendas vão aumentar.

— Não tem nenhum aborrecimento?

— Muitos. Só que não a esse respeito.

A foto deles foi batida no momento em que desceram no cinema. Brianna piscou por causa das luzes, surpresa e mais do que um pouco confusa. Ele comentara que seria ignorado e já um microfone foi colocado à frente deles, antes de darem dois passos. Gray respondeu facilmente às perguntas, evitou-as também facilmente, todo o tempo apertando com firmeza a mão de Brianna, enquanto abriam caminho até o cinema.

Surpresa, olhava em volta. Havia pessoas ali que vira somente em revistas famosas, em telas de cinema e na televisão. Algumas vagavam pelo hall como fariam pessoas comuns, curtindo uma última tragada, conversando entre drinques, fofocando ou tratando de negócios.

De vez em quando, Gray a apresentava a alguém. Respondia com palavras que julgava certas e guardava nomes e rostos, para sua volta a Clare.

Alguns se vestiam muito bem, outros mal. Viu diamantes e viu jeans. Havia bonés de beisebol e ternos de milhares de dólares. Sentiu cheiro de pipoca, como sentiria em qualquer cinema de qualquer continente, e cheiro de goma de mascar junto com perfumes sutis. E sobre aquilo tudo havia uma tênue camada de glamour.

Quando ocuparam seus lugares no cinema, Gray passou o braço sobre o encosto da cadeira dela, virando-se de modo que sua boca estivesse junto da orelha dela.

— Impressionada?

— Terrivelmente. Sinto como se tivesse entrado num filme, em vez de vir ver um.

— Isto é porque eventos assim não têm nada a ver com a realidade. Espere até a festa.

Brianna deixou escapar um suspiro. Fora um longo caminho desde Clare. Um caminho muito longo mesmo.

Não teve muito tempo para avaliar aquilo. As luzes diminuíram, a tela se iluminou. Por alguns momentos, sentiu uma pontada aguda de emoção ao ver o nome de Gray surgir, permanecer, então esvanecer.

— É maravilhoso! — sussurrou. — É mesmo maravilhoso!

— Vamos ver se o resto é tão bom.

Achou que era. A ação era arrebatadora, num ritmo de suspense que a envolveu totalmente. Parecia não importar que tivesse lido o livro, soubesse das reviravoltas do enredo, reconhecesse cada trecho das palavras de Gray no diálogo. O estômago se apertava, os lábios se curvavam, os olhos se arregalavam. Num certo momento, Gray passou um lenço às mãos dela para que pudesse secar as faces.

— Você é o público perfeito, Brie. Não sei como assistia a filmes sem você.

— Shhh. — Suspirou, pegou a mão dele, segurando-a durante o clímax, até os créditos finais, enquanto os aplausos ecoaram na sala.

— Diria que foi um sucesso.

* * *

— Não vão acreditar — Brianna falou, enquanto saíam do elevador no Plaza, horas depois. — *Eu* mesma não acreditaria! Dancei com Tom Cruise. — Rindo nervosamente, um pouco alta pelo vinho e pela excitação, virou-se numa rápida pirueta. — Você acredita?

— Tenho que acreditar. — Gray abriu a porta. — Eu vi. Ele parecia bem interessado em você.

— Ah, ele só queria falar sobre a Irlanda. Tem uma grande admiração por ela. Ele é tão charmoso, e loucamente apaixonado pela esposa. E pensar que podem realmente ir e ficar na minha casa.

— Não me surpreenderia encontrar o lugar cheio de celebridades depois desta noite. — Bocejando, Gray tirou os sapatos. — Você encantou todo mundo com quem conversou.

— Vocês, ianques, nunca resistem ao sotaque irlandês. — Abriu o fecho do colar, deixando as pérolas correrem pelas mãos antes de guardá-las no estojo. — Estou tão orgulhosa de você, Gray. Todo mundo comentando como o filme é maravilhoso, e toda aquela conversa sobre Oscars. — Sorriu para ele, enquanto tirava os brincos. — Imagine só você ganhando um Oscar.

— Não ganharia. — Tirou o blazer, largando-o descuidadamente ao lado. — Não escrevi o filme.

— Mas... — grunhiu um som de desgosto, enquanto tirava os sapatos e abria o zíper do vestido. — Isso não é certo. Devia ganhar um.

Ele riu e, tirando a camisa, olhou para ela sobre o ombro. Mas o gracejo morreu em sua boca.

Ela tirara o vestido e estava ali parada, só com a lingerie sem alças que ele comprara. Azul-noite. Seda. Renda.

Desprevenido, ele estava duro como aço, quando ela se abaixou para desprender a meia fumê das ligas. Lindas mãos com unhas aparadas e sem pintura deslizaram sobre uma coxa longa e lisa, sobre o joelho, a panturrilha, disciplinadamente enrolando a meia.

Ela dizia alguma coisa, mas ele não conseguia ouvir, a cabeça atordoada. Parte de seu cérebro o avisava para sufocar o violento arroubo de desejo. Outra parte dizia que era urgente possuir, como desejava possuir. Violenta, rápida e descuidadamente.

Meias habilmente dobradas, ela levantou os braços para desprender os cabelos. As mãos dele cerradas, enquanto aqueles cachos de ouro e fogo se derramavam sobre os ombros nus. Podia ouvir a própria respiração tão rápida e rude. E quase podia sentir aquela seda rasgar-se em suas mãos e sentir a carne embaixo ficar quente, provar daquele calor quando a boca se fechasse avidamente sobre ela.

Obrigou-se a se virar. Só precisava de um momento, garantiu, para recuperar o controle. Não seria correto assustá-la.

— E será divertido contar a todo mundo. — Brianna largou a escova e, rindo outra vez, deu outra pirueta. — Não posso nem acreditar que já estamos no meio da noite e continuo completamente acordada. Feito uma criança que tenha ganhado muitos doces. Parece que nunca mais vou precisar dormir. — Girou em torno dele, envolvendo-lhe a cintura com os braços, apertando-se contra suas costas. — Ah, foi tudo tão maravilhoso, Gray. Nem sei como agradecer a você.

— Você não tem que agradecer. — A voz era rouca, cada célula do corpo em alerta total.

— Ah, mas você está acostumado a esse tipo de coisa. — Inocentemente percorreu suas costas, de um ombro a outro, com uma sucessão de rápidos beijinhos. Ele trincou os dentes para conter um gemido. — Acho que você não é capaz de imaginar como esta noite foi emocionante para mim. Mas você está todo tenso. — Instintivamente ela começou a massagear seus ombros e suas costas. — Você deve estar exausto e eu estou aqui tagarelando feito uma matraca. Vamos deitar? Logo, logo dou um jeito nessa tensão.

— Pare! — A ordem a cortou. Virando-se bruscamente, apertou-lhe os pulsos, de modo que ela só conseguiu parar e olhar. Parecia furioso. Não, ela percebeu. Parecia perigoso.

— Grayson, o que está acontecendo?

— Não vê o que está fazendo comigo? — Quando ela abanou a cabeça, puxou-a de encontro a si, os dedos se enterrando na carne. Pôde ver a perplexidade nos olhos dela dando lugar ao começo da compreensão, e então ao pânico. E agarrou-a.

— Maldição! — A boca esmagou a dela, faminta, desesperada. Se ela o tivesse empurrado, ele a teria puxado de volta. Em vez disso, ela levantou uma mão trêmula até seu rosto e ele ficou perdido.

— Só uma vez — murmurou, arrastando-a para a cama. — Só uma.

Não era o amante paciente e terno que conhecera. Era selvagem, à beira da violência, com mãos que puxavam, e rasgavam, e possuíam. Tudo nele era agressivo — sua boca, suas mãos, seu corpo. Por um instante, como ele usasse tudo aquilo para golpear seus sentidos, ela teve medo de simplesmente se partir, como vidro.

Então, o lado negro dos desejos dele a arrastou, chocou, excitou e aterrorizou ao mesmo tempo.

Ela gritou, confusa, enquanto aqueles dedos impacientes a levavam, sem piedade, ao clímax. A visão se turvou, mas podia vê-lo através dela. Em meio às luzes, que tinham deixado acesas, os olhos eram ferozes.

Chamou-o pelo nome outra vez, soluçando enquanto ele a puxava, deixando-a de joelhos. Estavam colados um ao outro sobre a cama desarrumada, as mãos dele lhe moldando o corpo, levando-a cruelmente à loucura.

Impotente, ela se curvou, estremecendo quando os dentes dele lhe arranharam a garganta, o seio. Ele então a sugou avidamente, como se faminto pelo gosto dela, enquanto seus dedos impacientes a levavam impiedosamente para mais além.

Ele não conseguia pensar. Todas as vezes em que fizera amor com ela, tinha lutado para manter um lado do cérebro frio o suficiente para manter as mãos gentis, o ritmo leve. Desta vez, só havia fogo, uma espécie de inferno cheio de contentamento, que brotava tanto da mente quanto do corpo, afastando qualquer civilidade. Agora, bombardeado pelo seu próprio desejo e ansiando pelo dela, o controle estava fora do seu alcance.

Desejava-a padecendo, resistindo, gritando.

E a teve.

Mesmo a seda era um grande obstáculo. Furioso agora, rasgou-a ao meio, empurrando-a sobre as costas, para poder devorar a carne recentemente exposta. Podia sentir as mãos dela se enfiando em seus cabelos, as unhas dela cravando em suas costas, enquanto se atirava nela, cheio de prazer.

Então seu arquejar, o estremecimento, o grito abafado, quando ele mergulhou a língua dentro dela.

Ela estava "morrendo". Ninguém poderia sobreviver ao fogo, à pressão que continuava aumentando e explodindo, aumentando e explodindo, até que seu corpo não fosse mais que uma massa trêmula de nervos submissos e desejos indescritíveis.

As sensações se atropelavam, sobrepondo-se rápido demais para que fosse capaz de separá-las. Apenas sabia que ele estava fazendo coisas nela, coisas incríveis, perversas, deliciosas. O novo clímax atingiu-a como um soco. Erguendo-se, agarrou-se a ele, movendo-se até estarem rolando na cama. Sua boca corria sobre ele, tão ávida agora quanto arrebatada. As mãos conquistadoras o encontraram, o tocaram, fazendo-a estremecer num prazer inexperiente e furioso, quando ele gemeu.

— Agora! Agora! — Tinha de ser agora. Ele não podia mais se conter. Suas mãos deslizaram pela pele úmida, agarraram firmemente seus quadris para erguê-la. Mergulhou profundamente dentro dela, ofegante, enquanto a posicionava para receber ainda mais dele.

Montou nela firme, penetrando-a mais cada vez que ela se levantava para encontrá-lo. Olhou seu rosto, quando ela afundou na vertigem do derradeiro clímax. O modo como seus olhos sombreados escureceram, quando seus músculos contraíram-se em torno dele.

Sentindo algo perigosamente próximo à dor, esvaziou-se dentro dela.

Capítulo Dezessete

Rolara de cima dela e olhava o teto. Sabia que, por mais que se amaldiçoasse, não podia desfazer o que tinha feito. Todo o cuidado, toda a prudência e, num instante, estragara tudo. Arruinara tudo.

Agora ela estava encolhida a seu lado, tremendo. E tinha medo de tocá-la.

— Desculpe — finalmente falou, percebendo a inutilidade do pedido. — Nunca pensei tratar você desse jeito. Perdi o controle.

— Perdeu o controle — ela murmurou, pensando como um corpo podia se sentir fraco e energizado ao mesmo tempo. — Acha que precisa dele?

Sua voz estava fraca, ele notou, e rouca por causa do choque, imaginou.

— Sei que pedir desculpas é o fim da picada. Posso trazer alguma coisa para você? Um copo d'água. — Apertou os olhos fechados e amaldiçoou-se outra vez. — Falando em fim da picada... Vou buscar uma camisola. Quer uma camisola.

— Não, não quero. — Conseguiu se mexer o suficiente para examinar o rosto dele. Ele não a olhava, observou, só fitava o teto. — Grayson, você não me machucou.

— Claro que machuquei. Vai ficar cheia de manchas roxas para provar.

— Não sou tão frágil assim — disse com uma ponta de exasperação.

— Tratei você como... — Não podia dizer, não para ela. — Devia ter sido gentil.

— E você foi gentil. Gosto de saber que custa a você algum esforço ser gentil. E gosto de saber que fiz alguma coisa que fez você se esquecer de ser. — Os lábios se curvaram, quando afastou os cabelos na testa dele. — Pensa que me assustou?

— Sei que assustei. — Afastou-se dela, sentando-se. — Não tive cuidado.

— Realmente me assustou. — Ela fez uma pausa. — E gostei. Amo você.

Ele encolheu-se, apertou a mão que ela colocara na dele.

— Brianna — começou sem saber como continuar.

— Não se preocupe. Não preciso que repita isso.

— Ouça, muitas pessoas confundem sexo com amor.

— Imagino que você tem razão. Grayson, acha que eu estaria aqui com você, acha mesmo que eu estaria aqui com você assim se não o amasse?

Ele era bom com palavras. Dúzias de desculpas razoáveis e táticas de defesa passavam por sua mente.

— Não — falou, afinal, encarando a verdade. — Não acho. O que só torna tudo pior — murmurou, levantando-se para pegar as calças. — Nunca deveria ter deixado as coisas irem tão longe. Eu sabia disso. A culpa é minha.

— Não há culpa alguma nisso tudo. — Buscou a mão dele outra vez para que voltasse a se sentar na cama, em vez de ficar caminhando. — Você não devia ficar triste por saber que é amado, Grayson.

Mas ficava. Triste, em pânico e, por um breve instante, desejoso.

— Brie, não posso retribuir com o que você deseja ou deveria desejar. Não há futuro comigo, nenhuma casa no campo com crianças no pátio. Não há nenhuma possibilidade.

— É uma pena que pense assim. Mas não estou lhe pedindo nada disso.

— É o que você deseja.

— É o que desejo, mas não o que espero. — Lançou-lhe um sorriso surpreendentemente calmo. — Já fui rejeitada antes. Sei muito bem o que é amar e não ter o amor da pessoa de volta, no mínimo não tanto quanto se deseja ou precisa. — Sacudiu a cabeça antes que ele pudesse falar. — Por mais que eu possa querer continuar a seu lado, Grayson, vou sobreviver sem você.

— Não quero magoá-la, Brianna. Eu me preocupo com você. Gosto de você.

Ela ergueu a sobrancelha.

— Sei disso. E sei que está preocupado porque gosta de mim mais do que jamais gostou de alguém.

Ele abriu a boca, fechou-a e sacudiu a cabeça.

— Sim, é verdade. É algo novo para mim. Para nós dois. — Ainda inseguro de seus movimentos, tomou a mão dela, beijou-a. — Daria mais a você se pudesse. E lamento não ter, pelo menos, preparado você para uma noite dessas. Você é a primeira... mulher inexperiente com quem estive, então tentei ir devagar.

Intrigada, ela levantou a cabeça.

— Deve ter ficado tão nervoso quanto eu estava, na primeira vez.

— Mais. — Beijou sua mão outra vez. — Muito mais, acredite. Estou acostumado com mulheres que conhecem todas as manhas. Experientes ou profissionais, e você...

— Profissionais? — Ela arregalou os olhos. — Já pagou para levar mulheres para a cama?

Olhou de volta para ela. Devia ter ficado muito mais confuso do que percebera para vir com uma história dessas.

— Não recentemente. De toda maneira...

— Por que teve que fazer isso? Um homem como você, que tem sensibilidade?

— Olhe, foi há muito tempo. Outra vida. Não me olhe assim — explodiu. — Quando se tem dezesseis anos e se está sozinho pelas ruas, nada é grátis. Nem mesmo sexo.

— Por que estava sozinho e pelas ruas aos dezesseis anos?

Ele recuou. Havia tanto vergonha quanto raiva em seus olhos.

— Não vou falar disso.

— Por quê?

— Deus do céu... — Agitado, enfiou ambas as mãos nos cabelos. — É tarde. Temos que dormir.

— Grayson, é tão difícil contar para mim? Não há quase nada que não saiba a meu respeito, coisas ruins e boas. Acha que vou desprezar você, se souber?

Ele não tinha certeza e disse a si mesmo que não se importava.

— Não é nada importante, Brianna. Nada a ver comigo agora, conosco.

Os olhos dela se esfriaram e levantou-se para pegar a camisola que dissera não querer.

— É claro que é problema seu, se prefere me deixar fora disso.

— Não é o que estou fazendo.

Enfiou a camisola pela cabeça, ajustando as mangas.

— Como você quiser.

— Inferno! Você é ótima, não é? — Furioso com ela, enfiou as mãos nos bolsos.

— Não sei o que quer dizer.

— Sabe muito bem — retorquiu. — Joga a culpa, espalha indiferença e cai fora.

— Concordamos que não é da minha conta. — Aproximando-se da cama, começou a esticar os lençóis que tinham desarrumado. — Se é culpa que está sentindo, não é por minha causa.

— Você me pegou... — resmungou. — Sabe como me pegar. — Suspirou, vencido. — Você quer saber, tudo bem, então. Sente, vou lhe contar uma história.

Virou as costas para ela, revirando a gaveta atrás de um maço de cigarros que carregava sempre, pois só fumava quando estava trabalhando.

— A primeira coisa de que me lembro é o cheiro. Lixo começando a apodrecer, mofo, cigarros — acrescentou, olhando atravessado para a fumaça que subia em espirais. — Erva. Não do tipo que você cultiva, mas do tipo que se traga. Provavelmente nunca sentiu o cheiro dessa erva, não é?

— Não, nunca. — Mantinha as mãos no colo e os olhos nele.

— Bem, é minha primeira lembrança. O sentido do olfato é o mais forte de todos, permanece em você, seja bom ou ruim. Lembro-me dos sons também. Vozes altas, música alta, alguém fazendo sexo no cômodo ao lado. Lembro-me de sentir fome e de não poder sair do quarto porque ela me prendera outra vez. Estava chapada quase todo o tempo e nunca lembrava que tinha uma criança que precisava comer.

Ele procurou em vão por um cinzeiro, então se inclinou sobre a cômoda. Descobriu que, afinal de contas, não era tão difícil falar. Era quase como criar uma cena na cabeça. Quase.

— Uma vez ela me disse que saíra de casa quando tinha dezesseis anos. Queria fugir dos pais, das regras. Eram quadrados, ela me disse. Ficaram loucos quando descobriram que ela usava drogas e levava rapazes para o quarto. Estava só vivendo sua vida, fazendo suas coisas. Então, um dia, saiu, pegou uma carona e foi parar em São Francisco. Lá podia ter entrado na onda hippie, mas foi parar nas drogas, experimentando um monte de porcarias, pedindo esmola ou se vendendo para pagar por elas.

Ele simplesmente lhe contara que a mãe era prostituta e drogada, e ficou esperando algumas exclamações chocadas. Quando ela só continuou olhando para ele com aqueles olhos calmos, circunspectos, sacudiu os ombros e prosseguiu:

— Tinha provavelmente dezoito anos quando ficou grávida de mim. De acordo com sua história, já tinha feito dois abortos e estava apavorada com outro. Nunca pôde ter certeza sobre quem era o pai, mas sabia que era um dentre três caras. Juntou-se com um deles e decidiu me manter. Quando eu tinha um ano, encheu-se dele e foi morar com outro. Ele era seu cafetão, arranjava-lhe drogas, mas batia nela um pouco demais, e então ela o abandonou.

Gray bateu as cinzas do cigarro e fez uma pausa para Brianna comentar. Mas ela não disse nada, continuou sentada na cama, com as mãos cruzadas.

— De qualquer maneira, passaram-se mais dois anos. Até onde posso lembrar, as coisas ficaram como antes. Ela passava de um homem para outro, presa naquelas porcarias. Em termos eruditos, acho que pode se dizer que ela tinha uma personalidade aditiva. De vez em quando me batia, mas nunca me surrava de verdade... isso exigiria um pouco mais de esforço e interesse. Prendia-me para evitar que eu ficasse vagando quando ela estava na rua ou encontrando seu traficante. Vivíamos na sujeira e me lembro do frio. Fazia um frio do diabo em São Francisco. Foi assim que o fogo começou. Alguém no prédio trouxe um aquecedor portátil. Eu tinha cinco anos, estava sozinho e trancado em casa.

— Ah, meu Deus, Grayson... — Apertou as mãos na boca. — Oh, Deus...

— Acordei sufocado — disse na mesma voz distante. — O quarto estava cheio de fumaça e eu podia ouvir as sirenes e os gritos. Eu gritava e batia na porta. Não podia respirar e estava assustado. Lembro-me apenas de deitar no chão e chorar. Então um bombeiro arrombou a porta e me pegou. Não me lembro de ele ter me carregado. Não me lembro do fogo, só da fumaça no quarto. Acordei no hospital, e uma assistente social estava lá. Uma coisinha linda com grandes olhos azuis e mãos macias. E havia um tira. Ele me deixou nervoso, porque eu aprendera a não confiar em nenhuma autoridade. Perguntaram se eu sabia onde minha mãe estava. Eu não sabia. Mas, quando já estava bem para deixar a custódia do hospital, fui despejado no sistema. Eles me puseram numa instituição para crianças órfãs, enquanto procuravam por ela. Nunca a encontraram. Nunca mais a vi.

— Ela nunca procurou por você.

— Não, nunca. Não foi um mau negócio. A casa era limpa, eles me alimentavam regularmente. O grande problema para mim era a disciplina rigida, e eu não estava acostumado com disciplinas. Houve algumas possibilidades de adoção, mas eu deixava claro que não dariam certo. Não queria ser uma imitação de filho, não importava o quanto as pessoas fossem boas ou más. Algumas eram realmente boas pessoas. Eu era o que chamavam de intratável. Preferia assim. Ser um causador de problemas me conferiu uma identidade. Então causei muitos problemas. Era um garoto brigão, com a língua ferina e uma conduta má. Gostava de arranjar brigas, porque eu era forte, rápido e geralmente podia vencer.

"Eu era previsível", continuou com um meio sorriso. "Isso era o pior. Eu era produto do meio onde crescera e abominavelmente orgulhoso disso. Nenhum maldito conselheiro, psiquiatra ou assistente social iria fazer minha cabeça. Me ensinaram a odiar as autoridades, e isso foi uma coisa que ela me ensinou muito bem."

— Mas a escola, a casa... foram boas para você?

Um brilho de escárnio acendeu em seus olhos.

— Ah, sim, formidável. Três metros quadrados e uma cama. Exalou um suspiro impaciente diante da expressão consternada dela. — Você é só uma estatística, Brianna, um número. Um problema. E há mil outras estatísticas, e números, e problemas por aí. Claro, numa percepção tardia, posso dizer que alguns deles realmente se importavam, realmente tentaram fazer diferença. Mas eram o inimigo, com suas perguntas e testes, suas regras e disciplina. Então, seguindo o exemplo de minha mãe, fugi aos dezesseis anos. Vivi nas ruas, entregue à minha própria sorte. Nunca me envolvi com drogas, nunca me vendi, mas não há muitas outras coisas que não tenha feito.

Afastou-se para longe da cômoda e começou a andar pelo quarto.

— Roubei, enganei, apliquei golpes. E um dia tive uma revelação, quando um cara que eu estava sacaneando percebeu a coisa e me encheu de porrada. Quando voltei a mim, num beco, com a boca cheia de sangue e várias costelas quebradas, pensei que podia provavelmente arranjar um jeito melhor de ganhar a vida. Parti para Nova York. Vendi montes de relógios na Quinta Avenida — disse com uma ponta de sorriso. — Joguei cartas e começei a escrever. Tive uma educação razoável na casa. E gostava de escrever. Não podia admitir isso aos dezesseis anos, sendo um tremendo filho-da-puta. Mas aos dezoito, em Nova York, não parecia tão ruim. O que parecia ruim, o que de repente começou a parecer realmente ruim, era eu ser o mesmo que ela era. Decidi ser alguém diferente.

"Mudei meu nome. Mudei a mim mesmo. Consegui um emprego de verdade, servindo mesas numa espelunca no Village. Fui me livrando daquele pequeno cafajeste, até me tornar Grayson Thane. E não olhei para trás, porque era inútil."

— Porque machucava você — Brianna falou tranqüilamente. — E o deixava bravo.

— Talvez. Mas principalmente porque não tem nada a ver com o que sou agora.

Queria lhe dizer que tinha tudo a ver com quem ele era, o que tinha feito de si mesmo. Em vez disso, levantou-se para encará-lo.

— Amo quem você é agora. — Sentiu uma angústia, por ele estar se afastando do que ela queria realmente lhe oferecer. — É tão penoso para você saber disso, e saber que posso sentir pena da criança, do rapaz e admirar o que surgiu?

— Brianna, o passado não importa. Não para mim — insistiu. — É diferente para você. Seu passado reporta a séculos. Está mergulhada nele, a história, a tradição. Formou você e, por causa disso, o futuro é tão importante. Você planeja a longo prazo. Eu não. Não posso. Danem-se, não quero isso. Só existe o agora. As coisas como são agora mesmo.

Ele pensava que ela não podia entender aquilo depois do que lhe contara? Podia compreendê-lo tão bem, o garotinho sofrido, aterrorizado pelo passado, aterrorizado porque não havia futuro. Segurando-se desesperadamente a qualquer coisa que pudesse agarrar no presente.

— Bem, estamos juntos agora, não estamos? — Carinhosamente envolveu o rosto dele com as duas mãos. — Grayson, não posso deixar de amar você para deixá-lo mais confortável. Não posso fazer isso para me deixar mais confortável. Simplesmente é assim. Perdi meu coração para você e não posso voltar atrás. Duvido que o fizesse, se fosse possível. Não significa que você tenha que aceitá-lo, mas seria bobo se não fizesse isso. Não custa nada para você.

— Não quero machucar você, Brianna. — Segurou-a pelos pulsos. — Não quero machucar você.

— Sei disso. — Ele machucaria, claro. Admirava-se que ele não pudesse ver que magoaria a si mesmo também. — Aproveitaremos o agora e agradeceremos por isso. Mas me diga uma coisa. — Beijou-o levemente. — Qual é seu nome?

— Deus do céu! Você não desiste mesmo.

— Não. — Seu sorriso era calmo agora, surpreendentemente confiante. — Não é algo que eu considere um defeito.

— Logan — murmurou. — Michael Logan.

Ela riu, fazendo-o sentir-se um idiota.

— Irlandês. Eu devia ter percebido. O dom de falar que você tem e todo esse poder de sedução.

— Michael Logan — ele disparou — era um pobre de espírito, alguém do mal, um ladrãozinho de moedas que não valia um cuspe.

Ela suspirou.

— Michael Logan era uma criança abandonada, problemática, que precisava de amor e carinho. E você está errado em odiá-lo tanto. Mas vamos deixá-lo em paz.

Então ela o desarmou apertando-se contra ele, repousando a cabeça em seu ombro. As mãos deslizavam em suas costas, acalmando-o. Ela devia estar aborrecida com o que ele contara. Devia estar atemorizada com o modo como ele a tratara na cama. Mas estava ali, abraçando-o, oferecendo a ele um amor incrivelmente profundo.

— Não sei o que fazer em relação a você.

— Você não tem que fazer nada. — Roçou os lábios no ombro dele. — Você me deu os melhores meses da minha vida. E vai se lembrar de mim, Grayson, enquanto viver.

Ele suspirou profundamente. Não podia negar isso. Pela primeira vez na vida, estaria deixando uma parte de si mesmo para trás, quando fosse embora.

Foi ele que se sentiu desconfortável na manhã seguinte. Tomaram café na sala da suíte, junto à janela de onde se via o parque. E esperou que ela lhe atirasse no rosto alguma coisa que ele falara. Infringira a lei, dormira com prostitutas, chafurdara nos esgotos das ruas.

Entretanto, ela sentou-se na frente dele, parecendo tão fresca como uma manhã em Clare, falando alegremente sobre a visita que fariam à Worldwide antes de irem para o aeroporto.

— Não está comendo nada, Grayson. Sente-se bem?

— Estou ótimo. — Cortou a panqueca que pensou que queria. — Acho que sinto falta de sua comida.

Era exatamente a coisa certa a dizer. O olhar preocupado dela se transformou num sorriso de deleite.

— Você a terá amanhã outra vez. Vou fazer algo especial para você.

Soltou um grunhido em resposta. Tinha desistido de falar a ela sobre a viagem a Gales. Não queria estragar a alegria de Nova York.

Agora se perguntava por que pensara que poderia. Nada do que havia despejado sobre ela na noite anterior abalara sua tranqüilidade.

— Ah, Brie, nós teremos que fazer um pequeno desvio na volta à Irlanda.

— É mesmo? — Franzindo o rosto, baixou a xícara. — Tem negócios em algum lugar?

— Não exatamente. Vamos até Gales.

— Gales?

— É sobre as suas ações. Lembra que falei a você que pediria a meu corretor para checar algumas coisas?

— Sim. Ele encontrou algo estranho?

— Brie, a Minas Triquarter não existe.

— Mas claro que existe. Tenho as ações. Recebi a carta.

— Não há Minas Triquarter em nenhum mercado de ações. Nenhuma companhia com este nome listada em lugar algum. O número de telefone no cabeçalho é falso.

— Como pode ser? Ofereceram mil libras.

— É por isso que iremos a Gales. Acho que vale a pena a viagem para fazer uma pequena checagem pessoal.

Brianna sacudiu a cabeça.

— Tenho certeza de que seu corretor é competente, Gray, mas ele deve ter deixado passar alguma coisa. Se a companhia não existisse, não emitiriam ações nem ofereceriam dinheiro para comprá-las de volta.

— Emitiriam ações, se isso fosse uma fachada — respondeu, remexendo a comida, enquanto ela o olhava. — Um engodo, Brie. Tenho uma pequena experiência com trapaças em ações. Você tem uma caixa postal, um número de telefone e você põe à venda. Para pessoas que investirão. Pessoas querendo fazer dinheiro rápido. Você tem um terno e um papo, coloca alguns papéis juntos, imprime um prospecto e certificados falsos. Pega o dinheiro e desaparece.

Ela ficou quieta por um momento, digerindo tudo aquilo. Realmente podia ver justo seu pai caindo em tal golpe. Sempre se lançara imprudentemente nos negócios. Na verdade, não esperara nada quando começara a investigar o assunto.

— Creio que posso entender isso. E tem a ver com a sorte de meu pai nos negócios. Mas como explica que tenham respondido e oferecido dinheiro?

— Não posso explicar. — Embora tivesse algumas idéias a respeito. — É por isso que vamos a Gales. Rogan vai mandar seu avião nos apanhar em Londres e nos levar. Depois nos deixará no aeroporto de Shannon, quando estivermos prontos.

— Entendo. — Cuidadosamente deixou o garfo e a faca ao lado. — Discutiu isso com Rogan, por ser homem, e os dois planejaram tudo.

Gray limpou a garganta, passou a língua nos dentes.

— Queria que você desfrutasse a viagem até aqui sem aborrecimentos. — Quando ela apenas fixou nele seus calmos olhos verdes, ele encolheu os ombros. — Você está esperando um pedido de desculpas, e não terá um. — Cruzou as mãos, descansando-as na beirada da mesa, e não disse nada. — Você é boa em dar gelo, mas não vai funcionar. Fraude está fora de sua alçada. Eu faria essa viagem sozinho, mas certamente precisaria de você, já que as ações estão em nome de seu pai.

— E estando no nome de meu pai é assunto meu. É gentil de sua parte querer ajudar.

— Foda-se.

Ela estremeceu, sentiu o estômago embrulhar-se ante a inevitabilidade da discussão.

— Não fale assim comigo, Grayson.

— Então não use esse irritante tom de professora primária comigo. — Quando ela levantou, os olhos dele flamejaram, apertados. — Não saia, maldição!

— Não serei amaldiçoada ou tratada aos gritos, nem ficarei me sentindo inadequada, porque sou apenas uma filha de fazendeiro de um condado do Oeste.

— Que diabos isso tem a ver com o assunto? — Quando ela continuou andando para o quarto, ele levantou-se bruscamente da mesa. Agarrou seu braço, fazendo-a voltar-se. Um lampejo de pânico atravessou o rosto dela, antes que ela o contivesse. — Eu disse para não sair!

— Vou pra onde quero, assim como você. Vou me vestir agora e me aprontar para a viagem que você tão cuidadosamente planejou.

— Se você quer me agredir, tudo bem. Mas vamos acertar tudo isso.

— Tenho a impressão de que você já acertou tudo. Está machucando meu braço, Grayson.

— Desculpe. — Largou-a, enterrando as mãos nos bolsos. — Olhe, achei que você ficaria um pouco chateada, mas não esperava que alguém tão razoável como você fizesse tempestade em copo d'água.

— Você combinou coisas pelas minhas costas, tomou decisões por mim, decidiu que eu não seria capaz de enfrentar por mim mesma e estou fazendo tempestade em copo d'água? Tudo bem, então. Tenho certeza de que devia estar envergonhada de mim mesma, não é?

— Estou tentando ajudar você. — Sua voz elevou-se outra vez, e ele esforçou-se para controlá-la, assim como seu gênio. — Isso não tem nada a ver com ser inadequada, tem a ver com o fato de você não ter experiência. Alguém invadiu sua casa. Não consegue juntar as coisas?

Ela o fitou, pálida.

— Não. Por que não junta as coisas para mim?

— Você escreveu sobre as ações, então alguém faz buscas em sua casa. Rápida e desordenadamente. Talvez alguém desesperado. Não muito tempo depois, há alguém do lado de fora de sua janela. Há quanto tempo vive naquela casa, Brianna?

— Toda a minha vida.

— Alguma coisa parecida aconteceu antes?

— Não, mas... Não.

— Então, faz sentido conectar os pontos. Quero ver até onde vai toda essa história.

— Devia ter me dito tudo isso antes. — Trêmula, abaixou-se até o braço da cadeira. — Não devia ter escondido isso de mim.

— É apenas uma teoria. Por Deus, Brie, você já tem tanta coisa na sua cabeça! Sua mãe, Maggie e o bebê, eu. Toda essa história para encontrar a mulher que esteve envolvida com seu pai. Não queria aumentar suas preocupações.

— Estava tentando me proteger. Estou tentando entender isso.

— Claro que estava tentando proteger você. Não gosto de ver você preocupada. Eu... — Deteve-se, aturdido. O que quase tinha dito? Deu um longo passo atrás, mentalmente, daquelas três difíceis palavras e, fisicamente, dela. — Você é importante para mim — disse cuidadosamente.

— Tudo bem. — Subitamente cansada, afastou os cabelos da testa. — Sinto ter feito uma cena por causa disso. Mas não esconda coisas de mim, Gray.

— Não esconderei. — Tocou o rosto dela, e seu estômago se contraiu. — Brianna.

— O que foi?

— Nada. — Deixou cair a mão. — Nada mesmo. Melhor nos aprontarmos, se vamos visitar a Worldwide.

Chovia em Gales e era muito tarde para fazer algo além do check-in no cinzento hotelzinho onde Gray reservara um quarto. Brianna teve apenas uma fugaz impressão da cidade de Rhondda, da desolada fileira de casas em apertados conjuntos, do céu triste que golpeava a estrada com a chuva. Partilharam uma refeição que Brianna não provou, e então desabaram, exaustos, na cama.

Esperara que ela reclamasse. As acomodações não eram as melhores e a viagem tinha sido brutal, até para ele. Mas ela não disse nada na manhã seguinte, apenas se vestiu e perguntou o que fariam em seguida.

— Imaginei que poderíamos dar uma checada nos correios, ver se nos leva a algum lugar. — Ele a observou prender os cabelos no alto, gestos precisos, embora tivesse sombras sob os olhos. — Você está cansada.

— Um pouco. Toda essa mudança de fuso horário, imagino. — Espiou pela janela onde pálidos raios de sol lutavam contra o vidro. — Sempre pensei em Gales como um lugar selvagem e bonito.

— Grande parte é assim. As montanhas são espetaculares e a costa também. A península Lleyn é um pouco turística demais, cheia de ingleses de férias, mas realmente maravilhosa. Há ainda os planaltos muito pastorais e tradicionalmente gauleses. Se você visse as charnecas ao sol da tarde, veria como o país é selvagem e bonito.

— Você já esteve em tantos lugares. É surpreendente que possa se lembrar assim de todos.

— Sempre há alguma coisa que fica gravada na sua mente. — Olhou ao redor do melancólico quarto do hotel. — Sinto por isso aqui, Brie. Era o mais conveniente. Se quiser ficar mais um ou dois dias, posso lhe mostrar as paisagens.

Ela sorriu à idéia de jogar para o alto todas as suas responsabilidades e sair viajando com Gray por colinas e praias estrangeiras.

— Preciso voltar para casa logo que terminarmos o que viemos fazer. Não posso abusar da boa vontade da Sra. O'Malley por muito mais tempo. — Virou-se do espelho. — E você está querendo voltar ao trabalho. Dá para perceber.

— Me pegou. — Tomou as mãos dela. — Quando eu terminar o livro, terei algum tempo antes de viajar para pensar no próximo. Poderemos ir a algum lugar. Qualquer lugar que goste. Grécia ou o Sul do Pacífico. Oeste da Índia. Gostaria? Algum lugar com palmeiras e praia, água azul, areia branca.

— Parece adorável. — Ele, Brianna pensou, que nunca fazia planos, estava fazendo agora. Achou mais sensato não chamar a atenção para isso. — Talvez seja complicado me afastar novamente em tão pouco tempo. — Apertou a mão dele, antes de soltá-la para pegar a bolsa. — Estou pronta, se você também está.

Encontraram os correios facilmente, mas a mulher encarregada do balcão parecia imune ao charme de Gray. Não era sua função dar nomes de pessoas que alugavam caixas postais, disse a eles energicamente. Poderiam ter uma se quisessem, e ela também não ficaria falando com estranhos.

Quando Gray perguntou a respeito da Minas Triquarter, recebeu em resposta um sacudir de ombros e uma careta. O nome não significava nada para ela.

Gray considerou uma propina, mas outra olhada no jeito empertigado da mulher o fez desistir da idéia.

— Queimamos um cartucho — disse, quando deixaram o prédio dos correios.

— Não acredito que você pensasse que seria tão fácil.

— Não, mas às vezes você acerta quando menos espera. Vamos tentar algumas companhias de mineração.

— Não devíamos relatar tudo o que sabemos às autoridades locais?

— Faremos isso.

Checou, incansável, escritório após escritório, fazendo as mesmas perguntas, recebendo as mesmas respostas. Ninguém em Rhondda ouvira falar da Triquarter. Brianna deixou-o assumir o controle, pelo simples prazer de observá-lo trabalhar. Parecia que ele podia se ajustar, como um camaleão, a qualquer personalidade que escolhesse.

Podia ser charmoso, bruto, metódico, astuto. Era, supôs, como ele pesquisava um assunto sobre o qual deveria escrever. Fez perguntas intermináveis, por vezes bajulando ou tiranizando pessoas pela resposta.

Depois de quatro horas, ela já sabia mais sobre minas de carvão e acerca da economia de Gales do que tinha vontade. E nada sobre a Triquarter.

— Você precisa de um sanduíche — Gray decidiu.

— Não recusaria um.

— Ótimo, vamos nos reabastecer e reavaliar a questão.

— Não quero que você fique desapontado porque não conseguimos nada.

— Mas conseguimos. Sabemos, sem sombra de dúvida, que não existe a Minas Triquarter, nunca existiu. A caixa postal dos correios é um embuste e tem todas as probabilidades de ter sido alugada por quem está à frente do negócio.

— Por que pensa assim?

— Eles precisam dela até que acertem com você, e algum outro investidor pendente. Imagino que devem ter limpado tudo. Vamos tentar aqui. — Conduziu-a a um pequeno pub.

Os aromas eram familiares o bastante para deixá-la com saudades de casa, as vozes apenas estranhas o bastante para serem exóticas. Escolheram uma mesa onde Gray imediatamente examinou o fino cardápio de plástico. — Hummm... batata recheada... Não deve ser tão gostosa quanto a sua, mas já resolve. Quer experimentar?

— Para mim está ótimo. E chá.

Gray fez o pedido e inclinou-se para a frente.

— Estou pensando, Brie, se a morte de seu pai logo depois de ter comprado as ações tem algo a ver com isso. Você disse que encontrou os certificados das ações no sótão.

— Sim. Não mexemos em todas as caixas depois que ele morreu. Minha mãe, bem, Maggie não teve coragem, e deixei como estava porque...

— Porque Maggie estava sofrendo, e sua mãe não deixava você em paz.

— Não gosto de cenas. — Apertou os lábios e fitou o tampo da mesa. — Era mais fácil recuar, afastar-me. — Seus olhos ficaram distantes. — Maggie era a luz da vida de meu pai. Ele me amava, sei que sim, mas o que havia entre eles era algo especial. Apenas entre eles. Ela estava sofrendo tanto, e houve uma briga sobre a casa, por ter ficado para mim e não para minha mãe. Mamãe estava azeda, brava, e deixei as coisas rolarem. Queria começar meu negócio, você sabe. Então era mais fácil evitar as caixas, limpá-las de vez em quando, e dizer a mim mesma que mexeria nelas aos poucos.

— E, afinal, você mexeu.

— Não sei por que escolhi aquele dia. Talvez pelo fato de as coisas estarem mais ou menos acomodadas. Mamãe em sua própria casa, Maggie com Rogan. E eu...

— Não estava sofrendo tanto por causa dele. Já havia passado tempo suficiente para que você fizesse coisas práticas.

— É verdade. Achei que poderia cuidar das coisas que ele guardara, sem sofrer muito, sem ficar pensando que tudo poderia ter sido diferente. E também por um pouco de ambição. — Suspirou. — Estava pensando em reformar o sótão para hóspedes.

— Esta é minha Brie. — Tomou-lhe a mão. — Então ele guardara os certificados lá, e anos se passaram sem que ninguém os encontrasse. Ou mexesse com eles. Imagino que eles os tenham cancelado. Por que se arriscariam a fazer contato? Se fizessem qualquer investigação, saberiam que Tom Concannon morrera e seus herdeiros não tinham negociado as ações. Deviam ter se perdido, ter sido destruídos ou jogados fora por engano. Então você escreveu a carta.

— E aqui estamos. Ainda não explica por que me ofereceram dinheiro.

— Ok, vamos continuar com as suposições. É uma de minhas grandes habilidades. Suponha que, quando o negócio foi feito, fosse um embuste completo, como expliquei em Nova York. Então imagine que alguém se torne ambicioso ou tenha sorte. Expanda o negócio.

A Triquarter estava fora do esquema, mas as fontes, o lucro, a organização ainda estavam lá. Talvez preparasse outro golpe, talvez se metesse em algo legal. Talvez estivesse mexendo com coisas no lado direito da lei, usando-as como cobertura. Não seria uma surpresa se o negócio legal começasse a funcionar? Talvez tenham tido mais lucro do que com a trapaça. Então é preciso livrar-se daquela parte obscura, ou, pelo menos, encobri-la.

Brianna esfregou a testa enquanto sua refeição era servida.

— Está tudo tão confuso para mim.

— Alguma coisa sobre aqueles certificados de ações perdidos. Difícil dizer o quê. — Deu uma boa garfada. — Hum, não chega nem aos pés da sua. — E engoliu. — Mas há alguma coisa, e eles a querem de volta, até mesmo pagam para tê-la de volta. Ah, não muito, não o bastante para deixar você suspeitando ou interessado em investimentos futuros. Só o suficiente para fazer valer a pena vender.

— Você sabe mesmo como todos esses negócios funcionam, não é?

— Demais. Se não fosse para escrever... — Deteve-se sacudindo os ombros. Não era algo para se estender. — Bem, podemos considerar uma sorte que eu tenha tido algumas experiências nessa linha. Vamos fazer umas paradas depois de comer e então procuraremos os tiras.

Ela concordou, aliviada por transferir toda aquela confusão para as autoridades. O lanche ajudou a levantar-lhes o ânimo. Pela manhã, estariam em casa. Sobre o chá, começou a sonhar com seu jardim, a acolhida de Con, o trabalho em sua própria cozinha.

— Terminou?

— Hummm?

Gray sorriu para ela.

— Viajando?

— Estava pensando na casa. Minhas rosas devem estar florescendo.

— Amanhã, a esta hora, estará em seu jardim. — Prometeu e, depois de pagar a conta, levantou.

Na rua, passou o braço pelos ombros dela.

— Quer experimentar o transporte local? Se pegarmos um ônibus, atravessará a cidade mais rapidamente. Posso alugar um carro se você quiser.

— Não seja bobo. Um ônibus está bom.

— Então vamos... espere. — Empurrou-a para a porta do pub. — Não é interessante? — murmurou, fitando o outro lado da rua. — Não é simplesmente fascinante?

— O que foi? Você está me esmagando.

— Desculpe. Esconda-se o mais que puder e dê uma olhada para o outro lado da rua. — Os olhos dele começaram a cintilar. — Na direção dos correios. O homem carregando o guarda-chuva preto.

Ela espiou.

— Sim — disse, depois de um momento. — Há um homem com um guarda-chuva preto.

— Não lhe parece familiar? Pense em alguns meses atrás. Se bem me lembro, você nos serviu salmão e pavê.

— Não sei como você pode se lembrar tanto da comida. Esticou-se mais, apertando os olhos. — Parece alguém bem comum para mim. Como um advogado ou um banqueiro.

— Bingo! Ou isso foi o que ele nos disse. Nosso banqueiro aposentado de Londres.

— O Sr. Smythe-White. — A súbita lembrança a fez rir. — Bem, é estranho, não é? Por que estamos nos escondendo dele?

— Porque é estranho, Brie. Porque é muito, muito estranho que seu hóspede de uma noite, aquele que dizia estar fazendo turismo quando sua casa foi invadida, esteja passeando por uma rua em Gales, indo justamente para os correios. Quer apostar que ele aluga uma caixa postal lá?

— Oh! — Ela deixou-se cair contra a porta. — Jesus Cristo! O que vamos fazer?

— Esperar. E depois segui-lo.

Capítulo Dezoito

Não tiveram de esperar muito. Apenas cinco minutos depois que Smythe-White entrou nos correios, saiu novamente. Deu uma rápida olhada para a direita, para a esquerda, e então correu pela rua, o guarda-chuva dançando a seu lado como um pêndulo.

— Droga, ela contou a ele.

— O que é?

— Venha, rápido! — Gray pegou a mão de Brianna e correu atrás de Smythe-White. — A funcionária dos correios ou qualquer coisa que seja. Contou a ele que estivemos fazendo perguntas.

— Como sabe?

— De repente, ele sai em disparada. — Gray examinou o tráfego, praguejou e puxou Brianna em ziguezague entre um caminhão e um sedã. O coração dela foi parar na garganta quando os dois motoristas reagiram com buzinadas ensurdecedoras. Já de sobreaviso, Smythe-White olhou para trás, avistou-os e começou a correr.

— Fique aqui — Gray ordenou.

— Não fico não. — Correu atrás dele, as longas pernas a mantendo não mais do que três passos atrás. Sua caça pode ter se esquivado e mudado de direção, empurrando pedestres, mas era uma dura disputa com aqueles dois jovens e saudáveis perseguidores nos seus calcanhares.

Como se tivesse chegado à mesma conclusão, deteve-se diante de uma farmácia, ofegante. Tirou um lenço impecavelmente branco do bolso para secar a testa, e então virou-se, arregalando os olhos por trás das lentes brilhantes.

— Ora, Srta. Concannon, Sr. Thane, que surpresa! — Ele teve bom senso e condições de sorrir agradavelmente, mesmo com a mão sobre o coração em disparada. — O mundo é, realmente, um lugar pequeno. Estão passando férias em Gales?

— Não mais do que o senhor — Gray respondeu. — Temos negócios para discutir, cara. Vai falar aqui ou devemos procurar a polícia local?

Smythe-White piscou inocentemente. Num gesto habitual, tirou os óculos, poliu as lentes.

— Negócios? Receio estar completamente perdido. É sobre aquele infeliz incidente em sua pousada, Srta. Concannon? Como lhe disse, não perdi nada e não tenho nenhuma reclamação.

— Não surpreende que o senhor não tenha perdido nada, já que foi quem fez o estrago. Tinha que atirar todas as minhas coisas no chão?

— Como?

— Parece melhor a polícia, então — Gray falou segurando Smythe-White pelo braço.

— Receio não ter tempo para passear agora, embora fosse ótimo estar com vocês. — Tentou, e fracassou, soltar-se do aperto de Gray. — Como pode provavelmente ver, estou com pressa. Um compromisso que esqueci completamente. Estou bastante atrasado.

— Quer os certificados das ações de volta ou não? — Gray teve o prazer de ver o homem hesitar, reconsiderar. Atrás das lentes dos óculos que ele cuidadosamente recolocava, de repente os olhos dele se tornaram dissimulados.

— Acho que não entendi.

— Entendeu muito bem, assim como nós. Uma trapaça é uma trapaça, em qualquer país, em qualquer língua. Só não tenho certeza sobre a pena por fraude, jogos de confissão, falsificação de ações no Reino Unido, mas eles podem ser bem rudes com profissionais no lugar de onde venho. E você usou os correios, Smythe-White. O que foi provavelmente um erro. Desde que ponha um selo e entregue ao setor de correios local, a fraude se torna fraude postal. Um negócio muito mais sórdido.

Deixou Smythe-White absorver aquilo, antes de continuar:

— E então existe a idéia de que sua base é Gales e aplicou seu golpe atravessando o mar da Irlanda. Caracteriza um crime internacional. Você devia estar olhando longe.

— Ora, ora, não vejo razão para ameaças. — Smythe-White sorriu novamente, mas o suor começara a escorrer em sua testa. — Somos pessoas razoáveis. E é um problema pequeno, um problema muito pequeno que podemos resolver com facilidade, e para a satisfação de todos.

— Por que não falamos a esse respeito?

— Sim, sim, por que não? — Animou-se instantaneamente. — Com um drinque. Adoraria oferecer um drinque aos dois. Há um pub logo depois de dobrar a esquina. Calmo. Por que não tomamos uma cerveja amigavelmente, ou duas, enquanto esmiuçamos todo esse negócio?

— Por que não? Brie?

— Mas acho que devíamos...

— Conversar — Gray disse brandamente e, mantendo uma das mãos firme no braço de Smythe-White, segurou o dela. — Há quanto tempo está no jogo? — Gray perguntou com alguma intimidade.

— Ah, meu caro, desde antes de vocês dois terem nascido, imagino. Estou fora agora, de verdade, completamente fora. Dois anos atrás, minha esposa e eu compramos uma pequena loja de antiguidades em Surrey.

— Pensei que sua esposa tinha morrido — Brianna falou, enquanto Smythe-White caminhava para o pub.

— Ah, não. Iris está em ótima forma. Cuidando das coisas para mim, enquanto dou um fim neste pequeno negócio. Vamos muito bem — acrescentou, quando entraram no pub. — Muito bem mesmo. Além da loja de antiguidades, temos participação em vários outros empreendimentos. Todos perfeitamente legais, asseguro a você. — Cavalheiro ao extremo, puxou a cadeira para Brianna. — Uma companhia de viagens, a First Flight, já deve ter ouvido falar.

Impressionado, Gray levantou uma sobrancelha.

— Tornou-se uma das maiores empresas na Europa.

Smythe-White empertigou-se.

— Gosto de pensar que minhas habilidades empresariais têm algo a ver com isso. Começamos, mais exatamente, fazendo contrabandos clandestinos. — Riu, desculpando-se, para Brianna. — Minha querida, espero que não esteja muito chocada.

Ela simplesmente sacudiu a cabeça.

— Nada mais pode me chocar, neste ponto.

— Podemos pedir uma Harp? — perguntou, fazendo o papel de anfitrião afável. — Parece apropriado. — Depois de acomodados, Smythe-White fez o pedido. — Bem, como disse, nós realmente fizemos um pouco de contrabando. Fumo e bebidas principalmente. Mas não tínhamos muito gosto por isso, e o turismo acabou realmente trazendo mais lucro, sem riscos, por assim dizer. E como Iris e eu já temos certa idade, decidimos nos aposentar. Num modo de dizer. Sabe que o negócio das ações foi um dos nossos últimos? A minha Iris sempre gostou de antiguidades. Então usamos os lucros daquilo para comprar peças e suprir nossa lojinha. — Encolheu-se sorrindo timidamente. — Suponho que seja de mau gosto falar a esse respeito.

— Não deixe que isso o interrompa. — Gray reclinou-se na cadeira quando as cervejas foram servidas.

— Bem, imagine nossa surpresa, nossa consternação, quando recebemos sua carta. Mantive aquela caixa postal aberta porque temos interesses em Gales, mas o negócio da Triquarter era coisa do passado. Completamente esquecido. Fico constrangido de dizer que seu pai, descanse em paz, se encaixou em nossos esforços de reorganização. Espero que acreditem quando digo que o achei um homem muito agradável.

Brianna apenas suspirou.

— Obrigada.

— Devo dizer que Iris e eu quase nos apavoramos quando soubemos de você. Se fôssemos relacionados com aquela antiga vida, nossa reputação, o pequeno negócio que construímos com amor nos últimos anos poderia estar arruinado. Para não falar, então, ah... — Tocou de leve os lábios com o guardanapo. — Ramificações legais.

— Você podia ter ignorado a carta — Gray disse.

— E consideramos isso. Ignoramos a princípio. Mas, quando Brianna escreveu novamente, sentimos que alguma coisa tinha de ser feita. Os certificados. — Ele teve o mérito de ruborizar. — É meio ameaçador admitir isso, mas atualmente assino meu nome real. Arrogância, suponho, e não estava usando naquela época. Trazer aquilo à tona agora, chamar a atenção das autoridades, podia ser realmente inoportuno.

— É como você disse — Brianna murmurou, olhando para Gray. — É quase exatamente como você disse.

— Sou bom nisso — murmurou, acariciando a mão dela. — Então você foi a Blackthorn para conferir a situação, por si mesmo.

— Sim. Iris não pôde me acompanhar, pois estávamos esperando uma remessa importante de peças Chippendale. Confesso que estava bem entusiasmado por ter de agir na surdina outra vez. Um pouco de nostalgia, uma pequena aventura. Fiquei absolutamente encantado com sua casa, e mais do que apenas um pouco preocupado quando descobri que você tinha relações de parentesco com Rogan Sweeney. Afinal, ele é um homem importante, inteligente. Preocupou-me que ele tivesse se envolvido. Então... quando a oportunidade se apresentou, dei uma rápida busca, eu mesmo, atrás dos certificados.

Colocou a mão sobre a de Brianna, apertando-a paternalmente.

— Peço desculpas, realmente, pela desordem e inconveniência. Não sabia quanto tempo teria sozinho, entende? Esperava que, se pudesse botar as mãos neles, colocaríamos um ponto final em todo esse negócio infeliz. Mas...

— Dei os certificados para Rogan guardar — Brianna falou.

— Ah, estava com medo de algo assim. Achei estranho ele não ter ido adiante.

— A esposa dele estava perto de ter o bebê, e ele ainda estava abrindo uma galeria nova. — Brianna parou de repente, percebendo que estava quase se desculpando pelo cunhado. — Eu mesma podia resolver o assunto.

— Comecei a suspeitar disso depois de poucas horas na sua casa. Um espírito organizado é um perigo para alguém no meu negócio anterior. Voltei mais uma vez, achando que podia dar outra busca, mas com seu cão e seu herói em casa tive que fugir.

Brianna encarou-o.

— Você estava espiando na minha janela.

— Sem qualquer intenção desrespeitosa, juro. Minha querida, sou velho o bastante para ser seu pai e completamente feliz no casamento. — Resmungou um pouco, como se insultado. — Bem, propus comprar as ações de volta e a oferta está de pé.

— Por meia libra cada — Gray lembrou-o secamente.

— O dobro do que Tom Concannon pagou. Tenho os papéis, se você quiser ter provas.

— Ah, tenho certeza de que alguém com seu talento pode aparecer com qualquer documento de transação que queira.

Smythe-White deixou escapar um longo e sofrido suspiro.

— Sei que acha que tem o direito de me acusar desse tipo de comportamento.

— Acho que a polícia ficará fascinada com seu comportamento.

Olhos fixos em Gray, Smythe-White tomou um gole rápido de cerveja.

— De que isso serviria agora? Duas pessoas na flor da idade, com os impostos em dia, esposos devotados... arruinados e mandados para a prisão por imprudências passadas.

— Você enganou pessoas — Brianna retorquiu. — Enganou meu pai.

— Dei a seu pai exatamente aquilo por que ele pagou, Brianna. Um sonho. Ele saiu feliz do nosso negócio, esperando, como muitos esperavam, ganhar alguma coisa de quase nada. — Sorriu-lhe gentilmente. — Ele só queria mesmo ter essa esperança.

Como aquilo era verdade, ela não achou nada para dizer.

— Isso não torna a coisa certa — respondeu afinal.

— Mas já reparamos nossos atos. Mudar de vida é algo que exige muito esforço, querida. Exige trabalho, paciência e determinação.

Ela encarou-o outra vez, porque suas palavras atingiram o alvo. Se o que ele dizia era verdade, havia duas pessoas naquela mesa que tinham feito aquele esforço. Condenaria Gray pelo que fizera no passado? Desejaria ver alguma falha antiga vindo à tona e o arrastando?

— Não quero que o senhor e sua esposa sejam presos, Sr. Smythe-White.

— Ele conhece as regras — Gray interrompeu, apertando forte a mão de Brianna. — Aqui se faz, aqui se paga. Talvez possamos evitar as autoridades, mas a cortesia vale mais do que mil libras.

— Como expliquei... — Smythe-White começou.

— As ações não valem nada — Gray completou. — Mas os certificados. Eu diria que chegariam a dez mil.

— Dez mil *libras?* — Smythe-White gritou, enquanto Brianna simplesmente se deixou ficar sentada, com a boca aberta. — É chantagem. É roubo. É...

— Uma libra por unidade — Gray concluiu. — Mais do que razoável com o que ganhou com elas. E com o apreciável lucro que recebeu dos investidores. Acho que o sonho de Tom Concannon pode se tornar realidade. Não acho que seja chantagem. Penso que é justiça. E justiça não é algo negociável.

Pálido, Smythe-White recostou-se na cadeira, pegou novamente o lenço e secou o rosto.

— Meu jovem, está esmagando meu coração.

— Que isso, só seu talão de cheques! Que é gordo o suficiente para bancar isso. Você causou uma série de problemas a Brie, uma série de preocupações. Vasculhou a casa dela. Agora, enquanto posso compreender sua situação, não imagino que perceba o que exatamente aquela casa significa para ela. Você a fez chorar.

— Ah, sim, é verdade. — Smythe-White sacudiu o lenço, tocando o rosto de leve. — Peço desculpas, sinceramente. Aquilo foi terrível, realmente terrível. Não faço idéia do que Iris diria.

— Se ela é inteligente — Gray falou pausadamente —, acho que diria "pague logo e dê graças a Deus".

Ele suspirou, enfiando o lenço no bolso.

— Dez mil libras. É um homem duro, Sr. Thane.

— Herb, acho que posso chamá-lo de Herb, porque, neste momento, ambos sabemos que sou seu melhor amigo.

Ele concordou com tristeza.

— Infelizmente é verdade. — Mudando de tática, olhou esperançoso para Brianna. — Com certeza eu a fiz sofrer e sinto terrivelmente por isso. Vamos resolver logo isso. Pensei que talvez pudéssemos cancelar o débito com uma troca. Uma linda viagem para você. Ou móveis novos para sua pousada. Temos algumas peças adoráveis na loja.

— Dinheiro resolve — Gray falou, antes que Brianna pudesse pensar numa resposta.

— É um homem duro — Smythe-White repetiu e deixou cair os ombros. — Creio que não tenho escolha. Preencherei um cheque.

— Terá que ser em dinheiro.

Outro suspiro.

— Sim, claro. Tudo bem. Então, nós vamos fazer um acordo. Naturalmente não carrego comigo uma quantia dessas numa viagem de negócios.

— Claro que não — Gray concordou. — Mas pode consegui-la. Para amanhã.

— Realmente, um ou dois dias seriam mais razoáveis — Smythe-White começou, mas, ao ver o brilho nos olhos de Gray, rendeu-se: — Mas posso ligar para Iris. Não será difícil ter o dinheiro aqui, amanhã.

— Aposto que não.

Smythe-White sorriu desanimado.

— Se me der licença, preciso ir ao toalete. — Sacudindo a cabeça, levantou-se e andou até o fundo do pub.

— Não entendo — Brianna sussurrou quando Smythe-White já não podia ouvir. — Fiquei quieta porque você estava me chutando por baixo da mesa, mas...

— Cutucando você — Gray corrigiu. — Estava só cutucando você e...

— Sim, e vou ficar mancando por uma semana. Mas a questão é que você o está deixando escapar e fazendo com que pague uma quantia enorme. Não parece certo.

— É absolutamente certo. Seu pai queria seu sonho e ele está conseguindo seu sonho. O velho Herb sabe que muitas vezes os negócios dão errado e você vai ter que arcar com o prejuízo. Não quer que ele vá preso, nem eu.

— Não, mas pegar o dinheiro dele...

— Ele pegou o de seu pai, e aquelas quinhentas libras não devem ter sido fáceis para sua família dispensar.

— Não, mas...

— Brianna. O que seu pai diria?

Abatida, apoiou o queixo sobre o punho.

— Pensaria que era uma grande piada.

— Exatamente. — Gray dirigiu os olhos ao toalete masculino, apertando-os. — Ele está demorando muito. Espere um pouco aqui.

Brianna fez uma careta para o copo. Então os lábios começaram a se curvar. Era realmente uma grande piada. Seu pai teria gostado muito daquilo.

Não esperava ver o dinheiro, não aquela quantia enorme. Não mesmo. Bastava saber que eles tinham acertado tudo, sem nenhum prejuízo.

Olhando de soslaio, viu Gray, olhos agitados, irromper do banheiro masculino e correr ao bar. Teve uma rápida conversa com os garçons antes de voltar à mesa.

Seu rosto clareou outra vez, quando se deixou cair na cadeira e pegou a cerveja.

— Bem — Brianna falou depois de esperar um momento.

— Ah, ele fugiu. Pela janela. Velho cafajeste esperto.

— Fugiu? — Confusa pela reviravolta nos acontecimentos, fechou os olhos. — Fugiu — repetiu. — E pensar que me fez gostar dele, acreditar nele.

— É exatamente o que se pode esperar de um trapaceiro. Mas, nesse caso, conseguimos descobrir muita coisa.

— O que vamos fazer agora? Só não quero ir à polícia, Gray. Não vou ficar bem comigo mesma imaginando aquele homenzinho e a esposa na cadeia. — Um pensamento repentino atravessou-lhe o cérebro, fazendo com que arregalasse os olhos. — Ah, que inferno! Será que ele realmente tem uma esposa?

— Provavelmente. — Gray tomou um gole de cerveja, pensativo. — Com o que temos agora, vamos voltar a Clare, deixá-lo cozinhando. Esperá-lo. Será bem fácil encontrá-lo novamente, se e quando quisermos.

— Como?

— Por meio da First Flight Tours. E também tem isso. — Ante os olhos atônitos de Brianna, Gray puxou uma carteira do bolso. —

Peguei a carteira dele quando estávamos na rua. Por medida de segurança — explicou quando ela continuava boquiaberta. — Depois de todos estes anos, até que não estou tão enferrujado assim. — Sacudiu a cabeça para si mesmo. — Devia estar envergonhado. — Então riu e bateu com a carteira na palma da mão. — Não fique tão chocada, só tem uns trocados e a carteira de identidade.

Calmamente, Gray contou as notas da carteira e enfiou no próprio bolso.

— Ele ainda me deve cem libras, mais ou menos. Diria que carrega o dinheiro de verdade num clipe. Tem um endereço em Londres — Gray continuou, atirando fora a carteira roubada. — Dei uma olhada nela no banheiro. Há também a foto de uma mulher bastante atraente, muito conservada. Diria que é Iris. Oh, e o nome dele é Carstairs. John B., não Smythe-White.

Brianna passou os dedos pelos olhos.

— Minha cabeça está girando.

— Não se preocupe, Brie, garanto que vamos ouvir falar dele outra vez. Pronta pra ir?

— Acho que sim. — Ainda zonza com os acontecimentos do dia, ela levantou-se. — Muito atrevimento mesmo. Ele nos enganou até nisso... não pagou nossa cerveja.

— Ah, pagou sim. — Gray enfiou um braço no dela, saudando o barman na saída. — Ele é o dono deste maldito pub.

— Ele... — Ela deteve-se, olhou para ele e começou a rir.

Capítulo Dezenove

Era bom voltar para casa. As aventuras e o glamour de uma viagem eram ótimos, Brianna pensava, assim como o simples prazer de sua própria cama, seu próprio teto e a vista familiar de sua própria janela.

Não se importaria de voar para outro lugar de novo, desde que houvesse uma casa para onde voltar.

Contente por estar de volta à sua rotina, Brianna trabalhava no jardim, escorando os brotos de suas delfínias e chapéus-de-padre, enquanto o perfume das lavandas recém-florescidas inundava o ar. Abelhas zumbiam por perto, flertando com suas lupinas.

Do fundo da casa vinham os sons de risadas de crianças e os excitados latidos de Con, enquanto corria atrás da bola que os visitantes americanos atiravam para ele.

Nova York parecia tão longe, tão exótica, como as pérolas que guardara no fundo da gaveta da cômoda. E o dia que passara em Gales era como um jogo estranho e pitoresco.

Ergueu os olhos, ajustando a aba do chapéu, para ver a janela de Gray. Ele estava trabalhando, quase que sem parar desde que haviam desfeito as malas. Imaginava onde andaria agora, em que lugar, em que época, que pessoas estariam ao redor dele. E como estaria seu humor quando voltasse para ela.

Irritado, se a coisa andasse mal, pensou. Sensível como um cão perdido. Se andasse bem, estaria faminto — por comida e por ela. Sorriu consigo mesma e delicadamente amarrou os talos frágeis às estacas.

Como era surpreendente ser desejada como ele a desejava. Surpreendente para ambos, concluiu. Ele não estava mais habituado àquilo do que ela. E isso o preocupava um pouco. Distraidamente, deixou os dedos deslizarem por uma moita de sininhos.

Sabia que lhe contara coisas sobre ele que nunca contara a ninguém mais. E isso o preocupava também. Que tolice pensar que ela o desprezaria pelo que havia passado, pelo que fizera para sobreviver!

Podia apenas imaginar o medo e o orgulho de um rapaz que nunca conhecera o amor e as exigências, as tristezas e o consolo de uma família. Como fora sozinho e como se fizera sozinho entre o orgulho e o medo. E de algum modo moldara-se num homem zeloso e admirável.

Não, ela não o desprezaria. Apenas o amava mais, por saber de tudo isso.

A história dele a fizera pensar na sua própria, a examinar sua vida. Os pais não tinham amado um ao outro e isso fora desastroso. Mas Brianna sabia que tivera o amor do pai. Sempre soubera e se confortara com isso. Tivera um lar e raízes que mantinham corpo e alma ancorados.

E, a seu modo, Maeve a tinha amado. Ao menos, a mãe sentira sua responsabilidade para com os filhos que conhecera, a ponto de ficar com eles. Poderia ter virado as costas a qualquer hora, Brianna pensava. Isso nunca lhe ocorrera antes e meditava agora a respeito, enquanto se deliciava com as lidas do jardim.

A mãe poderia ter deixado a família que tinha criado — e se ressentido por isso. Poderia ter voltado à carreira que significava tanto para ela. Mesmo que apenas o dever a tivesse mantido, era mais do que Gray tivera.

Maeve era dura, amargurada e muitas vezes distorcia as escrituras que lia tão religiosamente para adaptá-las a seus objetivos. Podia usar os cânones da Igreja como um martelo. Mas havia ficado.

Com um pequeno suspiro, ajeitou-se para cuidar da planta seguinte. Chegaria a hora para o perdão. Só esperava que houvesse perdão nela.

— Deveria estar contente quando cuida do jardim, e não aborrecida.

Com a mão no chapéu, Brianna levantou a cabeça para olhar Gray. Um dia bom, percebeu. Quando ele tinha um dia bom, podia-se sentir o prazer vibrando nele.

— Estava divagando um pouco.

— Eu também. Levantei, olhei pela janela e vi você. Por Deus, não consegui pensar em mais nada.

— Está um ótimo dia para ficar ao ar livre. E você começou a trabalhar na madrugada. — Com movimentos rápidos e estranhamente leves, prendeu uma estaca em outra planta. — Está indo bem, então?

— Incrivelmente bem. — Sentou-se ao lado dela, sentindo prazer em aspirar o ar perfumado. — Mal consigo me suportar. Assassinei uma linda jovem hoje.

Soltou uma risada.

— E parece muito satisfeito.

— Gostava muito dela, mas ela tinha de ir. E o assassinato dela vai detonar o escândalo que levará à desgraça do assassino.

— Foi nas ruínas onde estivemos que ela morreu?

— Não, aquela era outra. Esta encontrou seu destino em Burren, perto do Altar dos Druidas.

— Ah. — Involuntariamente, Brianna tremeu. — Sempre gostei daquele lugar.

— Eu também. Ele a deixou esticada sobre a cruz de pedra, como uma oferenda a um deus sanguinário. Nua, é claro.

— Claro. E suponho que algum turista desafortunado irá encontrá-la.

— Já encontrou. Um estudante americano num passeio pela Europa. — Gray estalou a língua. — Acredito que nunca mais será o mesmo. — Inclinando-se, beijou o ombro dela. — Então, como foi seu dia?

— Não tão cheio de acontecimentos. Despedi-me daqueles adoráveis recém-casados de Limerick, esta manhã, e cuidei das crianças americanas, enquanto os pais descansavam. — Com seus olhos de águia, avistou uma minúscula erva daninha e impiedosamente arrancou-a do canteiro. — Eles me ajudaram a assar uns pãezinhos. Depois, a família passou o dia em Bunratty, aquele parque folclórico. Voltaram há pouco. Estou esperando outra família esta noite, de Edimburgo, que já esteve aqui dois anos atrás. Eles têm dois adolescentes, dois meninos, que ficaram meio apaixonados por mim, na última vez.

— Verdade? — Distraidamente, deixou um dedo correr pelo ombro dela. — Vou ter que intimidá-los.

— Ah, imagino que já superaram isso. — Olhando de soslaio, sorriu curiosa, diante do suspiro dele. — O que foi?

— Estava só pensando que você provavelmente arruinou a vida daqueles garotos. Nunca encontrarão ninguém que se compare a você.

— Que absurdo! — Pegou outra estaca. — Falei com Maggie hoje à tarde. Ficarão em Dublin por mais uma ou duas semanas. E teremos o batizado quando voltarem. Murphy e eu seremos os padrinhos.

Trocando de posição, ele sentou-se com as pernas cruzadas.

— O que isso significa, exatamente, na religião católica?

— Ah, nada muito diferente, imagino, do que significa em qualquer outra religião. Falaremos pelo bebê durante o serviço, como seus padrinhos. E prometeremos cuidar da educação religiosa dele, se algo acontecer a Maggie e Rogan.

— Uma grande responsabilidade.

— É uma honra — respondeu com um sorriso. — Nunca foi batizado, Grayson?

— Não tenho a mínima idéia. Provavelmente não. — Deu de ombros e levantou a sobrancelha diante da fisionomia melancólica dela. — O que foi agora? Preocupada porque vou arder no inferno por ninguém ter respingado água sobre a minha cabeça?

— Não. — Pouco à vontade, olhou para longe outra vez. — E a água é apenas um símbolo de limpeza do Pecado Original.

— Como assim original?

Ela olhou de volta para ele e sacudiu a cabeça.

— Não vai querer que eu lhe ensine catecismo agora, e não estou tentando converter você. Por falar nisso, Maggie e Rogan vão convidá-lo para a cerimônia.

— Tudo bem, eu vou. Será interessante. E como está o bebê?

— Ela disse que Liam está crescendo a olhos vistos. — Brianna se concentrou no que as mãos estavam fazendo e tentou não deixar seu coração se confranger muito. — Contei a ela sobre o Sr. Smythe-White, quero dizer, Sr. Carstairs.

— E então?

— Quase morreu de rir. Acha que Rogan não vai achar nenhuma graça, mas nós duas concordamos que é típico de papai se meter numa confusão dessas. É como se o tivéssemos de volta por alguns instantes. "Brie", ele diria, "se você não arrisca alguma coisa, nunca ganha alguma coisa." E tenho de lhe dizer que ela ficou impressionada com sua esperteza para localizar o Sr. Carstairs, e achou que você gostaria do trabalho para o qual contratamos o detetive.

— Sem sorte naquilo?

— Na verdade, há alguma coisa. — Sentou-se outra vez, descansando as mãos sobre as coxas. — Alguém, creio que um dos primos de Amanda Dougherty, acha que ela pode ter ido embora para o norte de Nova York, para as montanhas. Parece que já esteve lá e gostava muito da região. O detetive está indo para lá, para, ah, qual é mesmo aquele lugar onde Rip van Winkle adormeceu?

— Catskills?

— Isso mesmo. Então, com sorte, ele vai encontrar alguma coisa lá.

Gray pegou uma estaca do jardim e examinou-a com um olhar ausente, pensando que daria uma ótima arma.

— O que vai fazer se descobrir que tem uma meia-irmã ou irmão?

— Bem, acho que escreveria à Srta. Dougherty primeiro. — Já pensara sobre isso, cuidadosamente. — Não quero magoar ninguém. Mas, pelo tom das cartas dela para papai, acho que seria o tipo de mulher que gostaria de saber que ela e seu filho são bem-vindos.

— E eles seriam... — Ele meditou, deixando a estaca de lado. — Este estranho, de... vinte e seis... vinte e sete anos, seria bem-vindo.

— Claro. — Balançou a cabeça, surpresa com o fato de que ele duvidasse daquilo. — Ele ou ela teria o sangue de papai, não teria? Como Maggie e eu temos. Ele não gostaria que virássemos as costas para a família.

— Mas ele... — Gray parou, sacudindo os ombros.

— Está pensando que ele próprio virou — Brianna disse suavemente. — Não sei se foi exatamente assim. Acho que nunca saberemos o que ele fez, quando soube. Mas virar as costas, não, não seria próprio dele fazer isso. Ele guardou as cartas dela, e, conhecendo-o, acho que deve ter sofrido pelo filho que nunca poderia ver.

O olhar dela acompanhou o esvoaçar de uma borboleta colorida.

— Era um sonhador, Grayson, mas, acima de tudo, era um homem de família. Desistiu de algo importante para manter a família unida. Nunca poderia imaginar que chegasse a tanto, até ler aquelas cartas.

— Não o estou criticando. — Pensou no túmulo e nas flores que Brianna plantara sobre ele. — Apenas odeio ver você preocupada.

— Ficarei menos preocupada quando descobrirmos o que for possível.

— E sua mãe, Brianna? Como acha que vai reagir se tudo isso vier à tona?

Os olhos dela esfriaram, virou o queixo numa expressão decidida.

— Cuidarei disso quando chegar a hora. Ela terá de aceitar a realidade. Por uma vez na vida, terá de aceitar.

— Ainda está zangada com ela — ele notou. — Por causa de Rory.

— Rory é passado, não existe mais.

Ele tomou as mãos dela antes que pudesse apanhar as estacas. E esperou pacientemente.

— Tudo bem, estou zangada sim. Pelo que fez então, pelo modo como falou com você, e talvez, mais do que tudo, pelo modo como fez o que eu sinto por você parecer errado. Não estou acostumada a ficar zangada assim. Me dá dor de estômago.

— Então espero que não vá ficar zangada comigo — disse enquanto ouvia o barulho de um carro se aproximando.

— Por que ficaria?

Sem dizer nada, ele levantou-se e a puxou. Juntos, viram o carro chegar e parar. Lottie se inclinou com um aceno afável, antes que ela e Maeve descessem.

— Liguei para Lottie — Gray murmurou, apertando a mão de Brianna quando a sentiu tensa entre as suas. — Tipo um convite para uma visitinha.

— Não quero outra discussão com hóspedes em casa. — A voz de Brianna estava gelada. — Não devia ter feito isso, Grayson. Teria ido vê-la amanhã e discutido na casa dela, e não na minha.

— Brie, seu jardim é uma pintura — Lottie gritou, quando se aproximaram. — E que dia maravilhoso para cuidar dele. — Com seu jeito maternal, abraçou Brianna e beijou-lhe o rosto. — Divertiu-se em Nova York?

— Sim, me diverti.

— Vivendo na alta sociedade — Maeve rosnou. — E deixando a decência para trás.

— Ah, Maeve, pare com isso. — Lottie fez um gesto impaciente. — Quero ouvir tudo sobre Nova York.

— Entrem para um chá então — Brianna convidou. — Trouxe algumas lembrancinhas.

— Ah, você é um amor. Lembrancinhas da América, Maeve. — Sorriu para Gray enquanto caminhavam para a casa. — E seu filme, Grayson? Foi legal?

— Foi. — Colocou a mão dela em seu braço e o afagou com uma batidinha. — Depois, tive de competir com Tom Cruise pela atenção de Brianna.

— Não me diga! — Lottie quase gritou, os olhos arregalados de surpresa. — Ouviu isso, Maeve? Brianna conheceu Tom Cruise!

— Não dou a mínima bola para atores — Maeve grunhiu, desesperadamente impressionada. — Aquela vida desregrada, todos se divorciando.

— Que nada! Não perde nunca um filme de Errol Flynn quando passa na telinha. — Ponto ganho, Lottie valsou pela cozinha e foi direto ao forno. — Agora, vou preparar o chá, Brianna. Assim você pode buscar nossos presentes.

— Tenho algumas tortas de cereja para o chá. — Brianna lançou um olhar a Gray quando rumou para o quarto. — Fresquinhas, assadas nessa manhã.

— Ah, que delícia! Sabe, Grayson, Peter, meu filho mais velho, foi para a América. Para Boston, visitar primos que temos lá. Conheceu o porto onde vocês, ianques, tiravam o chá inglês do barco. Voltou duas vezes e levou os filhos. O filho dele, Shawn, vai mudar para lá e arrumar um emprego.

Enquanto falava sobre Boston e a família, Maeve mantinha um silêncio emburrado. Logo, Brianna voltou, trazendo duas caixinhas.

— Há tantas lojas lá — comentou, determinada a se mostrar alegre. — Para onde quer que se olhe tem algo à venda. Foi difícil decidir o que trazer para vocês.

— O que quer que seja será adorável. — Curiosa, Lottie largou o prato de tortas e foi pegar sua caixa. — Ah, olhem só para isto! — Levantou uma pequena garrafa decorada em direção à luz, onde ela refletiu um azul forte.

— Se você quiser, pode pôr perfume nela ou então usar como enfeite.

— É linda como não podia deixar de ser — declarou. — Olhe só como tem flores esculpidas dentro dela. Lírios. Que gentileza, Brianna. Ah, Maeve, a sua é vermelha como rubi. Com papoulas. Não vai ficar linda sobre a cômoda?

— São muito bonitas. — Maeve quase não podia resistir a passar o dedo sobre o desenho. Se tinha alguma fraqueza, era por coisas bonitas. Sentia que nunca tivera sua parte justa delas. — Foi bondade sua lembrar-se de mim enquanto estava hospedada num grande hotel, convivendo com estrelas de cinema.

— Tom Cruise — Lottie falou, ignorando displicentemente o sarcasmo dela. — Ele é tão lindo como parece nos filmes?

— Até mais, e charmoso também. Talvez ele e a esposa venham aqui.

— Aqui? — Extasiada com a idéia, Lottie levou a mão ao coração. — Bem aqui, em Blackthorn Cottage?

Brianna sorriu.

— Foi o que ele disse.

— Que dia será esse? — Maeve resmungou. — O que um homem rico e tão viajado vai querer num lugar assim?

— Paz — Brianna disse friamente. — E boas comidas. O que todos querem quando ficam aqui.

— E você tem bastante disso em Blackthorn — Gray acrescentou. — Viajo muito, Sra. Concannon, e nunca estive num lugar tão adorável e tão confortável como este. Devia ter orgulho de Brianna pelo seu sucesso.

— Hum. Sei muito bem como você deve estar confortável aqui, na cama de minha filha.

— Só um idiota não estaria — respondeu afavelmente, antes que Brianna pudesse retrucar. — A senhora merece elogios por ter criado uma mulher tão bondosa e afável, e ao mesmo tempo com cérebro e dedicação para dirigir um negócio de sucesso. Ela me surpreende.

Aturdida, Maeve não disse nada. O cumprimento era uma reação que ela não esperara. Estava ainda procurando o insulto, quando Gray se dirigiu à bancada.

— Também trouxe uma coisinha para vocês duas. — Deixara a sacola na cozinha, antes de sair para falar com Brianna. Preparando o cenário, pensou, para que tudo fosse como queria.

— Ora essa, não é gentil? — Surpresa e prazer transpareciam na voz de Lottie enquanto aceitava a caixa que Gray lhe oferecia.

— É só uma lembrancinha — Gray disse, sorrindo, enquanto Brianna simplesmente olhava para ele, confusa. O suspiro de prazer de Lottie o deliciou.

— É um passarinho. Olhe só, Maeve, um pássaro de cristal. Veja como capta a luz do sol.

— Você pode pendurá-lo num fio na janela — Gray explicou. — Vai fazer um arco-íris para você. Você me faz lembrar um arco-íris, Lottie.

— Ah, deixa disso. Arco-íris. — Piscou com olhos úmidos e levantou-se para dar um abraço apertado em Gray. — Vou pendurar bem na janela da frente. Obrigada, Gray, você é um homem adorável. Ele não é adorável, Maeve?

Maeve grunhiu, hesitando diante de sua caixa de presente. Por direito, sabia que devia lhe atirar a coisa na cara, em vez de aceitar o presente de um homem daquele tipo. Mas o pássaro de cristal de Lottie era tão lindo. E a combinação de cobiça e curiosidade fez com que abrisse a caixa.

Sem fala, levantou o vidro em forma de coração. Também tinha uma tampa e, quando a abriu, a música fez-se ouvir.

— Ah, é uma caixinha de música. — Lottie bateu palmas. — Tão linda e engenhosa. Que música está tocando?

— *Stardust* — Maeve murmurou e conteve-se antes que começasse a cantarolar. — Uma música bem antiga.

— Um clássico — Gray acrescentou. — Eles não tinham nada irlandês, mas esta parecia combinar com a senhora.

Os cantos da boca de Maeve se levantaram, enquanto a música a encantava. Ela pigarreou, encarando Gray. Um olhar direto.

— Obrigada, Sr. Thane.

— Gray — corrigiu com carinho.

Trinta minutos depois, Brianna colocava as mãos nos quadris. Estavam só ela e Gray na cozinha agora, e o prato de tortas estava vazio.

— Foi como um suborno.

— Não, isso não foi como um suborno — disse, imitando-a. — *Foi* um suborno. Danado de bom também. Ela sorriu para mim antes de sair.

Brianna bufou.

— Não sei de quem ficar mais envergonhada, se de você ou dela.

— Então pense nisso como um pacto de paz. Não quero sua mãe deixando você triste por minha causa, Brianna.

— Esperto você foi. Uma caixa de música.

— Também acho. Cada vez que ela ouvi-la, vai pensar em mim. Não vai levar muito tempo para se convencer de que não sou um tipo tão ruim, afinal.

Ela não queria rir. Era uma situação ultrajante.

— Já a tinha analisado, não é?

— Um bom escritor é um bom observador. Ela está habituada a reclamar. — Abriu a geladeira e pegou uma cerveja. — O problema é que ela não anda tendo nada para reclamar ultimamente. Deve ser frustrante. — Abriu a garrafa e tomou um gole. — E está com medo de que você se afaste dela. E não sabe como se aproximar.

— E espera que eu o faça.

— Você o fará. Você é assim. Ela sabe disso, mas está preocupada que desta vez seja uma exceção. — Levantou o queixo de Brianna com a ponta do dedo. — Não será. Família é algo muito importante para você, e você já começou a perdoá-la.

Brianna virou-se para arrumar a cozinha.

— Não é sempre confortável ter alguém olhando dentro de você como se fosse de vidro. — Mas ela suspirou, ouvindo o próprio coração. — Talvez eu tenha começado a perdoá-la. Não sei quanto tempo o processo vai durar. — Lavou as xícaras, meticulosamente. — Seu plano, hoje, com certeza, o acelerou.

— Essa era a idéia. — Por trás dela, deslizou os braços pela sua cintura. — Então, não está brava.

Virando-se, descansou a cabeça em seu ombro, onde mais gostava de ficar.

— Amo você, Grayson.

Ele afagou-lhe os cabelos, olhando pela janela, sem dizer nada.

Os dias que se seguiram tiveram uma temperatura agradável, do tipo que fazia trabalhar no quarto, como viver um eterno crepúsculo. Era fácil perder a noção do tempo, mergulhar no livro com apenas uma vaga percepção do mundo em torno dele.

Estava se aproximando do assassino, do violento encontro final. Desenvolvera um respeito pela mente do vilão, espelhando perfeitamente as mesmas emoções de seu herói. O homem era tão inteligente quanto corrupto. Não louco, Gray meditava, enquanto outra parte de seu cérebro visualizava a cena que estava criando.

Alguns chamariam o vilão de louco, incapazes de conceber que a crueldade e a desumanidade dos assassinatos pudessem brotar de uma mente não distorcida pela insanidade.

Gray sabia bem disso, tanto quanto seu herói. O assassino não era louco, mas fria e sanguinariamente são. Era simplesmente, muito simplesmente, mau.

Já sabia exatamente como a caçada final se desenvolveria, quase todos os passos e palavras estavam claros em sua mente. Na chuva, no escuro, entre as ruínas varridas pelo vento onde sangue já fora derramado, sabia que o herói veria apenas por um instante o pior de si mesmo refletido no homem que ele perseguia.

E aquela batalha final seria mais do que certo contra errado, bem contra mal. Naquele precipício de ventos uivantes, encharcado pela chuva, seria uma luta desesperada pela redenção.

Mas aquilo não seria o fim. E era em busca daquela desconhecida cena final que Gray corria. Imaginara, desde o começo, o herói deixando a vila, deixando a mulher. Ambos tinham sido irrevogavelmente transformados pela violência que arruinara aquele calmo lugar. E pelo que acontecera entre eles.

Então, cada um seguiria com o que lhes restava da vida, ou tentaria. Separados, porque os criara como duas forças dinamicamente opostas, que certamente se atraíam, mas nunca por muito tempo.

Agora não estava tão claro assim. Imaginava aonde o herói estava indo e por quê. Por que a mulher se voltava lentamente, como havia planejado, movendo-se em direção à porta da pousada, sem olhar para trás.

Deveria ter sido simples, verdadeiro para os personagens, satisfatório. Quanto mais próximo de alcançar aquele momento, mais apreensivo ficava.

Chutando a cadeira, olhou inexpressivamente para o quarto. Não tinha idéia de que horas do dia seriam ou por quanto tempo ficara acorrentado ao trabalho. Mas uma coisa era certa: estava exausto.

Precisava caminhar, decidiu, com chuva ou sem chuva. E precisava parar de criticar a si mesmo e deixar aquela cena final se desdobrar do seu próprio jeito, e no seu tempo.

Começou a descer as escadas, maravilhado com o silêncio, antes de lembrar que a família da Escócia tinha ido embora. Quando rastejara para fora de sua caverna tempo suficiente para notar, divertira-se vendo os dois rapazes andarem atrás de Brianna, competindo pela atenção dela.

Era difícil culpá-los por isso.

O som da voz de Brianna fez com que se voltasse para a cozinha:

— Bom-dia, Kenny Feeney. Visitando sua avó?

— Sim, Srta. Concannon. Ficaremos aqui por duas semanas.

— Fico contente de ver você. Cresceu bastante. Quer entrar e tomar uma xícara de chá com bolo?

— Adoraria.

Gray viu um garoto em torno de doze anos dar um sorriso de dentes tortos quando entrou, saindo da chuva. Ele carregava alguma coisa grande e aparentemente pesada, enrolada em jornais.

— Vovó lhe mandou uma perna de cordeiro, Srta. Concannon. Nós o abatemos esta manhã.

— Ah, que gentileza dela! — Com visível prazer, Brianna pegou o medonho pacote, enquanto Gray, escritor de romances policiais sedentos de sangue, sentia o estômago embrulhar.

— Preparei um bolo de groselha. Que tal uma fatia e depois levar o resto para ela?

— Tudo bem. — Educadamente, descalçando as botas de cano alto, o garoto despiu a capa de chuva e o boné. Então viu Gray. — Bom-dia — disse polidamente.

— Ah, Gray, não ouvi você descer. Este é o jovem Kenny Feeney, neto de Alice e Peter Feeney, da fazenda no fim da rua. Kenny, este é Grayson Thane, um hóspede.

— O ianque — Kenny disse enquanto sacudia solenemente a mão de Gray. — Você escreve livros com assassinatos, minha avó diz.

— Verdade. Você gosta de ler?

— Gosto de livros sobre carros e esportes. Talvez você possa escrever um livro sobre futebol.

— Vou pensar nisso.

— Quer um pedaço de bolo, Gray? — Brianna perguntou, enquanto cortava. — Ou prefere um sanduíche agora?

Ele lançou um olhar cauteloso para o monte embaixo do jornal. Imaginou-o balindo.

— Não, nada. Agora não.

— Você mora em Kansas City? — Kenny quis saber. — Meu irmão mora. Foi para os Estados Unidos três anos atrás. Ele toca numa banda.

— Não, não moro, mas já estive lá. É uma cidade bonita.

— Pat diz que é o melhor lugar do mundo. Estou guardando dinheiro, aí vou poder ir pra lá quando tiver idade suficiente.

— Vai nos deixar então, Kenny? — Brianna passou a mão pelos cabelos vermelhos desgrenhados.

— Quando tiver dezoito anos. — Deu outra mordida feliz no bolo, engolindo-o com chá. — Você pode conseguir um bom trabalho lá e pagam bem. De repente eu jogo num time americano de futebol. Eles têm um, lá mesmo cm Kansas City, sabe?

— Ouvi falar. — Gray sorriu.

— O bolo está legal, Srta. Concannon. — Kenny raspou até o último farelo.

Ao sair pouco depois, Brianna observou-o correr em disparada pelos campos, o bolo empacotado embaixo do braço, como uma de suas preciosas bolas de futebol.

— Tantos deles vão embora. Dia após dia, ano após ano, nós os perdemos. — Sacudindo a cabeça, fechou a porta da cozinha outra vez. — Vou dar um jeito em seu quarto, agora que você saiu.

— Estava indo dar uma caminhada. Por que não vem comigo?

— Só se for bem rápido. Deixe-me... — Sorriu desculpando-se, quando o telefone tocou. — Boa-tarde, Blackthorn Cottage. Oh, Arlene, como vai? — Estendeu a mão para falar com Gray. — É bom ouvir você. Sim, estou bem. Gray está bem aqui, eu vou... oh? — A sobrancelha subiu, e então sorriu outra vez. — Seria ótimo! Naturalmente você e seu marido são mais do que bem-vindos. Setembro é uma ótima época do ano. Estou tão contente que estejam vindo. Sim, tenho. Quinze de setembro, por cinco dias. Claro que sim, dá para fazer muitos passeios partindo daqui. Devo enviar alguma informação? Não, será um prazer. Estou ansiosa também. Sim, Gray está aqui, como eu disse. Só um momento.

Ele pegou o telefone, mas olhou para Brianna.

— Ela vem à Irlanda em setembro?

— De férias, ela e o marido. Parece que despertei sua curiosidade. Ela tem novidades para você.

— Hum-hum. E aí, linda! Dando uma de turista pelos condados do Oeste? — Riu, balançando a cabeça quando Brianna lhe ofereceu chá. — Não, acho que vai adorar. O tempo? — Olhou pela janela a chuva que caía forte. — Magnífico! — Piscou para Brianna enquanto bebericava o chá. — Não, não recebi seu pacote ainda. O que há nele?

Sacudindo a cabeça, murmurou para Brianna:

— Críticas do filme. — Parou ouvindo. — Quais são os elogios? Humm. Brilhante, gosto de brilhante. Espere, repita isso. "Da mente fértil de Grayson Thane" — repetiu para Brianna. — Digno do Oscar. Dois polegares para cima. — Ele riu. — O filme mais poderoso do ano. Nada mau, mesmo que ainda seja maio. Não. Não estou debochando. É ótimo! Melhor ainda! Referências ao novo livro — disse a Brianna.

— Mas você ainda não terminou o livro novo.

— Não esse livro novo. O que vai sair em julho. Esse é o livro novo, o que estou trabalhando é o manuscrito novo. Não, estava só explicando coisas básicas sobre publicação para a anfitriã.

Com os lábios apertados, ele continuou ouvindo.

— Mesmo? Gosto disso.

Sem tirar os olhos dele, Brianna foi dar uma olhada no forno. Gray fazia comentários, murmurava algo. De vez em quando, ria ou sacudia a cabeça.

— Ainda bem que não estou de chapéu. Minha cabeça está crescendo. Sim, a agência de publicidade me mandou uma carta enorme sobre os planos para a turnê de divulgação. Concordei em ficar à disposição deles por três semanas. Não, você decide sobre esse tipo de coisa. Demora muito para enviarem pelo correio. Sim, você também. Direi a ela. Falo com você depois.

— O filme está indo bem — Brianna disse, tentando resistir à vontade de cravá-lo de perguntas.

— Doze milhões na primeira semana, o que não é de jogar fora. E os críticos estão gostando. Aparentemente gostaram também do próximo livro — falou, pegando um biscoito de uma lata. — Criei uma história densa numa atmosfera com diálogos tão ríspidos como uma adaga afiada. Com, ah, estripamentos e humor negro e cáustico. Não tão banal assim.

— Devia estar muito orgulhoso.

— Escrevi isso há quase um ano. — Sacudiu os ombros, mastigando. — É, é legal. Tenho um certo carinho por ele que diminuirá consideravelmente depois de trinta e uma cidades em três semanas.

— A turnê de que você falou.

— Certo. Programas de entrevistas, livrarias, aeroportos e quartos de hotel. — Com uma risada, atirou o resto do biscoito na boca. — Que vida!

— Acho que combina com você.

— Exatamente.

Ela concordou, não querendo ficar triste, e colocou a grelha sobre a bancada.

— Em julho, você disse.

— É. Já está perto. Perdi a noção do tempo. Estou aqui há quatro meses.

— Às vezes parece que você sempre esteve aqui.

— Está se acostumando comigo. — Passou distraidamente a mão pelo queixo e ela pôde ver que sua mente estava em outro lugar. — Que tal uma caminhada?

— Tenho de aprontar o jantar.

— Vou esperar. — Inclinou o corpo amigavelmente sobre o balcão. — Então, qual é o jantar?

— Perna de cordeiro.

Gray suspirou.

— É o que imaginava.

Capítulo Vinte

Num dia claro, no meio do mês de maio, Brianna olhava os homens cavando a fundação para a sua estufa. Um pequeno sonho se torna realidade, pensou, atirando a trança que usava para as costas.

Ela sorriu ao bebê que gorgolejava no balanço portátil ao lado. Aprendera a ficar contente com pequenos sonhos, pensou, abaixando-se para beijar os cabelos crespos e pretos do sobrinho.

— Ele cresceu tanto, Maggie, em tão poucas semanas.

— Sei. E eu não. — Bateu a mão na barriga, fazendo uma careta. — A cada dia não me sinto mais do que vaca, e só queria saber se um dia perderei isso tudo novamente.

— Você está maravilhosa.

— É o que digo a ela — Rogan acrescentou, passando um braço pelos ombros de Maggie.

— Você não sabe de nada. Está enfeitiçado por mim.

— É a pura verdade.

Brianna olhou para longe, enquanto eles sorriam um para o outro. Como era fácil para eles agora. Tão aconchegados em seu amor, com um bebê lindo murmurando ao lado. Não se importou com a pontada de inveja ou com a fisgada de desejo.

— Então, onde anda seu ianque, esta manhã?

Brianna olhou-a, querendo descobrir, constrangida, se Maggie estava lendo seu pensamento.

— Levantou-se e saiu de madrugada, sem nem tomar café.

— Para onde?

— Não sei. Rosnou para mim. Pelo menos, acho que foi para mim. O humor dele anda imprevisível por estes dias. O livro o está preocupando, embora ele diga agora que está só limpando. O que significa, pelo que me falou, que está polindo.

— Estará pronto em breve, não? — Rogan perguntou.

— Em breve. — E então... Brianna estava abrindo uma página do livro de Gray e não pensando em *entãos*. — Seu editor telefona toda hora e manda pacotes o tempo todo sobre o livro que está saindo neste verão. Parece irritá-lo ter de pensar em um, quando ainda está trabalhando em outro. — Voltou a olhar para os operários. — É uma boa localização para a estufa, não acha? Vou ficar contente de poder vê-la da janela.

— Você já falou demais sobre essa localização nos últimos meses — Maggie observou, recusando-se a mudar de assunto. — As coisas estão bem entre você e Gray?

— Sim, muito bem. Ele anda um pouco aborrecido agora, como eu disse, mas seu mau humor nunca dura muito. Contei a vocês como ele planejou uma trégua com mamãe?

— Esperteza dele. Uma quinquilharia de Nova York. Ela foi amável com ele no batizado de Liam. E eu precisei dar à luz para chegar perto disso.

— Ela é louca por Liam — Brianna disse.

— Ele é um pára-choque entre nós. Ah, o que foi, querido — murmurou quando Liam começou a se agitar. — Sua fralda está molhada, é isto. — Levantando-o, Maggie o acariciou até acalmá-lo.

— Vou trocá-lo.

— Você se oferece mais rápido do que o pai dele. — Balançando a cabeça, Maggie deu uma risada. — Não, deixe que eu faço isto. Fique aqui cuidando de sua estufa. Levará só um minuto.

— Ela sabe que quero conversar com você. — Rogan levou Brianna para os bancos de madeira, próximos das ameixeiras-selvagens* que inspiraram o nome da pousada.

— Alguma coisa errada?

— Não. — Sob uma calma forçada, percebia um certo nervosismo que não era comum nela. Isto, Rogan concluiu com uma leve careta, tinha mais a ver com Maggie. — Queria falar com você sobre o negócio da Minas Triquarter. Ou a inexistência dela. — Ele sentou, deixando as mãos nos joelhos. — Na verdade, ainda não tivemos oportunidade de falar sobre isso desde que eu estive em Dublin, e depois veio o batizado do bebê. Maggie está satisfeita com o modo como as coisas estão andando. Está mais interessada em curtir Liam e voltar aos seus vidros do que em cuidar desse assunto.

— É assim que deve ser mesmo.

— Para ela, talvez. — Não disse o que era óbvio para eles. Nem ele nem Maggie exigiam qualquer compensação monetária que podia resultar de um acerto. — Tenho de admitir, Brianna, não me parece bem. O princípio da coisa...

— Posso entender isso, você é um empresário. — Ela sorriu. — Você nunca viu o Sr. Carstairs. É difícil ficar com raiva dele, depois de conhecê-lo.

— Vamos separar emoção de aspectos legais, por um momento.

O sorriso dela se alargou. Imaginou que ele usasse aquele tom vivo com qualquer subalterno ineficiente.

— Tudo bem, Rogan.

— Carstairs cometeu um crime. E, embora você possa estar relutante em vê-lo preso, é apenas lógico esperar alguma penalidade. Agora, sei que ele se tornou bem-sucedido nos últimos anos. Cuidei eu mesmo de fazer algumas pequenas investigações e está claro que seus negócios atuais são legais e bem lucrativos. Ele tem condições de compensar você pela desonestidade na transação com seu pai. Seria fácil para mim ir a Londres pessoalmente e acertar isso.

— É muita delicadeza sua. — Brianna cruzou as mãos, suspirando profundamente. — Mas lamento, Rogan, por desapontá-lo. Entendo que sua ética foi insultada e que só deseja que a justiça seja feita.

---

* No original, *blackthorns*. Abrunheiro, ameixeira-brava, pruneiro. A pousada chama-se Blackthorn Cottage. (N.T.)

— É isso. — Contrariado, ele sacudiu a cabeça. — Brie, posso entender a atitude de Maggie. Está focada no bebê e no trabalho, e sempre tem alguém para afastar qualquer coisa que atrapalhe sua concentração. Mas você é uma mulher prática.

— Sou — concordou. — Sou sim. Mas receio ter em mim alguma coisa de meu pai também. — Esticando o braço, colocou a mão sobre a de Rogan. — Sabe, algumas pessoas, por uma ou outra razão, começam em bases não muito firmes. As escolhas que fazem não são elogiáveis. Uma parte delas permanece lá porque é mais fácil, ou porque estão acostumadas, ou até porque preferem. Outra parte desliza de lá para situações mais consolidadas, sem muito esforço. Um pouco de sorte, de oportunidade. E outras, uma pequena parte — disse, lembrando-se de Gray —, batalham por seu caminho para um negócio sólido. E fazem coisas admiráveis de si mesmas.

Mergulhou num silêncio profundo, fitando as colinas. Desejando.

— Perdi você, Brie.

— Ah. — Abanando a mão, ela voltou a lhe prestar atenção. — O que quero dizer é que não sei quais as circunstâncias que levaram o Sr. Carstairs de um tipo de vida a outra. Mas ele não está prejudicando ninguém agora. Maggie tem o que quer, e eu, o que me agrada. Então, por que nos preocuparmos?

— Foi o que ela me disse que você diria. — Levantou as mãos, vencido. — Eu tinha de tentar.

— Rogan — Maggie chamou da porta da cozinha, embalando o bebê. — Telefone. É de Dublin, para você.

— Ela não atende essa porcaria na nossa própria casa, mas aqui atende.

— Ameacei não cozinhar para ela, se não atendesse.

— Nenhuma das minhas ameaças funcionou. — Ele levantou-se. — Estava esperando uma ligação, então dei seu número, para o caso de não atendermos em casa.

— Sem problemas. Fale o tempo que precisar. — Sorriu, enquanto Maggie se aproximava com o bebê. — Bem, Margaret Mary vai dividi-lo agora ou ficar com ele só para você?

— Ele estava justamente perguntando por você, tia Brie. — Com uma risada, Maggie passou Liam para a irmã e instalou-se na cadeira que

Rogan deixara. — Ah, como é bom sentar. Liam estava agitado a noite passada. Juro, eu e Rogan, juntos, devemos ter ido até Galway e voltado.

— Será que já é o primeiro dentinho? — Murmurando carinhosamente, Brianna esfregou o dedo na gengiva de Liam, procurando algo inchado.

— Pode ser. Anda babando como um cachorrinho. — Fechou os olhos, deixando o corpo relaxar. — Ah, Brie, quem imaginaria que se pode amar tanto? Passei a maior parte da vida sem saber que Rogan Sweeney existia, e agora não poderia viver sem ele.

Abriu um olho para ter certeza de que Rogan estava ainda na casa e não teria ouvido seu acesso tão sentimental.

— E o bebê, é tão grande esse aperto no coração. Quando estava grávida, achava que já sabia o que era amá-lo. Mas, desde que o segurei pela primeira vez, descobri que era muito mais do que imaginava.

Estremeceu, com um sorriso vacilante.

— Ah, são os hormônios outra vez. Estão me deixando uma manteiga derretida.

— Não são os hormônios, Maggie. — Brianna esfregou o rosto na cabeça de Liam, sentindo o cheiro maravilhoso dele. — É ser feliz.

— Quero que você também seja feliz, Brie. Posso ver que você não é.

— Não é verdade. Claro que sou feliz.

— Você está sempre o vendo ir embora. E está se forçando a aceitar isso, antes que realmente aconteça.

— Se ele optar por ir embora, não posso impedi-lo. Sempre soube disso.

— Por que não pode? — Maggie retrucou. — Por quê? Não o ama o suficiente para lutar por ele?

— Eu o amo demais para lutar por ele. E talvez eu não tenha a coragem. Não sou valente como você, Maggie.

— É só uma desculpa. Valente demais é o que você sempre tem sido, Santa Brianna.

— E, se é uma desculpa, é minha. — Ela falou brandamente. Não entraria, prometera a si mesma, numa discussão. — Ele tem motivos para partir. Posso não concordar com eles, mas os entendo. Não brigue comigo, Maggie — disse calmamente e evitou a próxima explosão. — Porque isso magoa. E pude ver nesta manhã, quando saiu de casa, que ele já estava indo embora.

— Então, detenha-o. Ele ama você, Brie. É possível ver isso cada vez que ele olha para você.

— Acho que sim. — E aquilo apenas aumentava a dor. — É por isso que está apressado para ir. E está com medo também. Medo de voltar.

— É com isto que está contando?

— Não. — Mas queria contar com isso. Queria muito. — Amor nem sempre é o bastante, Maggie. Podemos ver isso pelo que aconteceu com papai.

— Foi diferente.

— Foi tudo diferente. Mas ele viveu sem Amanda e fez da vida dele o melhor que pôde. Sou sua filha o bastante para fazer o mesmo. Não se preocupe comigo — murmurou, acariciando o bebê. — Sei o que Amanda estava sentindo, quando escreveu que era grata pelo tempo que tinham ficado juntos. Não trocaria esses meses passados por nada neste mundo.

Ficou em silêncio, observando o rosto sério de Rogan enquanto ele atravessava o gramado.

— Podemos ter encontrado alguma coisa a respeito de Amanda Dougherty — ele disse.

Gray não veio para casa para o chá e Brianna estranhou, mas não se preocupou, enquanto os hóspedes se regalavam com os sanduíches e bolos. O relatório de Rogan sobre Amanda Dougherty estava sempre em sua mente, enquanto tocava o resto do dia.

O detetive não encontrara nada em suas buscas iniciais pelas cidades e vilas em Catskills. Para Brianna, não era nenhuma surpresa que ninguém se lembrasse de uma mulher irlandesa, grávida, depois de quase um quarto de século. Mas Rogan, homem meticuloso, contratava pessoas meticulosas. Rotineiramente, o detetive fez buscas em estatísticas demográficas, lendo certidões de nascimento, morte e casamento, pelos cinco anos que se seguiram à data da última carta de Amanda para Tom Concannon.

E foi numa pequena aldeia, ao pé da montanha, que ele a encontrou.

Amanda Dougherty, trinta e dois anos, tinha sido casada, por um juiz de paz, com um homem de trinta e oito anos, chamado Colin Bodine.

O endereço dizia simplesmente Rochester, Nova York. O detetive estava ainda lá para prosseguir na busca por Amanda Dougherty Bodine.

A data do casamento era de cinco meses depois da última carta enviada a seu pai, Brianna meditou. Amanda devia estar perto do final da gravidez. Então era mais provável que o homem com quem casara soubesse que ela estava grávida de outro.

Ele a teria amado? Esperava que sim. Parecia-lhe que se tratava de um homem forte e de coração bondoso para dar seu nome ao filho de outro.

Apanhou-se olhando outra vez para o relógio, imaginando aonde Gray teria ido. Aborrecida consigo mesma, pedalou até a casa de Murphy para informá-lo sobre os progressos da construção da estufa.

Quando voltou, já era hora de cuidar do jantar. Murphy prometera aparecer no dia seguinte para dar uma olhada na obra. Mas a intenção oculta de Brianna, a esperança de que Gray estivesse visitando seu vizinho como fazia muitas vezes, desabara.

E agora, passadas mais de doze horas desde que ele saíra pela manhã, a estranheza dava lugar à preocupação.

Atormentou-se, não comendo nada enquanto os hóspedes festejavam com o peixe ao molho de groselha. Desempenhou seu papel de anfitriã, cuidando para que o conhaque estivesse onde seria desejado, uma rodada extra de pudim de limão para as crianças, que o olhavam esperançosamente.

Cuidou para que a garrafa de uísque no quarto de cada hóspede estivesse cheia, toalhas limpas para os banhos da noite. Fez sala, conversando com eles; ofereceu jogos às crianças.

Por volta das dez da noite, quando a luz estava apagada e a casa quieta, mudara da preocupação para a resignação. Ele viria quando viesse, pensou, e se acomodou no quarto, tricô no colo e Con a seus pés.

Um dia inteiro dirigindo, caminhando e estudando a zona rural não tinha sido um grande negócio para melhorar o humor de Gray. Estava irritado consigo mesmo, irritado ao ver na janela que uma luz fora deixada acesa para ele.

Apagou-a assim que entrou, como para provar a si mesmo que não precisava de sinais familiares. Começou a subir, um movimento deliberado, para provar que era dono de si mesmo.

O rosnado leve de Con o deteve. Voltando na escadaria, Gray fez uma carranca para o cachorro.

— O que você quer?

Con apenas sentou, abanando o rabo.

— Não tenho um toque de recolher e não preciso de um cão estúpido esperando por mim.

Con apenas olhou para ele. Então levantou a pata como se antecipando a saudação usual de Gray.

— Merda! — Gray voltou a descer as escadas, segurou a pata do cão e coçou-lhe a cabeça. — Pronto, melhor agora?

Con levantou-se e caminhou para a cozinha. Parou, olhou para trás, sentou-se outra vez, obviamente esperando.

— Vou deitar — Gray disse a ele.

Parecendo concordar, Con levantou-se outra vez como se estivesse esperando para levá-lo até sua dona.

— Tudo bem. Como você quiser. — Gray enfiou as mãos nos bolsos e seguiu o cachorro até o hall, passou pela cozinha até chegar ao quarto de Brianna.

Sabia que seu humor estava abominável e parecia que não conseguiria alterá-lo. Era o livro, claro, mas havia mais. Podia admitir, ao menos para si, que andava inquieto desde o batizado de Liam.

Havia algo em tudo aquilo, o próprio ritual, aquela antiga, pomposa e estranhamente calma cerimônia, cheia de palavras, cor e movimento. As roupas, a música, a luz, tudo se fundira, ou assim lhe parecera, para lutar contra o tempo.

Mas fora a demonstração de comunidade, a sensação de pertencimento que percebera em cada vizinho e amigo que tinha vindo testemunhar o batismo da criança, que tinha mexido com ele mais profundamente.

Aquilo o tocara, para além da curiosidade, do interesse do escritor pela cena e pelo evento. Aquilo mexera com ele, a torrente de palavras, a fé inabalável e o rio de continuidade que passava de geração a geração na pequena igreja da vila, acentuado pelo choro indignado de um bebê, a luz rompida através do vidro, a madeira antiga alisada por gerações de joelhos dobrados.

Ali estava a família tanto quanto a partilha da fé, e comunidade tanto quanto o dogma.

E o desejo súbito e desconcertante de pertencer o deixou inquieto e bravo.

Irritado consigo e com ela, parou na soleira da porta da salinha de Brianna, olhando-a no ritmado bater das agulhas. A lã verde se derramava sobre o colo, na camisola branca. A luz ao lado dela focava para baixo, de modo que ela podia ver seu trabalho, sem nunca olhar para as próprias mãos.

A televisão murmurava um antigo filme em preto-e-branco. Cary Grant e Ingrid Bergman, elegantemente vestidos, abraçavam-se numa adega de vinho. *Notório*, Gray pensou. Uma história de amor, desconfiança e redenção.

Por algum motivo que preferiu não entender, o entretenimento dela irritou-o profundamente.

— Não devia me esperar acordada.

Lançou-lhe um olhar, sem parar as agulhas.

— Não esperei. — Parecia cansado, ela pensou, e mal-humorado. O que quer que tivesse procurado em seu longo dia sozinho parecia não ter encontrado. — Comeu alguma coisa?

— Umas besteiras hoje à tarde.

— Deve estar com fome, então. — Ajeitou o tricô na cesta ao lado. — Vou preparar alguma coisa para você.

— Eu mesmo posso fazer, se quiser — retrucou. — Não preciso que me trate como se fosse minha mãe.

Seu corpo se enrijeceu, mas ela apenas sentou outra vez e pegou a lã.

— Como quiser.

Ele entrou na sala, provocador.

— Então?

— Então o quê?

— Cadê o interrogatório? Não vai perguntar onde estive, o que andei fazendo? Por que não liguei?

— Como você mesmo observou, não sou sua mãe. Seus negócios são apenas da sua conta.

Por um momento, ouviram-se apenas o som das agulhas e a angustiada voz da mulher numa propaganda da televisão, ao descobrir gordura de batata frita em sua blusa nova.

— Ah, você faz o tipo indiferente — Gray resmungou e foi até o aparelho, desligando-o abruptamente.

— Está querendo ser grosseiro mesmo? — Brianna perguntou. — Ou não consegue se controlar?

— Estou tentando chamar sua atenção.

— Tudo bem, já conseguiu.

— Precisa continuar fazendo isso, enquanto falo com você?

Como parecia não ter como evitar um confronto que ele tão obviamente queria, Brianna deixou o tricô no colo.

— Assim está melhor?

— Precisava ficar sozinho. Não gosto de ser pressionado.

— Não pedi nenhuma explicação, Grayson.

— Sim, pediu. Só que não em voz alta.

A impaciência começou a ferver:

— Então, agora, você está lendo meus pensamentos.

— Não é tão difícil assim. Estamos dormindo juntos, praticamente vivendo juntos e você sente que sou obrigado a lhe dizer o que estou fazendo.

— É isso o que sinto?

Ele começou a caminhar pela sala. Não, ela pensou, era mais como a ronda de um leão por trás das grades.

— Vai ficar sentada aí e tentar me dizer que não está brava?

— Pouco importa o que digo, quando você lê meus pensamentos. — Cruzou as mãos, descansando-as na lã. Não brigaria com ele, disse a si mesma. Se o tempo deles juntos estava perto do fim, não deixaria que as últimas lembranças fossem de discussão e sentimentos ruins. — Grayson, posso assegurar a você que tenho minha própria vida. Um negócio para tocar, prazeres pessoais. Preencho bem meus dias.

— Então não dá a mínima se estou aqui ou não? — Ele é que saíra. Por que a idéia o enfurecia?

Ela apenas suspirou.

— Você sabe que gosto que esteja aqui. O que quer que eu diga? Que fiquei preocupada? Talvez sim, por algum tempo, mas você é adulto, capaz de cuidar de si mesmo. Se achei indelicado você não me avisar que ficaria fora tanto tempo, quando é seu hábito estar aqui todas as noites? Você sabe que sim, então não há necessidade de lhe dizer isso. Agora, se isto o agrada, vou me deitar. Se quiser me acompanhar, será bem-vindo, ou então suba e vá curtir seu mau humor sozinho.

Antes que pudesse levantar-se, ele atirou as duas mãos nos braços da cadeira dela, enjaulando-a. Seus olhos se arregalaram, mas ela os manteve fixos nele.

— Por que não grita comigo? Me atira alguma coisa? Me dá um chute na bunda?

— Essas coisas podiam fazer você se sentir melhor — ela disse calmamente. — Mas não é minha função fazê-lo sentir-se melhor.

— Então é assim? Simplesmente dá de ombros e vai para a cama? Você sabe muito bem que eu podia estar com outra mulher.

Por um momento, o fogo chamejou nos olhos dela, enfrentando a fúria nos dele. Então se recompôs, pegou o tricô do colo e colocou-o na cesta.

— Está tentando me fazer ficar zangada?

— Sim, inferno! Estou! — Afastou-se dela bruscamente. — Pelo menos, seria uma briga justa. Não há como atingir essa sua serenidade de gelo.

— Então eu seria idiota deixando de lado esta arma formidável, não seria? — Levantou-se. — Grayson, amo você e, quando pensa que eu usaria esse amor para prendê-lo, para mudá-lo, aí você me insulta. É por isso que devia se desculpar.

Menosprezando a arrepiante sensação de culpa, olhou de volta para ela. Nunca, em toda a sua vida, uma mulher o fizera sentir culpa. Imaginava se haveria outra pessoa no mundo que pudesse, com tanta tranqüilidade, fazê-lo sentir-se tão idiota.

— Calculei que você acharia um jeito de arrancar um "sinto muito" de mim, antes disso tudo acabar.

Olhou-o fixamente por alguns instantes e depois, sem uma palavra sequer, virou-se e caminhou para o quarto.

— Cristo. — Gray esfregou as mãos no rosto, apertando os dedos sobre os olhos fechados. Então deixou as mãos caírem. Você só pode chafurdar na própria estupidez, decidiu. — Estou maluco — disse, entrando no quarto.

Ela não disse nada, apenas ajustou uma das janelas para que entrasse mais do ar da noite perfumada e fresca.

— Desculpe, Brie, por tudo. Estava num péssimo humor esta manhã e só queria ficar sozinho.

Não respondeu nem o encorajou, apenas afastou a colcha.

— Não me ignore assim. Isto é pior que tudo. — Aproximou-se dela, colocando uma mão hesitante em seus cabelos. — Estou tendo problemas com o livro. É pura cretinice minha atirar tudo em cima de você.

— Não espero que mude seu humor para me satisfazer.

— Você simplesmente não espera — murmurou. — Isso não é bom para você.

— Sei o que é bom para mim. — Ela começou a se afastar, mas ele a virou. Ignorando sua rigidez, passou os braços em torno dela.

— Você devia me botar para fora.

— Você já pagou até o fim do mês.

Pressionando o rosto nos cabelos dela, ele riu.

— Agora você está sendo cruel.

Como esperar que uma mulher acompanhasse seu humor? Quando ela tentou se afastar, ele apenas a abraçou mais.

— Tinha que sair de perto de você — murmurou, a mão deslizando pelas costas dela, obrigando a coluna a relaxar. — Precisava provar que podia sair de perto de você.

— Acha que não sei disso? — Recuando tanto quanto ele permitia, tomou o rosto dele entre as mãos. — Grayson, sei que vai embora logo e não vou fingir que isso não vá partir meu coração. Mas será muito mais sofrido para nós dois se gastarmos esses últimos dias brigando por isso. Ou em torno disso.

— Achei que seria mais fácil se você estivesse furiosa. Se você me tirasse de sua vida.

— Mais fácil para quem?

— Para mim. — Encostou a testa na dela e disse o que estivera evitando dizer nos últimos dias: — Vou embora no fim do mês.

Ela não falou nada, vendo que não podia falar nada com a súbita dor invadindo-lhe o peito.

— Quero ter algum tempo antes de começar a turnê de divulgação.

Ela esperou, mas ele não a convidou, como fizera antes, para que fosse com ele para alguma praia tropical. Sacudiu a cabeça.

— Então vamos aproveitar o tempo que temos antes de você partir.

Virou o rosto de modo que os lábios dela encontraram os dele. Gray a deitou lentamente na cama. E, quando a amou, foi suavemente.

Capítulo Vinte e Um

Pela primeira vez desde que abrira sua casa aos hóspedes, Brianna desejou que todos fossem para o diabo. Ressentia-se da intrusão em sua privacidade com Gray. Embora isso a envergonhasse, ressentia-se do tempo que ele passava fechado no quarto, terminando o livro que o tinha trazido para ela.

Lutou contra as emoções, fez mesmo todo o possível para evitar que aparecessem. À medida que passavam os dias, assegurara a si mesma de que a sensação de pânico e infelicidade desvaneceria. Sua vida era quase o que desejava que fosse. Quase.

Podia não ter o marido e filhos que sempre desejara, mas havia muitas outras coisas para preenchê-la. Ajudava, ao menos um pouco, contar aquelas bênçãos, enquanto ia cuidando da rotina diária.

Carregava as roupas de cama, recém-retiradas da corda, escadas acima. Como a porta de Gray estava aberta, ela entrou. Ali, deixou os lençóis de lado. Quase era desnecessário trocar seus lençóis, desde que ele não dormira em nenhuma outra cama, só na sua, por dias. Mas o quarto precisava de uma boa limpeza, decidiu, já que ele estava fora. A escrivaninha era uma bagunça espantosa, para falar a verdade.

Começou por ali, esvaziando o cinzeiro transbordante, arrumando livros e papéis. Torcendo, ela sabia, para encontrar alguma coisa sobre a história que ele estava escrevendo. O que encontrou foram envelopes amassados, correspondência não respondida e algumas notas rabiscadas com superstições irlandesas. Divertida, leu:

Evite falar mal das fadas na sexta-feira, porque elas estão presentes e mandarão algum mal se ofendidas.

Se um pássaro preto chegar à sua porta e olhar para você, é um sinal certo de morte e nada poderá evitar isso.

Uma pessoa que passe sob um galho de cânhamo terá uma morte violenta.

— Ora, você me surpreende, Brianna. Está bisbilhotando.

Completamente vermelha, ela deixou cair o bloco, escondendo as mãos atrás das costas. Ah, não era mesmo próprio de Grayson Thane, pensou, assustar alguém assim?

— Não estava bisbilhotando. Estava tirando o pó.

Ele bebericou o café que tinha acabado de coar na cozinha. Nunca a tinha visto tão confusa assim.

— Cadê o pano de pó? — ele insistiu.

Sentindo-se nua, Brianna cobriu-se com a dignidade.

— Ia pegar um. Sua escrivaninha está terrivelmente bagunçada e eu estava apenas arrumando.

— Estava lendo minhas notas.

— Estava afastando o bloco para o lado. Talvez tenha batido os olhos no que estava escrito. São só superstições, é o que são, sobre o mal e a morte.

— Mal e morte são meu sustento. — Rindo, aproximou-se dela e pegou o bloco. — Gosto desta. Sobre Todos os Santos, é 1º de novembro.

— Sei quando é o Dia de Todos os Santos.

— Claro que sabe. De todo modo, no Dia de Todos os Santos, o ar fica cheio da presença dos mortos, tudo é símbolo de destino. Se nesta data você chama o nome de uma pessoa do outro lado, e repe-

te o nome três vezes, o resultado é fatal. — Riu para si mesmo. —
Imagine o que pode acontecer a você.

— Tolice. — E sentiu arrepios.

— É uma grande tolice. — Baixou o bloco, observando-a. Seu
rubor já havia quase desaparecido. — Sabe o problema da tecnologia?
— Pegou um dos disquetes, batendo-o na palma da mão, enquanto a
estudava com olhos risonhos. — Nenhum papel amassado, descartado
pelo escritor frustrado, que os curiosos possam pegar e ler.

— Como se eu fosse fazer uma coisa dessas. — Afastou-se irritada,
pegando os lençóis. — Tenho que arrumar umas camas.

— Quer ler uma parte?

Ela hesitou a meio caminho da porta, olhando por sobre o ombro,
desconfiada.

— Do seu livro?

— Não, das previsões do tempo. Claro que é do meu livro. Na verdade, há uma parte sobre a qual seria bom ter a opinião de alguém
daqui. Para ver se consegui pegar o ritmo do diálogo, a atmosfera, as
interações.

— Bem, ficarei feliz se puder ajudar.

— Brie, você está morrendo de vontade de ver o manuscrito. Podia
ter pedido.

— Sei muito bem como é isso, vivendo com Maggie. — Baixou os
lençóis de novo. — Pode lhe custar sua vida entrar no estúdio para ver
uma peça em que ela está trabalhando.

— Minha natureza é mais equilibrada. — Com gestos rápidos, iniciou o computador, inserindo o disquete apropriado. — É uma cena
num pub. Cor local e a apresentação de alguns personagens. É a primeira vez que McGee encontra Tullia.

— Tullia. É gaélico.

— Certo. Significa de boa paz. Deixe-me ver se acho. — Começou
a buscar os arquivos. — Você fala gaélico?

— Falo sim. Eu e Maggie aprendemos com nosso avô.

Olhou-a fixamente.

— Puta que pariu...! Nunca me aconteceu isso antes. Sabe quanto
tempo gastei procurando palavras? Eu só queria salpicar algumas aqui
e ali.

— Bastava ter perguntado.

Ele grunhiu.

— Tarde demais agora. Ah, está aqui. McGee é um tira com raízes irlandesas. Foi à Irlanda investigar o passado de sua família, quem sabe encontrar seu equilíbrio e algumas respostas sobre si mesmo. Queria, principalmente, ficar sozinho para se reorganizar. Estava envolvido numa operação que acabou mal e o deixou responsável pela morte de uma criança de seis anos que passava pelo local.

— Que coisa triste!

— Sim, ele tem seus problemas. Tullia também tem muitos problemas. É viúva, perdeu o marido e o filho num acidente. Está se recuperando, mas carrega consigo um peso enorme. O marido não era flor que se cheirasse e muitas vezes o desejou morto.

— Então se sente culpada por ele estar morto e traumatizada porque o filho lhe foi tirado, como uma punição por seus pensamentos.

— Mais ou menos... De toda forma, essa cena ocorre no pub da região. São só algumas páginas. Sente-se. Agora preste atenção. — Inclinou-se sobre o ombro dela e segurou sua mão. — Vê essas teclas?

— Sim.

— Esta vai para o início da página, esta para o fim. Quando terminar o que está na tela e quiser avançar, pressione esta. Se quiser voltar e olhar alguma coisa outra vez, pressione aquela. E olhe, Brianna...

— Sim?

— Se tocar qualquer uma das outras teclas, terei de cortar todos os seus dedos fora.

— Isso porque sua natureza é mais equilibrada.

— Certo. Tenho cópia dos arquivos, mas não devemos desenvolver maus hábitos. — Beijou o topo da cabeça dela. — Vou descer, dar uma olhada nas obras de sua estufa. Se achar qualquer coisa estranha ou simplesmente que não pareça real, anote no bloco.

— Muito bem. — Já começando a ler, acenou para ele. — Vá então.

Gray desceu e saiu. As seis séries de pedras locais, que seriam a base da estufa, estavam quase prontas. Não o surpreendeu ver o próprio Murphy colocando as pedras no lugar.

— Não sabia que você era pedreiro, além de fazendeiro — Gray gritou.

— Ah, faço um pouco de tudo. Cuidado para não fazer a massa tão mole dessa vez — ordenou ao adolescente magro que estava perto. — Este é meu sobrinho, Tim MacBride, de Cork. Está me visitando. Tim nunca se enche da música country dos Estados Unidos.

— Randy Travis, Wynonna, Garth Brooks?

— Todos eles. — Um sorriso, parecido com o do tio, iluminou o rosto de Tim.

Gray se abaixou, levantou outra pedra para Murphy, enquanto discutia os méritos da música country com o garoto. Logo estava ajudando a misturar a massa, num papo animado com os companheiros de trabalho.

— Até que para um escritor você tem boa mão — Murphy observou.

— Trabalhei numa equipe de construção, num verão. Misturando massa e levando carrinhos de mão, enquanto o sol fritava meus miolos.

— O tempo está agradável hoje. — Satisfeito com o progresso, Murphy fez uma pausa para um cigarro. — Se continuar assim, podemos aprontar isso para Brie em mais uma semana.

Uma semana, Gray pensou, era quase o que tinha.

— É legal de sua parte tomar tempo do próprio trabalho para ajudá-la nisso.

— É *comhair* — Murphy falou calmamente. — Comunidade. É como vivemos aqui. Ninguém tem que ficar sozinho se pode contar com família e amigos. Haverá três homens aqui ou mais quando chegar a hora de colocar as esquadrias e os vidros E outros virão, se for necessário, fazer as bancadas e coisas assim. No final, todos sentirão que têm um pedaço deste lugar. E Brianna dará mudas e plantas para os jardins de todos. — Exalou a fumaça. — É assim que a coisa funciona, entende? Isso é *comhair*.

Gray entendia o sentido. Era exatamente o que sentira e, por um momento, invejara, na igreja da vila, durante o batizado de Liam.

— Isto... não acaba interferindo em sua liberdade? Ao aceitar um favor, você não fica obrigado a retribuir?

— Vocês, ianques. — Com uma risada, Murphy deu uma última tragada e apertou o cigarro contra as pedras. Conhecendo Brianna, enfiou a bagana no bolso, em vez de atirá-la para o lado. — Vocês só pensam em pagamento. *Obrigado* não é a palavra. É *segurança*, se você quer um termo mais preciso. A certeza de que basta levantar a mão e alguém o ajudará no que for necessário. A certeza de que você fará o mesmo.

Voltou-se para o sobrinho.

— Bem, Tim, vamos limpar as ferramentas. Precisamos voltar. Diga a Brie para não tentar mexer nessas pedras, sim, Grayson? Elas precisam assentar.

— Tudo bem, eu digo... Puxa, eu me esqueci dela. Vejo você depois. — Correu para casa. Uma olhada para o relógio da cozinha o fez estremecer. Deixara-a ali por mais de uma hora.

E ela estava, descobriu, exatamente onde a tinha deixado.

— Levou todo esse tempo para ler meio capítulo.

Embora a entrada dele a surpreendesse, não estremeceu desta vez. Quando desviou os olhos da tela e fixou-os nele, estavam molhados.

— Tão ruim assim? — Ele sorriu surpreso ao se perceber nervoso.

— É maravilhoso. — Procurou um lenço de papel no bolso do avental. — De verdade. Essa parte em que Tullia está sentada sozinha no jardim, pensando no filho. Faz você sentir toda a sua tristeza. Não parece uma personagem inventada.

A segunda surpresa dele foi quando experimentou algum embaraço. Em se tratando de elogio, o dela fora perfeito.

— Bem, essa é a idéia.

— Você tem um dom maravilhoso, Gray, de transformar as palavras em emoções. Fui um pouco adiante da parte que você queria que eu lesse. Desculpe. Eu me senti envolvida.

— Estou lisonjeado. — Notou pela tela que ela lera mais de cem páginas. — Você está gostando.

— Ah, muito. Tem uma coisa... diferente — disse, incapaz de definir — dos seus outros livros. Ah, é emocionante como os outros, rico em detalhes. E assustador. O primeiro assassinato, aquele nas ruínas. Pensei que meu coração ia parar quando estava lendo. Sangrando ele estava. E alegre também.

— Não pare agora. — Acariciou os cabelos dela, atirando-se na cama.

— Bem. — Juntou as mãos, pousando-as na beira da escrivaninha, enquanto pensava nas palavras dele. — Seu humor está ali também. E seu olho não perde nada. A cena no pub. Entrei lá vezes sem conta na minha vida. Pude ver Tim O'Malley atrás do bar e Murphy tocando uma canção. Ele vai gostar que você o tenha feito tão bonito.

— Acha que ele se reconheceria?

— Ah, acho que sim. Não sei como se sentiria sendo um dos suspeitos ou o assassino, se é isso que você fez no fim. — Ela aguardou, esperançosa, mas ele apenas sacudiu a cabeça.

— Não acha que vou lhe contar quem é o assassino, acha?

— Ora, não. — Suspirou, apoiando o queixo no punho. — Quanto a Murphy, ele provavelmente vai adorar. E seu afeto pela vila, pela região e pelas pessoas é visível. Nos pequenos detalhes... a família pedindo carona na volta da igreja para casa, em suas roupas de domingo, o velho caminhando com o cachorro ao longo da estrada na chuva, a menininha dançando com o avô no pub.

— É fácil escrever coisas quando há tanto para ver.

— É mais do que você vê com os seus olhos, quero dizer. — Ela levantou a mão, deixando-a cair novamente. Não tinha palavras, como ele, para expressar o significado exato. — É a essência disso. Há uma profundidade que é diferente do que li em seus outros livros. O modo como McGee enfrenta aquele impulso belicoso dentro dele. O modo como ele deseja simplesmente não fazer nada e sabe que não conseguirá. E Tullia, a maneira como suporta a dor quando está dilacerada por dentro, e a batalha para fazer de sua vida o que precisa ser outra vez. Não consigo explicar.

— Está fazendo um ótimo trabalho — Gray murmurou.

— Me toca. Não posso acreditar que foi escrito bem aqui, na minha casa.

— Não creio que pudesse ser escrito em qualquer outro lugar. — Levantou-se então, desapontando-a, quando pressionou as teclas. Esperava que ele a deixasse ler mais.

— Ah, você trocou o nome dele — disse, quando a página do título apareceu. — *Redenção Final.* Gosto disso. É o tema dele, não é? Os assassinatos, o que acontece com McGee e Tullia antes, e o que muda depois que se encontram?

— É assim que funciona. — Teclou, fazendo aparecer a página da dedicatória. De todos os livros que escrevera era a segunda vez que dedicava um. O primeiro, e único, tinha sido a Arlene.

Para Brianna, pelos presentes sem preço.

— Ah, Grayson. — A voz surgiu em meio às lágrimas do fundo da garganta. — Sinto-me tão honrada. Vou começar a chorar de novo — murmurou enterrando o rosto no braço dele. — Muito obrigada.

— Há muito de mim nesse livro, Brie. — Levantou o rosto dela, esperando que ela tivesse entendido. — É alguma coisa que posso lhe dar.

— Eu sei. Vou guardá-lo como um tesouro. — Receando estragar o momento com as lágrimas, passou rapidamente a mão pelos cabelos. — Aposto que já quer voltar ao trabalho. E lá se foi o dia. — Pegou as roupas de cama, sabendo que choraria no momento em que estivesse atrás da primeira porta fechada. — Quer que traga o chá aqui, quando for a hora?

Balançou a cabeça e apertou os olhos enquanto a observava. Imaginava se ela teria se reconhecido em Tullia. A compostura, a calma, a graça inabalável.

— Vou descer. Já fiz quase tudo o que tinha de fazer por hoje.

— Em uma hora, então.

Ela saiu, fechando a porta. Sozinho, Gray sentou-se e olhou, por um longo tempo, a curta dedicatória.

Foram a risada e as vozes que atraíram Gray quando desceu uma hora depois na direção da sala e não da cozinha. Os hóspedes estavam reunidos em torno da mesa de chá, provando os quitutes ou servindo-se. Brianna estava parada embalando gentilmente o bebê que dormia em seu colo.

— Meu sobrinho — estava explicando. — Liam. Estou cuidando dele por algumas horas. Ah, Gray. — Sorriu quando o viu. — Veja quem está aqui.

— Estou vendo. — Atravessando a sala, Gray espiou o rosto do bebê. Os olhos abertos e sonhadores tornaram-se sérios ao se fixarem em Gray. — Ele sempre me olha como se soubesse de algum pecado que cometi. É intimidador.

Gray aproximou-se da mesa de chá e já quase decidira o que comer quando percebeu Brianna se esgueirando da sala. Alcançou-a perto da porta da cozinha.

— Aonde você vai?

— Pôr o bebê para dormir.

— Por quê?

— Maggie disse que ele devia estar com sono.

— Maggie não está aqui. — Ele segurou Liam. — E nunca podemos brincar com ele. — Divertindo-se, fez caretas para o bebê. — Onde está Maggie?

— Ela ligou os fornos. Rogan teve de ir até a galeria para resolver algum problema. Então ela passou aqui faz uns minutos. — Com um sorriso, aproximou a cabeça da de Gray. — Pensei que isso nunca aconteceria. Agora tenho você só para mim — murmurou. Endireitou-se quando bateram à porta. — Segure bem a cabecinha dele, com cuidado — disse, enquanto foi atender a porta.

— Sei como segurar um bebê. Mulheres — disse para Liam. — Acham que não podemos fazer coisa alguma. Todas acham você uma gracinha agora, ô cara, mas espere só. Em poucos anos, elas vão achar que sua função na vida é consertar eletrodomésticos e matar insetos.

Como não havia ninguém olhando, inclinou-se, beijando levemente a boca de Liam. E viu sua boquinha se curvar.

— Isso mesmo... Por que não vamos para a cozinha e...

Deteve-se ao ouvir a exclamação de surpresa de Brianna. Ajeitando Liam no colo, ele correu para o hall.

Carstairs estava parado na porta, um chapéu-coco acastanhado na mão, um sorriso amigável no rosto.

— Grayson, que prazer vê-lo outra vez. Não tinha certeza se você ainda estaria aqui. E o que é isso?

— Um bebê — Gray disse laconicamente.

— Claro que é. — Carstairs acariciou o queixo de Liam, mexendo com ele. — Bonito rapaz. Devo dizer que parece um pouquinho com você, Brianna. A boca.

— É filho de minha irmã. O que o senhor está fazendo aqui em Blackthorn, Sr. Carstairs?

— Só dando uma passadinha. Falei tanto com a Iris sobre a pousada e o lugar que ela quis ver pessoalmente. Ela está no carro. — Apontou para o Bentley estacionado no portão da garagem. — Na verdade, esperamos que tenha um quarto para nós esta noite.

Ela arregalou os olhos.

— O senhor quer ficar aqui?

— Imprudentemente, eu me vangloriei demais sobre sua comida. — Inclinou-se confidencialmente. — Receio que Iris tenha ficado um pouco irritada no início. Ela é realmente uma ótima cozinheira, sabe? Ela quer ver se exagerei.

— Sr. Carstairs, o senhor é um homem desavergonhado.

— Pode ser, minha querida — ele respondeu, piscando. — Pode ser.

Ela suspirou.

— Bem, não deixe a pobre mulher sentada no carro. Traga-a para um chá.

— Mal posso esperar para conhecê-la — Gray disse, embalando o bebê.

— Ela diz o mesmo de você. Está muito impressionada por você ter roubado minha carteira sem que eu percebesse. Costumava ser muito atento. — Sacudiu a cabeça, desapontado. — Mas, então, era mais jovem. Posso trazer nossa bagagem, Brianna?

— Tenho um quarto sim. Mas é menor do que aquele em que ficou na última vez.

— Tenho certeza de que é encantador. Absolutamente encantador. — Saiu para buscar a esposa.

— Você acredita nisso? — Brianna suspirou. — Não sei se rio ou se escondo a prataria. Se tivesse alguma prataria.

— Ele gosta demais de você para roubá-la. Então — Gray murmurou —, aí está a famosa Iris.

A fotografia da carteira afanada era bem fiel à realidade, Brianna descobriu. Iris usava um vestido florido que a brisa sacudia em torno de pernas bem torneadas. Para Brianna, Iris tinha usado o tempo no carro para ajeitar os cabelos e a maquiagem, e então parecia descansada e extraordinariamente bonita quando entrou pelo jardim ao lado do sorridente marido.

— Ah, Srta. Concannon. Brianna, espero mesmo poder chamá-la de Brianna. Penso em você como Brianna, claro, depois de ouvir tanto sobre você e sua encantadora pousada.

A voz era suave, educada, a fala num só fôlego. Antes que Brianna pudesse responder, Iris tomou suas mãos entre as dela.

— Você é mais bonita do que Johnny me falou. Que gentileza a sua, que delicadeza, conseguir um quarto para nós, quando aparecemos assim tão inesperadamente à sua porta. E seu jardim, minha querida, preciso dizer que estou tonta de admiração. Suas dálias! Nunca tive um pingo de sorte com elas. E suas rosas são magníficas. Você, realmente, precisa me contar seu segredo. Conversa com elas? Tagarelo com as minhas dia e noite, mas nunca tenho flores assim.

— Bem, eu...

— E você é Grayson. — Iris simplesmente ignorou a resposta de Brianna e virou-se para ele. Soltou uma das mãos de Brianna para segurar a de Gray. — Que jovem inteligente você é! E tão bonito também. Olha, você parece um artista de cinema. Li todos os seus livros, cada um deles. Morro de medo sim, mas não consigo largá-los. De onde tira essas idéias emocionantes? Estava tão ansiosa para conhecer vocês dois — continuou, prendendo a ambos. — Atormentei o pobre Johnny até a morte, vocês sabem? E agora, aqui estamos nós.

Houve uma pausa, enquanto Iris sorria para ambos.

— Sim — Brianna descobriu que não tinha muito mais a dizer. — Aqui estamos nós. Ah, por favor, entrem. Espero que tenham tido uma viagem agradável.

— Ah, adoro viajar, você não? E pensar que, com toda essa confusão em torno de mim e de Johnny em nossa desperdiçada juventude, nós nunca viemos a esta parte do mundo. É lindo como um cartão-postal, não é, Johnny?

— É, meu amor. Certamente é.

— Ah, que casa adorável! Tão encantadora. — Iris retinha firmemente a mão de Brianna, enquanto olhava em volta. — Tenho certeza de que qualquer um só pode se sentir confortável aqui.

Brianna lançou um olhar desamparado a Gray, mas ele apenas sacudiu os ombros.

— Espero que se sintam assim. Deixei um chá na sala, se quiserem, ou posso lhes mostrar o quarto antes.

— Faria isso? Vamos colocar as malas lá, Johnny? Então talvez possamos todos bater um bom papo.

Iris continuou a falar pelas escadas, pelo corredor do andar de cima, até o quarto aonde Brianna os conduziu. A colcha não era linda? A cortina de renda, adorável? A vista da janela, soberba?

Pouco depois, Brianna se encontrava na cozinha, preparando outro bule de chá, enquanto os novos hóspedes sentavam-se à mesa, já se sentindo em casa. Iris alegremente embalava Liam no colo.

— Que dupla, hein? — Gray murmurou, ajudando-a a pegar as xícaras e os pratos.

— Ela me deixou tonta — Brianna cochichou. — Mas é impossível não gostar dela.

— Exatamente. Não dá pra acreditar que existia um pensamento inescrupuloso naquela cabeça. Parece uma tia predileta ou a vizinha divertida. Talvez seja mesmo melhor esconder aquela prataria.

— Shhhh. — Brianna virou-se para levar os pratos para a mesa. Carstairs imediatamente se serviu de pão e geléia.

— Espero, mesmo, que vocês se juntem a nós — Iris começou, escolhendo uma rosquinha, mergulhando-a num creme consistente. — Johnny, querido, queremos resolver logo os negócios, não é? É muito estressante ter negócios atrapalhando.

— Negócios? — Brianna pegou Liam outra vez, aconchegando o no colo.

— Negócios pendentes. — Carstairs tocou a boca com o guardanapo. — Brianna, este pão é simplesmente delicioso. Pegue um pedaço, Iris.

— Johnny falou com tanto entusiasmo sobre a sua comida. Receio ter ficado um bocadinho enciumada. Sou mais ou menos na cozinha, sabe?

— Uma cozinheira brilhante — Carstairs, leal, corrigiu, segurando a mão da esposa e beijando-a profusamente. — Uma cozinheira magnífica.

— Ah, Johnny, você exagera. — Riu como uma menina antes de empurrá-lo para o lado. Depois arqueou os lábios e soprou-lhe diversos beijinhos. Na cena paralela, Gray meneava as sobrancelhas para Brianna. — Mas posso entender por que ele ficou tão encantado com a mesa que você põe, Brianna. — Mordiscou delicadamente sua rosquinha. — Temos que encontrar um tempinho para trocarmos receitas enquanto estivermos aqui. Minha especialidade é um prato de frango e ostras. E eu mesma posso dizer que é bem gostoso. O segredo é usar um vinho realmente bom, um branco seco, sabe? E uma pitada de estragão. Mas já estou atropelando tudo outra vez e não resolvemos nossos negócios.

Alcançou outra rosquinha, apontando para as cadeiras vazias.

— Vocês não vão se sentar? É tão mais aconchegante tratar de negócios tomando um chá.

Para não contrariá-la, Gray sentou-se e começou a preparar seu prato.

— Quer que eu pegue o menino? — ele perguntou a Brianna.

— Não, fico com ele. — Ela sentou-se com Liam aconchegado em seus braços.

— Um anjinho... — Iris falou suavemente. — E você tem tanto jeito com bebês. Johnny e eu sempre lamentamos não ter os nossos. Mas estamos sempre metidos em alguma aventura. Então nossa vida é cheia.

— Aventuras — Brianna repetiu. Um termo interessante, pensou, para fraudes.

— Somos uma dupla do barulho. — Iris riu e o brilho em seus olhos dizia que entendia exatamente os sentimentos de Brianna. — Mas como nos divertimos! Não seria correto dizer que sentimos por isso, quando nos divertimos tanto. Mas, por outro lado, a gente envelhece.

— Envelhece mesmo — Carstairs concordou. — E às vezes perde o faro. — Lançou a Gray um olhar suave. — Dez anos atrás, meu rapaz, você nunca teria afanado minha carteira.

— Não aposte nisso. — Gray bebericou seu chá. — Eu era até melhor dez anos atrás.

Carstairs jogou a cabeça para trás e riu.

— Não lhe disse que ele era terrível, Iris? Ah, devia tê-lo visto me pressionando em Gales, querida. Como o admirei. Espero que considere me devolver a carteira, Grayson. Ao menos as fotos. A identidade pode ser facilmente substituída, mas sou um tanto sentimental em relação a fotos. E, claro, o dinheiro.

O sorriso de Gray foi ligeiro e feroz.

— Você ainda me deve cem libras, Johnny.

Carstairs limpou a garganta.

— Naturalmente. Inquestionavelmente. Só peguei o seu, você entende, para parecer um roubo.

— Naturalmente — Gray concordou. — Inquestionavelmente. Acredito que discutimos recompensas em Gales, antes que você tivesse de sair tão de repente.

— Realmente peço desculpas. Você me pressionou e não me senti à vontade para fechar um acordo sem consultar Iris primeiro.

— Somos grandes defensores de uma parceria total — Iris falou.

— Verdade. — Deu um tapinha carinhoso na mão da esposa. — Posso dizer honestamente que todas as nossas decisões são fruto de trabalho em equipe. Pensamos que, combinado com profunda afeição, é por isso que conseguimos quarenta e três anos de sucesso juntos.

— E, claro, uma boa vida sexual — Iris falou espontaneamente, sorrindo quando Brianna engasgou com o chá. — De outro jeito o casamento seria de fato aborrecido, não acha?

— Sim, tenho certeza de que tem razão. — Dessa vez Brianna pigarreou. — Acho que entendo por que vieram, e aprecio isso. É bom esclarecer as coisas.

— Queríamos mesmo nos desculpar pessoalmente por qualquer aborrecimento que tenhamos causado. E quero acrescentar minhas desculpas pela busca desajeitada e mal planejada do meu Johnny em sua adorável casa. — Lançou um olhar duro ao marido. — Total falta de sensibilidade, Johnny.

— Foi, de fato foi. — Baixou a cabeça. — Estou completamente envergonhado.

Brianna não estava bem convencida daquilo, mas sacudiu a cabeça.

— Bem, creio que não houve prejuízos reais, suponho.

— Não houve prejuízos! — Iris contestou. — Brianna, minha querida menina, tenho certeza de que ficou furiosa, e com razão. muito mais aflita do que supõe.

— Ela chorou.

— Grayson. — Embaraçada agora, Brianna fixou o olhar na xícara. — Já passou.

— Só fico imaginando o que deve ter sentido. — A voz de Iris abrandou. — Johnny sabe como me sinto em relação às minhas coisas. Imagine se chego em casa e encontro tudo revirado. Ficaria arrasada. Simplesmente arrasada. Só espero que possa perdoá-lo pelo impulso lamentável e por pensar como um homem.

— Sim, já perdoei. Entendo que estava sob uma forte pressão, e... — Brianna deteve-se, levantando a cabeça quando percebeu que estava defendendo o homem que enganara seu pai e invadira sua casa.

— Que coração bondoso você tem — Iris emendou. — Agora, se pudéssemos tratar do incômodo assunto do certificado das ações pela última vez. Primeiro, deixe-me dizer que foi muita benevolência, muita paciência sua não ter procurado as autoridades em Gales.

— Gray disse que o senhor voltaria.

— Rapaz inteligente — Iris murmurou.

— E não via nenhuma razão nisso. — Com um suspiro, Brianna pegou uma torradinha e mordiscou-a. — Já faz muito tempo e o dinheiro que meu pai perdeu era dele. Conhecer as circunstâncias já me satisfez.

— Você vê, Iris, é bem como eu lhe disse.

— Johnny. — A voz tornou-se repentinamente dominadora. A troca de olhares entre eles se manteve, até que Carstairs exalou um longo suspiro e baixou os olhos.

— Sim, Iris, claro. Você está completamente certa. Completamente certa. — Refazendo-se, revirou o bolso de dentro da jaqueta e pegou um envelope. — Iris e eu discutimos e gostaríamos de acertar tudo para a satisfação de todos. Com nossas desculpas, querida — disse, entregando o envelope a Brianna. — E com nossos cumprimentos.

Constrangida, ela abriu o envelope. O coração despencou até o estômago e voltou à garganta.

— É dinheiro. Dinheiro vivo.

— Um cheque dificultaria a contabilidade — Carstairs explicou. — E ainda teríamos as taxas. Uma transação em dinheiro nos livra desses inconvenientes. São dez mil libras. Libras irlandesas.

— Ah, mas não posso...

— Você pode sim — Gray interrompeu.

— Não é certo.

Começou a devolver o envelope a Carstairs. Os olhos dele iluminaram-se brevemente, ele estendeu os dedos. E a esposa deu-lhe um safanão.

— Seu rapaz está com a razão no negócio, Brianna. Está tudo bem certo, para todos os envolvidos. Não precisa ficar preocupada de que este dinheiro vá fazer uma diferença apreciável em nossa vida. Nós vamos indo muito bem. Vai aliviar minha mente e meu coração se você o aceitar. E — acrescentou — nos devolver os certificados.

— Estão com Rogan.

— Não, eu os peguei de volta. — Gray levantou-se, dirigindo-se ao quarto de Brianna.

— Pegue o dinheiro, Brianna — Iris falou gentilmente. — Guarde-o agora, no bolso do avental. Será um grande favor.

— Não consigo entendê-la.

— Suponho que não. Johnny e eu não lamentamos a vida que levamos antes. Desfrutamos cada minuto dela. Mas um pequeno seguro para resgate do título não fará mal algum. — Sorriu, alcançou a mão de Brianna, apertando-a. — Eu consideraria isso uma generosidade. Nós dois. Não é, Johnny?

Ele lançou um último e desejoso olhar ao envelope.

— Sim, querida.

Gray voltou, trazendo os certificados.

— Creio que é de vocês.

— Sim, sim, de fato. — Ansioso, Carstairs pegou os papéis. Ajustando os óculos, examinou-os. — Iris — disse, com orgulho, enquanto passava os certificados a ela para que os examinasse também. — Fizemos um trabalho de alto nível, não fizemos? Absolutamente sem falhas.

— Fizemos, Johnny querido. Com toda certeza.

Capítulo Vinte e Dois

— Nunca em toda a minha vida tive um momento de tanta satisfação. — Quase ronronando, Maggie se esticou no banco do carona do carro de Brianna. Lançou um último olhar para trás, para a casa da mãe, enquanto a irmã arrancava com o carro.

— Não comece a tripudiar, Margaret Mary.

— Começando ou não, estou adorando. — Virou-se para colocar um chocalho na mão agitada de Liam, acomodado na cadeirinha de segurança, atrás. — Viu o rosto dela, Brie? Ah, você viu?

— Vi. — Sua nobreza cedeu por instantes e um sorriso insinuou-se. — Pelo menos, você teve o bom senso de esfregar no nariz dela.

— Esse era o acordo. Só diríamos a ela que o dinheiro veio de um investimento que papai tinha feito antes de morrer. Algo que só agora foi pago. E eu resistiria, não importa quanto me custasse, de dizer que ela não merecia sua terça parte, já que nunca acreditara nele.

— Um terço do dinheiro era legalmente dela e ponto final.

— Não vou discutir isso com você, ainda estou curtindo muito tudo isso. — Saboreando os últimos acontecimentos, Maggie cantarolou um pouquinho. — E então, quais são seus planos para a sua parte?

— Tenho algumas idéias para incrementar a pousada. O quarto do sótão para um hóspede, que foi o que começou essa história.

Enquanto Liam animadamente arremessava o primeiro chocalho para o lado, Maggie pegou outro.

— Pensei que iríamos a Galway fazer compras.

— Vamos. — Gray a tinha atormentado com a idéia e quase a pusera para fora de sua própria casa. Sorria agora, pensando naquilo. — Estou pensando em comprar um daqueles processadores de alimentos profissionais. Do tipo que usam em restaurantes e em feiras de arte culinária.

— Isso agradaria muito a papai. — O riso de Maggie se suavizou. — É como um presente dele, não acha?

— Também penso assim. Parece certo. E quanto a você?

— Vou gastar um pouco no ateliê. O resto fica para Liam. Acho que papai gostaria. — Com o olhar distante, correu os dedos pelo painel. — Seu carro é lindo, Brie.

— É. — Riu e disse a si mesma que teria de agradecer a Gray por tirá-la de casa por aquele dia. — Pode me imaginar dirigindo para Galway sem me preocupar que algo vai escangalhar pelo caminho? É típico de Gray dar presentes maravilhosos como se fosse a coisa mais natural do mundo.

— É verdade. O cara me traz um broche de diamantes como se fosse um buquê de flores. Ele tem um coração adorável, generoso.

— Tem mesmo.

— Falando nele, o que ele ficou fazendo?

— Ora... trabalhando ou se distraindo com os Carstairs.

— Que figuras! Sabe que Rogan me disse que quando foram à galeria tentaram convencê-lo a vender para eles a mesa antiga da sala do andar de cima?

— Não me surpreende nem um pouco. Ela quase me convenceu a comprar, sem ver, uma luminária que disse ser perfeita para a minha sala. Daria um bom desconto também. — Brianna riu. — Vou sentir falta quando forem embora amanhã.

— Aposto que voltarão. — Ela hesitou. — Quando Gray vai embora?

— Provavelmente na semana que vem. — Manteve o olhar na estrada e a voz serena: — Pelo que sei, está só fazendo os ajustes finais no livro.

— E acha que voltará?

— Espero. Mas não vou contar com isso. Não posso.

— Pediu a ele para ficar?

— Não posso.

— Não — Maggie murmurou. — Não pode. Nem eu poderia nas mesmas circunstâncias. — Ainda assim, pensou, ele é um terrível idiota, se for. — Você gostaria de fechar a pousada por alguns dias ou pedir à Sra. O'Malley para tomar conta para você? Poderia ir para Dublin ou ficar na vila.

— Não, mas obrigada por isso. Acho que fico mais feliz em casa.

Provavelmente era verdade, Maggie pensou, e não discutiu.

— Bem, se mudar de idéia, é só dizer. — Fazendo um esforço determinado para levantar o astral, voltou-se para a irmã. — O que acha, Brie? Vamos comprar uma besteira quando chegarmos ao centro? A primeira coisa que der vontade. Algo bem inútil e caro, uma daquelas quinquilharias que costumávamos ficar namorando, com o nariz grudado na vitrina da loja, quando papai nos levava lá.

— Como uma bonequinha com roupas lindas ou porta-jóias com bailarinas dançando na tampa.

— Ah, acho que podemos encontrar alguma coisa mais de acordo com nossa idade, mas a idéia é essa.

— Tudo bem, então. Faremos isso.

Como falaram no pai, as lembranças tomaram conta de Brianna quando chegaram a Galway. Depois de estacionar o carro, juntaram-se ao fluxo de pedestres, consumidores, turistas e crianças.

Ela viu uma garotinha rindo enquanto seguia sobre os ombros do pai.

Ele costumava fazer aquilo, lembrou. E dava voltas tão rápidas com ela e com Maggie que, muitas vezes, elas saltavam, gritando de alegria.

Ou então segurava firmemente a mão delas, enquanto caminhavam, contando histórias, à medida que eram levadas pelas ruas cheias.

Quando o navio chegar, Brianna, meu amor, eu lhe comprarei lindos vestidos como aqueles daquela vitrina.

Um dia, viremos a Galway com o bolso cheio de moedas. Espere só, querida.

E embora, mesmo naquela época, soubesse que eram apenas histórias, sonhos, isso não diminuía o prazer de ver, cheirar, ouvir.

Nem as lembranças estragavam isso agora. A cor e o movimento da rua das lojas fizeram com que sorrisse como sempre. Gostava das vozes que se cruzavam num irlandês cadenciado, os sons agudos e pronunciados dos americanos, o gutural dos alemães, o impaciente dos franceses. Podia sentir o odor da baía de Galway carregado pela brisa e a gordura de um pub próximo.

— Aí está! — Maggie apressou o passo na direção de uma vitrina. — É perfeito.

Brianna caminhou por entre a multidão até conseguir ver por sobre o ombro de Maggie.

— O que é?

— Aquela vaca grande e gorda. É exatamente o que eu queria.

— Quer uma vaca?

— Parece porcelana — Maggie avaliou, vendo o corpo preto-e-branco lustroso e a cara bovina sorridente. — Aposto que custa uma fortuna. Melhor. Vou comprar. Vamos entrar.

— Mas o que vai fazer com ela?

— Dar a Rogan, claro, e fazer com que a coloque naquele escritório atulhado dele, em Dublin. Espero que pese uma tonelada.

Pesava mesmo. Então combinaram deixá-la com o funcionário da loja, enquanto terminavam de fazer as compras. Foi só depois de terem almoçado e Brianna ter estudado os prós e contras de meia dúzia de processadores de alimentos que ela encontrou sua própria loucura.

As fadas eram feitas de bronze pintado e dançavam em fios pendurados numa roldana de metal. A um toque dos dedos de Brianna, elas giraram, as asas batendo juntas, musicalmente.

— Vou pendurar do lado de fora da janela do meu quarto. Vão me fazer lembrar dos contos de fadas que papai costumava nos contar.

— É perfeito. — Maggie passou um braço em torno da cintura de Brianna. — Não, não olhe o preço — disse, quando Brianna começou a procurar pela pequena etiqueta. — Faz parte disso tudo. Qualquer que seja o preço, é a escolha certa. Vá comprar o que você quer, e então veremos como levar minhas coisas até o carro.

No fim, decidiram que Maggie esperaria na loja com a vaca, Liam e o resto das sacolas, enquanto Brianna pegava o carro.

Animada, ela andou até o estacionamento. Logo que chegassem em casa, penduraria suas fadas dançantes, pensou. Depois se divertiria com seu novo brinquedo de cozinha. Estava pensando como seria delicioso criar uma musse de salmão ou triturar delicadamente cogumelos com um instrumento de precisão.

Cantarolando, deslizou atrás do volante, girando a ignição. Talvez pudesse experimentar um prato para servir junto com o peixe grelhado que pretendia preparar para o jantar. De que Gray gostaria especialmente?, pensava enquanto se dirigia para a saída, a fim de pagar o estacionamento. Purê de batatas, talvez, e alguma coisa com groselhas, se encontrasse frutos bastante maduros para a sobremesa.

Pensou na época das groselhas, naqueles primeiros dias de junho. Mas Gray já teria ido então. Sentiu um aperto no coração. Bem, de qualquer forma já era quase junho, pensou ao sair do estacionamento. E queria que Gray tivesse uma sobremesa especial antes de ir embora.

Brianna ouviu um grito, enquanto fazia a curva. Surpresa, jogou a cabeça para trás. Apenas teve tempo de inspirar o ar para gritar quando um carro, fazendo a volta muito fechada na contramão, colidiu contra o dela.

Ouviu o guincho do metal rasgando, de vidro estilhaçando. Então... Não ouviu mais nada.

— Então Brianna foi às compras — Iris comentou, quando encontrou Gray na cozinha. — É ótimo para ela. Nada deixa uma mulher mais bem-humorada do que se esbaldar nas compras.

Ele não conseguia imaginar a prática Brianna se esbaldar em nada.

— Ela foi a Galway com a irmã. Falei que nos arranjaríamos, se ela resolvesse não voltar para o chá. — Sentindo-se um tanto dono da cozinha, Gray amontoava nos pratos a comida que Brianna havia preparado mais cedo para eles. — De qualquer modo, somos só nós três nesta noite.

— Ficaremos confortáveis bem aqui. — Iris colocou o bule de chá na mesa. — Você fez bem em convencê-la a passar o dia com a irmã.

— Quase tive de arrastá-la até o carro, ela é ligada demais a este lugar.

— Raízes profundas e férteis. É por isso que ela floresce. Como as flores dela lá fora. Nunca, em toda a minha vida, vi jardins como os dela. Sabe, justo esta manhã estava... Ah, aí está você, Johnny. Bem na hora.

— Fiz uma caminhada revigorante... — Carstairs pendurou o chapéu num cabide, esfregando as mãos. — Sabe, querida, que eles ainda cuidam da própria turfa?

— Não diga.

— Verdade. Encontrei a turfeira. E havia estacas, secando ao vento e ao sol. É como voltar um século atrás. — Beijou o rosto da esposa, antes de dirigir a atenção para a mesa. — Ah, o que temos aqui?

— Lave as mãos, Johnny, e vamos tomar um delicioso chá. Eu sirvo, Gray, sente-se.

Divertindo-se com eles, com o modo como se tratavam, Gray obedeceu.

— Iris, espero que não se ofenda se eu lhe perguntar uma coisa.

— Querido menino, pode perguntar o que quiser.

— Sente falta?

Ela não fingiu não entender enquanto passava o açúcar para ele.

— Sinto sim. De vez em quando. Aquele tipo de vida no limite da emoção. Tão revigorante. — Serviu a xícara do marido e a sua. — E você? — Quando Gray apenas levantou a sobrancelha, ela riu. — Um sempre reconhece o outro.

— Não — disse após uma pausa. — Não sinto falta.

— Bem, você se afastou bem cedo. Então não deve ter sentido o mesmo tipo de vínculo emocional. Ou talvez sinta, e por isso nunca use nenhuma das experiências anteriores, por assim dizer, em seus livros.

Sacudindo os ombros, ele levantou a xícara.

— Talvez eu não tenha motivo para olhar para trás.

— Sempre achei que nunca se tem uma visão realmente clara do que vem pela frente, se não se olhar por cima do ombro de vez em quando.

— Gosto de surpresas. Se o amanhã já está decidido, por que se preocupar com isso?

— A surpresa vem do fato de que o amanhã nunca é exatamente o que você pensa que seria. Mas você ainda é jovem — disse sorrindo maternalmente. — Aprenderá isso por si mesmo. Costuma consultar um mapa quando viaja?

— Naturalmente.

— Bem, é isso, entende? Passado, presente, futuro. Tudo traçado. — Com o lábio inferior preso entre os dentes, mediu meticulosamente um quarto de colher de açúcar para o chá. — Pode traçar uma rota. Algumas pessoas se agarram a ela, não importa o que aconteça. Nenhum desvio para explorar algumas estradinhas, nenhuma parada não planejada para desfrutar um pôr-do-sol particularmente maravilhoso. Uma pena. E, ah, como reclamam quando são forçados a se desviar. Mas muitos de nós gostamos de uma pequena aventura ao longo do caminho, aquele caminho ao lado. Ter uma visão do destino final não deve impedi-los de desfrutar a viagem. Aqui está, Johnny querido, seu chá.

— Deus a abençoe, Iris.

— E só com uma gota de creme, bem como gosta.

— Estaria perdido sem ela — Carstairs disse a Gray. — Ah, parece que temos companhia.

Gray olhou na direção da porta da cozinha, enquanto Murphy a abria. Con entrou na frente, sentou-se aos pés de Gray, colocando a cabeça em seu colo. Ao erguer a mão para coçar as orelhas de Con, o sorriso desapareceu de seu rosto.

— O que foi? — Levantou-se de um salto, sacudindo as xícaras sobre a mesa. O rosto de Murphy estava muito sério, os olhos sombrios. — O que aconteceu?

— Houve um acidente. Brianna está ferida.

— O que quer dizer com está ferida? — interpelou em meio aos lamentos de Iris.

— Maggie me ligou. Aconteceu um acidente quando Brie dirigia do estacionamento para a loja onde ela e o bebê estavam esperando. —

Murphy tirou o boné, por força do hábito, e torceu a aba. — Vou levar você a Galway. Ela está no hospital de lá.

— Hospital. — Ali de pé, Gray sentiu, sentiu fisicamente, o sangue drenar para fora dele. — É grave? É muito grave?

— Maggie não tinha certeza. Ela acha que não é tão grave, mas está esperando para saber. Levo você a Galway, Grayson. Acho que podemos usar seu carro. Seria mais rápido.

— Preciso das chaves. — Seu cérebro estava entorpecido, inútil. — Tenho que pegar as chaves.

— Não o deixe dirigir — Iris disse, quando Gray saiu como um raio.

— Não, senhora. Não vou deixar.

Murphy não precisou discutir. Simplesmente tirou as chaves da mão de Gray e foi para o volante. Como Grayson não dizia nada, Murphy concentrou-se em usar toda a velocidade que o Mercedes podia oferecer. Em outra ocasião, talvez, apreciasse a resposta que o elegante carro oferecia. Por ora, simplesmente o usava.

Para Gray, a viagem foi interminável. A paisagem exuberante do Oeste ia se sucedendo, mas eles pareciam não avançar. Era como num filme de animação, pensou sombriamente, os cenários passando, enquanto não podia fazer nada, a não ser ficar sentado.

E esperar.

Ela não teria ido se ele não tivesse insistido tanto. Mas ele a pressionara a sair, passar o dia fora. Então tinha ido a Galway, e agora estava... Cristo, não sabia o que ela fazia, como estava e não suportava sequer imaginar.

— Devia ter ido com ela.

Com o carro passando dos cem quilômetros por hora, Murphy não se preocupou de olhar.

— Vai ficar doente pensando assim. Estamos quase lá, então saberemos de tudo

— Comprei o maldito carro para ela.

— Verdade. — O homem não precisava de compaixão, Murphy sabia, mas de um pensamento objetivo. — E você não estava dirigindo o que bateu nele. No meu modo de pensar, se ela estivesse naquela banheira velha que tinha antes, a situação seria bem pior.

— Não sabemos como está a situação.

— Logo saberemos. Então, controle-se. — Pegou uma saída da estrada principal e avançou em meio ao trânsito intenso. — É possível que ela esteja bem e nos deixe com remorsos por estar dirigindo assim.

Entrou no estacionamento do hospital. Mal tinham desembarcado, viram Rogan caminhando com o bebê.

— Brianna. — Foi tudo o que Gray pôde dizer.

— Ela está bem. Querem que ela fique durante a noite, pelo menos, mas está bem.

A firmeza abandonara as pernas de Gray. Então segurou o braço de Rogan mais para se equilibrar.

— Onde? Onde é que ela está?

— Acabaram de transferi-la para um quarto no sexto andar. Maggie ainda está com ela. Trouxe a mãe dela e Lottie comigo. Estão lá em cima também. Ela está — interrompeu-se, movendo-se para impedir que Gray corresse para a entrada. — Ela está ferida e acho que está sofrendo mais do que deixa transparecer. Mas o médico nos disse que teve muita sorte. Alguns hematomas do cinto de segurança, que a prendeu, impedindo de ser pior. O ombro está machucado, e é o que está causando mais dor. Tem um ferimento na cabeça e alguns cortes. Querem que ela fique de repouso por vinte e quatro horas.

— Preciso vê-la.

— Eu sei. — Rogan permaneceu no mesmo lugar. — Mas ela não precisa saber o quanto você está nervoso. Ela vai perceber e ficar preocupada.

— Ok. — Tentando acalmar-se, Gray pressionou os dedos sobre os olhos. — Muito bem. Vou ficar calmo, mas preciso vê-la.

— Vou subir com você — Murphy disse, seguindo para a entrada. Mantendo-se discreto, ele não disse nada enquanto esperavam o elevador.

— Por que estão todos aqui? — Gray questionava, quando o elevador abriu. — Por que estão aqui, Maggie, a mãe dela, Rogan e Lottie, se ela está bem?

— São da família. — Murphy apertou o botão para o sexto andar. — Onde mais estariam? Sabe, uns três anos atrás quebrei o braço e bati a cabeça jogando futebol. Não consegui me livrar de uma irmã, e a outra ficava na porta. Minha mãe ficou por duas semanas, por mais que eu a mandasse para casa. E, para falar a verdade, bem que estava gostando de toda aquela paparicação. Não saia correndo feito louco — Murphy avisou, quando o elevador parou. — As enfermeiras irlandesas são bem duronas. Olhe, aqui está Lottie.

— Lindos, devem ter vindo voando. — Adiantou-se, um sorriso confiante. — Ela está reagindo bem, estão cuidando dela. Rogan conseguiu um quarto particular para ela. Então terá privacidade e sossego. Ela já está se queixando de que quer ir para casa, mas, por causa da concussão, querem ficar de olho nela.

— Concussão?

— Leve, realmente muito leve — ela os sossegou, levando-os pelo corredor. — Parece que ela só ficou inconsciente por alguns momentos. E estava lúcida o bastante para dizer ao homem do estacionamento onde Maggie a estava esperando. Olhe aqui, Brianna, você já tem mais visitas.

Tudo o que Gray pôde ver foi Brianna, branca contra os lençóis brancos.

— Ah, Gray, Murphy, não deviam ter feito essa viagem. Já estou indo para casa.

— Não vai não. — A voz de Maggie era firme. — Vai ficar aqui esta noite.

Brianna começou a mexer a cabeça, mas a dor fez com que pensasse melhor.

— Não quero ficar aqui durante a noite. Foram só umas pancadas e hematomas. Ah, Gray, o carro. Sinto tanto pelo carro. A lateral está toda amassada, o farol da frente está quebrado e...

— Fique quieta agora e me deixe olhar para você. — Segurou sua mão.

Estava pálida e havia um hematoma em seu rosto. Sobre a sobrancelha, um curativo branco. Por baixo da camisola branca e sem forma do hospital ele podia ver mais bandagens sobre o ombro.

Como sua mão começou a tremer, ele a retirou, enfiando-a no bolso.

— Você está sentindo dor. Posso ver em seus olhos.

— Minha cabeça dói. — Sorriu fracamente, levando um dedo à bandagem. Sinto como se tivesse sido pisoteada por um time de rúgbi inteiro.

— Deviam lhe dar alguma coisa.

— Eles me darão se eu precisar.

— Ela tem medo de agulhas — Murphy disse, inclinando-se para beijá-la levemente. Seu próprio alívio em vê-la inteira se manifestou num largo e atrevido sorriso. — Lembro-me de você gemendo, Brianna Concannon, quando eu estava na sala de espera do Dr. Hogan e você tomava injeção.

— E não tenho vergonha disso. Aquelas agulhas são terríveis. Não quero que me espetem mais do que já espetaram. Quero ir para casa.

— Vai ficar onde está. — Maeve falou de uma cadeira junto da janela. — Levar uma agulhada ou duas não é nada, depois do susto que nos deu.

— Mãe, não é culpa de Brianna se uns americanos idiotas não foram capazes de saber qual lado da rua deviam usar. — Maggie trincou os dentes ao pensar nisso. — E eles só tiveram um arranhãozinho.

— Não devia ser tão dura com eles. Foi um acidente, e quase morreram de susto. — O latejar na cabeça de Brianna aumentou à idéia de uma discussão. — Vou ficar se for preciso, mas só quero perguntar ao médico outra vez.

— Vai obedecer o doutor e descansar como ele lhe disse. — Maeve levantou-se. — E não há descanso algum com todo esse pessoal fazendo barulho à sua volta. Margaret Mary, é hora de levar o bebê para casa.

— Não quero que Brie fique sozinha — Maggie falou.

— Vou ficar. — Gray virou-se enfrentando o olhar de Maeve firmemente. — Vou ficar com ela.

Ela sacudiu o ombro.

— Claro que não é da minha conta o que você faz. Perdemos o nosso chá — disse. — Lottie e eu tomaremos alguma coisa lá embaixo, enquanto Rogan providencia alguém para nos levar em casa. Faça o que lhe disseram, Brianna, e não se agite.

Ela se abaixou, um tanto dura, e beijou a bochecha não machucada de Brianna.

— Você nunca se recuperou muito rapidamente, então não espero que desta vez seja diferente. — Os dedos tocaram por um instante onde os lábios tinham passado. Então, virou-se e saiu, chamando Lottie.

— Ela rezou dois terços até chegar aqui — Lottie murmurou. — Descanse. — Depois de um beijo de despedida, foi atrás de Maeve.

— Bem. — Maggie deixou escapar um profundo suspiro. — Acho que posso confiar em Grayson para cuidar que você se comporte. Vou procurar Rogan e ver como faremos para mandá-las para casa. Voltarei antes de ir para ver se Grayson precisa de alguma ajuda.

— Vou com você, Maggie. — Murphy acariciou o joelho de Brianna, coberto pelo lençol. — Se vierem espetar alguma agulha em você, basta virar a cabeça e fechar os olhos. É o que eu faço.

Ela riu e, quando o quarto ficou vazio, olhou para Gray.

— Quero que você sente agora. Sei que está nervoso.

— Estou bem. — Tinha medo de sentar-se e simplesmente escorregar sem forças para o chão   - Gostaria de saber o que aconteceu, se você puder me contar.

— Foi tudo muito rápido. — Cedendo ao desconforto e ao cansaço, cerrou os olhos por um momento. — Compramos coisas demais para carregar. Então fui pegar o carro, enquanto Maggie esperava na loja. Logo que saí do estacionamento, ouvi alguém gritar. Era o funcionário. Ele tinha visto o outro carro vindo na minha direção. Não havia mais nada a fazer. Não dava tempo. Bateu de lado.

Começou a se mexer e o ombro reagiu em protesto.

— Eles iam rebocar o carro. Não consigo lembrar para onde.

— Não tem importância. Cuidaremos disso depois. Você bateu a cabeça. — Delicadamente ele estendeu a mão, mas manteve os dedos um milímetro distante do curativo.

— Devo ter batido. Só me lembro de que depois havia uma multidão em volta e uma americana chorava me perguntando se eu estava bem. O marido dela já tinha ido chamar a ambulância. Eu estava aturdida. Acho que pedi a alguém para chamar minha irmã, e então, nós três... Maggie, o bebê e eu... estávamos saindo numa ambulância.

Ela não acrescentou que havia muito sangue. O bastante para aterrorizá-la, até que o atendente médico estancasse o fluxo.

— Sinto que Maggie não pudesse ter contado mais a você, quando telefonou. Se ela tivesse esperado até o médico acabar de me atender, teria poupado você de um tanto de preocupação.

— Eu teria me preocupado do mesmo jeito. Eu não... Eu não pude... — Fechou os olhos e fez um esforço para encontrar as palavras. — É difícil para mim encarar a idéia de você estar ferida. E a realidade é mais dura ainda.

— São só umas pancadas e hematomas.

— E uma concussão, um ombro deslocado. — Para o próprio bem dos dois, ele recuou. — Me diga, é verdade ou mito que não se deve dormir depois de uma concussão, porque podemos não acordar mais?

— É superstição. — Ela sorriu novamente. — Mas estou pensando seriamente em ficar acordada um ou dois dias, por via das dúvidas.

— Então vai querer companhia.

— Vou adorar ter companhia. Acho que ficaria louca nesta cama, sozinha, sem nada para fazer nem ninguém para ver.

— Como é isto aqui? — Com cuidado para não balançar a cama, sentou-se na beirada. — Com certeza, a comida aqui é intragável. Isso é a norma nos hospitais em qualquer país desenvolvido. Vou sair, trazer alguns hambúrgueres e fritas. Vamos jantar juntos.

— Vou adorar.

— E se vierem e tentarem dar uma injeção em você, bato neles.

— Não vou me importar se fizer isso. Faria mais uma coisa por mim?

— Basta dizer.

— Ligue para a Sra. O'Malley. Tenho hadoque pronto, é só grelhar para o jantar. Sei que Murphy cuidará de Con, mas os Carstairs precisam ser servidos, e mais hóspedes vão chegar amanhã.

Gray levou os dedos dela até seus lábios, depois descansou a testa neles.

— Não se preocupe com isso. Deixe-me cuidar de você.

Era a primeira vez em sua vida que ele fazia este pedido.

Capítulo Vinte e Três

Quando Gray voltou com o jantar, o quarto de hospital de Brianna lembrava seu jardim. Ramos de rosas e frésias, buquês de lupinas e lírios, alegres margaridas e cravos se amontoavam na janela, enchiam a mesa ao lado da cama.

Gray moveu o enorme buquê que trazia para poder enxergar por cima dele e sacudiu a cabeça.

— Parece que estes são supérfluos.

— Ah, não, não são. São lindos! Tanta agitação por uma simples batida na cabeça. — Segurou o buquê com o braço não machucado, como se fosse uma criança, e afundou o rosto nele. — Estou adorando. Maggie e Rogan trouxeram estes, Murphy aqueles. E o último foi mandado pelos Carstairs. Não foi delicadeza deles?

— Estavam realmente preocupados. — Apoiou a grande bolsa de papel que trazia. — Preciso lhe dizer que ficarão mais uma noite ou duas, dependendo de quando você sair daqui.

— Isso é ótimo, claro. E vou sair amanhã, mesmo que eu tenha que fugir pela janela. — Lançou um olhar ansioso para a bolsa. — Trouxe mesmo o jantar?

— Trouxe. Dei um jeito de esconder para passar pela enorme enfermeira com olhos de águia ali fora.

— Ah, a Sra. Mannion. Assustadora, não é?

— Me apavora. — Puxou a cadeira para perto da cama, sentou-se e começou a tirar coisas da bolsa. — *Bon-appétit* — disse, passando a ela um hambúrguer. — Ah, aqui, me deixe pegar isso. — Levantou-se outra vez para tirar o buquê do braço dela. — Acho que precisam de água, não é? Agora, coma. — Puxou um pacote de fritas para ela. — Vou procurar um vaso.

Quando saiu novamente, ela tentou se mover para ver o que mais havia na bolsa que ele deixara no chão. Mas o ombro fez o movimento desajeitado. Recostando-se outra vez, mordiscou o hambúrguer e tentou não ficar amuada. O som de passos voltando levou-a a estampar um sorriso no rosto.

— Onde quer que eu coloque? — Gray perguntou.

— Ah, naquela mesinha lá. Sim, está ótimo. Seu jantar vai ficar frio, Gray.

Ele apenas grunhiu e, sentando-se de novo, pegou sua parte da refeição na bolsa.

— Está melhor?

— Não me sinto tão mal para ser paparicada assim, mas fico contente que tenha ficado para jantar comigo.

— Isso é só o começo, querida. — Ele piscou e com o hambúrguer meio comido numa mão revirou a bolsa.

— Ah, Gray, uma camisola. Uma camisola de verdade. — Era comprida, branca e de algodão, e lágrimas de gratidão lhe vieram aos olhos. — Não sou capaz de dizer o quanto gostei. Essa coisa horrível que eles põem na gente.

— Ajudarei você a trocar depois do jantar. Tem mais.

— Chinelos também. Ah, uma escova de cabelo! Graças a Deus.

— Na verdade, não posso receber créditos por tudo isso. Foi idéia de Maggie.

— Deus a abençoe. E a você.

— Disse que sua blusa ficou arruinada. — Ensangüentada, lembrava que ela tinha contado, e levou um momento para se firmar. — Cuidaremos disso amanhã, se lhe derem alta. Agora, o que mais temos aqui? Escova de dentes, um vidrinho daquele creme que você usa todo tempo. Quase esqueci os drinques. — Estendeu um copo de papel a ela, com tampa plástica e com um orifício para o canudo. — Uma excelente safra, disseram.

— Você pensou em tudo.

— Perfeitamente. Até no lazer.

— Ah, um livro!

— Uma novela bem romântica. Você tem várias em sua estante na pousada.

— Gosto delas. — Não teve coragem de dizer que a dor de cabeça tornaria impossível ler. — Você teve tanto trabalho.

— Só umas comprinhas rápidas. Tente comer um pouco mais.

Obedientemente ela beliscou uma batata frita. — Quando voltar para casa, poderia agradecer à Sra. O'Malley por mim e dizer a ela que não se preocupe com a limpeza da cozinha?

— Não vou voltar sem você.

— Mas não pode ficar a noite toda aqui.

— Claro que posso. — Gray deu fim ao hambúrguer, amassou o papel e atirou-o na lata de lixo. — Tenho um plano.

— Grayson, você precisa voltar para casa. Descansar um pouco.

— Eis o plano — disse, ignorando-a. — Depois do horário de visitas, vou me esconder no banheiro até que as coisas se acomodem. Talvez façam uma vistoria. Então esperarei até que venham e olhem você.

— Isso é absurdo!

— Não, vai funcionar. Então as luzes se apagam e você se cobre. É quando eu apareço.

— E fica sentado no escuro pelo resto da noite? Grayson, não estou no meu leito de morte. Quero que você vá para casa.

— Não posso fazer isso. E não vamos ficar no escuro. — Com um sorriso arteiro, puxou sua última compra da bolsa. — Vê isto? É uma luz para livros, do tipo que você prende, para não perturbar seu parceiro de cama, se quiser ler até tarde.

Divertida, ela sacudiu a cabeça.

— Você perdeu o juízo.

— Ao contrário, estou extremamente esperto. Assim, não ficarei na pousada, preocupado, e você não ficará aqui sozinha e triste. Leio para você até ficar cansada.

— Lê para mim? — repetiu num murmúrio. — Você vai ler para mim?

— Claro. Não posso querer que você tente focar estas letrinhas com uma concussão, posso?

— Não. — Não se lembrava de nada, absolutamente nada na sua vida que a tivesse tocado mais. — Eu devia fazer você ir, mas quero muito que fique.

— Então somos dois. Olha só, parece muito bom o que diz na contracapa. "Uma aliança mortal" — ele leu. — "Katrina nunca seria domada. A bela de cabelos ruivos com rosto de deusa e alma de guerreira arriscaria tudo para vingar o assassinato do pai. Até mesmo casar e ir para a cama com o mais feroz dos inimigos." — Levantou a sobrancelha. — Garota danada de garota, essa Katrina. E o herói também não é nenhum incompetente. "Ian nunca se renderia. O corajoso e experiente combatente das regiões montanhosas, conhecido como Dark Lord, lutaria com amigos e adversários para proteger suas terras e sua mulher. Inimigos jurados de morte, amantes jurados de amor formam uma aliança que os arrasta para o destino e para a paixão."

Folheou o livro até a folha de rosto, pegando distraidamente uma batata frita.

— Muito bom, hein? E olha só que casal bonito eles formam. Veja, a história se passa na Escócia, século XII. Katrina era a filha única desse proprietário vivo. Ele a deixou crescer livremente. Então ela faz um monte de coisas de menino. Sabe lutar com espada, usar arco-e-flecha, caçar. Então há uma conspiração calamitosa e ele é assassinado, o que a torna proprietária das terras e vítima daquele vilão corrupto e um tanto insano. Mas Katrina não é nenhum capacho.

Brianna sorriu procurando pela mão de Gray.

— Já tinha lido esse livro?

— Dei uma folheada enquanto esperava para pagar. Tem uma cena erótica incrível, na página 251. Bem, vamos ver como é que a gente se arranja com isso. Eles provavelmente virão e checarão sua pressão sanguínea, e não queremos que ela se eleve. Melhor se livrar das evidências aqui também. — Juntou as embalagens do jantar contrabandeado.

Mal tinha escondido tudo na bolsa e a porta se abriu. A enfermeira Mannion, grande como um jogador de rúgbi, irrompeu no quarto.

— A hora de visitas terminou, Sr. Thane.

— Sim, senhora.

— Então, Srta. Concannon, como está? Alguma tontura, náusea, visão borrada?

— Não, nada. Estou bem mesmo. Na verdade, estava querendo perguntar se...

— Bom, muito bom. — A enfermeira Mannion facilmente se esquivou do já imaginado pedido para sair, enquanto fazia anotações na ficha ao pé da cama. — Devia tentar dormir. Vamos observá-la durante a noite, a cada três horas. — Ainda se movendo rapidamente, colocou uma bandeja na mesa ao lado da cama.

Brianna só teve de dar uma olhada para empalidecer.

— O que é isso? Disse-lhe que estou bem. Não preciso de injeção. Não quero. Grayson...

— Eu, ah... — Um olhar de aço da enfermeira Mannion o fez vacilar em seu papel de herói.

— Não é injeção. Só precisamos tirar um pouco de sangue.

— Para quê? — Abandonando qualquer fingida dignidade, Brianna se encolheu. — Já perdi bastante. Pegue um pouco daquele.

— Nada de bobagens agora. Dê-me seu braço.

— Brie. Olhe aqui. — Gray entrelaçou os dedos nos dela. — Olhe para mim. Já contei a você sobre a primeira vez que fui ao México? Eu me juntei com algumas pessoas e fomos no barco delas. Era no golfo. Foi verdadeiramente lindo. Ar perfumado, um mar de cristal azul. Vimos uma barracuda pequenininha nadando ao longo do porto.

Pelo canto dos olhos, ele viu a enfermeira deslizar a agulha sob a pele de Brianna. E o estômago dele revirou.

— Mesmo assim, mesmo assim — ele disse, falando ligeiro. — Um dos rapazes foi pegar a câmera. Voltou, inclinou-se sobre a amurada, e a mamãe barracuda saltou para fora da água. Foi como congelar a imagem. Ela olhou direto na lente da câmera e sorriu com todos os dentes. Como se fizesse pose. Então mergulhou na água, pegou o bebê e nadaram para ir embora.

— Você está inventando isso.

— Deus é testemunha — disse, mentindo desesperadamente. — Ele tirou a foto, mesmo. Acho que vendeu para a *National Geographic* ou talvez para a *Enquirer*. A última coisa que soube é que ele estava ainda no Golfo do México tentando repetir a experiência.

— Pronto. — A enfermeira colocou uma bandagem na dobra do cotovelo de Brianna. — Seu jantar está a caminho, senhorita, se tiver lugar para ele depois de comer um hambúrguer.

— Ah, não, obrigada mesmo assim. Acho que vou descansar agora.

— Cinco minutos, Sr. Thane.

Grayson coçou o queixo quando a porta bateu atrás dela.

— Acho que não conseguimos. — Então Brianna fez biquinho. — Você disse que bateria neles se viessem com agulhas.

— Ela é muito maior do que eu. — Inclinou-se, beijando-a levemente. — Pobre Brie.

Ela bateu com o dedo no livro que estava na cama, ao lado dela.

— Ian nunca desistiria.

— Ora, inferno! Olhe só para o físico dele. Pode lutar com um cavalo... Nunca vou ter condições de ser Dark Lord.

— Aceito você mesmo assim. Barracudas sorridentes — disse e riu. — Como imagina tais coisas?

— Talento, puro talento. — Ele foi até a porta e espiou. — Não a estou vendo. Vou apagar a luz e me esconder no banheiro. Vamos esperar dez minutos.

Leu para ela durante duas horas, levando-a através das aventuras perigosas e românticas de Katrina e Ian, sob a luz mínima da lâmpada para livros. De vez em quando, a mão dele roçava a dela, prolongando um pouquinho o momento do contato.

Ela sabia que sempre lembraria o som da voz dele, o modo como forçava um sotaque escocês, no diálogo, para diverti-la. E sua aparência, pensou, o modo como o rosto dele ficava iluminado pela pequena lâmpada, como seus olhos estavam escuros, e as maçãs do rosto, sombreadas.

Seu herói, pensou. Agora e sempre. Fechando os olhos, Brianna deixou as palavras que ele lia penetrarem nela:

— *Você é minha.* — *Ian pegou-a nos braços, braços fortes que tremiam pelo desejo que o dominava.* — *Por lei e por direito você é minha. Estou prometido a você, Katrina, a partir deste dia, desta hora.*

— *E você é meu, Ian?* — *Corajosamente, ela enfiou os dedos nos cabelos dele, puxando-o para perto.* — *Você é meu, Dark Lord?*

— *Ninguém jamais amou você mais do que eu* — *ele jurou.* — *Nem amará.*

Brianna adormeceu desejando que as palavras que Gray lia pudessem ser dele.

Gray olhou-a, sabendo, pelo lento e firme som da respiração, que ela dormira. Entregou-se então, enterrando o rosto nas mãos. Ficar lúcido. Prometera a si mesmo manter-se lúcido. E a tensão estava acabando com ele.

Ela não estava seriamente ferida. Mas não importava quantas vezes se lembrasse disso, não podia afastar o terror que lhe congelara os ossos a partir do momento em que Murphy entrara na cozinha.

Não a queria num hospital, machucada e cheia de curativos. E, de qualquer maneira, nunca quisera pensar nela ferida. E agora se lembraria sempre disso, saberia que alguma coisa poderia acontecer com ela. Que ela poderia não estar, como queria que sempre estivesse, cantarolando em sua cozinha ou cuidando de suas flores.

Ele se enfurecia por ter esta imagem dela para carregar junto com as outras. E o enfurecia ainda mais o fato de que ficaria tão preocupado que sabia que aquelas imagens não sumiriam, como centenas de outras.

Lembraria Brianna, e aquele laço tornaria difícil ele ir embora. E era necessário fazer isso rapidamente.

Meditou sobre aquilo, enquanto esperava a noite passar. Cada vez que uma enfermeira vinha ver Brianna, ele ouvia as perguntas murmuradas, as respostas sonolentas. Uma vez, quando voltou, ela o chamou suavemente.

— Volte a dormir. — Afastou os cabelos dela da testa. — Não amanheceu ainda.

— Grayson. — Mexendo-se, procurou a mão dele. — Ainda está aqui.

— Sim. — Olhou para ela, franzindo as sobrancelhas. — Ainda estou aqui.

* * *

Quando ela acordou novamente, estava claro. Distraída, começou a sentar, mas a dor persistente no ombro fez com que ela se lembrasse do acidente. Mais aborrecida agora do que angustiada, tocou os dedos na bandagem da cabeça e procurou por Gray.

Esperava que ele tivesse encontrado uma cama vazia ou um sofá numa sala de espera para dormir. Sorriu à imagem das flores dele e desejou que lhe tivesse pedido para deixá-las mais perto, de modo que pudesse tocá-las também.

Cautelosamente puxou um pouco a camisola e mordeu o lábio. Havia um arco-íris de hematomas pelo peito e tronco, onde o cinto de segurança a prendera. Vendo-os, agradeceu que Gray a tivesse ajudado a vestir a camisola no escuro.

Não era justo, pensou. Não era certo que tivesse de estar tão machucada nos últimos dias que tinham juntos. Queria estar bonita para ele.

— Bom-dia, Srta. Concannon, então está acordada. — Uma enfermeira entrou, esbanjando sorrisos, juventude e saúde. Brianna queria odiá-la.

— Estou sim. Quando o médico vai me liberar?

— Ah, logo ele estará fazendo a ronda, não se preocupe. A enfermeira Mannion disse que você teve uma noite calma. — Enquanto falava, fixou um aparelho de pressão ao braço de Brianna e colocou um termômetro em sua boca. — Nada de tonturas, então? Bom, bom — disse, quando ela sacudiu a cabeça. Checou a pressão sanguínea, sacudiu a cabeça, tirou o termômetro, sacudindo a cabeça novamente aos resultados. — Então está se sentindo bem, não está?

— Estou pronta para ir para casa.

— Tenho certeza de que está ansiosa. — A enfermeira tomava notas na ficha. — Sua irmã já ligou esta manhã, e um tal de Sr. Biggs. Um americano. Falou que foi quem bateu em seu carro.

— Sim.

— Garantimos aos dois que você estava descansando confortavelmente. O ombro está doendo?

— Um pouco.

— Pode tomar alguma coisa para isso agora — disse lendo a ficha.

— Não quero injeção.

— Oral. — Ela sorriu. — E seu desjejum já está a caminho. Ah, a enfermeira Mannion disse que você precisaria de duas bandejas. Uma para o Sr. Thane? — Obviamente se divertindo com a piada, olhou na direção do banheiro. — Sairei num momento, Sr. Thane, e poderá aparecer. Ela disse que ele é um homem muito bonito — a enfermeira murmurou para Brianna. — Com um sorriso dos diabos.

— Ele é.

— Sorte sua. Vou lhe trazer alguma coisa para a dor.

Quando a porta fechou novamente, Gray saiu do banheiro com uma careta.

— Como é possível? Aquela mulher tem um radar?

— Você ainda estava mesmo aí? Oh, Gray, pensei que tinha encontrado um lugar para dormir. Ficou acordado a noite toda?

— Estou acostumado a virar a noite. Ei, você parece melhor. — Ele se aproximou, desfranzindo a testa de puro alívio. — Parece mesmo bem melhor.

— Não quero pensar em como estou parecendo. Você parece cansado.

— Não me sinto cansado, agora. Faminto — disse, apertando a mão no estômago. — Mas não cansado. O que acha que vão servir para nós?

— Você não vai me carregar para dentro de casa.

— Sim, vou. — Gray contornou o carro e abriu a porta do carona. — O médico disse que você podia vir para casa, se ficasse calma, descansasse todas as tardes e evitasse carregar peso.

— Bem, não estou carregando nada, estou?

— Não, eu é que estou. — Tomando cuidado com o ombro dela, passou um braço pelas costas, outro sob os joelhos. — Dizem que as mulheres acham isso romântico.

— Em outras circunstâncias. Posso caminhar, Grayson. Não há nada de errado com minhas pernas.

— Nada. Elas são perfeitas. — Beijou o nariz dela. — Já lhe disse isso antes?

— Acho que não. — Sorriu, embora ele tivesse batido em seu ombro e os hematomas no peito doessem. Era o que ele pensava, acima de tudo, que contava. — Bem, já que está brincando de ser Dark Lord, me leve para dentro então. E espero ser beijada. Bem beijada.

— Tornou-se terrivelmente exigente desde que bateu a cabeça. — Carregou-a pelo caminho. — Mas acho que tenho de ser compreensivo com você.

Antes que pudesse chegar à porta, ela se abriu e Maggie apareceu.

— Aqui está você. Pensei que fôssemos esperar para sempre. Como está se sentindo?

— Estou sendo paparicada. E, se vocês não tomarem cuidado, vou ficar mal acostumada.

— Leve-a para dentro, Gray. Ficou alguma coisa no carro de que ela precise?

— Só algumas centenas de flores.

— Vou buscá-las. — Correu para fora, enquanto os Carstairs se apressavam da sala para o hall.

— Oh, pobre Brianna, minha querida. Estávamos tão preocupados. Johnny e eu quase não dormimos, pensando em você no hospital, daquele jeito. Os hospitais são lugares tão deprimentes. Não posso entender como alguém escolhe trabalhar em um, você pode? Quer chá, alguma roupa fresca? Alguma coisa?

— Não, obrigada, Iris — Brianna conseguiu dizer, quando teve espaço. — Sinto ter preocupado vocês. Foi uma coisinha à toa, realmente.

— Absurdo. Um acidente de carro, uma noite no hospital. Uma concussão. Ah, sua cabecinha dói?

Estava começando a doer.

— Estamos contentes porque está em casa de novo — Carstairs acrescentou e deu palmadinhas na mão da esposa para acalmá-la.

— Espero que a Sra. O'Malley tenha deixado vocês confortáveis.

— Garanto a você que ela é um tesouro.

— Onde quer que ponha estas flores, Brie? — Maggie perguntou atrás de uma floresta de ramalhetes.

— Ah, ora...

— Vou colocá-las no seu quarto — decidiu por si mesma. — Rogan vai subir para ver você, logo que Liam acorde do cochilo. Ah, e você recebeu ligações de toda a vila e comida suficiente para alimentar um exército por uma semana.

— Aqui está nossa garota! — Secando as mãos numa toalha, Lottie apareceu, vindo da cozinha.

— Lottie. Não sabia que você estava aqui.

— Claro que vim. Quero ver você bem acomodada e cuidada. Grayson, leve-a direto para o quarto. Precisa descansar.

— Ah, mas não. Gray, me ponha no chão.

Gray apenas apertou o braço.

— Você está se excedendo. E, se não se comportar, não leio o resto do livro para você.

— Isto é um absurdo. — Apesar de seus protestos, Brianna se viu no quarto, sendo deitada em sua cama. — Eu podia, então, ter ficado no hospital.

— Agora, não se agite. Vou preparar um chá bem gostoso para você. — Lottie começou a ajeitar os travesseiros, alisar os lençóis. — Depois, vai tirar um cochilo. Receberá muitas visitas e precisa descansar.

— Ao menos, deixe-me pegar meu tricô.

— Veremos isso mais tarde. Gray, você pode lhe fazer companhia. Cuide para que fique quieta.

Com um muxoxo, Brianna cruzou os braços.

— Vá embora — disse a ele. — Não preciso de você, se não vai me defender.

— Ora, ora, a verdade sempre aparece. — Olhando-a, reclinou-se confortavelmente no batente da porta. — Você está bem ranzinza. não é?

— Ranzinza, eu? Só estou reclamando de estarem mandando em mim e por isso sou ranzinza.

— Está reclamando e se aborrecendo por ser cuidada e paparicada. Isto a torna ranzinza.

Ela abriu a boca e fechou-a novamente.

— Bem, então sou mesmo.

— Você precisa tomar seus comprimidos. — Tirou o vidro do bolso, depois foi ao banheiro encher um copo com água.

— Eles me deixam grogue — murmurou quando ele voltou com o remédio.

— Quer que eu aperte seu nariz até que abra a boca para engolir?

A simples idéia daquela humilhação a fez agarrar o comprimido e o copo.

— Pronto. Feliz?

— Ficarei feliz quando você parar de sentir dor.

Ela desistiu de brigar.

— Desculpe, Gray. Estou me comportando tão mal.

— Está sentindo dor. — Sentou-se ao lado da cama, tomou-lhe a mão. — Já me machuquei algumas vezes. O primeiro dia é terrível. O segundo, infernal.

Ela suspirou.

— Pensei que seria melhor e estou brava por não ser. Não queria brigar com você.

— Aqui está o chá, docinho. — Lottie entrou e equilibrou a xícara no pires na mão de Brianna. — E me deixe tirar estes sapatos, vai ficar mais confortável.

— Lottie. Obrigada por estar aqui.

— Ah, não precisa me agradecer por isso. A Sra. O'Malley e eu vamos manter as coisas andando por aqui, até que se sinta bem novamente. — Estendeu uma manta leve sobre as pernas de Brianna. — Grayson, cuide para que ela descanse agora, sim?

— Deixe comigo. — Num impulso, ele se levantou para beijar o rosto de Lottie. — Você é uma doçura, Lottie Sullivan.

— Ah, ande logo. — Ruborizada de prazer, ela retornou à cozinha.

— E você também, Grayson Thane — Brianna falou. — Uma doçura.

— Ah, ande logo. — Inclinou a cabeça. — Ela sabe cozinhar?

Ela riu como ele tinha imaginado que riria.

— Nossa, Lottie é uma ótima cozinheira e não precisaria muito para fazer aparecer uma torta, se você ficar com vontade.

— Vou me lembrar disso. Maggie trouxe o livro. — Ele o apanhou de onde Maggie o tinha posto, sobre a mesa-de-cabeceira de Brianna. — Está a fim de outro capítulo do romance medieval?

— Estou.

— Você adormeceu enquanto eu estava lendo a noite passada — disse enquanto folheava o livro. — Qual a última coisa que lembra?

— Quando ele disse a ela que a amava.

— Bem, isso certamente resume bem a coisa.

— A primeira vez. — Bateu na cama, querendo que ele se sentasse a seu lado novamente. — Ninguém esquece a primeira vez que ouve. — Os dedos dele deslizaram pelas páginas, e ele não disse nada. Entendendo, Brianna tocou-lhe o braço. — Não deve deixar que isso o preocupe, Grayson. O que sinto por você não deve preocupá-lo.

Preocupava. Claro que preocupava. Mas havia algo mais, e pensou que poderia lhe dar isso, ao menos.

— Me humilha, Brianna. — Levantou os olhos, aqueles inseguros olhos castanho-dourados. — E me atordoa.

— Um dia, quando você lembrar a primeira vez que ouviu, espero que lhe dê prazer. — Satisfeita por enquanto, ela tomou o chá e sorriu. — Me conte uma história, Grayson.

Capítulo Vinte e Quatro

Não foi embora no primeiro dia de junho, como planejara. Poderia ter ido. Sabia que deveria ter ido. Mas parecia errado, certamente covarde, sair antes de ter certeza de que Brianna se recuperara.

As bandagens foram removidas. Cuidara pessoalmente dos hematomas e colocara gelo para desinchar o ombro dela. Sofrera cada vez que ela se virava dormindo e sentia desconforto. Ralhara quando ela se excedia.

Não fizera amor com ela.

Ele a desejava, todas as horas. No início, receara que até mesmo os toques mais gentis pudessem machucá-la. Então concluiu que era melhor como estava. Uma espécie de transição, pensou, de amante para amigo, como lembrança. Certamente seria melhor para ambos se os dias finais com ela fossem passados na amizade, e não na paixão.

O livro estava terminado, mas não o enviara. Gray convencera-se de que deveria passar por Nova York antes da turnê para entregá-lo pessoalmente a Arlene. Se às vezes se lembrava de que convidara Brianna para viajar um pouco com ele antes da turnê, dizia a si mesmo que era melhor esquecer.

Para o bem dela. Pensava apenas nela.

Pela janela, viu que ela recolhia a roupa lavada. Os cabelos estavam soltos, batendo no rosto com a brisa forte do Oeste. Atrás dela, a estufa brilhava à luz do sol. A seu lado, as flores que plantara dançavam. Apenas olhava, enquanto ela abria um prendedor, colocava-o de volta na corda, andava para o próximo, juntando lençóis esvoaçantes à medida que caminhava.

Ela era, pensou, como um cartão-postal. Algo que personificava um lugar, uma época, um modo de vida. Dia após dia, pensou, ano após ano, ela penduraria suas roupas e lençóis para secar ao vento e ao sol. E os recolheria novamente. E com ela, e aqueles como ela, a repetição não seria monótona. Seria tradição — algo que a tornava forte e confiante.

Estranhamente perturbado, caminhou para fora de casa.

— Você está forçando demais esse braço.

— O médico disse que exercício é bom. — Olhou sobre o ombro. O sorriso que curvava seus lábios não chegou aos olhos, havia dias que não chegava. Ele estava se afastando dela tão rapidamente, não conseguia suportar isso. — Só senti uma pontada agora. Está um dia maravilhoso, não está? A família que está conosco foi à praia em Ballybunion. Papai costumava levar Maggie e a mim lá, às vezes, para nadar e tomar sorvete.

— Se você queria ir à praia, era só dizer. Teria levado você.

O tom de sua voz fez sua coluna se enrijecer. Os movimentos se tornaram mais vagarosos, enquanto soltava uma fronha do varal.

— Gentileza sua, tenho certeza, Grayson. Mas não tenho tempo para um passeio até a praia. Tenho trabalho para fazer.

— Você só pensa em trabalhar — explodiu. — Você se acaba por causa deste lugar. Se não está cozinhando, está esfregando algo; se não está esfregando, está lavando. Pelo amor de Deus, Brianna, isto é só uma casa.

— Não. — Dobrou a fronha ao meio, depois ao meio outra vez, antes de colocar na cesta de vime. — É a minha casa e me agrada cozinhar nela, esfregá-la, lavá-la.

— E nunca olha para além disso.

— E para onde está olhando, Grayson Thane, que seja tão terrivelmente importante? — Espantou-se ao ver sua animação transformar-se em gelo. — E quem é você para me criticar por fazer um lar para mim?

— É um lar... ou uma armadilha?

Ela se voltou, e em seus olhos não havia nem calor nem frieza, mas uma tristeza profunda.

— É isso o que você realmente pensa, do fundo do coração? Que são a mesma coisa e assim deve ser? Se é isso, de verdade, sinto por você.

— Não quero compaixão — ele reagiu. — Só estou dizendo que você trabalha demais para muito pouco.

— Não concordo e não foi isso o que você disse. Talvez seja o que você queria dizer. — Abaixou-se e pegou a cesta. — E é mais do que me disse nos últimos cinco dias.

— Não seja ridícula! — Ele a alcançou para pegar a cesta, mas ela o empurrou. — Falei com você todo o tempo. Deixe-me levar isso.

— Eu mesma levo. Não sou uma maldita inválida. — Irritada, apoiou a cesta no quadril. — Falou de mim e em torno de mim, Grayson, esses últimos dias. Mas para mim, e de alguma coisa que estivesse realmente pensando ou sentindo, não. Você não tem falado comigo e não tem me tocado. Não seria mais honesto apenas me dizer que não me quer mais?

— Não... — Já estava passando por ele a caminho da casa. Ele quase a agarrou antes de se conter. — De onde tirou essa idéia?

— De cada noite. — Deixou a porta fechar, quase o atingindo no rosto. — Dorme comigo, mas não me toca. E, se viro para você, você vira para o outro lado.

— Você acabou de sair da porra daquele hospital.

— Saí do hospital há quase duas semanas. E não fale assim comigo. Ou, se tem mesmo que praguejar, pelo menos não minta. — Atirou a cesta sobre a mesa da cozinha. — Você está doido para ir embora e não sabe como fazer isso de um modo gentil. Está cheio de mim. — Tirou um lençol da cesta e dobrou-o metodicamente, dobra com dobra. — E não sabe como dizer isso.

— Que estupidez! Pura estupidez.

— É engraçado como seu jeito com as palavras sofre quando está bravo. — Virou o lençol sobre o braço, num movimento hábil, juntando as pontas. — E está pensando "pobre Brie, vai ficar com o coração partido por minha causa". Bem, não vou! — Outra dobra, e o lençol estava um quadrado perfeito para ser colocado sobre a brilhante mesa da cozinha. — Me virei muito bem antes de você chegar e vou continuar me virando.

— Palavras muito frias para alguém que vive dizendo que está apaixonada.

— Estou apaixonada por você. — Pegou outro lençol e calmamente começou o mesmo processo. — E me sinto uma idiota por amar um homem que tão covardemente tem medo dos próprios sentimentos. Medo do amor, porque não o teve quando era menino. Medo de construir um lar, porque nunca conheceu um.

— Não estamos falando do que eu fui — Gray disse calmamente.

— Não, você pensa que pode fugir disso, e foge cada vez que faz as malas e pega o próximo avião ou trem. Ora, não pode não. Não mais do que eu posso ficar num lugar e fingir que cresci feliz nele. Perdi a minha parte de amor também, mas não tenho medo dele.

Mais calma agora, acabou de dobrar o segundo lençol.

— Não tenho medo de amar você, Grayson. Não tenho medo de deixar você ir. Mas tenho medo de nos arrependermos, se não nos separarmos honestamente.

Ele não podia fugir daquele olhar que tudo compreende.

— Não sei o que você quer, Brianna. — E teve medo, pela primeira vez em sua vida adulta, de ele mesmo não saber o que queria. Para si mesmo.

Fora difícil para ela dizer aquilo, mas pensara que seria mais difícil não dizer.

— Quero que você me toque, que se deite comigo. E, se não sentir mais desejo por mim, doeria muito menos se me dissesse.

Fixou os olhos nela. Não podia ver o quanto aquilo estava custando a ela. Não deixaria que ele visse, continuou parada, as costas retas, os olhos presos nos dele, esperando.

— Brianna, não posso respirar sem desejar você.

— Então, possua-me agora, à luz do dia.

Derrotado, aproximou-se, segurando seu rosto entre as mãos.

— Quis tornar as coisas mais fáceis para você.

— Não faça isso. Só fique comigo agora. Por enquanto.

Ele a pegou no colo e ela sorriu ao pressionar os lábios na garganta dele.

— Como no livro.

— Melhor — ele prometeu, enquanto a carregava para o quarto.

— Será melhor do que em qualquer livro. — Colocou-a no chão, acariciando os cabelos desalinhados pelo vento, antes de procurar pelos botões da blusa. — Sofri deitado a seu lado à noite, sem tocar em você.

— Não havia necessidade.

— Achei que havia. — Muito delicadamente, roçou as pontas dos dedos sobre as marcas amareladas na pele dela. — Você ainda está machucada.

— Estão desaparecendo.

— Vou sempre me lembrar de como estavam. E como meu estômago apertou quando eu as vi. Como me dilacerava por dentro quando você gemia durante o sono. — Um tanto desesperado, levantou os olhos para ela. — Não gosto de me importar tanto com alguém, Brianna.

— Eu sei. — Inclinando-se para a frente, ela pressionou o rosto no dele. — Não se preocupe com isso agora. Somos só nós dois e tenho sentido tanto sua falta. — Com os olhos semicerrados, beijou repetidas vezes seu queixo enquanto os dedos cuidavam dos botões da camisa. — Vamos para a cama, Grayson — sussurrou, deslizando a camisa pelos ombros dele. — Venha comigo.

Um suspiro do colchão, um farfalhar dos lençóis, e estavam nos braços um do outro. Ela levantou o rosto, e sua boca buscou a dele. Ela estremeceu ao primeiro frenesi de prazer, e então um outro quando o beijo tornou-se mais profundo.

As pontas dos dedos dele estavam frias na pele dela, leves toques enquanto a despia. E os lábios eram leves nas manchas descoloridas, como se só por desejar fosse capaz de fazê-las desaparecer.

Um pássaro cantou na pequena pereira do lado de fora e a brisa fez soar a dança de fadas que ela pendurara, balançando a delicada renda das cortinas. Agitaram-se sobre as costas nuas dele, quando ficou sobre ela, o rosto colado em seu coração. O gesto a fez sorrir e envolver-lhe a cabeça com as mãos.

Era tão simples. Um momento mágico que guardaria como um tesouro. E quando ele levantou a cabeça e os lábios buscaram os dela outra vez, ele sorriu nos olhos dela.

Havia necessidade, mas não pressa, e desejo sem desespero. Se os dois pensavam que aquela seria a última vez em que estariam juntos, queriam saboreá-la sem urgência.

Ela sussurrou o nome dele, a respiração ofegante. Ele estremeceu.

Então estava dentro dela, no iento ritmo do desejo. Seus olhos estavam abertos. E suas mãos, palmas contra palmas, completavam a cadeia com os dedos entrelaçados.

Um raio de luz atravessava a janela, grãos de poeira dançando no ar. O grito de um pássaro, o latido distante de um cão. O perfume das rosas, de limão, madressilvas. E a sensação de ela estar ali, morna, úmida, cedendo embaixo dele, levantando-se para encontrá-lo. Os sentidos dele se aguçaram, como um microscópio bem focado.

Então, havia somente prazer, o deleite puro e simples de perder nela tudo o que era.

Na hora do jantar, ela soube que ele estava partindo. Seu coração sabia, quando ficaram deitados em silêncio, depois de se amarem, olhando a luz do sol mover-se através da janela.

Ela serviu os hóspedes, ouviu a tagarelice animada sobre o passeio até a praia. Como sempre, arrumou a cozinha, lavando os pratos, guardando-os outra vez no armário. Limpou o fogão, pensando novamente que teria de trocá-lo em breve. Talvez durante o inverno. Teria de começar a pesquisar preços.

Con farejava em volta da porta, e então o deixou sair para o passeio da noite. Por um momento, deixou-se ficar ali, olhando-o correr pelas colinas à luz brilhante do sol das longas tardes de verão.

Imaginou o que seria correr com ele. Apenas correr como ele estava correndo, esquecendo todos os pequenos detalhes com que preparava a casa para a noite. Esquecendo, acima de tudo, o que teria de enfrentar.

Mas, certamente, ela voltaria. Seria para cá que ela sempre voltaria. Virou-se, fechando a porta atrás de si. Entrou rapidamente em seu quarto, antes de subir para Gray.

Ele estava na janela, olhando para o jardim da frente. A luz que ainda iluminava o céu do Oeste dava-lhe um toque dourado e a fez pensar, como acontecera muitos meses atrás, em piratas e poetas.

— Estava com medo de que já tivesse terminado de arrumar suas coisas. — Viu a mala aberta sobre a cama, quase cheia, e os dedos crisparam-se no suéter que segurava.

— Ia descer para falar com você. — Controlando-se, ele se virou, desejando que pudesse ler o rosto dela. Mas ela encontrara um meio de fechá-lo para ele. — Achei que podia ir até Dublin esta noite.

— É uma viagem longa, mas você ainda tem luz por um tempo.

— Brianna...

— Quero lhe dar isto — falou rapidamente. Por favor, ela queria suplicar, sem desculpas, sem justificativas. — Fiz para você.

Olhou para as mãos dela. Lembrou-se da lã verde-escura que ela estava tricotando na noite em que irrompera no quarto dela e começara uma briga. O modo como ela se derramava sobre o branco da camisola.

— Fez para mim?

— Sim. Um suéter. Pode usá-lo no outono ou no inverno. — Aproximou-se dele, segurando-o para medir. — Aumentei o comprimento das mangas. Você tem braços longos.

O coração já vacilante dele apertou-se quando o tocou. Em toda a sua vida, ninguém nunca fizera nada para ele.

— Não sei o que dizer.

— Sempre que me deu um presente, dizia que eu falasse "obrigada".

— Sim. — Segurou-o, sentindo a maciez e o calor nas palmas das mãos. — Obrigado.

— Você merece. Quer alguma ajuda com as malas? — Sem esperar pela resposta, pegou o suéter de volta e arrumou-o cuidadosamente dobrado na mala. — Sei que tem mais experiência nisso, mas deve achar tedioso.

— Por favor, não. — Tocou seu ombro com uma das mãos, mas, quando ela não olhou, deixou-a cair. — Tem todo o direito de estar chateada.

— Não, não tenho. E não estou. Você não fez promessas, Grayson, então não quebrou nenhuma. É importante para você, eu sei. Já olhou as gavetas? Ficaria espantado com o que as pessoas costumam esquecer.

— Tenho que ir, Brianna.

— Eu sei. — Para manter as mãos ocupadas, ela mesma abriu as gavetas da cômoda, dolorosamente angustiada ao encontrá-las totalmente vazias.

— Não posso ficar aqui. Quanto mais demoro agora, mais difícil se torna. E não posso dar a você o que precisa. Ou acha que precisa.

— Logo vai estar me dizendo que tem alma de cigano, e não há necessidade disso. Eu sei. — Fechou a última gaveta e voltou-se outra vez. — Desculpe por dizer o que disse antes. Não quero que vá embora lembrando-se de palavras ríspidas, quando existiu muito mais.

As mãos estavam cruzadas outra vez, seu símbolo de controle.

— Quer que eu prepare um lanche para a viagem, talvez uma garrafa térmica com chá?

— Pare de bancar a anfitriã perfeita. Pelo amor de Deus, estou deixando você. Estou indo embora.

— Você está indo — ela retrucou com voz firme e fria —, como sempre disse que iria. Talvez para você fosse mais fácil se eu chorasse, me lamentasse, fizesse uma cena, mas isso não combina comigo.

— Então é assim. — Ele atirou algumas meias na mala.

— Você fez sua escolha e só lhe desejo felicidade. É claro que será bem-vindo, se vier para esses lados outra vez.

Os olhos dele cruzaram com os dela enquanto fechava a mala.

— Avisarei você.

— Vou ajudá-lo a descer com a bagagem.

Ela estendeu o braço para pegar a mochila, mas ele a agarrou antes.

— Eu trouxe tudo para cá. Eu vou levar tudo daqui.

— Como quiser. — Ela cortou seu coração ao aproximar-se e beijá-lo levemente no rosto. — Fique bem, Grayson.

— Adeus, Brie. — Desceram os degraus juntos. Ele não falou nada mais até que alcançaram a porta da frente. — Não esquecerei você.

— Espero que não.

Ela caminhou ao lado dele até o carro, então parou no jardim, esperando, enquanto ele guardava a mala e sentava-se ao volante.

Sorriu, levantou a mão num aceno, então voltou para a pousada sem olhar para trás.

Uma hora mais tarde estava sozinha na sala, com sua cesta de costura. Ouviu risadas pela janela e fechou os olhos brevemente. Quando Maggie entrou com Rogan e o bebê, estava dando um nó num fio e sorrindo.

— Ora, chegaram tarde esta noite.

— Liam está inquieto. — Maggie sentou-se e estendeu os braços para que Rogan lhe passasse o bebê. — Pensamos que talvez ele gostasse de alguma companhia. E aqui está um quadro, "a dona da casa na sala, costurando".

— Estou atrasada com isso. Quer beber alguma coisa, Rogan?

— Não vou recusar. — Foi até o bar. — Maggie?

— Sim, um uisquezinho cairia bem.

— Brie?

— Obrigada, acho que vou querer também. — Enfiou a linha na agulha, fazendo um nó na ponta. — O trabalho está indo bem, Maggie?

— É maravilhoso estar de volta a ele. Está indo muito bem. — Deu um sonoro beijo na boca de Liam. — Terminei uma peça hoje. Foram os comentários de Gray sobre aquelas ruínas de que ele gosta tanto que me deram idéia para ela. Acho que isso funcionou.

Pegou o copo que Rogan passara a ela e ergueu-o.

— Bem, este é por uma noite repousante.

— Não vou discutir — o marido disse com fervor e bebeu.

— Liam acha que entre duas e cinco da manhã não é hora de dormir. — Com uma risada, Maggie ajeitou o bebê no ombro. — Temos que lhe contar uma coisa, Brie. O detetive que está procurando Amanda Dougherty em... onde é mesmo, Rogan?

— Michigan. Ele encontrou uma pista dela e do homem com quem casou. — Olhou para a esposa. — E da criança.

— Ela teve uma menina, Brie — Maggie murmurou, embalando o próprio bebê. — Ele localizou a certidão de nascimento. Amanda chamou-a Shannon.

— Como o rio. — Brianna suspirou e sentiu um aperto na garganta. — Temos uma irmã, Maggie.

— Temos. Podemos encontrá-la logo, de um jeito ou de outro.

— Espero que sim. Ah, estou feliz por terem vindo me contar. — Ajudava um pouquinho, aliviava um tanto aquele aperto no coração. — Vai ser bom pensar nisso.

— Por enquanto, só dá mesmo pra pensar — Rogan avisou. — A pista que ele está seguindo tem vinte e cinco anos.

— Então seremos pacientes — Brianna disse simplesmente.

Longe de estar certa sobre seus próprios sentimentos, Maggie trocou a posição do bebê e mudou de assunto:

— Queria mostrar a peça que acabei de fazer a Gray, para ver se ele reconhece a fonte de inspiração. Onde ele está? Trabalhando?

— Já foi. — Brianna enfiou a agulha direto numa casa.

— Foi aonde? Ao pub?

— Não, acho que a Dublin ou a qualquer lugar aonde a estrada o leve.

— Quer dizer que ele foi embora? Partiu? — Levantou-se, fazendo o bebê rir de prazer com o movimento súbito.

— Sim, faz uma hora.

— E você está sentada, costurando?

— O que deveria estar fazendo?... me flagelando?

— Devia estar flagelando aquele ianque desgraçado. E pensar que fiquei fã dele.

— Maggie. — Rogan tocou seu braço chamando-lhe a atenção. — Você está bem, Brianna?

— Estou bem, obrigada, Rogan. Não seja tão dura, Maggie. Ele está fazendo o que é certo para ele.

— Ao inferno com o que é certo para ele! E quanto a você? Dá para você segurar o bebê? — disse impacientemente a Rogan, e então, com os braços livres, ajoelhou-se na frente da irmã. — Sei o que sente por ele, Brie, e não consigo entender como ele pôde ir embora assim. O que disse quando você lhe pediu que ficasse?

— Não pedi.

— Não... Por que diabos não?

— Porque nos tornaria infelizes. — Ela espetou a agulha no dedo e praguejou levemente. — E tenho meu orgulho.

— Que não serve de nada. Você provavelmente se ofereceu para preparar sanduíches para a viagem dele.

— Sim.

— Ah! — Angustiada, Maggie levantou-se e caminhou pela sala. — Você não raciocina. Nunca foi capaz de raciocinar.

— Tenho certeza de que você está fazendo Brianna se sentir muito melhor com esse ataque de raiva — Rogan falou secamente.

— Estava só... — Mas captando o olhar dele, Maggie mordeu a língua. — Está certo, claro. Desculpe, Brie. Se quiser, posso ficar um pouco lhe fazendo companhia. Ou então pego algumas coisas do bebê e passaremos a noite aqui.

— Vocês têm sua casa. Ficarei bem, Maggie, comigo mesma. Sempre fico.

Gray estava quase em Dublin e a cena continuava martelando na sua cabeça. O final do livro, o maldito final não estava acertado. Era por isso que estava tão irritado.

Deveria ter enviado o manuscrito para Arlene e ter se esquecido dele. A cena final não o estaria alfinetando agora, se tivesse enviado. Podia estar já se divertindo com a próxima história.

Mas não conseguia pensar em outra, quando não era capaz de se livrar da anterior.

McGee tinha ido embora porque terminara o que viera fazer na Irlanda. Retomaria sua vida outra vez, seu trabalho. Tinha de ir adiante porque... porque tinha, Gray pensou irritado.

E Tullia ficara porque a vida dela era no chalé, naquela terra, com aquelas pessoas. Estava feliz lá como nunca ficaria em qualquer outro lugar. Brianna... Tullia, corrigiu, murcharia sem suas raízes.

O final fazia sentido. Era perfeitamente plausível, estava de acordo tanto com o personagem quanto com o temperamento.

Então por que estava atormentado por aquilo como se fosse uma dor de dente?

Ela não pedira a ele que ficasse, pensou. Não derramara uma lágrima sequer. Quando percebeu que seu cérebro tinha mudado outra vez de Tullia para Brianna, praguejou e pisou fundo no acelerador.

Era como se esperava que fosse, lembrou-se. Brianna era sensata, uma mulher razoável. Era uma das coisas que admirava nela.

Se ela o amava tanto, ao menos poderia ter lhe dito que sentiria falta dele.

Não queria que ela sentisse falta dele. Não queria uma luz acesa na janela, não a queria cerzindo suas meias ou passando suas camisas. E, acima de tudo, não a queria atormentando sua cabeça.

Era independente e livre, como sempre fora. Como precisava ser. Tinha lugares para ir, um alfinete para espetar no mapa. Umas pequenas férias em algum lugar, antes de iniciar a turnê, e, então, novos horizontes para explorar.

Essa era sua vida. Tamborilou os dedos, impaciente, no volante. Gostava de sua vida. E estava retornando a ela novamente, justo como McGee.

Justo como McGee, pensou com uma careta.

As luzes de Dublin brilharam em boas-vindas. Relaxou ao vê-las ao saber que chegara aonde planejara. Não se incomodava com o trânsito. Claro que não. Ou com o barulho. Já ficara muito tempo longe de cidades.

Precisava era encontrar um hotel, fazer o check-in. Tudo que queria era poder esticar as pernas depois da longa viagem e tomar uns drinques.

Gray parou junto ao meio-fio e deixou a cabeça cair contra o assento. Tudo o que queria era uma cama, um drinque e um quarto calmo.

Inferno! Claro que era!

Brianna passou a madrugada acordada. Era bobagem deitar na cama e fingir que poderia dormir, quando não poderia. Começou a preparar o pão, deixando a massa crescer, antes de fazer o primeiro bule de chá.

Serviu-se de uma xícara no jardim dos fundos, mas não conseguiu se acomodar. Mesmo uma ida até a estufa não a agradou. Então voltou para dentro e pôs a mesa para o café.

Ainda bem que os hóspedes sairiam de manhã cedo. Por volta das oito, tinha preparado um lanche quente para eles e os levado até a porta.

Mas agora estava sozinha. Certa de que se distrairia com a rotina, arrumou muito bem a cozinha. Em cima, tirou os lençóis das camas desfeitas e colocou os que recolhera da corda no dia anterior. Juntou as toalhas úmidas, substituindo-as.

Bem, não podia mais adiar aquilo, disse a si mesma. Não devia. Moveu-se rapidamente para o quarto onde Gray trabalhara. Precisava de uma boa limpeza, pensou, correndo um dedo delicadamente sobre a beirada da mesa.

Pressionando os lábios, endireitou a cadeira.

Como poderia saber que ficaria assim tão vazio?

Sacudiu a cabeça. Era apenas um quarto, afinal de contas. Esperando, agora, pelo próximo hóspede que viesse. E ela colocaria ali o primeiro que chegasse, prometeu. Seria inteligente fazer isso. Ajudaria.

Foi até o banheiro, pegando as toalhas que ele usara da barra onde tinham secado.

E pôde sentir o cheiro dele.

A dor veio tão rápido, tão forte, que ela quase cambaleou. Cegamente, correu de volta ao quarto, sentou-se na cama e, enterrando o rosto nas toalhas, chorou.

Gray pôde ouvi-la chorando quando chegou às escadas. Era um som selvagem de tristeza que o aturdiu e fez com que diminuísse o passo antes de enfrentá-lo.

Da porta, ele a viu, embalando a si mesma para se confortar, com o rosto apertado nas toalhas.

Nem calma, pensou, nem controlada. Nem razoável.

Esfregou as mãos no próprio rosto, afastando um pouco do cansaço da viagem e da culpa.

— Bem — disse numa voz tranqüila —, você, com certeza, me enganou.

Ela levantou a cabeça, e ele pôde ver a dor em seus olhos, sombras sob eles. Ela começou a levantar-se, mas ele acenou com a mão.

— Não, não pare de chorar, continue. Me faz bem saber que você é uma farsa. "Deixe-me ajudá-lo a fazer as malas, Gray. Quer que eu prepare um lanche para a viagem? Ficarei muito bem sem você."

Ela lutou contra as lágrimas, mas não pôde vencer. Como elas se derramavam, enterrou o rosto outra vez nas toalhas.

— Você me fez ir, realmente me fez. Nem ao menos olhou para trás. Aquilo era o que estava errado na cena. Não funcionou. Nunca funcionou. — Aproximou-se dela e puxou as toalhas. — Está se sentindo desamparada, apaixonada por mim, não está, Brianna? Inteiramente apaixonada, sem truques, sem armadilhas, sem frases banais.

— Ah, vá embora! Por que voltou?

— Esqueci algumas coisas.

— Não há nada seu aqui.

— Você está aqui. — Ajoelhou-se, tomando-lhe as mãos para impedir que cobrisse as lágrimas. — Deixe-me contar-lhe uma história. Não, continue chorando se quiser — disse, quando ela tentou se conter. — Mas ouça. Eu achei que ele tinha de ir embora. McGee.

— Você voltou para me falar de seu livro?

— Deixe-me contar-lhe uma história. Calculei que ele tinha de ir. E daí se nunca tinha se envolvido com ninguém do jeito que acontecera com Tullia? E daí se ela o amava, se o havia transformado, transformado a vida dele? Completado a vida dele? Estavam a quilômetros de distância em qualquer outro aspecto, não estavam?

Pacientemente, olhou outra lágrima rolar pelo rosto dela. Ela estava lutando contra elas, sabia. E estava perdendo.

— Ele era um solitário — Gray continuou. — Sempre foi. Que diabos poderia fazer em uma vila pequena, no Oeste da Irlanda? E ela o deixou ir porque era teimosa demais, orgulhosa demais e muito apaixonada para pedir a ele que ficasse.

"Eu me angustiei com isso", prosseguiu. "Por semanas. Estava me deixando louco. E durante todo o caminho até Dublin fiquei remoendo isso, achando que eu não pensaria em você, se estivesse pensando naquilo. E, de repente, percebi que ele não iria embora, e ela não o deixaria. Ah, eles sobreviveriam um sem o outro porque desde que nasceram eram sobreviventes. Mas nunca seriam inteiros. Não do jeito que eram juntos. Então reescrevi tudo lá mesmo, no lobby do hotel em Dublin."

Ela engoliu as lágrimas e a humilhação.

— Então você resolveu seu problema. Bom para você.

— Um deles. Você não vai a lugar algum, Brianna. — Ele a segurou mais forte até ela parar de tentar soltar as mãos.

— Quando acabei de reescrever, pensei: vou tomar um drinque em algum lugar e vou para a cama. Em vez disso, peguei o carro e vim para cá. Porque esqueci que passei aqui os melhores seis meses da minha vida. Esqueci que queria ouvir você cantando na cozinha de manhã ou vê-la pela janela do quarto. Esqueci que sobreviver não é sempre o bastante. Olhe para mim. Por favor.

Quando ela olhou, ele limpou uma das lágrimas com o polegar. Então entrelaçou os dedos nos dela, novamente.

— E, acima de tudo, Brianna, esqueci de dizer a você que a amo.

Ela não falou nada, não pôde, porque sua respiração continuava ofegante. Mas seus olhos se arregalaram e mais duas lágrimas caíram sobre as mãos entrelaçadas.

— É novidade para mim também — murmurou. — Mais do que um choque. Ainda não estou certo de como lidar com isso. Nunca quis sentir isso por ninguém, e foi fácil evitar, até você. Isso significa laços e responsabilidades, e significa que talvez eu pudesse viver sem você, mas nunca estaria inteiro.

Gentilmente levou as mãos dela aos lábios e sentiu o sabor das lágrimas.

— Achei que você se livrou de mim fácil demais na despedida de ontem à noite. Aquilo me deixou em pânico. Estava decidido a implorar, quando entrei e ouvi você chorando. Tenho de confessar que foi como música para os meus ouvidos.

— Você queria que eu chorasse.

— Talvez. Sim. — Ele se levantou, soltando as mãos dela. — Acho que, se você tivesse soluçado no meu ombro na última noite, se tivesse pedido para ficar, eu teria ficado. Então eu poderia culpar você, se eu estragasse as coisas.

Ela sorriu e secou o rosto.

— Eu atendi você, não é?

— Não exatamente. — Virou-se e olhou para ela. Estava tão perfeita, notou, com o avental impecável, fios de cabelos escapando dos grampos, lágrimas secando no rosto. — Eu mesmo tive de voltar atrás. Assim não poderei culpar ninguém se eu falhar. Quero que saiba que vou me esforçar muito para não falhar.

— Você quis voltar. — Apertou as mãos. Era tão difícil esperar isso.

— Mais ou menos. Mais, realmente. — O pânico ainda estava ali, fermentando dentro dele. Só esperava que não transparecesse. — Disse que amo você, Brianna.

— Eu sei, eu lembro. — Forçou um sorriso enquanto se levantava. — Você nunca se esquece da primeira vez em que ouve isso.

— A primeira vez que ouvi foi quando fiz amor com você. Estava contando que ouviria outra vez.

— Amo você, Grayson. Sei que amo.

— Vamos ver. — Remexeu o bolso até encontrar uma caixinha.

— Você não tinha que me comprar um presente. Bastava vir para casa.

— Pensei muito nisso, voltando de Dublin. Vir para casa. É a primeira vez que venho. — Entregou-lhe a caixa. — Gostaria de fazer disso um hábito.

Ela abriu a caixinha e, apoiando-se na cama, sentou-se outra vez.

— Perturbei o gerente do hotel em Dublin até que ele abriu a loja. Vocês, irlandeses, são muito sentimentais, nem precisei suborná-lo. — Ele engoliu em seco. — Achei que eu teria mais sorte com um anel tradicional. Quero que case comigo, Brianna. Quero construir um lar junto com você.

— Grayson...

— Sei que sou uma aposta péssima — apressou-se em dizer. — Não mereço você. Mas você me ama mesmo assim. Posso trabalhar em qualquer lugar e posso ajudá-la aqui com a pousada.

Quando olhou para ele, o coração simplesmente transbordou. Ele a amava, ele a queria e ficaria ali.

— Grayson...

— Ainda terei que viajar algumas vezes. — Lentamente se aproximou dela, temendo muito que ela o rejeitasse. — Mas não seria como antes. E algumas vezes você poderia ir comigo. Sempre voltaremos para cá, Brie. Sempre este lugar vai significar para mim quase tanto quanto para você.

— Eu sei. Eu...

— Não pode saber — interrompeu-a. — Eu mesmo não sabia até ir embora. É um lar. Você é meu lar. Não uma armadilha — murmurou. — Um santuário. Uma chance. Quero construir uma família aqui. — Enfiou a mão pelos cabelos enquanto ela o olhava. — Deus, como quero isso. Filhos, planos a longo prazo. Um futuro. E saber que você está bem aqui, cada manhã, cada noite. Ninguém nunca amará você como eu a amo, Brianna. Quero um compromisso com você. — Inspirou, trêmulo. — A partir de hoje, desta hora.

— Ah, Grayson — murmurou, com a voz embargada. Parecia que os sonhos podiam se tornar realidade. — Eu queria...

— Nunca amei ninguém antes, Brianna. Em toda a minha vida, não houve ninguém, a não ser você. É o meu tesouro. Juro. E se você só...

— Ah, fique quieto — falou entre risos e lágrimas. — Para eu poder dizer sim.

— Sim? — Levantou-a da cama outra vez, fixando os olhos nos dela. — Não vai me fazer sofrer primeiro?

— A resposta é sim. Apenas sim. — Colocou os braços em volta dele, apoiando a cabeça em seu ombro. E sorriu. — Bem-vindo ao lar, Grayson.

Fim

Impresso no Brasil pelo
Sistema Cameron da Divisão Gráfica da
DISTRIBUIDORA RECORD DE SERVIÇOS DE IMPRENSA S.A.
Rua Argentina 171 – Rio de Janeiro, RJ – 20921-380 – Tel.: 2585-2000